Copyright ©2016 Alex Mandarino
Todos os direitos dessa edição reservados à AVEC Editora.
Nenhuma parte desta publicação poderá ser reproduzida, seja por meios mecânicos, eletrônicos ou em cópia reprográfica, sem a autorização prévia da editora.

Editor
Artur Vecchi

Projeto Gráfico e Diagramação
Vitor Coelho

Capa
Vitor Coelho e Leandra Lambert

Revisão
Miriam Machado

Ilustrações das cartas do Tarot
Fred Rubim

Dados Internacionais de catalogação na Publicação (CIP)
(Câmara Brasileira do Livro, SP, Brasil)

M 271

Mandarino, Alex
Guerras do tarot : o caminho do louco / Alex Mandarino. – Porto Alegre : AVEC, 2016.

ISBN 978-85-67901-54-1

1. Ficção brasileira   I. Título

CDD 869.93

Índice para catálogo sistemático:
1.Ficção : Literatura brasileira 869.93

Ficha catalográfica elaborada por Ana Lucia Merege – 467/CRB7

1ª edição, 2016
Impresso no Brasil/ Printed in Brazil

AVEC Editora
Caixa Postal 7501
CEP 90430-970 – Porto Alegre – RS
contato@aveceditora.com.br
www.aveceditora.com.br
Twitter: @avec_editora

Guerras do Tarot
Volume I

O Caminho do Louco

Alex Mandarino

À minha mãe, Marilene,
que me ensinou a ler.

Agradecimentos

Eu não poderia ter escrito um livro com um rol tão complexo de personagens, conceitos e situações sem ajuda. Para minha alegria e imensa gratidão, esse auxílio apareceu ao longo dos anos em que escrevi este primeiro livro de Guerras do Tarot e meus outros textos de ficção.

Em primeiro lugar, gostaria de agradecer ao meu grande amor, Leandra Lambert, pelo apoio imensurável não apenas no que tange a este romance, mas em diversos aspectos da minha vida. Para este Guerras do Tarot, ela colaborou com inúmeras ideias, correções, leituras, releituras, sugestões de mudanças, de personagens, adequações factuais e de consistência, em uma atitude rara. Sem ela, esta história seria uma outra, bem pior.

Também desejo agradecer à minha grande amiga Natacha Lopez, que estava lá me ajudando, com ideias e apoio valorosos, quando este Tarot ainda era pouco mais que um esboço. Meu enorme obrigado ao amigo Edmundo Barreiros, o primeiro a apostar neste livro, que com sua generosidade sugeriu alterações cruciais para o que ele se tornou. Também agradeço ao meu editor, Artur Vecchi, cujas recomendações e sugestões tornaram a trama do Tarot mais rica e coerente.

Devo agradecer ainda ao amigo Lúcio Manfredi, que de bom grado atuou como leitor beta, sugerindo valiosas mudanças; ao amigo Octavio Aragão, sempre generoso em seu apoio aos escritores e artistas que o procuram; ao meu querido padrinho, Uruçá, que sempre dizia que eu deveria escrever; e aos que me deram apoio quando a ideia deste Tarot ainda era embrionária: Rafael Luppi Monteiro, Marcelo Augusto Galvão e Délio Freire. Também quero agradecer ao meu amigo Remier Lion e a Ariadne Dias, Ludimila Hashimoto, Pedro Bouça, Márcio Massula, Diego Aguiar Vieira e Luiz Felipe Vasquez.

Que as cartas sejam sempre favoráveis a todos vocês.

SUMÁRIO

PRÓLOGO pg07

CAPITULO I pg20

CAPITULO II pg29

CAPITULO III pg40

CAPITULO IV pg47

CAPITULO V pg55

CAPITULO VI pg65

CAPITULO VII pg73

CAPITULO VIII pg83

CAPITULO IX pg101

CAPITULO X pg109

CAPITULO XI pg117

CAPITULO XII pg125 → I – O Mago

CAPITULO XIII pg153

CAPITULO XIV pg165 → II – A Sacerdotisa

CAPITULO XV pg181

CAPITULO XVI pg189 → III – A Imperatriz

CAPITULO XVII pg209

CAPITULO XVIII pg215

CAPITULO XIX pg220

CAPITULO XX pg231

CAPITULO XXI pg245 → IV – O Imperador

CAPITULO XXII pg267

EPILOGO pg283

"O acaso é um Deus e um diabo ao mesmo tempo" – Machado de Assis (1839 – 1908)

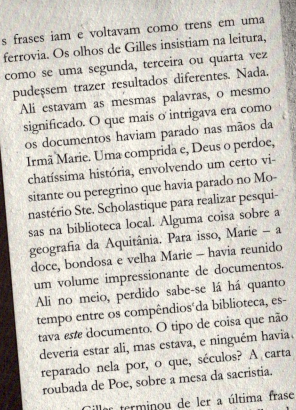

PRÓLOGO

As frases iam e voltavam como trens em uma ferrovia. Os olhos de Gilles insistiam na leitura, como se uma segunda, terceira ou quarta vez pudessem trazer resultados diferentes. Nada. Ali estavam as mesmas palavras, o mesmo significado. O que mais o intrigava era como os documentos haviam parado nas mãos da Irmã Marie. Uma comprida e, Deus o perdoe, chatíssima história, envolvendo um certo visitante ou peregrino que havia parado no Mosteiro Ste. Scholastique para realizar pesquisas na biblioteca local. Alguma coisa sobre a geografia da Aquitânia. Para isso, Marie – a doce, bondosa e velha Marie – havia reunido um volume impressionante de documentos. Ali no meio, perdido sabe-se lá há quanto tempo entre os compêndios da biblioteca, estava *este* documento. O tipo de coisa que não deveria estar ali, mas estava, e ninguém havia reparado nela por, o que, séculos? A carta roubada de Poe, sobre a mesa da sacristia.

Gilles terminou de ler a última frase do documento, recolocou as frágeis folhas de papel no interior da capa de couro protetora e um vendaval de imagens tomou sua cabeça. A primeira frase, incompleta. O documento era a segunda parte – e, com toda a certeza, a mais importante – de uma narrativa esquecida. E aqui o monge emprestava à palavra *esquecida* todas as suas conotações, inclusive a menos inocente: a de uma coisa que alguém fez com que esquecessem.

E Marie havia encontrado aquilo. A boa Marie, sua amiga de infância e primeiro – e único – amor. Os dois haviam se apaixonado quando eram menos do que adolescentes, em uma época que já não mais existe sob nenhum aspecto. Mais tarde conheceram o amor por Cristo, mais ou menos juntos, e, desde então, o que sentiam um pelo outro passou a ser direcionado para algo além. O carinho se manteve, mas diferente. O amor foi projetado para a frente, virara algo que agora sentiam juntos, em vez de mutuamente. Mas, de meses em meses, em certas épocas e estações do ano, os olhos azuis de Marie causavam calafrios mornos em Gilles, e então ele sacudia a cabeça.

Já há décadas era o monge beneditino Gilles Delissalde, da abadia Notre Dame de Bellocq. A abadia e o Monastério ficavam lado a lado, compartilhando uma vasta propriedade rural na região da diminuta aldeia francesa de Urt. A paz que Gilles e os outros monges, irmãs e moradores da cidadezinha experimentavam não combinava com o estranho documento. Gilles não conseguia coadunar as duas coisas. Por dois dias e noites, havia lido e relido aquelas páginas, pensado e repensado. E então, naquele início de noite de sexta-feira, tivera uma ideia. Seu velho camarada Daedalus Perrin. Sim, ainda que não o visse há oito anos, o conhecia há mais de quarenta. Sempre fora um ótimo amigo e confidente, colega de estudos teológicos e, mais tarde, colega de sala nas aulas de Doutorado do Instituto Teológico Ortodoxo St. Sergius, em Paris.

Paris... Quarenta anos também, pensou Gilles, desde que estivera ali pela primeira vez. Quarenta anos demarcavam quase tudo em sua vida. Mas não Marie. Neste caso, a conta já se aproximava dos cinquenta anos.

Daedalus saberia o que fazer. Ele agora era um dos bispos de Bayonne e, bem, Bayonne ficava a quinze minutos de trem de Urt. Partiria esta noite e levaria os documentos com ele. Sim, Daedalus saberia o que fazer.

As legendas na TV subiam e desciam como a linha do mar. Os olhos de Denis já não eram mais os mesmos e os borrões sempre pioravam quando o ancião buscava a ajuda do *cognac*. A mão direita estava parada sobre o controle remoto, o indicador ainda tocando o número do canal para o qual mudara dez minutos atrás. Não estava acompanhando a trama do filme: apreciava a beleza de Ingrid Bergman, deixava-se cochilar ninado pela trilha sonora, imaginava-se sob a batina de Bing Crosby. Perambulava por aquele plano onírico onde os sentidos

Guerras do Tarot - Alex Mandarino

se cruzam e se enfrentam. De tempos em tempos, a mão esquerda alcançava o copo de *cognac*. A intervalos mais longos, o alvo era a garrafa sobre a mesinha de canto, ao lado do sofá, sempre que o copo esvaziava.

Monsieur Perrin não poderia jamais saber que ele bebia. Muito menos que ele bebia ali, sob a torre na qual morava seu empregador de longa data. O Bispo de Bayonne. Trabalhava para ele há mais de vinte anos, desde que fora escorraçado para fora daquela casa de grã-finos, onde ficara durante uma vida inteira como mordomo. Sua mão então não estava no *cognac*, mas no vinho. Desde que começara a trabalhar para um homem de Deus, o homem que o acolhera na rua, Denis DuBois não conseguira mais beber vinho. De alguma forma parecia errado.

Projetava sua mente no trabalho diário e no passado, tudo para esquecer Madeleine. Anteontem escrevera para ela, a segunda vez neste mês. Telefonemas eram inúteis, sabia disso há anos. Restava-lhe a esperança afônica e amorfa da palavra escrita, que poderia esconder melhor sua idade e seus mil e um medos.

Mas cada carta enviada e não respondida se metamorfoseava em uma nova garrafa.

As linhas de texto na tela do PC queimavam como fogo. Madeleine tirou os óculos, esfregou os olhos e suspirou. Voltou a olhar para o monitor, para o canto direito. Oito da noite. Hora de levantar daquela cadeira, desligar o computador, fazer os olhos focalizarem objetos sem luz de fundo para variar. Levantou-se e olhou pela janela. O anoitecer de Paris era tão belo quanto o de ontem. Seu celular tocou. Era Jeanette, sua melhor amiga.

— Oui, Jeanette.

— Madeleine. Já estou aqui no café há coisa de uns dez minutos. Tínhamos marcado para às oito e quinze, lembra?

— Mas são oito agora.

— *Précisement*. E isso quer dizer que se eu não telefonasse agora você ficaria até às nove, dez, *mon dieu*, onze, de uma sexta-feira, nesse maldito escritório de advocacia. Desça agora mesmo e será perdoada.

Madeleine sorriu, despediu-se e tratou de arrumar suas coisas. Em segundos, descia para o térreo, o elevador vazio e metalizado fazendo-a se lembrar da carta. Era a segunda este mês? A terceira? Mas quantas teriam sido ao longo de todos esses anos? Respirou fundo e resolveu falar sobre isso com Jeanette.

As carreiras de pó reluziam como neon na ponta da nota de dez euros. Três delas, longas, milimetricamente iguais, à sua espera. Xavier enfiou a narina direita no canudo de papel do governo e aspirou. O céu do nariz ardeu na metade do caminho, mas ele persistiu e chegou ao fim. Parou, enfiou o dedo no nariz, coçou e repetiu a mesma ação com as duas carreiras. Passou o indicador no interior da nota, recolheu o pó restante e passou na gengiva. Limpou bem a nota, enfiou-a no bolso e se preparava para sair do banheiro quando um estalo aconteceu. Havia guardado o cartão do EuroRail? Levou a mão à carteira e conferiu: sim lá estava ele. Se esse cartão falasse. Quantas viagens em quantas linhas diferentes.

Voltou para a mesa do bar onde estava e pediu a Paul, aquele imprestável, que lhe trouxesse mais uma dose de whisky com Red Bull. Olhou em volta: os mesmos rostos de sempre, a mesma distância de sempre. Frequentava aquele bar há alguns anos e seus amigos já haviam sumido. Alguns haviam se mudado de Paris; dois haviam morrido; um outro estava preso. De alguma forma, o bar e ele não pareciam se ressentir disso. Tudo continuava como sempre esteve: as mesmas mesas, as mesmas pessoas que cumprimentava ao passar, o mesmo Paul com seu uniforme meio ridículo.

E ele, Xavier Boulanger, taxista, o último remanescente de uma turma de vagabundos, como muitos já haviam lhe dito, era incapaz de mudar, de envelhecer, de morrer, de vencer, de perder, de não mudar. Era incapaz, ponto.

Ao chegar o whisky, o primeiro gole lhe deu um calafrio. A noite seria longa.

O vento noturno sacudia o hábito de Gilles, que agarrava com força uma bolsa a tiracolo. Dentro dela, os documentos repousavam em sua capa de couro, no interior de um envelope de papel pardo. Caminhava pela aldeia de Urt um tanto a esmo, pensativo. Com o passar das horas, quase todos os dois mil habitantes da diminuta localidade se recolheram às suas casas. Na abadia, pensara em chamar um táxi, mas optou pelo último trem noturno, porque isso lhe daria a chance de meditar sobre tudo aquilo e digerir os acontecimentos. Saiu sem avisar ninguém. Pela manhã bem cedo, já estaria de volta e aquele assunto estaria encerrado, fora de suas mãos.

Pegaria o trem que saía de Tarbes e passava por várias vilas e cidades dos Pirineus Atlânticos até chegar a Bayonne, capital da comuna. Urt era a penúltima parada antes de Bayonne e a viagem nesse trecho final durava apenas 14 minutos. Como o trem passaria pela Gare de Urt às 23h36min, Gilles contava chegar a Bayonne ainda antes do final daquela noite de sexta. Gostava de Urt. A vila, fundada por peixeiros, lembrava-lhe os primeiros cristãos, seus favoritos, que tinham no peixe seu sinal original, antes de Cristo ser associado de vez à ferramenta de tortura que o matara, a cruz. Gilles via nesse detalhe da história de Urt uma conexão que o animava a seguir em frente. Apreciava o clima do local, a paz e o silêncio. Podia ler, meditar, estudar sobre seus assuntos favoritos – e eram vários – e, ainda por cima, conversar com Marie regularmente.

De repente, a caminhada foi interrompida pela visão da Gare de Urt. Um retângulo branco e estoico, prédio antigo e pouco visitado: apenas um ou dois passageiros embarcavam em Urt diariamente, em média. A maioria dos trens que passava por ali não parava. A luz elétrica do poste da estação envolveu o monge, forçando seus pensamentos a mudarem de ritmo. Sentou-se no banco. Com exceção de um ou dois empregados da ferrovia, não havia ninguém por ali. Cerca de dez minutos depois, chegou o trem da SNCF, com um silvo de armadura elétrica. Ao vê-lo diminuir a marcha, Gilles ficou de pé, jogando a bolsa sobre os ombros. Quando estava perto do degrau do vagão, seu campo de visão percebeu um movimento. Um homem de terno preto, de altura e peso medianos, havia chegado à Gare, sem que Gilles soubesse dizer de onde tinha vindo. Subiu logo atrás dele.

Às 23h36min em ponto o trem partiu. E, como bem sabem fazer os trens, seguiu por uma linha de ferro que já estava escrita.

A batida sacudiu a porta de madeira e levantou as pálpebras de Denis. O ancião pegara no sono ao final do filme. Levantou-se do sofá, sacudindo a cabeça trôpega, e quase pisou no controle remoto caído no chão. Sabia quem era. A velha Sophie. Todas as noites, Sophie, que trabalhava com o Bispo há anos, checava o estado de Denis antes de se recolher para dormir. Como também acontecia todas as noites, ela entrou no pequeno quarto de Denis fungando, testando a atmosfera. Ao contrário de várias das noites anteriores, percebeu que ali havia álcool.

Dando sequência a uma cena muda e já ensaiada e realizada tantas vezes, Denis baixou os olhos, em solene e adequada vergonha. Sophie recolheu do chão

O Caminho do Louco - Prólogo

a garrafa quase vazia de *cognac* e preparava-se para sair, quando resolveu improvisar. Estacou, girou nos calcanhares e disse:

— Denis, você praticamente não bebe mais.

— Hrm.

— Comparando com sua situação de uma década atrás, é quase um abstêmio.

Ele soprou.

— Sim. Por que não acaba com essa criancice e para? Por que simplesmente não para? Sou uma velha, você é um velho. Se Madeleine fosse voltar a falar com você já teria voltado. E se um dia voltar, nada mais mudará a essa altura.

A dura lógica da senhora teve um efeito curioso sobre o ânimo do criado: ele parou, subitamente sóbrio, encarando a parede de pedras.

— Não há mais motivo para ter medo ou rancor, Denis. O que tinha que acontecer entre vocês já aconteceu. Então chega disso, de porres, de cartas. Ali, naquele canto. Veja: é um telefone. Nada vai mudar, nada vai piorar, nada mais vai melhorar. Então pegue o telefone e ligue para ela.

Não tentava fazer isso há mais de dez anos. Como seria a voz de sua filha?

— Ora, não seja ridícula, Jeanette.

O uso daquela expressão sacudiu um pouco os brios da pequena francesa. Protestando em murmúrios do outro lado da mesa, ela continuou:

— Ridícula é essa situação, Madeleine. Há quantos anos já estão nessa? Cinco? Sete?

— Mais de dez.

— Pff. Merde! Isso é patético. Dois adultos, uma advogada repleta de boas chances pela frente e um ancião provavelmente no fim de sua vida e ainda...

— Jeanette! Isso é jeito de...

— De falar do seu pai de quem você nem se lembra mais do rosto? Não seja hipócrita.

Fez-se silêncio na mesa enquanto Jeanette dava mais um gole em sua Piña Colada. Estavam há quase três horas ali e os cafés já haviam ficado para trás, junto com o silêncio que rodeava aquele assunto tabu.

— Mais uma carta chegou — disse Madeleine.

— Responda desta vez.

— Eu... nem mesmo as abro, já há alguns anos.

Jeanette balançou a cabeça, olhou para o relógio e falou:

— São bem mais de onze, na verdade mais de onze e meia. Já estão com mais de meia hora de atraso.

— Sabe como são os dois.

— Pois aproveite esse atraso para pensar no que vai dizer ao seu pai. Responda a esta última carta. Para que ficar nesse sofrimento? Ah, sim, ele bebe. Exatamente a mesma coisa que você está fazendo há três horas. Quer dizer, duas; teve o café.

— É diferente — disse Madeleine, estremecendo.

A pancada da porta sobre a lataria sacudiu o táxi. Xavier olhou para trás com o rabo do olho, amaldiçoando mais este passageiro.

— Marais, s'il vous plaît.

Xavier dividia-se entre o tráfego e o retrovisor interno, examinando com desprezo o banco de trás. Rico. Arrogante. Não. Provavelmente esse cara é legal. Não, mas olha isso agora, o jeito que ele pega o telefone. Escroto.

— Oui?

Xavier entrou rapidamente na pista ao lado, na contramão, mas ainda estava hábil o bastante para consertar a direção do veículo, sem que o passageiro percebesse o deslize. Sabia que dirigia bem melhor depois de umas carreiras. E já havia feito duas paradas nas últimas três horas. Só assim para aturar tudo isso: Paris, o trânsito, o carro, esse imbecil no banco de trás. Todos os imbecis do banco de trás.

— Mas, como assim?? O que você quer dizer? Não, escute... Não, escute você. Já está tudo combinado, as mesas... Não, isso é ridículo.

Discussão no celular. No banco de trás. Sexta à noite. Xavier fungou com força.

Gilles se lembrava de trens mais confortáveis e charmosos. Adorava viajar, por isso achava os novos trens incômodos: não se sentia viajando, mas catapultado para a frente. A paisagem rural da Aquitânia passava pela janela e os refle-

O Caminho do Louco - Prólogo

xos do verde noturno no vidro reverberavam por outros reflexos nos óculos do monge. A viagem seria rápida, mas daria tempo de fazer um lanche. Abriu a bolsa que levava e tirou de lá um pequeno embrulho de pano xadrez. Um belo naco de queijo Abbaye de Bellocq que, como o nome entregava, era feito na própria Abadia. Naquele momento, tinha o prazer de desfrutar de um queijo feito por ele próprio. Rico, firme, um pouco cremoso, feito de leite de cabra não pasteurizado. Os pedaços desciam, inundando seu paladar com o toque de caramelo tostado que tanto apreciava. Aquele queijo em particular lhe parecia ainda mais perfeito naquela noite.

O homem de terno preto que havia subido em Urt passava agora por ele no corredor, sem encará-lo. Gilles o achou perfeita e essencialmente medíocre. Teria dificuldade em reconhecer aquele homem novamente. As feições eram uma curiosa mistura de singularidade e mediocridade. Alguém que, não fosse pelas roupas e pelo tom um tanto estranho de sua presença ali, passaria despercebido. Aquele rosto ornava cabeças de multidões por aí.

As copas das árvores e arbustos balançavam com o vento frio, que ficava mais forte à medida que se aproximavam de Bayonne. Teve então uma ideia esquisita: pegou o envelope pardo com o documento que levava para seu amigo Daedalus e escreveu nele o nome de seu destinatário: Daedalus Perrin, Bispo de Bayonne, com o endereço e todos os detalhes. Havia pego selos na Abadia e, em segundos, o envelope estava pronto para ser remetido. Mas por quê? Não estava ele próprio ali, a caminho da casa do Bispo? Lembrou-se do que o abade lhe dizia de vez em quando: que era um homem de estranhas ações intuitivas, motivado pelo ambiente, "como um rádio de ondas curtas". Franziu o cenho e tornou a guardar o envelope na bolsa.

Denis admirou por alguns segundos o velho telefone, mais confiável que aqueles aparelhos minúsculos que fabricavam agora. As horas de sono clarearam sua cabeça. Sim, Sophie – claro – tinha razão. Levantou-se, caminhou até o antigo criado-mudo de mogno e chafurdou a mão enrugada dentro da gaveta até que ela emergisse de lá com um papel amarelado. O dedo indicador tremia sem razões etílicas para tal enquanto traduzia o *dèja-vu* daqueles números rabiscados em sinais de discagem. Resolveu apenas falar, sem preparar frase alguma. Isso sempre dava errado com Madeleine, afinal.

A voz de Madeleine surgiu metálica, assustadora; Denis levou alguns segundos para perceber que era apenas a mensagem da secretária eletrônica. "Você ligou para a casa de Madeleine DuBois. Deixe seu recado após o bip ou ligue para...". Anotou no verso do papel velho o número do celular e desligou. Discou novamente, apertando com força as teclas.

Após seis tentativas e dezenas de toques, recolocou o fone no gancho. Ninguém atendeu.

Madeleine passava o indicador pela borda do copo, já relaxada pelo álcool e pela conversa com sua amiga. Conhecia Jeanette há cinco anos, mas parecia muito mais tempo. A amiga baixinha, como sempre, estava certa. Amanhã telefonaria para a casa do Bispo de Bayonne e ouviria... a voz de seu pai. Nesse instante, seu celular emitiu os tons graves do vibracall sobre o tampo da mesa.

Olhou no visor. Incrédula, trouxe o celular para perto dos olhos.

Era ele.

Sentiu-o vibrar em sua mão uma vez. Duas. Três vezes. Na quarta vez, chegando mesmo a esboçar um sorriso nervoso, aspirou o ar e decidiu atender.

— Madeleine! Jeanette!

Era a voz familiar de René. Finalmente seus amigos haviam chegado ao café. Jeanette ainda sussurrou, antes de pedir a conta:

— Não teria sido fácil? Não vale a pena deixar essas impossibilidades à nossa volta. Amanhã ligue sem falta para ele.

— Sim — sorriu Madeleine. — Prometo que ligo amanhã.

E se levantaram para andar até o carro de René.

Xavier tamborilava sobre o volante enquanto dirigia, o pé apertando e soltando o acelerador de forma arrítmica.

— Dá pra dirigir, motorista? — resmungou o passageiro, interrompendo por microssegundos a discussão ao celular. — Não, realmente não me importa se é isso que a sua cabeça fantástica e limitada registrou. Não foi o que combinamos. As mesas estão reservadas há... O quê? Sua grossa. Imbecil! É você! Escute aqui... Desligou! Desligou na minha cara, a cretina! E você, o que está fazendo? Dê meia

O Caminho do Louco - Prólogo

volta nessa merda de táxi! Não ouviu a discussão? Claro que ouviu! Não vou mais para Marais, então. Dane-se tudo isso. Vamos para Montparnasse.

Xavier apertou o volante até doer.

A Gare de Bayonne estava deserta quando o trem parou, quase pontualmente, às 23h51min. Gilles desceu na plataforma fria com os outros passageiros que vinham de Tarbes, Lourdes, Pau ou Peyrehorade. Todos se dirigiram rapidamente para a saída da estação. Cansados senhores de terno, jovens estudantes voltando para casa para o fim de semana. Gilles parou para ajeitar seu hábito, para melhor se proteger do frio. Caminhou sem pressa pela plataforma, observando as pessoas, o corpanzil azul e cinza da composição e os funcionários sonolentos e mal-humorados. A noite era clara, apesar de fria, e Gilles gostava tanto de trens que já havia enviado para recônditos mais afastados de sua mente as terríveis impressões causadas por aqueles documentos.

Quando deu os primeiros passos fora do prédio da Gare, duas coisas o atingiram com força: o frio, que cercou seu pescoço e braços; e a impressão estranha de que... sim, *era* isso. O homem de terno preto o estava seguindo. Obedecendo sem pensar às suas lendárias capacidades decisórias geradas pela intuição, Gilles imediatamente deu meia-volta e tornou a entrar na Gare de Bayonne. Fazendo isso, ficou por alguns segundos fora do campo de visão de seu suposto perseguidor, escondido pelas paredes da fachada do edifício e por algumas lojas e balcões, já fechados. Aproveitou a oportunidade para, sem pensar de forma consciente, deslizar o envelope de papel pardo para dentro de uma caixa dos correios.

O sofá-cama parecia glacial para Denis, mesmo debaixo dos cobertores. Percebeu que era ele quem suava frio. A ansiedade e o *cognac* cobravam seu preço. Mas estava, após muitos anos, feliz – e quase adormecido. Amanhã falaria com Madeleine. Sabia disso. Era só no que pensava, naquele umbral que mescla o despertar, o raciocínio e o sonho acordado que acomete os primeiros segundos de sono.

As palavras de Sophie marejavam em sua cabeça. Palavras simples e de poder, de um alcance tão grande. Sophie sabia usar as palavras e já havia tentado fazer isso com Denis várias vezes antes, sem sucesso. Naquela noite, ele soube que Sophie tinha conseguido. Ele se sabia transformado. Quem poderia dizer o motivo? As falas certas na hora certa, acompanhadas de determinadas palavras e da presença de objetos e restos de diálogos de filmes, e anos e anos e anos de incomunicabilidade. Ingrid Bergman na nave da igreja e na fachada, o rosto claro olhando para o céu. Discar um número. Uma pessoa do outro lado. Apenas isso. Sua Madeleine. A trilha sonora de outros filmes surgiu e o ruído de sinos, e então Denis acordou de um sobressalto, como se tivesse tropeçado em um desnível da calçada. Sentado na cama, ouviu os sinos de Bayonne anunciarem a meia-noite.

— E então, o que vai ser? — perguntou Jeanette, com a voz aguda que sempre apresentava quando ficava animada. Quem respondeu foi René, que vinha logo atrás dela na faixa de pedestres:

— Jazz, o que mais? Ou podemos ir para a casa de Jacques, que tal?

O quarentão ao seu lado fez que sim com a cabeça. À frente do grupo, Madeleine se manifestou, divertida:

— Sim, sim! — bateu palmas. — Jacques tem ótimos discos e uma magnífica coleção de film...

Foi ali que Jeanette viu Madeleine desaparecer bem na sua frente. No relógio do prédio em frente, viu um 9 digital virar 0 e carimbar a meia-noite.

OK, OK, esse filho da puta acha que entra aqui e berra no BlackBerry de merda dele e faz faniquito e vai embora? Não tem como aturar esse trabalho, cara, não tem como aturar esse trabalho. Esta é a última noite, a última noite, e amanhã mesmo vou procurar Henri e Sabrina naquela cidadezinha de merda lá no Norte (Sabrina tá viva ainda, né?).

As luzes passam gritando todas as cores da velocidade de Hermes como putas ensandecidas e dizem a Xavier que, sim, seu merda, é por aqui. Não, agora por aqui. Ali, vira. Direita! Rápido, mais rápido, flashes de Belmondo e Diabolik e Steve McQueen (não, aqui não, porra, como pode?) driblam o reflexo do retrovisor, abrindo os Champs Elysées imaginários dos becos como papelotes que transbordam pó e oxy e speed speed speed oh meter a mão na marcha e puxar a quinta até ela gemer. O carro metálico segue por Montparnasse, ajoelha-se e pede perdão diante da solitária Torre, antes de circundar as últimas falas de Baudelaire, Brancusi, Sartre e Beauvoir, Beckett, Sontag, no eterno quadrado que é o Ce-mi--tiére, speed speed speed, esquerda agora.

Montparnasse, monte Parnassus, nove musas gregas que agora estão aqui, comendo crepes, o volante do táxi escorrega pelos pecados e desgraças de Max Jacobs, desvia pela sede da SNCF, locomotivas e vagões cuspidos pelos ares como carreiras e carreiras de special k, OK, acelerar agora e

A moça.

Primeiro Xavier vê seu próprio rosto em desgraça, tremendo atrás do para-brisa do táxi.

Depois ele vê o casaco preto, a calça verde-esmeralda e-

E então vê os olhos, os olhos cinzentos esbugalhados, polaroid que nunca desce pelo corpo da câmera, que nunca se revelará em nada além disto:

Um corpo vermelho, quebrado, jogado vários e vários metros à frente.

Quando tudo enfim para e a multidão congela ao seu redor, e os dedos apontam para ele, e o sinal vermelho lá atrás cospe vergonha em sua cara, a última coisa que Xavier vê antes de vomitar uma estranha bile branca e desmaiar é seu sangue escorrendo pelo relógio do painel.

00:00.

O homem de terno preto parecia ter ficado do lado de fora da Gare. Gilles esperou por longos e longos segundos no interior da estação, os olhos vidrados na entrada. Ninguém apareceu. Olhou para a caixa de correio, intacta. Calada. Virginal. Ninguém havia visto o envelope ser colocado ali. Esperou mais alguns segundos, sempre se mantendo a poucos metros de um segurança da companhia ferroviária, que vigiava sem cessar sua própria cara de sono.

Finalmente, suspirou de alívio e teve certeza de que tudo estava bem. Era apenas sua imaginação. Ninguém o estava seguindo. Aquilo era ridículo.

E agora os documentos estavam na caixa de correio. Bem, Daedalus os receberia de qualquer forma. Amanhã à tarde, provavelmente. Era só uma questão de relaxar, ir até a casa do seu velho amigo que agora era o Bispo de Bayonne e tentar contar essa história para ele em pleno início da madrugada de sábado.

Tranquilizado e rindo de seu nervosismo, Gilles entrou no banheiro da estação. Estava vazio. Abriu a torneira e lavou o rosto. A água fria sobre a testa era restauradora. Encheu as mãos em concha e passou água nos olhos. Deixou-se tomar pelo frescor. Sentiu dedos segurarem sua cabeça por trás e o espelho à sua frente só teve tempo de revelar, entre a água que escorria por suas pálpebras, um estranho rosto que não era o seu.

Um rosto medíocre e comum.

Os dedos se fecharam com força, quebrando os ossos de seu crânio e invadindo seu cérebro. O corpo sem vida de Gilles tocou o chão do banheiro. Do lado de fora, o segurança da estação viu seu relógio de pulso marcar meia-noite e bocejou.

No chão, o líquido tornava mais brilhante o marrom do hábito do monge. Filetes vermelhos se espraiavam pelo azulejo, linhas férreas mercuriais se encontrando no infinito.

Na manhã de sábado, 13 de junho, foi um Denis sonolento que atendeu o telefone. Um Denis gaguejante que ouviu a mensagem. Um Denis transmutado para sempre que pousou o telefone no gancho.

Na hora do almoço de sábado, foi um Denis afundado em *cognac* que recebeu e separou a correspondência. Um envelope pardo endereçado ao senhor Bispo, de um tal de Gilles, lá de Urt, foi colocado por engano debaixo de uma pilha de livros velhos e enviado para um canto obscuro da biblioteca da casa. Um envelope com documentos que não seriam abertos e lidos naquela tarde, naquele dia, naquela semana, naquele mês ou naquele semestre.

No sábado à tarde, foi um Denis ensandecidamente bêbado que xingou Sophie e praguejou coisas inomináveis para o teto.

No domingo de manhã, os olhos azuis de Marie não pararam de jorrar. O Monastério parecia enorme, sem fim.

O Caminho do Louco - Prólogo

> "Todo homem é cercado por uma vizinhança de espiões voluntários" – Jane Austen (1775 – 1817)

> "Dizem que saio à noite pela janela da minha torre, suspensa por um guarda-chuva vermelho" – Camille Claudel (1864 – 1943)

CAPÍTULO 1

O grito de Pat O'Rourke chegou até a floresta. Atravessou os postigos de madeira, a vidraça, o campo aberto e atingiu os galhos, troncos e corujas como o agouro de uma banshee. Assim que emergiu do sonho e arregalou os olhos, a primeira coisa que viu foram as quatro formas ovaladas luminosas do relógio digital sobre a escrivaninha de madeira: 00:00. Pôs os pés sobre o tapete ao lado da cama e tateou em busca de seus chinelos. Quando ficou de pé, a coisa parecia clara em sua mente. Alguém foi morto naquele minuto.

Após uma infusão de ervas diante da janela entreaberta para o ar noturno, sabia o que fazer. Olhou no calendário a data exata: estava agora nos primeiros minutos da madrugada de 13 de junho. Um sábado. O sonho, parecia, falava de algo que aconteceu à meia-noite em ponto. Que algo?

Para descobrir, levou várias coisas até a mesa da sala de estar. Seu jogo de runas, uma caixa de bastões de incenso e seu sampler Electribe ES-1. Melhor algo orgânico do que digital numa hora dessas, pensou. Sentou-se à mesa, ocupando espaço em uma larga cadeira estofada de metal. Fechou os olhos por alguns segundos e acendeu dois dos incensos: um de carvalho e um de mandrágora. Posicionou um de cada lado da mesa, nas pontas. No centro, estendeu um pano verde-musgo e sobre ele posicionou sua caixa de runas, deixando-as cair com cuidado.

Observou e examinou a forma como as pedras caíam; os conjuntos de símbolos que se aproximavam e os que se afastavam. O resultado final era importante, mas a queda em si também o era: Pat criara algo que chamava de cinemancia, a adivinhação por meio da análise dos movimentos. De queda, de ajuntamento, de estabilização, de separação. Quase três horas, sete jogadas e seis bastões de incenso mais tarde, ela não tinha mais dúvidas: alguém morreu à meia-noite. Assassinado. Alguém que não conhecia e de quem talvez jamais ouvisse falar. E descobriu por que vira em sonhos o assassinato desse desconhecido: ele carregava um envelope contendo documentos que afetariam muito a sua vida e a dos seus amigos mais próximos. Resistindo à tentação de mudar das runas para um baralho de tarô, Pat levantou-se e ligou a Electribe. Girou o dial do sampler até um número que sabia que agradaria a esse tipo de questão – B12 – e apertou o botão de play. Um beat lento e gravíssimo, encharcado de delays, tomou a cabana e as highlands que a cercavam.

Após longos minutos de transe, abriu os olhos. E viu que *sabia*.

Pegou papel e caneta e começou a escrever. Sim, no Banco. Manuscritos com uma relação direta aos papéis que motivaram o crime daquela meia-noite. As frases vinham como ondas de calor, como as marés. Continuou escrevendo, de forma automática. Manuscritos. Dentro do Banco (logo *deste* Banco?). Metades que se completam, como um anel partido. O Eremita saberia o que escolher. Seria necessário um mapa. Para conseguirem entrar no Banco e sair de lá com segurança, seria necessário um mapa. E onde está esse mapa?

Voltou para a mesa e acendeu mais incensos. Mudou o beat para B13: mesmo BPM, mas uma batida mais quebrada, beats que criavam dúvida e ao mesmo tempo a evitavam, voltando sempre a ela. Maravilhas dos loops. Quando deu pause, minutos depois, sabia tudo sobre o mapa.

Sabia onde estava: um prédio enorme, cheio de salas, com o símbolo de Marte na fachada.

Sabia quando: daqui a quatro dias, na próxima quarta-feira, 17 de junho.

Não sabia quem: deixaria que o Tarot decidisse.

Anotou os detalhes em uma nova folha de papel, passando tudo a limpo, e deitou-se para tentar dormir. Amanhã, enviaria todos os detalhes para o Mundo. Do lado de fora, o céu da Escócia começava a trocar o breu pela púrpura.

A noite de quarta-feira estava cinzenta. O prédio da Mars Corp., uma filial da SparkleSoft, estava apagado. Às onze e meia da noite, apenas os seguranças estariam lá dentro. Do terraço do prédio vizinho, Romina Contreras observava a movimentação – ou sua ausência – no edifício corporativo. Olhou para o relógio. Seu colega de assalto já deveria ter chegado. Dez minutos atrasado. Abriu a planta do prédio, conseguida por um amigo do Mundo que morava em Munique. Quando repassava os diagramas, tentando decorá-los, ouviu um barulho de passos. Enfim.

Virou-se e encontrou um homem muito magro, de cerca de 1,70m.

— Wolfgang. Você está atrasado.

— Olá, Romina. Desculpe. Subir até aqui foi dureza.

— É agora que a dureza vai começar — disse Romina.

— Me espantei de mandarem um dos Maiores sozinho para isto — disse o homem.

— Quanto menos gente em um assalto, melhor. Mais rápido. Mais silencioso. Mais seguro.

— Soube que você tem muita experiência nisso. Mas é tão nova. Quantos anos você tem?

— Dezenove. Muito bem vividos. Quinze no Chile, quatro na Noruega. Dois como a Torre.

— Ex-punk e ex-ladra.

— Não, não ex. Em nenhum dos dois casos. E você? Por que você, entre tantos Menores?

— Sou o Pajem de Espadas há quase dez anos. Já participei de diversas missões de furto.

— Bom saber. Vamos, então.

Ela caminhou até a beirada do telhado e examinou a distância de menos de três metros que separava o prédio onde estavam do edifício da Mars Corp. Abriu a bolsa a tiracolo e tirou dela o que parecia ser uma toalha de seda dobrada. Ao distendê-la, revelou-se uma espécie de colcha emborrachada. Jogou-a sobre o vazio como um pescador lançando a sua rede. Uma das extremidades ficou presa à mureta do terraço do edifício vizinho. Prendeu a outra extremidade no chão do prédio onde estavam, esticando-a até formar uma espécie de toldo. Então apertou dois botões em um dos cantos e o material começou a inflar, quadruplicando de tamanho e ganhando uma aparência semelhante a um enorme bote feito de espuma. Subiu no objeto, que suportou seu peso sem dobrar nem um centímetro, e caminhou para o outro edifício. Wolfgang imitou-a.

— O que é isso?

— Tecnologia inflável. O material é uma mistura de aerogel e nanotubos de carbono especiais. Em alguns minutos, cairá como uma bola de encher em fim de festa, então teremos que sair de outra maneira.

Romina arregaçou um pouco a manga esquerda e tocou em seu relógio. O visor se acendeu e revelou uma versão menor e interativa da planta do prédio. Fazendo o movimento da pinça, ela deu um zoom na planta até mostrar o ponto onde estavam. Esticou o braço para o colega.

— Estamos aqui. Este símbolo é a porta à nossa frente. Passando por ela, estaremos a dois andares dos arquivos que contêm nosso alvo.

— Bom, lá se vai a porta — disse Wolfgang, usando um tubo metálico cheio de ácido para dissolver a fechadura sem fazer barulho. Com um movimento de ombro, fez a porta se abrir.

— Torres, punks e damas primeiro — ficou de lado, abrindo passagem.

— Pajens por último, como sempre — devolveu Romina.

No breu do andar superior, ativaram seus óculos infravermelhos e os intercomunicadores em seus ouvidos. Passaram a falar sussurrando.

— As câmeras e sensores de movimento não estão mesmo funcionando? — perguntou Wolfgang.

— Estão, mas não nos detectarão. Pat está cuidando disso.

— OK, se você diz.

Andaram pelo longo corredor, sem que as câmeras e caixas junto ao teto dessem por sua existência. Logo chegaram à escada e desceram dois lances de degraus.

— Mais um andar e chegaremos ao arquivo.

— Não podemos seguir direto pelas escadas? — perguntou Wolfgang.

— Você não examinou a planta antes? As escadas se alternam pelos dois lados do prédio. Para descer mais um lance, temos que sair e voltar pelo corredor até a extremidade oposta.

— Péssima disposição em caso de um incêndio.

— Duvido que estejam preocupados com isso, os andares de cima são quase mantidos apenas por máquinas. — disse Romina.

Seguiram em silêncio por mais um corredor, até as escadas. Abriram a porta e desceram mais um lance. Enfim estavam no andar certo. Romina olhou pelo corredor.

— Livre como os de cima. Esses andares automatizados são ótimos para assaltos.

Wolfgang fez uma cara de dúvida ao escutar essa frase.

— Pode ser, mas dão nos nervos. É perturbador.

— Mais perturbador seria encontrar quinze seguranças armados, que é o que veríamos nos andares inferiores. Por aqui não veremos nada mais perturbador do que um Roomba.

— Roomba? — perguntou Wolfgang.

— Aspirador de pó automático... coroa — respondeu Romina.

Ao final do corredor, ela consultou mais uma vez a planta em seu relógio. Apontou para uma sala do lado direito do corredor.

— É aqui. Arquivo. Temos que pegar o alvo, voltar até o meio do corredor e entrar na sala 38B. É de lá que pularemos.

— Pularemos? O que quer dizer? — disse Wolfgang.

— Você não trouxe seu Glider? Da Mann-Tronic?

— Glider? O que... — Vendo a irritação nos olhos de Romina, Wolfgang cedeu. — Eu estou brincando. Claro que eu trouxe. Está nas minhas costas, sob a mochila. Que nem o seu, presumo.

Romina já estava arrependida por não ter escolhido ela mesma a companhia para tal missão. Testou a porta do arquivo. Trancada. Wolfgang se aproximou e repetiu o truque dos tubos de ácido. A maçaneta cedeu. Entraram no cômodo.

O arquivo ocupava toda uma sala principal lateral do edifício. Demoraram quase cinco minutos procurando a estante exata onde estava o alvo. Mas lá estava ele: uma pequena caixa de metal. Romina tirou da mochila uma luva de silicone, finíssima. Após vesti-la, estendeu a mão diante do rosto de Wolfgang, exibindo os dedos.

— Minhas mãos acabam de entrar na era digital.

O Caminho do Louco - Capítulo I

— Péssimo trocadilho — sorriu o outro.

Usando a mão enluvada, Romina digitou um código no visor de vidro da caixa. Com um zumbido digital, ela girou e se abriu. No interior, havia um papel dobrado.

— O mapa — disse Wolfgang. — Pat estava certa. Mas como você conseguiu essas digitais? E como descobriu o código certo?

— Como eu disse, nada de ex em mim. Sou uma ladra — disse Romina, tirando da testa uma mecha dos cabelos castanhos espetados, que havia caído com o suor. Voltou a dobrar o mapa e guardou-o no bolso da mochila. — Vamos embora daqui.

Saíram para o corredor principal e seguiram por ele até a porta da sala 38B. Estava aberta. Era uma sala de reuniões vazia, bem no meio do prédio. Por sua localização, era a que permitia o melhor salto. Pulando dali com o glider, cairiam sobre um viaduto, em vez de aterrissarem na rua principal, de cara para a portaria da Mars Corp. e seus seguranças. No viaduto, o Dez de Ouros esperava por eles dentro de um carro. Wolfgang parou diante de uma das vidraças e tirou da mochila uma lâmina de diamante sintético e uma ventosa. Posicionou-as junto à janela e fez um movimento circular com a mão. A lâmina arrancou um enorme naco da vidraça, que saiu colado na ventosa. Com cuidado, Wolfgang colocou aquilo no chão.

O vento gelado da madrugada tomou a sala. Romina pôs a mão sobre a corda que ativaria seu glider, deu um passo atrás, tomou impulso e pulou para o vazio. Logo depois, Wolfgang fez o mesmo. Os 36 andares inferiores do edifício pareciam rir de seus esforços quando puxaram a corda. A queda foi refreada e os dois planaram, usando as cordas para direcionar o voo. As luzes artificiais da noite de Munique giravam em um carrossel de vertigem enquanto eles desciam. Pousaram em silêncio, segundos depois, sobre o asfalto do viaduto. O carro negro do Dez de Ouros estava a trinta metros de distância. Correram até lá. Quando Wolfgang olhou pela janela do motorista, sentiu um vazio no estômago. A cabeça do Dez de Ouros estava virada quase para trás. O homem estava morto, de olhos arregalados para o vazio e os braços caídos para os lados do corpo.

Virou para trás para falar com Romina e viu que a moça olhava a cena no interior do carro com expressão de quem acabou de levar um soco, atordoada. Assim que ela abriu a boca para falar alguma coisa, Wolfgang ouviu o ruído de passos. Foi quando ele viu. Atrás dela. A criatura.

Antes que pudesse gritar ou se mover, a coisa estendeu os braços sobre

Romina. Com um movimento estranho que Wolfgang não conseguiu entender muito bem, o vulto fez com que o pescoço dela emitisse um estalo. A Torre caiu ao chão, pesada, já sem vida antes mesmo de bater no asfalto.

Munique girava com a náusea dos bêbados ao redor de Wolfgang. Desviou os olhos de Romina, caída no chão, e percebeu enfim o que era a criatura: um homem de terno preto e pele mais branca que o normal, com cabelos ralos como os de um bebê. Aquilo olhava para Wolfgang sem expressão alguma no rosto, com a boca levemente aberta. Foi quando três percepções caíram como uma pedra na mente de Wolfgang, tudo ao mesmo tempo: sua companheira de missão estava morta. Seus *dois* companheiros de missão estavam mortos. E ele seria o próximo, se ficasse ali parado, enraizado no chão, como estava há poucos e longos segundos.

Ordenou que suas pernas se mexessem e correu. Pegou a mochila de Romina do chão e disparou para a mureta oposta do viaduto. O glider não adiantaria de muita coisa a uma altura dessas, mas era melhor do que encarar aquela coisa. Sem pensar, pulou do viaduto, com a mochila na mão.

Mas a queda não ocorreu. Wolfgang estava parado no ar. Ouviu o som de algo se rasgando e viu o glider passar pelo seu corpo e estatelar-se na calçada, dez metros abaixo. Percebeu que a mão da criatura agarrava sua mochila, ainda presa às suas costas. A coisa havia arrancado os cabos do glider e agora o puxava para cima. Foi arremessado de volta contra o asfalto do viaduto. Ficou de pé, com um gemido de dor. Aproveitou que estava distante da coisa e tirou os farrapos de sua mochila das costas. Sua mão direita ainda agarrava com força a mochila de Romina, que continha os documentos roubados do prédio.

Examinou suas chances. Estava no meio do viaduto, com o carro do Dez de Ouros e o corpo de Romina à sua esquerda, a cerca de três metros de distância, e o homem de terno à sua direita, a uns oito metros. Mas a criatura já vinha em sua direção. A distância diminuía.

Uma luz às suas costas chamou sua atenção, e Wolfgang teve apenas tempo de dar dois passos para o lado. Um carro passou e separou-o da criatura. Aproveitou aqueles segundos e correu para o carro.

Abriu a porta e empurrou o Dez de Ouros para o banco do carona, junto com a mochila de Romina. Assim que fechou a porta e girou a chave, duas coisas aconteceram: o carro ganhou vida, com o motor roncando e os faróis perfurando a noite com lanças de luz; e a janela ao seu lado explodiu, jogando cacos de vidro sobre seu corpo e cabeça. A mão da criatura invadiu o veículo no mesmo

O Caminho do Louco - Capítulo I

segundo em que Wolfgang pisou no acelerador, depositando sua vida naquele retângulo sob seu pé direito.

O carro avançou. O braço da criatura bateu no teto, no interior do veículo, e voltou a sair pela janela. Olhando pelo retrovisor, Wolfgang viu o homem de terno parado no meio do viaduto, com um dos braços pendentes, imóvel. Ao lado dele, estava o corpo de Romina.

Algo naquela visão fez com que puxasse o freio de mão e desse um cavalo de pau. O barulho dos pneus encheu de eco o vale de vidro e concreto. O homem de terno agora era uma figura de preto no centro do seu para-brisa dianteiro. Wolfgang mirou, acelerou e rugiu:

— Engole o metal, seu pedaço de cocô.

O carro atingiu o corpo da coisa, que voou vários metros para o lado, bateu na mureta e caiu do viaduto.

Wolfgang freou o veículo. De olhos arregalados, fitou o vazio ao longo do viaduto. Sua respiração ofegante cortava o silêncio noturno. Olhou para o banco do carona e viu o Dez de Ouros, o corpo caído, o pescoço retorcido e os olhos ainda arregalados. Estendeu a mão e fechou as pálpebras do cadáver.

Desceu do carro e abriu a mala. Minutos depois, ali dentro, estavam os corpos dos seus amigos. Cobriu Romina e o Dez de Ouros com uma lona. Conhecera pouco a Torre, mas percebeu que, enquanto a olhava ali caída, sua mandíbula estava tensa e as mãos se fechavam em punhos.

Colocou a mochila com os documentos em um dos cantos da mala, ao lado dos corpos. Encarou o objeto com as sobrancelhas franzidas, como se o culpasse por aquelas mortes.

Entrou no carro, respirou fundo e acelerou. Teria que dirigir pela noite de Munique carregando a morte.

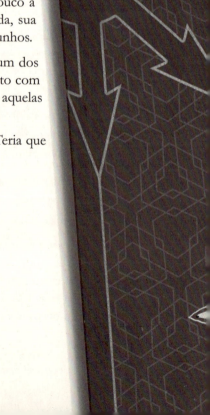

> "Seja um Colombo para novos continentes e mundos inteiros dentro de você, abrindo novos canais, não de comércio, mas de pensamento" - Henry David Thoreau (1817 - 1862)

CAPÍTULO II

O problema de trabalhar para viver é que, em pouco tempo, você começa a viver para trabalhar. Gosto de pensar que isso não acontecia nas sociedades agrárias e primitivas, mas pode ser apenas uma nostalgia pastoril induzida pela febre de silício e pela velocidade óptica da vida que temos hoje. Talvez sempre tenha sido assim, é difícil dizer; mas há um certo conforto em saber ou pensar saber que o camponês medieval, apesar de dever obediência e lealdade ao senhor feudal, tinha tempo mais do que livre para pensar em sua própria vida e cuidar de seus próprios afazeres. Ou melhor, não pensar em sua vida e não cuidar de seus afazeres. O que chamam de relaxamento, esse crime tão grave na vida cotidiana do século 21, é o simples viver. E viver exige vários nãos.

Não imagino como seja possível desfrutar a vida em sua extensão "adequada" quando se tem acesso apenas a determinada categoria de "nãos". "Não há tempo para ir ao cinema hoje", "desculpe, cara, mas acordo amanhã às sete para trabalhar, não posso ir nessa festa hoje", "não tenho dinheiro para fazer essa viagem agora, talvez nas férias do ano que vem, se conseguir tirá-las", "não posso me preocupar com isto agora, não afeta a minha vida e não me parece ter a menor importância", "não dá, cara, simplesmente não dá". Esses são os nãos respeitáveis, desejados e aplaudidos.

Mas e quanto a "não quero fazer isso agora", "não tenho a menor obrigação de fazer isso amanhã", "não posso ir ao trabalho hoje, não vejo minha namorada há duas semanas", "não me agrada ter de fazer isso, não pode passar para outra pessoa que goste dessas coisas?", "não acho que seja importante, quero ler sobre os movimentos de migração dos pássaros no sul da Inglaterra esta tarde", "não tenho vontade de fazer isso, quero deitar numa rede e olhar para a constelação da Virgem"? Esses são totalmente desprezados. Nem mesmo os tão completos e prosaicos "não quero", "não sei", "agora não" e "não, obrigado" são vistos com bons olhos. Curiosos os nãos: alguns impõem uma aura de respeitabilidade e responsabilidade social, enquanto outros são tratados como nada e mantidos a distância, no ferro-velho das obrigações, onde todos os seus desejos, vontades, prazeres, preferências, gostos, diversões, alegrias e sonhos ardem nas chamas azuladas da barriga dos incineradores de lixo.

Bem, não importa.

De início, fiquei preocupado quando essas coisas começaram a passar com mais frequência pela minha cabeça, mas não é como se eu fosse o único a reclamar da vida cotidiana e não houvesse autores sérios e respeitáveis que acusassem tais coisas. De alguma forma, temos permissão para pensar nelas, mas jamais podemos passar do ponto limítrofe e gritar a plenos pulmões "chega dessa merda!", esfregando na cara de seus chefes, colegas de trabalho, corretores, consultores e advogados a lâmina de Occam de sua própria inutilidade. Não, isso não pode ser feito. Alguns *nãos* só podiam transitar pelo reino dos sonhos e das possibilidades. Mas meras possibilidades já não eram suficientes para me agradar e oferecer aquele comezinho amortecimento das sensações que tomamos por vida na quase totalidade dos casos. Mas, à medida que o tempo passava, cada vez mais eu me confrontava com a pergunta crucial: "Por Que Não?".

A essa época, eu estava com 35 anos e tinha medo de que os 35 amanhã virassem 58 e minhas realizações consistissem apenas num duplicar de inutilidades. Eu trabalhava na redação de um grande jornal do Rio de Janeiro e, pensando retroativamente, esse supremo cansaço já estava presente quando comecei, quinze anos atrás, mas na época ele era refreado pela postiça animação de quem ganhou um brinquedo novo – ou melhor, acabou de ouvir uma nova piada – sim, piada parece mais adequado. Com o tempo, essa sensação deixou o reino das impressões e virou certeza, como o chumbo dos alquimistas que reluz e vira ouro em meio a uma quantidade absurda de fumaça fedorenta e metais abrasivos. Ouro de tolo, é claro, tanto aquele como este.

E, com a solidificação das certezas, veio o peso, o arrastar-se. Eu era um estranho numa terra de desesperança, de existências reduzidíssimas. Mas tudo começou a mudar naquela manhã de segunda, 15 de junho. Acho.

Eu ouvia meus passos ecoarem no corredor longo e asséptico. As solas dos meus sapatos batiam no piso de mármore, enviando mensagens em um código Morse da pressa. Finalmente alcancei o elevador e apertei o botão. Instantes depois, a porta se abriu e o ancião ascensorista me olhou de forma estranha e cúmplice, um sábio cansaço me olhando, tímido, por trás daqueles olhos amarelados. Sua expressão parecia querer dizer "Sim, eu sei. Eu sei". E eu sabia que ele sabia, mas, assim como eu, não podia fazer nada. Claro que podia, mas achava, como todos os outros, que não lhe cabia fazer nada.

Deixei de pensar nisso tão logo cheguei ao meu andar. Entrei depressa e, sem ser notado, sentei-me à "minha" mesa. Como que por encanto, o telefone tocou.

— Alô?

— Gostaria de falar com o Sr. André Moire.

— É ele.

— Sr. Moire?

— Sim?

— Sr. Moire, é sobre o projeto de redes que estamos lançando. A JCN espera contar com sua presença esta tarde no salão de convenções do...

Enquanto a voz mecanicamente treinada continuava em seu rap monocórdio, pensei em como havia esquecido das malditas redes. Eu havia marcado a entrevista com o novo-gerente-de-projetos-para-Internet-e-Utilities-da-Sparkle-Soft-para-a-América-Latina para as três e meia da tarde. Seria inviável estar às quatro do outro lado da cidade, no Salão de Convenções, no final de Copacabana, para a meleca dos novos padrões de redes da JCN. Cansado, deixei a mulher-robô terminar de falar e desliguei o telefone. Novamente, como que em estranha sincronia Graham Bell, a estapafúrdia barba branca de meu chefe apareceu na porta de seu cubículo.

— Tudo bem?

— Sim — "ué, sim, tudo bem, seu idiota", mas prendi-me ao sim. Sempre o sim, essa palavra tão fácil de escapar de sua boca, quase como um espirro, ela sai e, quando você percebe, já caminhou um ou dois passos pelo ar, entrou no labirinto (auricular, mas também mental) de seu interlocutor e lustrou mais uma barra da janela de sua cela.

O Caminho do Louco - Capítulo II

Horas e vários releases, sorrisos e cartões trocados depois, saí correndo, faltando cinco minutos para as quatro, da sede da SparkleSoft, tentando guardar os papéis, folders, adesivos e a caneta-brinde em minha pasta. Peguei um táxi, mas meus sonhos de pontualidade se estilhaçaram assim que o motorista pegou a Niemeyer. Ela estava completamente parada, como se estivessem viajando à velocidade Mach-12 e a vida fosse uma galeria de estátuas de Marinetti. Suspirei, fechei os olhos e liguei meu MP3 player. Deixei os samples de diálogos e teclados passearem pela minha cabeça e, de quando em quando, olhava para o relógio.

O botão de "stop" do MP3 player só foi apertado às cinco e meia, quando desci do táxi em frente ao Salão de Convenções do hotel. Assim que entrei, encontrei a voz de autômato do telefone, desta vez saindo de uma moça de trinta anos, que vestia um tailleur azul-marinho. Bem-vindo à assepsia. Uma hora e meia de sorrisos, discursos empresariais e do habitat natural das palavras "competitividade", "valor agregado", "sinergia", "utilities", "tempo real" e "esforço conjunto". O único tempo real não era meu, mas aquele dentro de um computador. Os bytes devem se divertir muito com seu tempo livre, enquanto nós computamos por eles. Finalmente, às sete e quinze, foi servido um lanche e me afastei dos duendes que perguntavam incessantemente coisas aos homens-robôs da JCN. Enquanto os ternos caros dos executivos de redes e os ternos vagabundos dos jornalistas travavam seu duelo de egos, atordoei-me até um canto e, olhando para um canapé de caviar em busca de iluminação, a realidade caiu na minha cabeça:

— O que, caralho, estou fazendo aqui?

Na manhã seguinte, eu digitava a entrevista com o novo robô da Sparkle-Soft. Fui novamente interrompido pela barba branca (era uma barba por fazer, borrada e incerta, duvidosa de suas qualidades de barba) e pelo terno demasiadamente apertado de meu chefe, o editor-chefe do jornal.

— E aí?

"E aí? O que diabos um chefe quer dizer quando chega para você e pergunta algo tão prosaico?".

— Err... Tudo OK.

— Foi tudo bem na entrevista?

— Foi. O artigo já está pronto — e apontei para a tela, onde a feiura total do programa in-house de textos do jornal se impunha, sorrindo em seu esplendor amarelo e azul de fontes tamanho 16.

— E a matéria da JCN?

— Vou bater depois do almoço.

— Depois do almoço? Mas pensei que já estivesse pronta — respondeu a barba.

— Mas você disse que eu só teria de ir ao evento da JCN para que não deixassem de nos chamar para futuras coletivas, que o assunto era hard demais para os leitores, etc. Então, privilegiei a entrevista com o ro... o cara da SparkleSoft, que até parece ser um sujeito, err, legal.

A barba olhou de forma curiosa. O que importava se o novo gerente da SparkleSoft era ou não um cara legal?

— Mudei de ideia. A matéria da JCN vai ser maior. Vamos deixar a SparkleSoft na gaveta.

E a barba saiu, usando os passos mecânicos que lhe eram habituais. Bufei e cliquei no ícone do MP3 player. Os sintetizadores reiniciaram em loop infinito, drone da fuga.

Eu fiz Jornalismo por um motivo simples: gostava de escrever. Se soubesse, teria feito Letras, História ou Biblioteconomia, porque gostar de escrever é o que menos importa nesta profissão que há mais de quinze anos se arrasta como uma bola de chumbo presa ao meu tornozelo. *Oh, mas você tem um bom cargo, é editor de informática de um grande jornal.* Puxação mútua de saco e um egotismo ascético, eis os segredos do jornalismo moderno e da comunicação de massas. Você precisa ter centenas de dedos para conseguir lidar com o ego escorregadio e melífluo dos editores, redatores, fotógrafos, entrevistados, em uma montanha-russa de falta de sentido, onde o mais leve escorregão desperta a inveja, a insatisfação e várias presunções a seu respeito. Um mundo onde a capacidade de entrevistar algum artista era supervalorizada de tal forma que dava a impressão de que o artista era o entrevistador, aquele sujeito tão capaz de digitar leads idênticos para assuntos distintos, como uma fórmula matemática; e, claro, é necessário que aqui no canto desta sua matéria sobre streaming exista um box sobre o novo home theater, porque no domingo ele estará em anúncio de duas páginas logo antes do caderno de economia.

Um dos motivos dos tais *nãos* nunca serem ditos é a autofetichização de si mesmo como escritor, como artista. Mas, diabos, como, para mim, escritor era Poe e artista era Pollock, *never mind the bollocks.*

O Caminho do Louco - Capítulo II

Enquanto isso, o ar-condicionado fedia a fungo em todas as manhãs de segunda-feira naquela redação amarelecida e sem janelas.

"Mais um atentado terrorista atingiu o Havaí na manhã desta quinta-feira. Uma bomba explodiu no hotel Mnumu, na praia de Honolulu. O número de mortos ainda é desconhecido, mas a polícia afirma que surfistas da região...

tic

...após ver a face da Virgem Maria em um tomate. Ao menos foi o que afirmou o fazendeiro, que usou uma tesoura de cortar grama para degolar a esposa inválida e as duas fi...

tic

...sidente Holden afirmou hoje, em seu discurso na base de Guantanamo, que as oportunidades legais estarão disponíveis para todos os presos assim que confessarem sua participação em qualquer das atividades de que são acusados. Cravejado de perguntas após essa afirmação, Holden encerrou a coletiva e tomou um helicóptero para...

tic

...em Seattle. A polícia já cercou a área do Centro Empresarial de Zimbábue, em uma tentativa de evitar que os tumultos se repitam. Um africano de trinta anos foi o único preso até agora, após arremessar uma boneca de madeira contra uma das janelas do edifício. A reunião do G8, que começa em uma semana, será a mai...

tic

...em seu novo disco, chamado *The Devil is My Pussy*. A cantora nega estar envolvida com rituais secretos de castração e automutilação e se recusou a comentar sobre seu namoro com Paul Adirondofsky, um dos executivos de sua gravadora. Eva Colum também se negou a responder sobre os boatos de que na verdade teria sido dublada pela desaparecida Cindy Lauper em seu ál...

tic

...nistro da Defesa, Ronald McMickey, depôs hoje no Congresso sobre o caso Errol. McMickey, que confessou ser um dos maiores acionistas da Errol, é acusado de manipular dados oficiais para provocar a falência fraudulenta da própria empresa. O presidente Holden afirmou, antes de voar para Guantanamo, que confia plenamente em McMickey e tem fé que Deus ajudará os americanos a superar mais esta crise. "No final", disse Holden, "to...

tic

"...iga agora mesmo onde estão as joias? E as armas? Vamos, diga, sua vaca!

— Eu já disse que não sei!

Bang! Pow!

— Puta!

clic

A mão fina e pálida descartou o controle remoto. Maria de las Luces observou a tela se apagar e o breu tomar conta, unidimensional. Sem luzes na caixinha falante. Foi interrompida por Javier.

— Chá, madame?

Ela parecia sair de um torpor.

— O quê? Ah, sim. Obrigada, Javier.

— Preto ou Jasmim, madame?

— Jasmim, por favor.

Javier adicionou a quantidade costumeira de açúcar que Maria costumava usar. O velho mordomo entregou-lhe a xícara e pousou a bandeja de bronze sobre o aparador de canto.

Maria voltou a ficar sozinha, desta vez em total silêncio. Seu piano a encarava de um canto da sala, desafiador. Seu antigo objeto de desejo agora se impunha como um sarcófago, um monstro negro a desafiá-la e a zombar dela. "Venha", parecia dizer.

O leve ruído das *calles* de Madrid, escalando pelas telhas e calhas do antigo e enorme edifício, parecia se interpor como resposta.

"Não. Ainda não".

Enquanto observava o piano, repassando em sua mente o Noturno, Op. 9, de Chopin, quase em sua totalidade, teve um sobressalto ao sofrer a interrupção de um barulho estridente. Maria detestava ruídos. Era o telefone no vestíbulo ao lado. O exigente e mimado aparelho berrou mais três vezes, até que Javier viesse lhe dar atenção. "Alô?", fez a contida e adequada voz do perfeito mordomo.

O Caminho do Louco - Capítulo II

Após alguns sussurros ininteligíveis, ele entrou na sala de estar com o vitorioso aparelho. Maria, deslizando as mãos de maneira graciosa e lenta, pegou o telefone e colocou-o ao seu lado, no assento do divã.

— Sim?

Sua voz era límpida e afirmativa.

— Maria?

Imediatamente reconheceu a voz do outro lado. Surpreendeu-se, pois ele não costumava telefonar.

— Soos?

— Hum — o ruído, não denotando antipatia de todo, queria dizer ao mesmo tempo "sim, é Soos, quem diria, não?" e "olá, como vai?".

— Como vai?

— Hum — novo ruído — Bem, acho.

— Acha?

— Estou abalado com a morte de Romina. Como todos nós, imagino. Mas confesso que isso me afetou mais do que eu gostaria.

— Sim — disse Maria. — Já chorei muito por isso. Poucos de nós caem em batalhas de campo. Quando isso acontece, é sempre um choque. Falei com Ogden hoje, pelo telefone. Ele está muito triste. Ficou arrasado.

— Eles eram muito amigos — disse Soos. — Mas estou lhe ligando porque temos boas novas, enfim. O Aleph.

— O Aleph? Sim, o que tem? Foi encontrado?

— Pois é, Adrian acredita que sim.

— Realmente são boas notícias. O Aleph é importante.

— Todos são importantes.

— Sim, claro, não quis dizer de outra forma.

— Claro.

Maria havia lembrado por empirismo como Soos poderia ser estranho e um misto de agradável e desagradável, como um clássico da literatura medieval, que ao mesmo tempo assombra e maravilha, mas também chateia e perturba. Bem, não poderia ser de outra forma, imaginou, já que Soos era o Diabo.

— Adrian acredita que é mesmo um Aleph em potencial. As... coisas já estão em movimento. Você, mais do que ninguém, sabe que um Aleph exige um tempo de iniciação. Uma pena que desta vez, dadas as atuais circunstâncias, a iniciação tenha que ser mais curta. E você, mais do que ninguém, também sabe o quanto isso pode ser um problema. François acredita que tudo possa transcorrer em menos de dois meses.

— Você mesmo esteve com Adrian? — disse Maria, tentando disfarçar o tremor em sua voz.

— Sim, acabei de voltar da casa do Mundo. Eu e Leonce estamos telefonando para todos para avisar. Leonce, pobre-diabo (eh), está até mesmo se dando o trabalho de ligar para alguns dos Menores, você acredita numa coisa dessas?

— Nada mais justo, creio eu.

— Sim, você sempre crê. Eu sei.

Maria suspirou por dentro, com uma leve impaciência. *Leonce* poderia ter ligado para ela, em vez de Soos.

— E como está Adrian? — cortou, tentando retomar o domínio da conversação.

— Adrian? Bem... O Mundo continua na mesma, né? Como mais poderia estar?

— É... "como mais?", como você disse. Bem, obrigada por ter se dado ao trabalho, Soos.

— Não foi trabalho — Soos, como sempre, dizia exatamente o que seu interlocutor estava pensando ou então, apenas por ironia, o seu exato oposto. Agora fazia o segundo. Era um problema e uma chateação conversar com alguém capaz de enxergar seus pensamentos e emoções como se você fosse uma TV.

— Bem, obrigada assim mesmo. Ah, ia me esquecendo. Alguma novidade quanto aos outros dois que faltam? O Enforcado e o Julgamento?

— Agora são três que faltam, lembra? Depois do que acabou de acontecer com a pobre Torre.

— Sim, claro! Eu ainda não me acostumei com a ideia dessa tragédia. Que coisa mais horrível.

— Sim, foi. Bem, respondendo à sua pergunta, acho que Adrian já tem uma leve ideia quanto à substituição da Torre; "uma possibilidade". Em relação aos outros dois, não se tem a menor ideia, ainda. Curioso que sejam justamente esses dois, não? Pode-se fazer várias relações a partir disso. Louco, Enforcado e Julgamento são justamente os Arcanos que representam as letras principais da Cabala de acordo com Crowley: Aleph, Mem e Shin. Ou ainda Ar, Água e Fogo,

O Caminho do Louco - Capítulo II

os elementos cosmogônicos criadores. Não acho que ficar sem eles seja um bom augúrio. Normalmente a identificação dos novos é bem rápida. E não acredito que seja responsabilidade de Adrian este pequeno atraso.

— Claro que não é — disse Maria.

— Hum. Quanta *certeza*, minha cara Estrela — ironizou Soos.

— Bem, obrigada, Soos.

— Sim, até logo.

— Até logo.

Maria não pôde evitar bater o telefone no gancho com mais força do que deveria. Soos continuava o mesmo. Ela não gostava de falar ao telefone em ocasiões normais, mas, com Soos, sempre parecia que a linha de voz se transformava em uma linha aberta, direta ao seu cérebro. Bem, e era este mesmo o caso. Perguntou-se se os outros gostavam de Soos. Ele certamente era uma boa pessoa, na medida, é claro, do seu possível.

— Com licença, madame?

— Sim, Javier?

— Os convites para o *ballet* acabam de chegar.

— Oh! Obrigada, Javier. Será uma noite sensacional, acredito.

— Estimo que sim, madame.

Soos sumiu de seus pensamentos assim que ela se lembrou, sorrindo, dos sons da orquestra e das estreladas luzes do teto do Teatro Gran Vía. Já havia assistido ao Lago dos Cisnes várias vezes – e nunca se cansava do seu brilho e fulgor. Hesitou, mas, em poucos segundos, levantou o tampo do piano, sentou-se à banqueta e começou a tocar a Valsa N 1, de Chopin. Enquanto saía discretamente para o vestíbulo, Javier permitiu-se um leve, mas sincero, sorriso de satisfação. Um sorriso que refletia a brilhante iluminação à qual todo o apartamento passou a se submeter.

A voz pastosa do homem do outro lado da linha irritava o cardeal. Ele bufou e disse:

— Caro Schüm, por diabos, poderia ir direto ao ponto? O que aconteceu, afinal?

Ao lado do cardeal, Giacomo, seu assistente, estava de pé segurando o telefone em uma bandeja de prata.

— O senhor viu as manchetes dos jornais de Munique que lhe mandei por e-mail? — perguntou a voz pastosa do outro lado da linha.

— Vi. Um certo fulano sem importância foi encontrado todo quebrado, morto, após cair de um viaduto. Bêbado, andava pelo viaduto, um carro, bam, caiu lá do alto, blá, blá, blá, e daí? — disse o cardeal com sua voz aguda.

— Ele era um dos... experimentos.

— Um dos seus Escravos, você quer dizer? — zombou o cardeal.

— Não me sinto confortável usando esse termo.

— Ora, meu caro Schüm, escravos são escravos e sempre serão escravos. Sua preciosa SparkleSoft não seria o império que é hoje não fossem os escravos que trabalham por status nela, os escravos que se matam em linhas de montagens nos quintos dos infernos, os escravos que compram qualquer coisa que vocês lançam. São outro tipo de escravos, mas escravos ainda assim. Orgulhe-se de seus Escravos, Schüm. Mas o que um Escravo estava fazendo em Munique? — perguntou o cardeal.

— Aquilo aconteceu a um quarteirão da sede da Mars Corp., que é uma de nossas subsidiárias.

— Mars? Vocês aprenderam bem conosco como usar os panteões a seu favor, não? Mas continue.

— Bem, o tal homem virou um Escravo na hora porque alguma coisa ali perto ativou sua condição de Escravo. E, naquele mesmo instante, como viemos a descobrir algumas horas depois, houve um furto na sede da Mars Corp.

— Um furto? E o que foi levado?

— Aí é que está o problema. Não sabemos. Um dos últimos andares daquele prédio era usado como arquivo de triagem de objetos e documentos de todos os tipos recolhidos em diversas das nossas instalações ao redor do mundo, ao longo de décadas. Itens ainda não catalogados, identificados ou digitalizados. Mas nada de grande valor ou importância, até onde sabemos. — disse Schüm.

— O que mostra que vocês não sabem tanto quanto pensam — disse o cardeal. — Dois pontos óbvios, Schüm: um furto a uma das suas instalações, que, imagino, deva ser muito bem protegida. E a ativação de um Escravo aleatório nas proximidades. As duas coisas indicam um só acontecimento.

— O baralho?

— Óbvio. Uma ação do baralho. Uma pena não sabermos o que foi roubado. Mas não há nada a ser feito agora, a não ser remendos. Seu homem em Munique já está cuidando das coisas junto aos jornais e polícia, quero crer.

— Sim — disse Schüm. — Os jornais publicaram apenas o que sobrou do episódio: o corpo de um sujeito qualquer, pobre cidadão, etc, etc. Um acidente sem importância.

— Sim, Schüm. Mas o baralho está tentando dar as cartas de novo. Deixe seus escravos preparados.

— Eles sempre estão — disse a voz pastosa.

"A ferida é o local por onde a luz entra em você" - Rumi
(1207 - 1273)

CAPÍTULO 14

A barba olhava fixamente para o tampo de sua mesa, incapaz de dar ao seu queixo alguma moral frente à gravidade.

— Mas eu estou há três anos sem tirar férias.

— Veja bem, Moire... Férias são uma, como direi, uma premiação.

— Premiação?...

— Você sabe que não estamos em condição de deixá-lo partir agora, estamos sem quórum de funcionários no caderno.

— Podem contratar alguém de forma temporária, por um mês.

— Mas, veja bem, as férias são, de certa forma, um prêmio.

— Quer dizer que eu não tenho me esforçado, é isso? Bom, vejamos: nos últimos dois meses, por exemplo, das nove capas do caderno, seis foram feitas por mim. Acredito que eu não precise chegar ao ponto de estabelecer uma porcentagem exata, mas diria que escrevi algo em torno de setenta por cento dos textos de todo o caderno nesse período.

— Sim, eu sei — ele retrucou, de forma vaga, ainda olhando para a sua mesa.

43

Meia hora depois, alguma coisa teimava em crescer dentro do meu peito.

Quarenta e cinco minutos depois, eu estava parado, de pé, naquela tarde do dia 18 de junho, uma quinta, no mezanino onde haviam atulhado os funcionários do caderno do qual eu fazia parte, olhando para as peças que se espalhavam na redação logo abaixo. Uma placa de vídeo se equilibrava de forma tosca sobre o monitor de um espantado repórter de Ciência; a placa de som se prostrava, orgulhosa e solitária, exclamando "estou aqui, finalmente liberta, olhem para mim!", bem no centro da passagem. Um complexo microcosmo de pequenas peças, plugues, parafusos, pedaços de acrílico, plástico e silício, tudo espalhado por toda parte.

Mas me adianto. A explicação para isso repousa três minutos antes, quando estava batendo uma matéria de favor para o caderno de economia. Não tinha a menor obrigação de fazer isso e acredito mesmo que essa promiscuidade, digamos, "intercadernal", seja completamente ilegal. Mas ali estava eu, digitando e sentindo a tal coisa no peito crescer e crescer, querendo sair, íncubo da insatisfação. No MP3 player, estão os loops e sintetizadores de músicas que foram importantes para mim quando tinha lá meus vinte anos. Quando ainda não havia trocado sonhos por migalhas de ego, tampouco desistido de viver em função do mero automatismo responsável.

Parei de digitar. Olhei para a frente, vi as caras dos outros jornalistas na redação logo aos meus pés, lá embaixo do mezanino. Escutei bumbos gravíssimos, pratos cortantes e vozes encharcadas de reverb que não pareciam vir dos fones de ouvido, mas do âmago do que eu poderia ter sido, em nome de tudo que eu havia abdicado. Propelindo, impulsionando. Tomando. Quando percebi, estava de pé, com a CPU do meu computador na mão, textos idiotas pareciam pingar de dentro dele. Quando percebi de novo, estava olhando a CPU cair lá embaixo. Uma terceira olhada neste momento de slides, e a visão era ruído, o estrondo de um universo de dados se espatifando no chão de fórmica vagabunda da redação, a colisão dos átomos do mundo da informática contra o mundo da ignorância, a ruminação final do computador, em seus estertores, gritando "vocês me usam, mas não entendem meu funcionamento, seus partidários da lentidão e da lerdeza orgulhosa". Bug.

Um quarto momento, bastante rápido e já turvo, quando reparei de relance as caras de espanto e a quermesse de bocas abertas; e um quinto momento já mais definido e decidido, onde peguei minhas coisas, atulhei-as na minha mochila e saí dali.

No meu ouvido, protegido da estupidez balbuciante pelo círculo de banimento do MP3 player, o mantra final, aprovador, orgulhoso, promissor e assustador dos sintetizadores analógicos repletos de ácido, contornando e penetrando batidas ao mesmo tempo retas e quebradas. Meu caminho.

Uma semana depois, o estado de choque e o hedonismo involuntário pós-demissão haviam cedido espaço para o rancor. E rancor costuma virar raiva e medo, esses gêmeos tão chatos. Meus amigos jornalistas fugiam de mim como africanos amedrontados em uma novela de H. Rider Haggard, temendo a propagação do Exu do desemprego. Por sorte, havia economizado alguma coisa durante esses quinze anos de tormento.

Na tarde do dia 30 de junho, uma terça, enquanto caminhava pelo Parque Lage, ele veio. O insight. Eu já havia sentido algo parecido, anos antes, quando tomei E pela primeira vez, às cinco e meia da manhã, dançando alguma coisa que não me lembro, mas agora era mais forte.

A Revolução Francesa. O extremo da racionalização. A ética protestante. O viver para trabalhar. A estupidez classificatória entre sistemas de direita e esquerda que, na verdade, eram apenas os dois chifres na cabeça do diabo. OK, isso não compõe um insight propriamente brilhante e inovador, mas foi o meu insight. Não apenas saber essas coisas, isso é fácil. Mas *sentir* essas coisas saindo dos meus próprios ossos. E decidi que, após anos de conversa, partiria para a ação.

Olhando para os estreitos caminhos de pedra e terra batida que serpenteiam entre as árvores do Parque Lage, pensei na raça humana. Sentia-me febril, tomado, ansioso por arrancar minha pele mofada e me banhar na chuva gelada da metamorfose, deixar escorrer o que já deveria ter expelido há uma década ou mais. Pensei em mim, pensei no homem. O homem divino, o homem caótico, o homem bioquímico, o homem quântico, o homem milenar. Milagres dentro de milagres, como numa improvável boneca russa de Möbius. Pensei em epifanias sintéticas, em música, em ritmo, no romance em três camadas, nos games de computador. Na magia das imagens se movendo a 24 quadros por segundo. Somente o homem poderia ter criado arte a partir de algo técnico, como a ilusão do cinema, e ido além: extraído diferenças estéticas e éticas dessa mera forma de prestidigitação.

Infinitos símbolos, engenharia memética. Hermes, Ganesh, a leitura das folhas de chá. Os épicos e epopeias, a maravilha erótica das guerras ficcionais. E, no entanto, para que utilizavam essa capacidade? Com o que preenchiam vidas inteiras?

"Meu Deus, será que Emília vai reclamar que estou chegando tarde?".

"Se a companhia não vender estas ações amanhã, estamos ferrados".

"Como pode alguém beijar uma pessoa do mesmo sexo? Que nojo!"

"Nah, fala sério. Acreditar nessas mentiras dos filmes do James Bond? Querem me fazer de idiota".

"Ele fez isso com certeza porque estava com a cabeça cheia de maconha".

"Tenho certeza de que este produto irá revolucionar o mercado dos roteadores".

"Aquele crioulo imundo. Como pode estar pegando aquela loira gostosa?".

"Ele não me afeta. Tenho certeza de que sou muito melhor do que ele".

"Se o dinheiro não sair até amanhã, não sei como vou pagar a mensalidade da TV a cabo".

Merdas. O homem era um deus que passava seus dias chafurdando na merda.

Passei os dias seguintes em um estado de paz abstrata. Zen e a arte de não consumir. Ria das pessoas que ficavam nervosas porque o site X estava fazendo uma promoção de sei lá que Y. Um estado que não se entende, nem se explica: se penetra. Um estado mental imersível e selecionável, como o dial de um rádio. Mas a realidade insiste em nos golpear. Zen e a arte de comer miojo é uma situação que não pode durar por muito tempo, claro. Mas o que fazer quando se passa do ponto em que eu havia passado? Felizmente, os dias de chuva estão aí para nos ajudar.

Caminhando pela Avenida Atlântica na madrugada de um sábado de início de julho, sob uma leve garoa, senti o ímpeto de me abaixar e catar algo do chão. Era um pedaço de papel, já bem sujo. Parecia um flyer. Talvez desse desconto em alguma festa e resolvi guardá-lo. Encontrei alguns amigos meus: um casal bastante simpático, que conhecia há poucos meses, e mais dois velhos amigos de anos e anos. Resolvemos sair para tomar um chope e depois fomos dançar em uma boate ali mesmo em Copacabana. Foi quando uma das meninas me disse:

— Você tem um dinheiro guardado, não é? E, apesar do computador espalhado pela redação... Aliás, queria ter visto isso, sempre foi o meu sonho jogar um PC do alto de algum lugar. Bom, mas, mesmo assim, você ganhou uma grana de rescisão também, acredito.

— É, ganhei. — respondi.

— Por que não vai embora?

— Ahn?

— Embora. Você poderia viajar. Conhecer coisas e pessoas novas.

— É... Já pensei em fazer isso, alguns dias atrás.

— Mal não vai fazer, André. Você não precisava de férias? Pois então. Se ficar aqui no Rio mesmo, sem fazer nada, daqui a pouco você já arrumou outro emprego e vai voltar a trabalhar sem ter tirado suas férias.

— É... Acho que você tá certa.

— Viagens são uma arte esquecida, você sabe. O que importa não é a chegada nem a partida, esses são apenas pontos. O que importa é a linha reta, o meio. O meio é importante, mais importante que os extremos. As pessoas se esqueceram disso, mas nos países orientais ainda se tem bem essa noção.

— Você quer dizer que eles entendem não só o caminho do meio, mas também o meio do caminho? — brinquei.

— Isso — ela riu. — Nós temos fixação com velocidade, ponte aérea, ônibus-leito, 0 a 100 em quatro segundos, tudo isso. Mas, se se quer partir, qual a vantagem de chegar rápido? Para querer partir de novo? Quando se quer partir, vemos o que existe no caminho. Pelo menos é assim que eu penso — e mexeu nos cabelos negros, tirando-os da testa.

Mal sabia ela.

Levantei-me para pegar uma vodka. Fui para a pista de dança, que ali exibia a quantidade certa de escuridão e iluminação que só os iniciados entendem, verdadeiro yin-yang da dança. Pista de dança escura demais é para os tímidos e mafiosos de filme e, clara demais, é para os idiotas. Escuridão, claridade, rodelas de limão, cubos de gelo, velocidade de viagens. Movido a álcool e ao bumbo sintetizado da TR-909, tive meu segundo insight: medida. Medida é a chave. A medida do controle e da disciplina; a medida do descontrole e da possessão. Pode-se controlar os dois lados, mesmo quando se perde o controle. Tão simples e fácil de ser apreendido. Obtendo o controle, é fácil e desejável se deixar perder o controle.

O grave do baixo ribombava no meu estômago. Bom som de boate se sente na barriga, não nos ouvidos. Em alguns ambientes e situações, as coisas se invertem. Em um restaurante, você quer provar a comida com a boca e o estômago, você quer apreciar a música com os ouvidos e o cérebro. Numa pista de dança, é o cérebro quem se aproveita da vodka e o estômago, quem entende de música. Os gregos com certeza deviam saber disso, com todas as suas bacantes, orelhas de Dioniso e oráculos. *Pensar* é tão divertido; e, ainda assim, um esporte pouco praticado.

O Caminho do Louco - Capítulo III

O diálogo banal na boate ficou chiando na minha cabeça e cheguei em casa meio bêbado e filosófico, aquela filosofia que só as madrugadas alcoólicas do Rio conseguem suscitar. Dei play em uma pasta de MP3. Preparei e comi meu miojo e sentei em frente à TV, sem som. Enquanto trocava de roupa, algo caiu do bolso traseiro. Lembrei que deveria ser o flyer. Um papel cartonado, retangular. Estava ilegível, sujo com a lama da chuva e das calçadas de Copacabana. Fui até a cozinha e, usando um Perfex úmido, limpei o papel.

Existem momentos que definem a vida de uma pessoa. Seu primeiro beijo, a primeira vez que vê alguém morrer, quando descobre que acabou de assistir ao filme da sua vida. Pois bem, naquele momento, o telefone tocou. Com o papel ainda na mão, caminhei até a sala. Reduzi o volume do computador e atendi. Na TV muda, um documentário mostrava cenas da Baviera.

— Alô?

Ninguém dizia nada do lado de lá.

— Alô?

Silêncio.

Bati com os dedos no gancho do aparelho; quem sabe ele não me revela algo sob tortura? Nada. Desliguei o telefone.

Atenção. A sala girava com a bebida. Minha mão apertava o flyer. Distraído, levantei o papel, já limpo, e o vi sob a luz do abajur de canto pela primeira vez. Atenção. A sala girava. O número 0. Na carta, bem no topo, o número 0. A sala girava. Atenção. O telefone voltou a tocar e seu primeiro ruído me atingiu na cabeça, permeando meu cérebro de sincronicidade, no exato momento em que eu, tentando me equilibrar frente ao ribombar da sala, fitava o pedaço de papel. O som do telefone tocando era a trilha sonora Dolby Surround para o que eu estava vendo, e o que eu estava vendo – atenção – era o Louco.

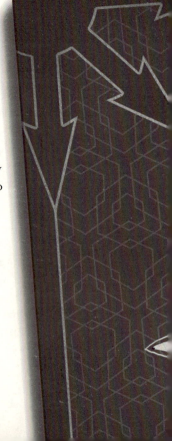

"Quem adia a hora de viver corretamente é como o simplório que espera o rio terminar de correr para atravessar" - Horácio
(65 a.C. - 8 a.C.)

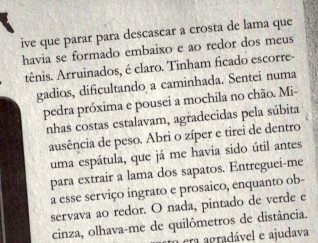

Tive que parar para descascar a crosta de lama que havia se formado embaixo e ao redor dos meus tênis. Arruinados, é claro. Tinham ficado escorregadios, dificultando a caminhada. Sentei numa pedra próxima e pousei a mochila no chão. Minhas costas estalavam, agradecidas pela súbita ausência de peso. Abri o zíper e tirei de dentro uma espátula, que já me havia sido útil antes para extrair a lama dos sapatos. Entreguei-me a esse serviço ingrato e prosaico, enquanto observava ao redor. O nada, pintado de verde e cinza, olhava-me de quilômetros de distância. O vento no meu rosto era agradável e ajudava a secar o suor, insuportável.

Retomei a caminhada. De acordo com o mapa, deveria estar logo ali na frente. Já podia ouvir o seu ruído, como de uma guerra de um só exército. Minutos depois, havia chegado. Coloquei a mochila-suplício em um ponto seguro e, cuidadosamente, me aproximei cada vez mais da borda. Dizem que a borda é sempre o pior, em qualquer situação. A fronteira, o vau, o umbral, o fim, o vórtex-trampolim para o nada. Felizmente nunca fui um suicida.

Pulei de pedra para pedra, subindo rochas de quase um metro e desviando do matagal. As pedras agora já estavam úmidas e teria sido mais sábio tirar de vez os tênis e seguir descalço, mas não queria parar. Estava ansioso para vê-la. O ruído agora já era ensurdecedor. Finalmente, cheguei. O salto de 80 metros do Rio Negro se espraiava à minha frente, soberano e eterno. Quantos anjos seriam necessários para contar as gotas de água que caíam por segundo? Uma lágrima para cada ser humano que havia pisado no planeta.

Levantei os braços, deixando meu corpo receber em cheio os raios do Sol. Olhei para baixo, até onde permitia meu cuidadoso e recuado ângulo de visão, e testemunhei o destino da maçaroca de gotas, chocando-se em uma imensa piscina natural, vários metros abaixo. Levantei o rosto e o céu estava completamente azul, com a curiosa exceção de uma única nuvem, que parecia aos meus olhos ter o formato de um círculo, um ouroboros, um zero. Lembrei-me de Jung e gritei, a plenos pulmões, todos os gritos que quisera emitir em minha vida, todos os traumas, chatices, pavores, dúvidas e terrores pegando carona no hálito das minhas cordas vocais e se despedindo para uma viagem só de ida. Lágrimas vieram aos meus olhos; com cuidado, tentei capturar uma delas com o dedo indicador e, com um peteleco, arremessei-a em direção à queda. Um toque pessoal ao cenário, pensei. Mas é claro que se desfez antes de encontrar suas irmãs não salinas.

À noite, dentro da minha barraca de nylon, lona, sei lá que material era aquele (mas o velcro reconheci de imediato), tive o prazer de não fazer nada. Deitei sobre o colchão de dobrar e apostei com minhas juntas o quanto elas podiam ser esticadas. Estava a 1676 metros de altitude, acredito que exatamente em cima do paralelo 14, em um dos pontos mais altos do Brasil Central. Curioso que sempre tentamos atingir o céu quando queremos finalmente pôr os pés no chão. Dormia ali há dois dias e as provisões de comida em lata estavam acabando. Foi naquela noite (11 de julho, um sábado, nunca esqueci) que tive o sonho.

Eu caminhava por um jardim que se parecia com Las Vegas – ou uma Las Vegas que se parecia com um jardim. Sebes de neon verde cortadas em formato de pirâmides e chapéus de cowboy feitos de hera estavam ao meu redor. Aspirei fundo o oxigênio fluorescente e apreciei o aroma de jasmim que penetrava em minhas narinas. Difícil dizer quanto tempo despendi passeando pelo labirinto verde-musgo-ex-Machina (sonhos duram apenas um minuto?), mas, após longos instantes de admiração florestal, descobri que estava perdido. Olhei para o lado direito e um jackpot de malmequeres alinhou em seus visores verdes três imagens iguais: pareciam a mesma carta de baralho.

Não de baralho: de tarô. Eu conhecia pouco sobre tarô, mas era óbvio que era a carta número 1, o Mago, alinhada em três cópias iguais. Imediatamente, o jackpot orgânico começou a expelir moedas verdes. Foi quando ouvi passos atrás de mim e me virei. Um homem negro, de cerca de 30 anos de idade e vestindo um sobretudo verde-musgo estava parado a dois metros de distância. O homem olhou para mim e disse:

— Sim, o tarô.

Neste momento acordei, ainda em dúvida se tinha sonhado aquilo. Estendi o braço e toquei na lateral da barraca, para me certificar. Nunca se sabe. Bom, ela estava ali. E, com a barraca, provavelmente eu também estava.

No dia seguinte, levantei acampamento e parti. Mesmo uma boa rotina ainda é uma rotina, e iniciei a longa e muito demorada descida. Várias horas depois, quando o crepúsculo me pintava de púrpura, percebi que era seguido por um cachorro, um vira-lata preto, não muito grande. Parei e chamei, estalando os dedos, decidido a lhe dar qualquer coisa para comer (cachorros comem atum em lata?), mas ele também parou. Tentei fazer a mesma coisa mais uma ou duas vezes, com o mesmo resultado. O animal parecia disposto a manter uma distância fixa. Quando atingi o ponto mais baixo do parque e me preparava para procurar um ônibus ou qualquer transporte para sair dali, o cão havia sumido. Voltara para sua vida de vira-lata de parque.

Por algum motivo que não consigo entender, foi com esse cachorro que travei contato oito dias depois, a dois mil quilômetros dali. Havia chegado a Tarauacá, no Acre, no dia 17 de julho, noite de uma sexta quente, há dois dias. Cidadezinha de 23 mil habitantes, de casas de poucos andares. Assim que cheguei, impressionei-me com os morros que rodeavam parte da cidade, de um verde-escuro e sem árvores, como uma proteção natural de jade. Resisti à tentação de ir direto para lá e montar barraca, mas desconhecia as politicagens do lugar e achei mais seguro ficar em uma pensão local. Além do mais, natureza tem limites; eu precisava de uma cama, por mais dura e desconfortável que viesse a ser.

Foi na pensão de Dona Mariana, uma senhora de mais de 60 anos, parte índia – como boa parte da população da cidade –, que conheci Clédison, um estudante de 18 anos que havia prometido me levar para conhecer os índios kaxinawá. Ao contrário do esperado, a cama era bastante confortável e dormi durante longas horas naquela primeira noite. Às onze horas do dia seguinte, acordei e tomei meu café da manhã. Andei sem rumo pela cidade, vendo o pequeno centro comercial e fazendo hora. Às quatro da tarde, Clédison apareceu na pensão, com mais dois amigos, dirigindo um jipe que parecia ter presenciado a Segunda Guerra Mundial.

Os kaxinawás vivem entre o oeste do Peru e o leste do Acre; nesta região, se localizam em uma reserva perto de Tarauacá, tanto a cidade como o rio de mesmo nome, que a atravessa. O combinado era que Clédison e seus amigos me levassem até a reserva e me apresentassem a um certo Paulo, índio do local. Levei minha mochila, pois sabia que os três moradores de Tarauacá voltariam pouco tempo depois, me deixando ali na reserva. Foi na reserva que reencontrei o vira-lata preto.

Paulo era um índio de uns 30 anos e morava na cidade, onde estudava medicina ou algo assim. Dividia seu tempo entre Tarauacá e a reserva, chamada Igarapé do Gaúcho, onde viviam pouco mais de 400 pessoas, ao longo de 12 mil hectares. Pelo que entendi, os kaxinawás viviam em parte do trabalho de extração de borracha, e Paulo me mostrou alguns índios extraindo o leite de algumas seringueiras à margem da floresta mais fechada. Depois disso, fomos jantar e, finalmente, fui apresentado ao pajé da tribo. Era o que eu estava esperando.

Era um senhor de cerca de 50 anos, um pouco gordo, que se sentou sério em um banco longo de madeira pintada e falava em sua língua nativa. Paulo traduzia para mim o que o pajé ia dizendo:

— O contato com o homem branco foi uma decisão da qual ainda não temos muita certeza se foi boa ou ruim. A geração do meu pai ("dele, do pajé", explicou Paulo ao traduzir) era contra. Os mais novos quiseram que sim. Vamos esperar e ver, mas adianto que não gosto. Recebo você com prazer e alegria, porque sei que não existem os "homens brancos", não são todos iguais, cada branco é um branco e nem todos os brancos são brancos como os outros. Não somos como alguns brancos, que dizem que somos todos "índios", "os índios". Não, somos kaxinawá.

Eu ouvia com respeito e admiração aquele índio envelhecido, orgulhoso e, de certa forma, perdido com o rumo das coisas. Ele continuava sempre falando através de duas bocas, duas línguas:

— Fomos enganados pelos seringueiros que vieram aqui há mais de 90 anos, que fizeram a gente ajudar na morte dos índios Papavó. Quando os primeiros homens brancos chegaram, os kaxinawás não sabiam direito o que fazer. Primeiro matamos todos os que apareciam, depois os brancos descobriram que aqui dava borracha e aí vinham matar a gente. Fizemos a paz e então juntos matamos todos os papavós. Os kaxinawás não se orgulham disso, mas o que aconteceu não pode ser mudado.

Ele parou e bebeu algo em um copo de vidro escuro. Quando ia voltar a falar, foi interrompido por um dos índios, que carregava uma boa quantidade de jenipapos em uma cesta. O pajé pediu licença e se levantou. Paulo me explicou que o índio que havia chegado era uma espécie de ajudante de xamã.

— O jenipapo é para fazer o desenho verdadeiro. Nós chamamos de desenho verdadeiro, kene kuin, os traçados que fazemos com a tintura do jenipapo em nossos rostos e corpos. São desenhos que não têm paralelo nas outras tribos vizinhas, como os yaminawás e os kampas. Só os kaxinawás sabem fazer os kene kuin. São verdadeiras maravilhas e nos orgulhamos muito desta arte. Agora, com licença, porque sua presença aqui é uma ocasião especial e eu, como os outros, devo me pintar para as visitas — disse Paulo, em um tom que deixava entrever uma estranha dúvida entre o respeito e uma certa ironia levíssima, talvez influência de seu lado "civilizado".

Fiquei sozinho e pensativo por alguns momentos. Já havia reparado que a divisão em sexos era importante para aqueles índios, mais ainda do que a divisão em faixas etárias ou "classes" (se é que podemos aplicar este termo tão pueril em uma tribo). Não era uma divisão entre fracos e fortes, entre o homem e o sexo frágil, mas uma divisão prática, funcional e importante para o funcionamento e o trabalho da aldeia. Os homens eram responsáveis pelos roçados, por exemplo, enquanto cabia às mulheres realizar os desenhos. Espichei a cabeça do banco onde estava sentado e observei alguns deles se pintando. A tinta produzida com o jenipapo é negra e brilhante, provocando um bonito efeito. Os adultos, homens e mulheres, pintavam todo o rosto, enquanto as crianças pintavam apenas metade da face. As crianças muito pequenas, por outro lado, eram enegrecidas dos pés à cabeça com o jenipapo, virando minúsculos fantasmas do breu. Fiquei a imaginar o que os primeiros portugueses e espanhóis não teriam imaginado ao encontrar esses índios pela primeira vez, em mata fechada. Com certeza se borraram, mas não de jenipapo.

Algum tempo depois, todos estavam pintados, alguns mais, outros menos; alguns haviam acrescentado apenas leves toques de tinta no rosto, em belos desenhos, como Paulo; outros, como o pajé, haviam estendido os desenhos para todo o corpo. Crianças com metade do rosto negro eram acompanhadas pelas menores, negras da cabeça aos pés. Difícil dizer a emoção que senti naquela ocasião. Como uma vida pode mudar em poucos meses. Um mês atrás, estaria aprisionado em uma redação, onde veria pessoas com o corpo todo esverdeado.

Desta vez, foi o xamã quem se aproximou, também falando em sua linguagem nativa. Paulo, que agora pintado, de certa forma, legitimava mais ainda sua herança indígena, apesar da calça jeans e do tênis Adidas, voltou a realizar sua função de tradutor. O xamã parecia, estranhamente, ao mesmo tempo mais acessível e mais distante que o pajé. O pajé era mais natural, mas representava todo um povo – e me pareceu uma pessoa mais sofrida. Por sua vez, o xamã era mais contido no trato direto, mais reservado (segredos?), mas me dava a impressão de ser um sujeito mais feliz, talvez.

— As plantas vêm de longe e fazem tarefas maravilhosas — começou o senhor. — Quem ensinou o homem a plantar foram os esquilos. Ele guarda comida, estoca as castanhas pra ele, e o homem também precisa saber guardar as sementes se quiser plantar uma boa planta, forte e com graça. É o huni kuin encantado, onde está o yuxin. O yuxin que estava no esquilo saiu de lá e nos ensinou a plantar — explicou, achando que desta última forma, com certeza, havia sido mais claro. Paulo, agora um rosto negro ao meu lado, continuava a traduzir:

— Foi o macaco-prego que ensinou o homem a copular — aqui ele deixou entrever uma leve vergonha ao usar o termo, o que não percebi no xamã. — O macaco-prego se olha no rosto enquanto copula, é um dos únicos macacos que faz isso. Quando quiseram ensinar isso aos homens, para que não mais copulassem de quatro e passassem a se olhar nos olhos, os yuxins saíram dos macacos-prego e viveram como homens por algum tempo, até que todo mundo aprendesse. Também viveram como homens, para nos ensinar, a xuya, rata que ensinou as parteiras, e a baxem pudu, aranha graciosa que ensinou a arte da tecelagem.

O xamã parou, olhou sério para Paulo e disse algo que não entendi. Paulo pareceu surpreso.

— Venha — disse ele, apenas, levantando-se do banco.

Eu o segui. Sentamos em um ponto mais afastado da tribo, mais perto da mata, ao redor de uma fogueira que estava sendo acesa. O xamã agora bebia algum líquido numa cuia de casca de coco e tornou a falar:

— Eu não sou um feiticeiro. Os verdadeiros feiticeiros, os mukaya, morreram há muitas e muitas luas. Muitas. E todos já morreram. Os mukaya. Isso porque eles tinham dentro deles a muka, o líquido amargo que todo verdadeiro xamã deve ter. Mas o que morre está morto, mas não esquecido. Eu não sou um mukaya, mas isso não me impede de fazer o que tem de ser feito. Faço o que tem de ser feito usando não a muka, mas outras coisas. Sempre existem outras coisas. Aprenda isso e guarde com você. Eu, por exemplo, sei falar a fala dos yuxin. Eles me ouvem e eu os ouço e nós todos nos falamos, conversando assim como agora eu converso com você. O que isso quer dizer, você sabe?

Paulo pareceu animado ao ver que ele me fizera uma pergunta direta. Ao passo que eu não tinha a menor ideia do que responder. Balbuciei, envergonhado, um "err, não, senhor".

Paulo traduziu de volta, rindo entre os dentes.

— Isso quer dizer que, se não existem mais feiticeiros verdadeiros, então agora existem muitos feiticeiros. O que é bom. Os mukaya não comiam carne e nem tinham mulheres. Eu não sou um mukaya, porque os mukaya morreram, mas em algumas luas eu também deixo de comer carne e deixo de olhar para minha mulher. Nessas luas, eu olho só para o mundo invisível.

Ele parou, deu um longo gole em sua beberagem, abriu a boca como que para acentuar e assimilar o paladar, e tornou a conversar:

— As tribos vizinhas só têm um homem que fala e vê e conversa e entende o mundo invisível. O xamã. Só o xamã faz isso. Os kaxinawás não são bobos — Paulo sorriu de leve — e não fazem isso. Aqui na nossa tribo todos os kaxinawás homens, os adultos e os que não são mais crianças, podem ver o invisível se quiserem. A mesma coisa acontece com os Kaxinawás da Colônia 27, do Rio Humaitá, do Baixo Jordão, de Nova Olinda e todos os outros.

— São outras tribos de reservas vizinhas — explicou Paulo.

— O que são os yuxin? — aproveitei para perguntar.

— Você é feito de carne e yuxin. Eu sou carne e yuxin. Ele — apontou para Paulo — é feito de carne e yuxin. Os animais também são carne e yuxin. As plantas também têm seu corpo, que não é carne, mas é corpo, e o yuxin. Alguns animais têm um yuxin mais forte, perigoso mesmo, por isso a gente não os come. Os yuxin das plantas, de todas elas, não fazem mal. Até mesmo amendoim e banana a gente come, porque o yuxin deles, apesar de ser o mais forte das plantas, não faz mal. Mas depende da lua. Você quer ver o mundo do cipó?

A pergunta me pegou de supetão e disse, também surpreendendo a mim mesmo com a velocidade da resposta:

— Sim, seria uma honra.

Paulo traduziu em uma frase bem comprida. A honra dos kaxinawás parece mais longa.

O Caminho do Louco - Capítulo IV

"Quando nossa visão interior é despertada, descobrimos a nossa verdadeira casa, nas profundezas de nós mesmos" – Sri Guru Granth Sahib

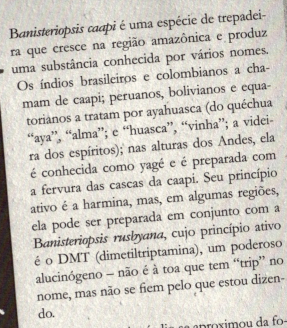

CAPÍTULO V

A *Banisteriopsis caapi* é uma espécie de trepadeira que cresce na região amazônica e produz uma substância conhecida por vários nomes. Os índios brasileiros e colombianos a chamam de caapi; peruanos, bolivianos e equatorianos a tratam por ayahuasca (do quéchua "aya", "alma"; e "huasca", "vinha"; a videira dos espíritos); nas alturas dos Andes, ela é conhecida como yagé e é preparada com a fervura das cascas da caapi. Seu princípio ativo é a harmina, mas, em algumas regiões, ela pode ser preparada em conjunto com a *Banisteriopsis rusbyana*, cujo princípio ativo é o DMT (dimetiltriptamina), um poderoso alucinógeno – não é à toa que tem "trip" no nome, mas não se fiem pelo que estou dizendo.

Um terceiro índio se aproximou da fogueira, trazendo uma grande panela de metal, da qual saía um vapor fumegante. Com cuidado e respeito, segurando-a com a proteção de panos, ele a depositou ao lado do xamã, sobre um pequeno suporte de madeira. Isso foi logo após a conversa que acabei de relatar, mas agora me recordo que o líquido então já não estava mais em estado de ebulição, o que indica que talvez algo insólito tenha acontecido com a ordem temporal normal.

O que sei é que bebemos daquele troço e não estava fervendo – ou ao menos não me pareceu na hora. Eu já havia provado algo semelhante no Rio de Janeiro, o "Santo Daime", alguns poucos anos antes. Na época, a infusão me proporcionou a incrível capacidade de não sentir absolutamente nada. Nada havia acontecido, então. Saí de lá frustrado e entediado e me enfurnei na primeira boate que encontrei, para dançar. Mas acredito que o papo-furado pseudoreligioso do sujeito que parecia controlar a coisa toda deve ter influído negativamente. Religiões organizadas, ao que parece, são capazes de eliminar o princípio ativo das plantas, talvez com o uso do tédio.

Ainda assim, isso me passou pela cabeça apenas como leve referência, não estabeleci nenhuma relação direta entre as duas situações. Sabia que ali, no Igarapé do Gaúcho, as coisas eram diferentes. Dois ou três minutos após ter bebido do copo que o xamã havia me passado, senti ânsias de vômito. O pajé começou a entoar um lento cântico, creio que acompanhado por Paulo. Levantei-me e caminhei até uma árvore, na qual me apoiei para vomitar. O caapi tem um gosto amargo e forte de raízes, mas, garanto: tem um gosto mil vezes pior quando está saindo do que quando está entrando.

Eu me recompus e voltei a me sentar, mas, cerca de dez minutos depois, senti o estranho e forte chamado da natureza. Lembro-me de ter olhado em volta, acostumado a procurar sanitários, e devo ter feito uma cara de tal desespero que Paulo logo compreendeu e, com um sorriso de "é o jeito", apontou-me a entrada da mata. Passei pela poça de vômito com pressa, entrei um ou dois metros na mata fechada e ali mesmo me purifiquei.

Quando saía da mata e voltava para a fogueira, vi que Paulo estava com o mesmo problema e também corria para o meio das plantas. O xamã esperou o seu retorno e recomeçou a falar, ainda com Paulo traduzindo:

— Essa reação é comum e quer dizer que seu corpo está sendo limpo. As coisas ruins e doentes estão saindo de dentro dele.

Confesso que, apesar de serem situações que normalmente me constrangeriam, não havia me sentido mal. Realmente me sentia mais limpo, de uma forma bem própria. Dez minutos depois, comecei a sentir uma espécie de embriaguez, parecida, até onde me recordo, com a embriaguez de uma ou duas cervejas. Pouco tempo depois, tive a impressão de ver um vagalume entre as folhagens. Eu o fitava, tentando adivinhar que código Morse luminoso ele estaria usando para falar comigo. E então percebi que ele não estava sozinho. Um segundo vagalume voava perto dele; os rastros de luz se cruzavam, realizando micropirotecnias no céu noturno. Não conseguia parar de fitá-los. Em determinado momento, quando voltei a ter consciência, percebi que era um verdadeiro enxame de vagalumes. Incontáveis pontos brancos se acendiam e apagavam em meio à mata. Segundos depois, os pontos passaram a emitir luzinhas de várias cores. Foi quando tudo começou a ficar mais estranho.

Creio que, conscientemente, eu sabia que ainda estava sentado perto do fogo, mas me via e me percebia de pé, frente a um abismo negro e circular. Eu caminhava em direção a ele e alguém gritava, de muito longe: "André, cuidado! O abismo está à sua frente!". Eu ouvia a voz como uma espécie de sussurro gritado ou um berro muito, muito longínquo. Comecei a sentir um peso nas costas. Ainda caminhava em direção ao soturno buraco negro no chão de terra. Novamente a voz, alertando-me: "Cuidado, o buraco à sua frente!". Olhei para trás, na direção de onde vinha a voz, sorrindo calmamente, e creio que falei ou pensei "Não é nada, não há problema".

Comecei então a desenvolver mais velocidade. Em pouco tempo, estava correndo, mas jamais alcançava o abismo, que, por sua vez, também jamais se afastava mais de um metro de mim. Era eu que corria e não saía do lugar ou era o abismo que se afastava à medida que eu corria? Mais uma vez, a voz. Voltei-me sorrindo, sem deixar de correr, para acalmar meu distante benfeitor (benfeitora?), e foi então que o vi. O vira-lata negro. Ele estava parado bem às minhas costas, a menos de meio metro, me olhando. Parei de correr, voltei o corpo em sua direção e o animal se sentou sobre as patas traseiras, abanando o rabo. Olhei para seus olhos e então o cachorro falou em alto e bom som:

— Aleph.

Imobilizei-me, não por medo, mas para não perder nenhum detalhe. Ele repetiu:

— Aleph.

Era um estranho latido, que ainda soava como um latido, mas a palavra era clara. Quando voltei a olhar para ele, estava mais uma vez sentado ao redor do fogo. Paulo, cujas pinturas negras sobre o rosto agora estavam purpúreas, cantava alguma coisa que eu não entendia. O xamã tinha os olhos fechados, voltados para o céu. Um movimento na mata ao meu redor chamou minha atenção e então me dei conta de vários homens totalmente negros, pretos como o céu noturno, como o próprio vácuo. Eram apenas percebidos, pois passavam velozmente por trás das folhagens. Como fantasmas que notamos na visão periférica, só que não estavam nos cantos dos meus olhos. Eu os observava bem à minha frente. Quando voltei a me lembrar deles, haviam desaparecido.

Mais tarde (ou mais cedo? Ou ao mesmo tempo?), reparei que estava novamente em pé – e jamais havia sentido minhas pernas tão firmes sobre o solo. Parecia mesmo estar enraizado, mas sem a privação dos movimentos que esta

O Caminho do Louco - Capítulo V

ideia geralmente transmite. Senti-me capaz de correr, andar quilômetros pela floresta, sem vacilar ou tropeçar em nenhum movimento. Talvez tivesse mesmo tentado fazer isso, o que seria péssima ideia, se não tivesse reparado que minha visão estava perfeitamente clara, apesar da escuridão da noite. Mesmo longe da fogueira, era capaz de apreender os menores detalhes das árvores mais próximas; as ranhuras das cascas, as raízes sobressaltadas sob a terra, o mandelbrot-sefirah das folhas, como veias. Não como se estivesse claro, de dia; tudo continuava um verdadeiro breu naqueles pontos, mas minha visão devassava a escuridão leitosa.

Momentos mais tarde – não sei honestamente dizer quantas horas se passaram –, as coisas voltaram a tomar as proporções conhecidas. O xamã, que parecia mais feliz, disse-me algumas palavras, mas Paulo não as ouviu ou não quis traduzi-las; ou não pôde. Sentei novamente ao redor do fogo, percebendo que meu olhar havia mudado, talvez de forma definitiva. Não precisava de um espelho para saber; a expressão dos meus olhos estava diferente, profunda, como se a partir daquele momento fosse capaz de enxergar alguns metros mais à frente. Ou tivesse visto demais. Falei sobre as vozes que me chamavam e do abismo à minha frente. O xamã respondeu:

— Sim, isso. Eu ouvi que você estava ouvindo essas vozes. Eu mesmo não as ouvi, estava ouvindo as minhas próprias; quero dizer, não a minha, mas as que se dirigiam a mim. Mas esta sua voz vem de bem longe, depois até do grande rio.

— Do Amazonas?

Foi Paulo quem respondeu, usando as mãos para explicar, como quem diz "não, além até mesmo dele". Do oceano?

— Vi também homens pretos; quero dizer, não como os homens brancos negros; quer dizer, não como os negros, mas... enfim, eram *realmente* negros. Como a noite.

Paulo traduziu minha pergunta para o xamã. Em troca, ele simplesmente esboçou um sorriso. Nada respondeu. No dia seguinte, descobri que os kaxinawás, quando em transe, costumavam ver esses homens negros e que eram parte importante de sua cosmologia. Mais não descobri sobre isso, mas não me surpreendia que, vendo tais seres, eles os imitassem usando a tinta preta do jenipapo, criando belos desenhos sobre suas peles.

Jamais esquecerei aquela noite e os dois grupos de homens negros, os originais, cosmogônicos, e seus filhos pintados.

Eu me esqueci de perguntar sobre o cão, mas ele não tardaria a reaparecer.

— André, pode me passar aquele pote, por favor?

Estico meu braço e agarro o recipiente de café, esperando na mesa da cozinha para me deleitar com o líquido preto, forte e agradável que sempre era o resultado das experiências alquímicas de Malinche com a cafeína. Eu a havia conhecido há uma semana, em meu primeiro fim de semana na Cidade do México. Conheci Malinche em circunstâncias curiosas. Meu dinheiro estava finalmente acabando, mas estava disposto a continuar. Caminhar até onde fosse possível – e então continuar caminhando de alguma forma. Eu havia reservado o montante final das minhas economias para conhecer as maravilhas de Chichen-Itza. Um dos problemas, se é que se pode chamar dessa forma, de se ter liberdade de escolha é que são muitas as escolhas que valem a pena. Eu poderia ter voltado para o sul após a Amazônia e visitado a terra do Fogo ou ainda guinado mais alguns quilômetros para sudoeste e encontrado Macchu-Picchu, no Peru. Enfim, poderia ter feito qualquer coisa. De qualquer forma, é um "problema" com proposições e soluções em potencial muito mais agradáveis do que simplesmente não ter qualquer tipo de escolha à vista, como na situação em que eu estava naufragado – ou melhor, ancorado – e para a qual não queria voltar.

A maioria das pessoas acredita que escolhas exigem muito, muito dinheiro. Elas estão erradas. Dinheiro facilita, é claro, mas, no fim das contas, é apenas um monte de papel de textura estranha e desagradável pintado com uma tinta verde ou cinza especial e que não desbota, com algumas marcações detalhistas e arcanas. Para que a viagem se estabeleça, é necessário apenas o mapa da sua mente, não um mapa retangular com direções que apontam somente para baixo. Enfim, escolhas envolvem apenas querer ter escolhas. Sim, é fácil dessa forma. Aquele velho clichê: para começar a andar, basta dar um ou dois passos e você já saiu do lugar. Todos sabem que é um clichê, mas quase ninguém realmente o põe à prova. E, sim, é perfeitamente possível viajar e ter liberdade autoimposta (isso soa paradoxal?), sem ter que se transformar em um clichê. Obrigado, Xipe Totec, por isso.

O Caminho do Louco - Capítulo V

Pela primeira vez em minha vida, eu me sentia um ser humano completo, livre para ir e vir, com o Sol sobre a minha cabeça e cercado por Norte, Sul, Oeste e Leste. Cardeais generosos: ainda nos oferecem seus vários filhos; Sudeste, Noroeste, Sudoeste; você pode escolher ainda bombordo, estibordo, boreste; pode pregar um mapa de meridianos na parede, arremessar um dardo e, presto, lá está seu próximo destino, em latitudes e longitudes. É claro que algum dinheiro é necessário, de quando em quando, para as necessidades básicas da vida, e de nada adianta liberdade quando se está privado de todas as pequenas, porém agradáveis coisas, mas isso é contornável a contento. Nunca deixe a autopiedade estúpida meter a cabeça para fora, este é o segredo. Mas, por outro lado, nunca deixe a autoconfiança exagerada fazer com que more no mato à base de frutas, chás, plantas de poder e meditações-devaneios.

O sol brilhava forte sobre Chichen-Itza naquela tarde de sábado, 1º de agosto. Eu estava praticamente sozinho no local, após um bando de turistas japoneses ter ido embora. Olhava para a enorme pirâmide de El Castillo, a maior de todas, com admiração e tranquilidade. Foi quando a vi. Se movia bem no topo de El Castillo, passando naquele exato momento pela porta que dá acesso à câmara superior da pirâmide. Eu estava saindo de uma espécie de campo de futebol pré--colombiano, a "quadra" onde os antigos maias jogavam pok ta pok.

Seis homens de cada lado, naquele entardecer da cultura maia, brincavam com uma bola e o objetivo de cada equipe era fazê-la passar por uma espécie de anel colocado em uma parede, a sete metros de altura. Era permitido usar qualquer parte do corpo, menos as mãos. Os jogadores normais não podiam arremessar a bola. Deveriam driblar a equipe adversária (adoraria saber as regras exatas disso, se é que existiam regras) e passar a bola para o capitão do seu time. Era este que, usando uma espécie de raquete, deveria tentar fazer a bola passar pelo anel. O primeiro capitão do time que fosse bem-sucedido nessa tarefa e acertasse o seu arremesso ganhava um prêmio especial: era decapitado em honra aos deuses, provavelmente no topo de El Castillo, colocada ali tão à mão, logo ao lado da quadra. O capitão enxergava isso como uma honra e garantia que seria aceito nos céus. Foi ao sair do campo do excelente pok ta pok que vi o vulto, no topo de El Castillo. Ainda não havia subido a enorme escadaria que leva ao topo da pirâmide e encarei minha curiosidade como uma motivação a mais para a tarefa. Quando faltavam cerca de vinte degraus, vi que era uma mulher e parei para admirá-la, no cume da pirâmide, cabelos negros e lisos até os ombros, contra o sol de Chichen-Itza. Usava calça cargo esverdeada, tênis e camisa de malha clara. A mão espalmada acima dos olhos tapava o sol; olhava para o além. Acredito que nem me viu subir.

Parei, olhei em volta e pensei nos nomes. Aquela era a Pirâmide de Kukulcán; El Castillo era apenas um termo bastardo e tardio. Ao seu redor, assombravam nomes como Praça das Mil Colunas; Templo dos Guerreiros; Plataforma de Vênus; Plataforma das Águias e Jaguares; O Cenoté Sagrado; Plataforma dos Crânios; Templo do Homem Barbado; Templo dos Jaguares; Ossuário; e, claro, o mercado e a quadra de pok ta pok. Sábios de verdade sabem que nomes são o molho que faz saltar os feijões.

Não lembro o que disse quando me apresentei, mas falávamos em espanhol; quero dizer, ela falava em espanhol e eu tentava caprichar no meu portunhol e superar meu desejo de fuga, domesticar a necessidade absurda que eu sentia de me esconder; de não mais ter nem estar, apenas ser. Descobri que seu nome era Malinche, que também era o nome de uma antiga deusa asteca. Os astecas haviam habitado aquela região, usufruído das construções erigidas pelos maias após estes terem desaparecido – ou fugido dos astecas. Ou sido mortos por eles. Quem sabe?

Kukulcán, a quem a grande pirâmide era dedicada, foi transformada com o passar dos anos. Quando os Itzaé invadiram Chichen-Itza, levaram com eles um antigo deus, adorado pelos toltecas. Quetzalcoatl, a Serpente Emplumada. Havia serpentes emplumadas também no antigo Egito – uma delas está na barriga da tampa do sarcófago de Tutankhamon. Um arquétipo comum, mas gosto de pensar em explicações estapafúrdias. Não acredito nelas, mas são divertidas. Enfim, Quetzalcoatl, em tolteca ancestral, significa "líder sábio que usufrui dos favores dos deuses". O prometido retorno de Quetzalcoatl terminou por selar o destino dos astecas, que confundiram o pobre deus com Hernán Cortez e receberam o conquistador espanhol com respeito religioso. Mais tarde, Cortez lavaria a península mexicana e guatemalteca com o sangue asteca. Isso fala horrores sobre crenças no retorno de salvadores, acredito. Os textos sagrados maias se referem a Quetzalcoatl pelo nome de Kukulcán. Enormes cabeças de pedra de Kukulcán foram encontradas em pontos diversos de Chichen-Itza.

Ali em cima, onde conheci Malinche, os astecas faziam seus sacrifícios. Cabeças eram cortadas e peles eram arrancadas em nome de Xipe Totec. O deus da agricultura, das estações do ano e dos sacrifícios humanos. Durante um longo e devastador período de seca, os astecas rezaram para Totec e este os atendeu. O deus arrancou a própria pele para utilizar como adubo. A terra floresceu e as plantações cresceram. Mas, sem sua pele, Totec não possuía nada que impedisse seu poderoso brilho de cegar os seres humanos. Por isso, os astecas imolavam as pessoas em sacrifícios humanos e arrancavam suas peles, oferecendo-as ao deus. Totec usava a pele dos sacrificados, enquanto elas durassem, para impedir que seu brilho cegasse os mortais. Um deus que arranca a própria pele para salvar

O Caminho do Louco - Capítulo V

seus fiéis. Adoradores que se matam e se esfolam para dar abrigo a um deus, que não quer cegá-los com seu brilho. Agricultura, fertilidade, brilho interior, sangue.

Malinche começou a descer as escadas.

— Vem. Você precisa ver isso.

Segui sem me permitir raciocinar.

Caminhamos até o pé da pirâmide e ela disse:

— Bem no meio da tarde, durante o equinócio, pode-se ver algo impressionante. Vem comigo.

Fomos até uma das quinas da pirâmide.

— É aqui, no ângulo nordeste, que fica à sombra, que tudo acontece. Não olhe para a pirâmide agora. Estamos muito perto dela. Vamos nos afastar e aí então você poderá ver. Só olhe para trás quando eu disser — falou, achando graça.

Quando estávamos a uma certa distância, ela se voltou, olhou para a pirâmide, sorriu e disse:

— Pode olhar agora. Veja!

Voltei-me e era impressionante. O sol refletia em uma parte central dos degraus daquele lado da pirâmide, formando uma faixa estreita de triângulos móveis de luz e sombra que imitavam os movimentos de uma enorme serpente. Uma serpente de luz. O efeito era ainda mais intrigante porque a serpente tocava uma das cabeças de Kukulcán, ao pé da escadaria, fazendo com que a cobra descesse lentamente pela construção. Pensei em quantos cálculos geométricos e astronômicos haviam sido necessários para aquele efeito. E pensei na serpente Kundalini. Foi naquele momento que nos beijamos.

Malinche, descobri mais tarde, era o nome da índia asteca que amou Cortez e viveu com ele, e há quem diga que, se não fosse por sua suposta "traição", Cortez não teria sido capaz de fazer o que fez. É historicamente controvertida, defendida e atacada sucessivamente. Mas parece indiscutível a importância de seu papel, ao menos na aceitação de Cortez pelos astecas. A índia, chamada por Cortez de Doña Marina, parece realmente tê-lo amado, talvez ao preço da dizimação de todo o seu povo. Folcloristas ligam Malinche à emergência do mito de La Llorona, a mulher chorosa, arquétipo central e nacional para o México, conceito que provavelmente emergiu do choque e fusão entre as culturas europeia e ameríndia. Toda fusão pressupõe também destruição — e, nos relacionamentos amorosos, não é diferente. Nós nos fundimos ao ente amado, mas também o matamos. Destruímos o que ele representava originalmente, porque o transformamos.

A transformação de Malinche no símbolo que é La Llorona também se imiscui no próprio conceito de mestiçagem. O *mestizo* é exatamente isto: a criação de uma nova cultura, de uma realidade, a partir do choque, junção carnal e fusão entre duas culturas que, através do mestiço, ao mesmo tempo se perpetuam e se destroem mutuamente. Toda criação é destruição e toda destruição é criação.

Mas a mestiçagem de La Llorona vai além: ela é não somente a deusa Malinche, chamada pelos astecas de Matlacihuatl, mas incorpora elementos fortes de Medeia, trazida pelos europeus até sua nova casa na América. Dependendo de para quem você perguntar, Medeia pode ser diferentes coisas. Pode ser a obra-prima escrita por Eurípides, mas também é uma das adoradoras da deusa Hécate, a deusa lunar grega. Medeia era também neta de Hélios, o deus-sol dos helênicos.

Uma índia que ama seu povo, mas também ama um conquistador espanhol. A neta do deus-sol que é sacerdotisa da deusa-lua. La Llorona é um mosaico rico em paradoxos e contradições e tudo sempre dá a volta, parando no mesmo ponto inicial, como uma serpente ou o próprio Sol. Ou como a Lua. Depende de para quem você perguntar.

Felizmente para mim, Malinche, naquele momento, era algo muito mais simples: era a mulher adorável que me estendia uma forte, preta e aromática xícara do ótimo café mexicano, na cozinha de sua casa na Cidade do México. Uma cidade construída sobre as ruínas de Tenochtitlán, a capital asteca. Tenochtitlán, que repousava sobre o que havia sido o antigo Lago Texcoco. Tenochtitlán, palco do primeiro encontro entre os conquistadores e o fantástico Montezuma. Tenochtitlán, que pagou com um banho de sangue pelo direito de usurpar um lago. Tenochtitlán, início do fim e fim do que havia sido por séculos. E, é claro, Tenochtitlán, em cujo Templo Mayor, que pode ser visitado até hoje, foi erigido o monolito em adoração à deusa Coyolxauqui. Que é, claro, uma deusa lunar.

A serpente roda e morde a própria extremidade. A lua realiza seus ciclos. Chegamos sempre ao mesmo ponto e lagos viram cidades que viram cidades.

Technotitans.

"Um sábio aprende com os erros dos outros, um tolo com os seus próprios" – Provérbio Romano

CAPÍTULO VII

O cachorro negro e a palavra "Aleph" voltaram a aparecer, pouco mais de duas semanas depois daquela noite ilustrada por Daime na Amazônia –, mas desta vez em um sonho. Acordei suado, com a mão direita de Malinche levemente pousada sobre as minhas costas. No sonho, o mesmo vira-lata preto entrava na casa dela, abanando o rabo, feliz. Em seu dorso, estava escrito, em letras brancas de contorno quase infantil, o mesmo "Aleph" da visão com as plantas de poder. E o cachorro existia — ou ao menos eu o tinha visto no que parecia ser uma eternidade atrás, descendo a estrada do Parque da Chapada dos Veadeiros. Seria o mesmo animal? Visualmente, claro, era o mesmo e eu sentia que, sim, era o mesmo cão que havia me seguido por horas e horas, sem jamais se aproximar, estacando a cada pausa minha.

No sonho, ele abanava o rabo para mim e então, às minhas costas, novamente vi o abismo. Um vórtex aberto no chão, mas desta vez azulado, como se um enorme espelho circular pousado no solo refletisse o céu aberto. Dei o primeiro passo em direção ao abismo, sentindo-me leve e sorridente. Antes de completar o movimento, olhei para trás para ver se o cão me seguia, e então acordei.

Levantei e preparei um café. Estava há duas semanas na Cidade do México, morando na casa de Malinche. E a vida era bastante agradável ali, mas começava a me perturbar com alguma coisa. Algo dentro de mim, impelindo-me a partir. Mas eu não queria. Ou queria?

— André? — chamou ela, sonolenta, do interior do quarto.

— Estou aqui — gritei. — Quer café?

Levei o café para ela. Após alguns goles, ela parecia mais desperta. Disse:

— Um amigo seu ligou ontem à noite. Esqueci de lhe dizer, desculpe.

— Não tem problema. Quem era?

— Não deixou recado. Perguntei, mas disse que depois ligava ou falava com você de outra forma.

— "Falava comigo de outra forma"? Que coisa mais bizarra de se dizer.

— Você acha?

— É, acho que sim.

— Não deixou nenhum nome, nada?

— Hm-hm.

— Curioso. Você não reconheceu a voz? Algum amigo seu aqui da Cidade do México?

— Não, não acho que fosse alguém daqui. Nem do México, aliás. Falou em espanhol comigo, mas era um espanhol meio ruim, com um sotaque marcado. E a ligação estava distante, com cara de interurbano.

— Deve ter sido alguém do Brasil, então. Mas é esquisito, acho que ninguém no Brasil sabe que estou aqui, nem como me encontrar. — Pensei mais um pouco nisso e então deixei de lado. — Bom, quem quer que seja, deve tentar ligar de novo.

— É, imagino que sim — concordou ela.

Era uma terça-feira, 18 de agosto, e Malinche logo saiu para seu trabalho em uma galeria de arte. É curioso como aquele curto convívio com Malinche havia me dado mais foco. Ela parecia me compreender e até mesmo estimular todas as minhas maluquices, porém, ao mesmo tempo, de forma leve, doce, mas impositiva, direcionava minhas energias para um sentido menos caótico. Algo dentro de mim se rebelava contra essa ordenação, essa tradução das minhas energias internas a partir das referências mais coesas daquela mulher adorável, mas eu não sabia ordenar racionalmente tal rebeldia. Era algo sutil, interior. Eu gostava muito de Malinche e acredito que ela também gostava de mim, mas algo... Enfim, o problema era esse "algo" indefinível. Às vezes, eu sentia como se ela tivesse sido colocada na minha vida pelos deuses e que, sem ela, eu teria morrido ou algo assim. Teria caído no abismo? Caminhado alegremente até ele, me deixado flutuar em velocidade warp, risonho e franco, até o oblívio total? É bem possível. Malinche havia se tornado uma espécie de bússola. Ela mesma era uma bússola que apontava para várias direções, e acredito que era isso que tanto me atraía, este exemplo de que o caos pode ser ordenado de alguma forma primeva e não racional, mas intuitiva. Eu era o caos intuitivo. Malinche era a ordem caótica intuitiva.

À noite nos encontrávamos para tomar algumas cervejas em um bar qualquer. Podia ser rumba no Cicero Centenario, ou talvez música cubana no Barfly ("*to all my friends!*"). Quem sabe, ainda, uma passada rápida no Bar Milán, que ficava na área boêmia de Zona Rosa, onde a juventude mexicana mais legal ia se divertir, beber, dançar e fazer as merdas e trapalhadas que toda juventude mais interessante sabe fazer tão bem. O que eu achava divertido nesse bar é que lá dentro os pesos não valiam nada. Gostava de a noção do dinheiro ser posta em último plano. Não era bem assim, mas gostava de pensar que era. Funcionava da seguinte forma: você entrava e trocava os seus pesos pela "moeda corrente" do bar, os milagros. Eram uma espécie de notas próprias, com as quais se comprava os drinques. O truque, claro, era se lembrar de trocar seus milagros restantes por pesos novamente até o bar anunciar que só iriam aceitar mais uma rodada de pedidos antes de fechar. Claro que os mais bebuns sempre se esqueciam disso e então aconteciam duas coisas: ou o sujeito bebia todos os seus milagros restantes, para evitar a chatice de entrar na fila e pegar seus pesos de volta, tornando-se assim um pequeno saquinho humano de tequila, ou então ele caía de bêbado, ia embora e deixava seus pesos restantes com o bar. Deveria ser ótimo para o dono do bar, pensando bem. Verdadeiro *milagro*. Mas era divertido.

Estávamos sentados conversando e bebendo nossos drinques; eu empunhava minha vodka de sempre, enquanto Malinche era fiel à Piña Colada. Não sou dado a essas paranoias, mas já há alguns minutos estava me sentindo observado. Olhei em volta algumas vezes, perscrutando a multidão discretamente – mas nada. Minutos mais tarde, voltei a fazer isso e então a vi. Lá estava ela.

Uma mulher de cabelos pretos, muito pretos, cortados bem curtos. Vestia uma roupa clara e ela própria era bastante branca, até mesmo pálida. Olhava-me fixamente com uma expressão distante, como se estivesse prestando muita atenção. Mas não em mim. Em alguma coisa atrás de mim, dentro de mim ou através de mim. Tive a sensação de que alguém caminhava pela minha tumba – ou tomava minha lápide como par para um *mambo, mucho mambo*. Fiquei bem perturbado.

O Caminho do Louco - Capítulo VI

Tentei ignorar e retomar a conversa com Malinche, que parecia nada ter percebido e estava distraída, falando sobre uma futura mostra de Frida Kahlo que inauguraria em breve. Falava com aquele seu jeito de quem exibe decisão de forma sedutora e doce, sem as pressões dos inseguros que apenas querem parecer decididos. Era maravilhosa. Adorava olhar para seus olhos enquanto falava; pareciam trazer um brilho remoto, de quem já viu muitas coisas, sabe muitas coisas, mas não faz questão de esfregá-las na sua cara. Mas a sensação de nudez e vigília ainda me incomodava. Olhei novamente para o lado. A moça pálida ainda me olhava, de vez em quando, dando pequenas goladas em um drinque escuro. Estava sozinha em uma mesa de canto, encostada na parede. Não aguentei e perguntei a Malinche:

— Escuta, quem é aquela moça ali no canto? Você sabe quem é?

Malinche pareceu surpresa, levantou as finas sobrancelhas e olhou ao redor, procurando no ar como quem tateia mentalmente o ambiente.

— É que ela está me olhando fixa e incessantemente já há alguns minutos e, pode parecer bobagem, mas fiquei perturbado com isso. Com medo mesmo, acho.

— Quem?

— Ali, naquele canto — indiquei discretamente com os olhos, sem me mover. — Uma moça muito pálida, de blusa clara e cabelos pretos curtos.

Malinche pareceu reconhecê-la, sem dar muita atenção.

— Ah, é a Mariana.

— Mariana? Quem é ela?

— Não tenho ideia — disse de forma casual. — Ela vem aqui há anos, mas não é frequentadora assídua. Sempre fica sentada sozinha em uma das mesas do canto. Fica poucos minutos, no máximo uma hora, bebe alguns drinques e então vai embora.

— Nunca falou com ela? Não a conhece?

— Devo ter falado um "oi" uma ou duas vezes, acho. Mas por que a pergunta?

— Bom, não sei. Ela está me observando sem parar.

— Bobagem, ela pode muito bem estar olhando para o canto oposto do bar. Para a mesa atrás de você.

Olhei e vi que as duas mesas atrás de mim estavam vazias.

— É só imaginação sua. Vamos sair daqui e voltar para casa, quero você só pra mim — disse ela, ficando de pé.

Trocamos nossos milagres restantes por pesos.

— El milagro del diñero! — brincou a moça do caixa, devolvendo nossas notas. Antes de passar pela porta de saída, ainda me virei e dei uma última olhada para trás. A mesa do canto estava vazia e não havia o menor sinal da moça no bar.

Lembro que tive sonhos muito estranhos naquela madrugada, mas não consegui me lembrar deles mais tarde.

No dia seguinte, o telefone tocou de manhã na casa de Malinche. Atendi.

— Alô?

— Alô. Por favor, eu gostaria de falar com André Moire.

A voz era estranha, longínqua, em um espanhol com um sotaque tão carregado que até eu, que ainda pensava em português, consegui identificar. Por algum motivo, aquilo me arrepiou. Só consegui dizer um tímido "é ele".

— Moire? Bem, você não me conhece, mas sou seu amigo. Um velho amigo, na verdade. Pode-me chamar de Bagatto.

— Bagatto? — perguntei, mais para mim mesmo do que para meu interlocutor.

— Sim.

— Olha, me desculpe, mas não consigo lembrar agora... Bagatto, você disse? Do Brasil?

— De certa forma, sim. É, do Brasil, também.

— Olha, isso é uma brincadeira? Desculpe, mas não estou mesmo lembrado. Eu preciso desligar.

— O cão negro.

— ...

— Você já conheceu o cão negro, acredito.

— Do que... Do que você tá falando? Como é que sabe disso?

— Não tenha medo do cão negro. Ele apenas late às suas costas e abana o rabo. Não preciso dizer para também não ter medo do abismo, porque imagino que não tenha. Não ter medo do abismo é o que você faz melhor, certo?

— Escuta aqui, quem é você? Como sabe dessas coisas? De onde você tá falando?

O Caminho do Louco - Capítulo VI

— Calma, Moire. Eu sou um amigo, já disse. Só liguei porque estava preocupado com você. Mesmo sem medo do abismo, poderia acabar querendo pular nele ou algo assim. Mas tenho fé que este não é um risco possível, não no seu caso. Enfim, liguei para dizer que não se preocupe. Tudo está quase no fim e a hora se aproxima. Fique calmo, OK?

E desligou.

Eu ainda estava com o fone na mão, boquiaberto, de pé no corredor, quando Malinche levantou e, de pé na soleira da porta do quarto, de camisola azulada translúcida, perguntou:

— Quem era, André?

Só consegui balançar a cabeça, em uma lenta e incrédula negativa.

Os afrescos no teto tremeluziam sob a luz dos candelabros dispostos sobre a mesa. Sentado diante dela, em uma pesada cadeira de metal, uma figura pequena e sorridente escrevia em um livro. A batina vermelha tremia com os movimentos de seu braço. Em dado momento, levantou a mão que brandia a pena de forma teatral, abriu ainda mais o sorriso e desfechou um ponto final contra a frase que acabara de escrever.

Empurrou a cadeira para trás e levantou-se para buscar outro tomo em sua biblioteca particular. O sorriso tomou ares de curiosidade quando alguém bateu na porta do aposento.

— Sim? — A voz do homem de batina vermelha era aguda, rouca. Ele não parava de rir. O sorriso não fazia par com seus olhos fixos, paralisados em um distante ponto fixo no vazio.

— Giacomo, Vossa Eminência Reverendíssima.

— Entre logo.

Um homem alto e magro, um pouco curvado para a frente e com óculos enormes entrou no cômodo.

— Tenho mais notícias sobre a busca, Vossa Eminência.

O homem de batina vermelha levantou as sobrancelhas e fez um gesto com a mão para que o outro prosseguisse.

— Nossos amigos na Sùretê informam que os documentos, definitivamente, não estavam junto ao corpo do monge Gilles Delissalde.

— Ele deve tê-los postado pelos Correios, como eu disse ainda na época da... morte dele, folgo em lembrar. Eu disse.

— Er... sim, Vossa Eminência, bem recordo de sua admoestação, então. Mas, permita-me lembrar, nossos inquéritos perante os serviços postais desaguaram em nada.

— Os documentos já foram recebidos. O misterioso destinatário de Gilles já os possui. Mas por que nenhum sinal, após semanas? — remexeu-se o homem de vermelho.

— É o que me pergunto, Vossa Eminência. E, mais: por que nenhum dos, err, servos acusou a presença dos documentos?

— Não chame de servos os que são meros Escravos, Giacomo — gritou a voz aguda do cardeal. — Eles não encontraram porque os documentos não foram lidos pelo destinatário. Palavras sacras em repouso não podem ser rastreadas. Elas precisam ser lidas, precisam povoar a mente de quem as leu. Precisam ser ativadas, registradas junto às esferas. Precisam... — O cardeal de Vermelho remexeu-se, com os braços tremendo em busca de melhores definições e a voz ainda mais aguda.

— Sim, sim, entendo, Vossa Eminência Reverendíssima — acalmou-o Giacomo, de forma discreta.

— Não entendo como tais papéis podem ter ido parar em um monastério tão sem importância — pensou em voz alta o cardeal.

— Deus escreve certo por linhas tortas, Vossa Eminência. Se Gilles não tivesse lido os documentos, nós não saberíamos da existência deles.

— Só sabemos graças a esses malditos Escravos, que nem são obra nossa — gritou o cardeal.

— Por falar nisso, Vossa Eminência, Schüm telefonou e... —

— Sim, sim, já vou falar com ele, Giacomo — fez o homem de vermelho, afastando o outro com um gesto. — Agora vá embora, preciso ficar sozinho. Assim que os manuscritos forem encontrados, não demore um segundo em me avisar. E mantenha os Escravos espalhados.

— Há sempre uma fartura de servos, Vossa Eminência. Muitos deles, para minha surpresa, nem compartilham da nossa fé.

— Poucos o fazem, Giacomo. Da nossa verdadeira fé? Pouquíssimos —

o tom agudo sobrepôs-se com perfeição ao ranger da porta que se fechava às costas de Giacomo.

— Dies Irae — rosnou em um sussurro a voz aguda do cardeal.

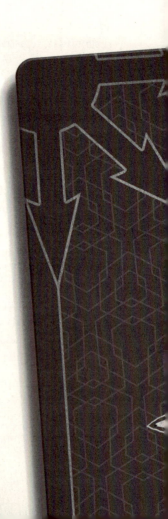

> "A alma é sinfônica" – Hildegard von Bingen (1098 – 1179)

CAPÍTULO VII

O peyote, obviamente, já tava aqui quando os europeus chegaram. Os espanhóis tinham medo dele, chamavam de "truque satânico" — disse o homem para mim, rindo. Quem falava era David "Wolf" Brubaker. Um americano do Texas, de uns sessenta e poucos anos, que estava no México há anos. Em 1968, David havia fugido de casa, em Houston, aos dezoito anos, largado a escola e peregrinado com um bando de hippies pelo Texas, Novo México e Colorado, até finalmente vir parar no México, em 1975. Aqui ele morou em um número desconcertante de cidades, tentando trocar a guitarra pelo mariachi (com resultados ridículos, como ele mesmo diz) e procurando em vão pela sua "Tristessa" (a mexicana que fica com Kerouac em *On The Road*). Desistiu também de procurar, comprou um trailer e agora mora dentro dele, com suas coisas, na parte sul do Deserto de Chihuahua, poucos quilômetros ao norte da Cidade do México. Um amigo de Malinche havia me levado até lá naquela quinta-feira, 20 de agosto, em uma Land Rover caindo aos pedaços. Agora eu estava ali, no meio do nada, o sol a pino, ouvindo aquele homem falar sobre o peyote.

Wolf, pelo que pude depreender, deixara os hippies para trás há anos, em algum lugar deste vasto deserto. Sua aparência atual era absurdamente parecida com a de um cowboy: olhos claros, cabelos loiros, um enorme chapelão preto de abas sobre a cabeça, barba por fazer, dentes amarelos de tanto mascar tabaco. Uma vitrola mais velha do que ele tocava "Indian Summer" em algum ponto remoto do seu trailer. Os acordes flutuavam até nós no absurdo calor do deserto, como os asfaltos trêmulos dos filmes. Ilusão de óptica térmica, que, como tudo, também era estética.

— Mas nada mais é que uma planta, claro. Satã não tem nada a ver com a coisa toda. Pelo menos — cuspiu um pouco de tabaco — eu nunca vi o sujeito dar as caras por aqui.

Levantou-se e entrou no trailer. Ouvi barulho de coisas remexidas e então Wolf saiu novamente, com um saco plástico nas mãos.

— Você é um cara de sorte. Se eu fosse um velho índio chihuahua, um xamã ou algo assim, iria fazer com que você andasse comigo aí pelo deserto, a pé, procurando cactos. Olha só — e apontou para a frente. O que vi foram quilômetros e quilômetros de areia e calor. O deserto de Chihuahua se estendia para além do México, cruzava o sudeste do Arizona até atingir o sul do Novo México. Um total de 1300 quilômetros de extensão, com uma largura de 400 quilômetros de pura e quente areia. Desertos podiam cruzar a fronteira sem problemas. Ele continuou:

— Mas sou só um cowboy velho, um gringo maluco que mora num trailer. Sei que merdas já passaram por este deserto, gente boa como Butch Cassidy e Sundance Kid, que se foderam aí por esse calor só pra chegar até os cafundós da Bolívia e morrerem que nem uns cornos mancos em alguma biboca chamada La Paz de Santa Maria, La Dor de Las Cruzes ou La Bonita Mierda. Então não vou fazer você ter que andar mais ainda por este deserto, já basta ter de vir até aqui, mas moro neste trailer porque, você sabe, sou um solitário.

Um cowboy-hippie (é possível isso?) definitivo, pensei. E, realmente, andar pelo deserto, às três horas da tarde, procurando cactos, não me animava muito.

— Esse trabalho sujo e empoeirado eu já fiz por você. Olha aqui — abriu o saco plástico e tirou um pedaço de um velho cacto, com todo o cuidado, e acho que com certo respeito. Wolf olhava para aquela planta em sua mão com o mesmo olhar que um pistoleiro de Sergio Leone aplica ao importante ato de recarregar seu revólver prateado. Aiôu, Silver, e já estava ouvindo as cordas e agudos corais de Ennio Morricone na minha cabeça.

— Isso. Olha só. Bonito, não é? Eu acho lindo. Admiro mesmo. Já fez isso antes?

— Não. Usei plantas amazônicas, mas imagino que seja diferente.

— Bom, eu nunca usei as plantas de poder da Amazônia, mas posso garantir que é diferente. Os conquistadores espanhóis disseram que, de tudo que viram e provaram por aqui, o peyote era o mais bizarro e mais poderoso alucinógeno. Digo "bizarro" com a melhor das intenções, é claro — e olhou para o cacto, como que para garantir que não havia ferido seus sentimentos. — Bom, pra você ter uma ideia, de acordo com um tal Frei Bernardino de Sahagún, que calculou as datas usando a tradição oral indígena como base, o peyote já era usado pelos índios 1890 anos antes da chegada dos europeus. Coisa muito antiga, muito sábia. Mas um certo, como era mesmo o nome?... Carl... Carl alguma coisa... — comprimiu a testa com o indicador e o polegar, pensando e franzindo os olhos. — Lumholtz, isso! Carl Lumholtz, um dinamarquês, acho, que andou fazendo pesquisas com os Chihuahua, chegou à conclusão de que o uso do peyote era muito, muito mais antigo do que isso. Acho que pré-histórico mesmo. Não sei como as pessoas conseguiam querer ter viagens alucinógenas numa época em que você podia ser levado por um pterodátilo como Sucrilhos matinal para os filhotes do seu ninho, mas era assim, parece.

— Acredito que o peyote possa ser pré-histórico, é bem plausível — disse eu. — Mas os homens não corriam o risco de ser devorados por dinossauros. Quando o homem apareceu, os dinossauros já estavam extintos há muitos e muitos séculos. Eles não foram contemporâneos.

Wolf olhou para mim, com um ar intrigado. Fitou-me por alguns segundos e então disse:

— Não? — olhou para o lado, pensativo. — Cara, você tem noção de que acabou de arruinar um mito de infância pra mim? Os homens pré-históricos e os dinossauros nunca se encontraram?

— Temo que não.

— Pfff. As coisas e mentiras que você nunca vem a descobrir. Olha só isso. Que curioso. Bom, mas devia haver pelo menos mamutes ou esses bichos grandes. Eu vi isso na TV, outro dia mesmo. E te digo mais, no National Geographic, acho.

— Ah, sim, mamutes, sim. Grandes mamíferos, esses animais.

— Pois então. Eu é que não tomaria nenhum alucinógeno sabendo que um panda de quatro metros podia aparecer enquanto eu estivesse viajando, sei lá. Esse pessoal pré-histórico era bravo, André, vou te dizer. Era uma gente corajosa, pelo menos aqui no Chihuahua. — E, resoluto, acertou o chapéu na cabeça enquanto virava para o lado e cuspia no chão de areia.

O Caminho do Louco - Capítulo VII

— Bom, mas continuando. Cara, que surpresa, isso. Os dinossauros... Bom, é a vida. Vamos lá. O Carl que eu te falei agora mesmo descobriu que os índios Tarahumara usavam peyote em suas cerimônias mágicas. Isso já tava gravado em algumas rochas de lava muito, muito velhas. E um tempo atrás descobriram, em umas cavernas lá na minha terra, no Texas, uns espécimes fossilizados de peyote. Até aí tudo bem, a gente já sabia que os peyotes existiam desde a pré-história. Só que a caverna onde os cactos estavam era uma caverna cerimonial, entende? Eles não estavam ali por acaso, alguém levou tudo até ali, com a intenção de usar em um ritual mágico. Esse tempo todo eu gostava de pensar que eles haviam sido interrompidos por dinossauros, mas preciso pensar em outra teoria imaginária agora. O que importa é que isso mostra que o uso do cacto de maneira organizada, ritualística, tem pelo menos três mil anos de idade.

Abri a boca para dizer que três mil anos de idade era realmente muito antigo, porém não era a Pré-História ainda, mas me calei. Não queria fragmentar outro sonho daquele bom homem. Ele continuou:

— O Frei Sahagún foi o primeiro europeu a registrar em livros o uso do peyote. Ele viveu de 1499 a 1590 e passou toda a sua vida adulta estudando o uso do peyote pelos índios aqui do México. Mas os textos e registros dele só foram publicados no século 19. Época, aliás, abrilhantada por gênios como Butch Cassidy, Calamity Jane, o safado sifilítico do Billy the Kid — e esse pessoal te garanto que existiu, eh, eh.

Ri junto com ele e deixei-o falar.

— Bom, mas com isso, os registros publicados mais antigos são de um certo Juan Cardenas, que estudou o peyote em 1591, um ano depois da morte do Frei, olha só como são as coisas, e escreveu o seguinte — ele abriu uma revista amarelada e surrada, talvez uma publicação dos anos 60. Leu um trecho, numa página marcada pelo uso.

— "Há uma outra erva (***). É chamada Peiotl. É branca. É encontrada no norte do país. Aqueles que a comem ou bebem têm visões assustadoras ou engraçadas. A intoxicação dura dois ou três dias e então passa. É uma comida comum aos Chichimeca, porque ela os sustenta e lhes dá coragem para lutar e não sentir medo nem fome, nem sede. E dizem que ela os protege de todos os perigos". — Fechou a revista, orgulhoso e sonhador. — Imagina isso. Imagina aquele bando de índios, todos viajando de peyote, andando por aí e fazendo das suas. É de deixar qualquer um orgulhoso por ter nascido neste planeta, é ou não é?

Olhou para mim, sorrindo e balançando a cabeça afirmativamente. Eu não estava certo quanto a ele ser deste planeta, mas entendi onde queria chegar.

— Bom, vamos lá. Você está preparado, acredito.

Fiz que sim com a cabeça, embora ainda não tivesse certeza. Ele pareceu ler meus pensamentos.

— Não se preocupe. Nunca temos certeza. Já tomei peyote várias vezes, sempre de forma adequada, e ainda hoje tenho algumas dúvidas antes dos rituais. Isso é normal. Mas quem quer ter certeza de alguma coisa? Certezas são para os fracos! — disse, pondo-se de pé, e parecia mesmo que iria sacar alguma arma naquele momento e matar todos no saloon.

Wolf começou a andar e pediu que o seguisse. Explicou:

— Bom, não estacionei o velho trailer aqui à toa. Gosto de solidão, da paz e do silêncio. Vivo de uma pequena renda que meu pobre pai, que Deus o tenha, me deixou quando morreu. Então, poderia ter me acomodado em qualquer lugar deste deserto, como uma cascavel. Escolhi este ponto por ser próximo à Cidade do México, onde vou visitar meus poucos amigos e tomar minhas cervejas, além de comprar comida, revistas, tudo o mais, claro. Mas o principal motivo é aquilo ali.

Apontou para uma grande rocha, uma verdadeira montanha de granito, único elemento, além do trailer e de nós dois, que se destacava na imensidão.

— É um velho local cerimonial dos índios. Eles tomavam o peyote no topo da rocha — e apontou para o alto da elevação —, mas não sou maluco de deixar você tomar peyote e ficar lá em cima de bobeira, como aqueles índios malucos. Não, há o lugar perfeito para quem vai tomar pela primeira vez, como você. E é bastante fresco. *Voilà*!

O pior sotaque francês que já havia escutado se fez acompanhar pela visão de uma caverna, ligeiramente escondida entre os paredões de rocha pura.

— É bastante espaçosa, escondida, a poucos metros do meu trailer e, por incrível que pareça, fresca. Uma nascente de água corre mais abaixo e dá até pra chegar lá, beber dela e se banhar, mas você não vai fazer nada disso. Vai ficar aqui, nesta parte inicial da caverna.

Notei que Wolf já havia colocado no chão uma esteira, algumas grandes almofadas, uma dúzia de garrafas de água mineral e copos descartáveis.

— É o meu santuário particular, mantido em homenagem e respeito aos grandes homens, índios e brancos, do passado. E aberto a todos os caras bacanas como você. Abre a mão.

Ele me passou três sementes verdes escuras; pareciam pequenas abóboras. Eram lindas, repletas de potencial e porvir. Avisou:

O Caminho do Louco - Capítulo VII

— Você mastiga. Beba muita água. Você vai querer e precisar. De tempos em tempos, eu venho aqui dar uma olhada, você nem vai reparar em mim. Não vou deixar você ficar nem mais de duas horas sozinho. Mas é a sua viagem particular, uma prece espacial. Aperte – ou relaxe – os cintos e aproveite. Boa sorte!

Eu agradeci e me sentei na esteira. Bom, era isso.

Mescalina é o princípio ativo do peyote, bem degustado por Artaud e vários outros. E realmente dava sede. Já havia acabado com uma garrafa e meia de água mineral e a viagem nem havia começado. Quais seriam os primeiros sintomas? O que iria acontecer? Continuei esperando, sentado na esteira. Quanto tempo havia se passado? Uma hora? Menos? Quando dei por mim, as paredes da caverna começaram a oferecer pequenos pontos brilhantes. Eram quase imperceptíveis e diferentes dos vagalumes que havia visto no Acre.

Algum tempo depois, começaram a brilhar mais. As luzes cresceram, começaram a rodopiar e então, subitamente, sumiram. A caverna estava perfeitamente normal. Ouvi uma voz me chamando.

— André?

Pus-me de pé.

— André?

Era Malinche, subindo por uma escada de pedra, ao fundo da caverna. Parecia molhada.

— Você devia experimentar a água lá embaixo. Está uma delícia.

— Não posso, acabei de tomar peyote.

— Jura? Que divertido.

E então lembrei que Malinche sabia que eu havia vindo aqui tomar peyote. Não deveria ser surpresa para ela. Mal superei a dificuldade de raciocinar isso tudo, ela se ajoelhou e começou a contorcer os braços. Malinche virou um enorme número 3, estranho e brilhante, e então, repentinamente, sumiu. Senti ventos passearem pela caverna, refrescando meu corpo. Voltei a me deitar na esteira e logo me vi rabiscando algo na rala camada de areia sobre o chão de pedra, usando uma garrafa vazia de água mineral. Desenhei o símbolo do infinito, a esteira de Möbius. Com o dedo indicador, apaguei a parte central que unia as duas circunferências. Dois zeros. O zero é o infinito e dois zeros continuam sendo zero. Infinitos zeros continuam sendo zero. Os dois números de areia levantaram-se do chão, com calma e graça, e vieram na direção dos meus olhos, como um par de óculos. E então eu vi.

A boca de um enorme cão negro atravessava a parede da caverna, o focinho gigantesco farejando algo. E então a boca falou, com os olhos ainda do lado de fora, no deserto, escondidos pela rocha.

— Lembre-se disso — disse o cão negro. — Um monge budista caminhava por uma estrada no Japão feudal. Ele encontra um gato selvagem, que o ataca, e põe-se em disparada. Em sua fuga, inadvertidamente, cai em um precipício, que estava escondido por arbustos. Mas tem sorte: consegue agarrar-se a um galho que saía da pura rocha, logo abaixo do topo do despenhadeiro. Ele olha para cima e vê que o gato selvagem, com os dentes brilhando, espera por ele lá em cima. Olha para baixo e vê uma queda vertiginosa, que termina em inúmeras rochas escarpadas.

— O que ele faz? — perguntei ao cão. Lembrei-me do misterioso Bagatto, dizendo ao telefone, "não tenha medo do cão negro".

— Ele então repara que o galho onde está pendurado é um pé de morangos. Ele olha para cima, olha para baixo; colhe com delicadeza um dos morangos maduros e o leva até a boca. Começa a mastigá-lo e descobre, com felicidade, que era o morango mais delicioso que havia provado em toda a sua vida.

O cão sumiu assim que pronunciou a palavra "vida". Ou assim pensei. Olhei para meu lado esquerdo e lá estava ele, desta vez em tamanho natural, abanando o rabo para mim. Tornou a falar:

— A cor é a branca. A erva é a pimenta. E também a hortelã. O incenso é a pimenta da Jamaica. O óleo é o de sândalo. A pedra é o quartzo branco. O planeta é Urano. A letra é o Aleph. A cor também é o amarelo. O caminho é o décimo primeiro caminho, entre Kether (Coroa) e Chokmah (Sabedoria do Pai).

Parou de falar. Perguntei:

— E o que mais?

Ele latiu e abanou o rabo, começando então a cheirar o chão da caverna em atenta tarefa canídea. Chamei-o com os dedos e ele veio, ainda abanando o rabo, com a língua para fora. Afaguei sua cabeça. Ele sentou-se sobre as patas traseiras enquanto eu o observava e o afagava.

Afastou-se e voltou a latir, animado. Coloquei um pouco de água em um dos copos e ele bebeu até onde seu focinho permitia avançar. E então desapareceu novamente.

O Caminho do Louco - Capítulo VII

Mais uma vez, eu havia me enganado. Ele estava do meu lado direito, mas diminuto. Era o mesmo cão, ainda abanando o rabo, mas com cinco centímetros de altura. Percebi que havia voltado a falar, mas não conseguia escutar o que ele dizia. Um segredo.

Espalmei minha mão direita sobre o chão da caverna, que ao tato me pareceu de mármore, e ele subiu nela. Trouxe-o com cuidado para perto de mim. Ele falava algo – agora tive certeza –, mas só escutava leves ruídos. Levei-o para perto do meu ouvido e finalmente pude compreender.

— Pã.

— Pã.

— Pã.

Ele repetia. Eu perguntei:

— Pã, da mitologia?

Ele disse:

— Pã.

E então desapareceu da minha mão. Imediatamente ouvi o som de uma flauta, muito distante e logo ali ao meu lado. Era uma das músicas mais presentes que já havia escutado e ressoava nas partes inferiores da caverna, de onde retornava em ecos líquidos, permeáveis, em um som aquoso.

Ouvi passos do lado de fora e percebi que não eram de pés humanos, parecendo cascos. Fiquei de pé e olhei, mas não havia nada lá fora. E quando digo que não havia nada lá fora, quero dizer que não havia *nada* lá fora. A caverna estava suspensa em uma imensidão negra, pendente da própria entropia. Nada e mais nada, por uma extensão que não se estendia (afinal, era nada), até o infinito. O som dos cascos continuava, agora, vindo do mesmo local de onde vinha a música emitida pela flauta, mas não consegui identificar qual local era. Parecia vir das partes inferiores da caverna, depois vinha claramente do lado de fora, do nada primordial; mais tarde, achei que vinham de dentro da minha cabeça. Procurei pela água e as garrafas estavam brilhando, com pequenas gotas de prata flutuando, em alegre orgia, dentro das garrafas, que agora pareciam ser feitas de metal translúcido.

Senti minha testa se abrir e o som das flautas aumentar absurdamente de volume, como se saíssem pelo buraco. Sentei-me na esteira e comecei a dançar sobre ela, os pés e pernas se movendo como se eu estivesse de pé. E então a própria caverna desapareceu por completo. Eu e a esteira flutuávamos no vácuo exterior, que agora era leitoso, de uma brancura que fazia meus olhos se fecharem de dor. Uma agradável ardência. Coloquei as palmas das mãos sobre os olhos e pude ver através delas, vi os pequenos e intrincados ossos, vi o sangue em seu fluxo contínuo. E então tudo acabou e eu estava novamente na caverna.

Esperei e esperei, mas nada aconteceu. Tentei me levantar da esteira, mas minhas pernas estavam bambas e caí sentado novamente. Estava com parte do corpo molhada e olhei para as garrafas de água mineral. Somente uma delas permanecia cheia, ainda fechada. Duas ou três estavam pela metade, caídas no chão, onde o líquido havia derramado. A luz da lua cheia, forte, brilhava lá fora e iluminava parte da caverna. Nas paredes, com a minha letra, estava escrita a palavra "zero", cinco ou seis vezes, como se tivesse utilizado uma pedra para escrever na rocha antiga e lisa.

Não tinha ideia de quanto tempo havia se passado e tive certeza de que mais coisas haviam acontecido, coisas das quais eu não era capaz de me lembrar. A sede era monstruosa. Bebi a garrafa restante quase de um só gole. Passos ecoaram lá fora e, com esforço, consegui me levantar. Devia ser Wolf, vindo para ver como eu estava.

Quando, bambeando, cheguei à entrada da caverna, tive uma grande surpresa. De pé, com a luz da lua às suas costas, estava parado um homem negro, de feições agradáveis e simpáticas, com uns 30 anos de idade. Vestia uma calça cargo cinza, com vários bolsos, uma camisa de malha preta com um estranho símbolo estampado e tinha cabelos espetados, em tranças dreadlock curtas. Olhou para mim, pareceu me examinar e sorriu, creio que admirado por algum motivo. Sua voz era grave e amigável, com um estranho sotaque.

— Como está? Bem?

Ainda sem saber como reagir, fiz que sim com a cabeça.

— Ótimo. Excelente, excelente. Seu amigo Wolf está no trailer, preparando alguma comida. Você deve estar com fome.

Foi só então que percebi. Sim, eu estava morrendo de fome. Poderia comer aquela caverna inteira. Olhei para ele, de olhos arregalados, e balbuciei:

— Eu... Quem é você?

— Meu nome é François. Eu sou o Bagatto. Nos falamos por telefone.

— Mas... quem é você? O que está fazendo aqui?

— Vim me certificar de que estava bem. Vim recebê-lo. Você é uma nova pessoa agora.

— Eu me sinto o mesmo, só que com fome.

O Caminho do Louco - Capítulo VII

— Bem, claro, ainda é o mesmo, em certo sentido. Mas também é outro.

— Por que veio ver como eu estava? Quem é você?

— Sou o Bagatto, lhe disse. E vim ver como você estava porque, bem, alguém tinha de vir fazer isso. E, por ser o Bagatto, tinha de ser eu.

— Como assim? Por quê?

— Tradição? Ordem natural das coisas? Chame como quiser, mas é assim. Tinha de ser eu, porque... bem, sabe o que eles dizem. Nunca — repito, nunca — invoque o Louco, a não ser que esteja preparado para que qualquer coisa possa acontecer. Eu vim porque estou preparado. Eu sou o Bagatto. O Mago. Você? Você é o Louco.

> "Só os seus amigos roubam seus livros" - Voltaire (1694 - 1778)

CAPÍTULO VII

—São estes os papéis? — A voz vinha de um homem de meia-idade, sério. Atrás de uma pesada escrivaninha de carvalho, estavam os cabelos pretos com alguns poucos fios brancos, parecendo combinar com o crucifixo de madrepérolas em seu peito.

— Sim, Sua Santidade. Aqui estão. — E a mão jovem se estendeu, portando um envelope pardo.

Tão logo se viu sozinho, o bispo Daedalus, sem saber por que, sentiu estranhos temores se derramarem sobre ele. Caminhou pela saleta octogonal, de forma lenta, parando de maneira inconsciente em determinados pontos do cômodo. Do lado de fora da pequena sala, a região de Bayonne estava tomada pela ventania. As folhas marrons subiam e, rodopiando, batiam na vidraça arqueada. Ele esticava o pescoço e acompanhava sua queda até o bem cuidado jardim de rododendros dois andares abaixo, a testa encostada no vidro espesso.

Levantou os olhos e encarou o céu nublado, as nuvens em rápida movimentação. Após um profundo suspiro, voltou-se e travou um mudo diálogo com o envelope que repousava sobre sua mesa. Na manhã daquele dia, uma sexta-feira, 21 de agosto, havia achado curioso quando sua nova secretária disse que havia encontrado uma correspondência perdida, endereçada a ele e ainda não aberta. Em seguida, achou estranho quando ela informou que era um envelope em papel pardo, perdido em uma prateleira baixa de sua biblioteca pessoal há mais de dois meses. Levou um susto quando ela contou que o remetente era seu velho e saudoso amigo, Gilles Delissalde, monge em uma abadia na vila vizinha de Urt. E agora, com o envelope em mãos, sentiu um calafrio: o carimbo era de 13 de junho, o dia seguinte à terrível morte de Gilles – por quê? –, dois distantes meses atrás, no banheiro da Gare de Bayonne.

Por algum motivo, neste momento pensou em sua juventude e na fé inabalável que o fizera escolher o hábito em vez de Beatrice. Curioso pensar nisso agora; nem era bem pensar: a ideia o assaltou de forma involuntária. Nunca tivera dúvidas ou arrependimentos sobre os rumos que traçara para a sua vida. Pensava em si mesmo como um homem feliz, realizado.

E agora este envelope.

Como se extraviara em sua própria casa? E então novo golpe mental. Sim, estava ficando velho. Só isso explica não ter ligado os pontos antes. Precisava confirmar isso, mas tinha a impressão de que, sim, naquela mesma noite a pobre filha de Denis morrera atropelada. É provável que o pobre-diabo tenha bebido demais e confundido toda a correspondência no dia seguinte, o sábado do enterro dela. Pensou em Denis. Nas semanas seguintes, passara a beber tanto que Daedalus se viu obrigado a mandá-lo para um asilo da Igreja, onde estava até hoje. Solitário, claro... mas sem acesso a bebidas. E agora, meses depois, aqui estava o motivo da estranha viagem noturna de Gilles. Este envelope. Teria sido morto por causa disso? Sacudindo a cabeça, o Bispo tentou se convencer do ridículo dessa ideia. Era um homem de fé e segurança, nunca tivera indecisões quanto ao que devia (ou achava que devia) fazer. Nunca se considerara um hipócrita. Caminhou até a escrivaninha e voltou a sentar-se na pesada e confortável cadeira de forro avermelhado.

Durante alguns minutos, olhou para a frente, perdido entre um quadro que mostrava um cenário rural e agradável de campos verdes e abertos. Não pensava agora em nada em especial; havia se deixado imergir naquele estranho estado de fluxo. Podia mesmo sentir o tempo parar às suas costas. Era como se, ainda que não tivesse noção disso, aproveitasse o que pareciam ser os últimos segundos de sua vida, tão agradável até aqui. O envelope era uma ameaça. Pardo em sua imobilidade, era o envelope que o observava agora. Só lhe restava também ficar imóvel, esperar que aquele péssimo objeto apreciasse o seu esforço.

Sentindo o ar cada vez mais frio daquela manhã entrar em alta velocidade em seus pulmões, em uma forte inspiração, inclinou-se e, finalmente, tocou no envelope. O abridor de cartas de marfim teimava em posar de arma na sua mão.

Enquanto a pequena espátula rasgava o papel, imaginou sentir uma leve dor no peito. Sua mão tremia quando o envelope finalmente se deixou abrir. Dentro, de forma faustina e fingindo inocência, estava o molho de documentos. Dispôs os vários papéis sobre a mesa, com cuidado. Começou a examiná-los, passá-los para lá e para cá, demorando alguns minutos para ter noção de que, sim, finalmente os estava lendo.

Minutos depois, sua garganta estava seca. Sim, não podia haver erro. Mas era... Era... pela primeira vez em sua vida, Daedalus, tão pródigo com as palavras, não encontrou um adjetivo. Fantástico? Não, fantasia pressupõe certo grau de maravilhamento. Incrível? Também não. Infelizmente, não era difícil crer naquilo tudo. E, para seu desespero, começou a ter noção de que crer naquelas coisas, para ele, na verdade, era o início do descrer. Dois dos documentos tinham até mesmo o selo papal. Claro, outra pessoa poderia ter usado o selo, mas... isso não mudava a gravidade da coisa toda.

Teve enfim a percepção de que a papelada que se descortinava sobre a mesa de carvalho era mais do que meros documentos. Era um atestado de óbito. O óbito de trinta e cinco anos dedicados à Igreja.

Olhou novamente para a parede em frente, mas desta vez não via o cenário campesino. Não via o quadro. Não via a parede. Seus olhos e sua mente só conseguiam enxergar o vazio, aquele nada supremo de que falam os alquimistas. Eles bem o sabiam: *nequaquam vacuum*. Não pode haver o vácuo. O vácuo é sempre preenchido por alguma outra coisa. Daedaulus estava esvaziado como um balão. Tremeu ao imaginar no que poderia ser capaz de preencher um vácuo daquela magnitude. Juntou a papelada, acondicionou-a novamente no envelope pardo e guardou cuidadosamente em uma gaveta do seu armário de roupas, trancando-a à chave. Em um gesto irônico, escondeu-os debaixo de uma pesada edição da Bíblia.

As folhas e a poeira continuavam a circundar a torre. Em breve uma tempestade cairia sobre Bayonne.

Pat O'Rourke sentiu um calafrio. Arregalou os olhos, examinando o vazio por vários segundos. *Algo aconteceu.* Ela não sabia precisar o que, mas alguma coisa despertara em algum ponto da Europa, longe dali. E esse despertar dizia respeito à terrível morte de meses atrás. A pobre, pobre Torre. Pat ainda se culpava por ter participado do planejamento daquele malfadado furto e, por vários dias, deixara-se abater por uma tristeza profunda. Os olhos de Romina ainda apareciam para ela em sonhos, inclusive os acordados. O grupo adquiriu conhecimento, mas a que preço? A perda de uma amiga. A ruína da Torre. A abertura de mais um rombo no baralho.

E agora, justo naquela noite, este *despertar*. Teria que falar com Adrian sobre isso. De uma coisa ela estava certa: o que quer que fosse, tinha relação direta com a Torre e com o fruto do roubo de meses atrás. Mas de que forma? E isso afetaria a ação daquela noite? Olhou para o céu noturno. As nuvens recobriam as principais estrelas, mas ela enxergou bons augúrios nas que ainda estavam à mostra. Forçou-se a sorrir, improvisando satisfação, e levantou-se da cadeira de madeira. Saiu da varanda, voltando para o interior do seu chalé, erigido em sólidos blocos de pedra. O interior da construção era mais confortável e aconchegante do que a fachada espartana faria supor a algum viajante desavisado – embora viajantes desavisados fossem bastante raros por ali.

A lareira de pedra estava acesa e pouca lenha, já em seu grito final de iluminação, ardia ali. Pat passou as mãos pelos cabelos loiros e curtos e pensou no que vira nos céus, no que vira nas gotas de chuva e em suas próprias premonições e sonhos. Algo mais iria acontecer. Não decorrente das atividades normais de seus magos, nem da aparição do Louco, nem do que haviam preparado para aquela noite – quanto a isto, então, sentia-se perfeitamente segura. Não. Era outra coisa, ainda não totalmente revelada, ainda difusa por uma camada de puro potencial. Mas ela estava certa de que não se enganava. Alguma coisa, algo fora da rotina (que já não era, por si só, uma rotina trivial), alguma coisa *diferente* aconteceria.

O jogo de runas da noite anterior dissera: Raidho. raidho raidho raidho / rrrrrrrrr / ru ra ri re ro / rudh radh ridh redh / rodh / or er ir ar ur / rrrrrrrrr. Raidho, que simboliza a viagem para algum lugar de poder; para os reinos dos mortos. Não apenas a runa das viagens, mas a que ascende sobre as leis cósmicas de Ordem e Correção. Garante uma jornada segura, o que é bom e desejável para o empreendimento de hoje à noite. Mas ela já se preparara em relação a hoje. Não, esta viagem ao reino dos mortos em um lugar de poder não fazia referência a hoje. Ficou parada alguns momentos, intrigada. Depois, decidiu que não era o momento de sondar o que estaria por vir. Tinha coisas a fazer naquela noite e outros dependiam dela.

Olhou para o pentagrama-tesserato colocado sobre a lareira e desviou os olhos para a mandala ao seu lado. A mandala era presente de um amigo, um game designer, que a desenhou e a renderizou especialmente para ela. Foi até a janela e voltou a olhar o céu. É, parecia que estava bom. De qualquer forma, teria que estar. Que os céus aprendam a se comportar. Foi até um dos cantos da sala – um cômodo maior do que parecia a uma primeira inspeção – e olhou para algo escondido debaixo de um lençol, sobre uma mesa. Com um olhar respeitoso, retirou o lençol que escondia a Groovebox MC-303 e apertou o botão de "power". Plantas de poder, locais de poder, botões de poder. Girou o dial negro até que este marcasse, em grandes números digitais vermelhos, "A04". Acertou a velocidade em outro dial e finalmente pressionou "play".

A distância, os animais daquele canto esquecido das highlands escocesas sabiam que sua feiticeira estava trabalhando.

— O Louco foi encontrado. — A voz ao telefone era séria, contida, e contrastava com a calmaria sofisticada do apartamento de Madri. Maria de las Luces há tempos não falava com Adrian.

— Ainda bem. Eu estava um pouco preocupada, confesso.

— É, admito que eu também, embora, de certa forma, claro, eu *soubesse* que ele seria encontrado.

— Imagino que François já esteja com ele.

— Sim — confirmou Adrian. — A iniciação e a longa viagem começarão em breve.

— Uma viagem... o velho ciclo. — disse Maria, pensativa. — Há tempos isso não acontecia. Eu gosto da viagem.

— Você passou por ela, não? O Caminho do Louco? Como foi?

— Sim, eu passei. A viagem é... bem, é difícil de ser descrita. E a viagem sempre foi essencial para todos nós, ela muda muita coisa. Não só no viajante, você sabe. Mas também em quem o conduz.

— É verdade. Você está nisso há mais tempo do que eu, Maria. E eu mesmo, como você sabe, não fiz a viagem. Ao contrário de você, nunca fui o Louco. O que é uma pena. A viagem é um raro privilégio.

— Sim... faz tanto tempo. Minha viagem foi há nove... não, dez anos. E minha ação como o Louco foi por um curto período.

— Nem eu faço ideia do que possa acontecer quando ele terminar sua viagem, você sabe. Este Louco, ele... é engraçado, mas ele é realmente parecido com o Louco, entende? A semelhança impressionou até mesmo François. E seu totem é o cão.

— Que curioso. Uma boa coincidência, acredito.

— É. Acredito que sim. Enfim, liguei para avisá-la sobre as boas novas. A viagem acaba de ter início.

— A viagem... — disse Maria, pensativa, lançando confusos e nostálgicos focos de luz sobre o seu próprio passado.

Do outro lado da ligação telefônica, a voz parecia espantada. O bispo Daedalus nunca havia demonstrado tanta premência, quase um nervosismo.

— Eu preciso falar com ele agora.

E essa então? "Ele". Nunca havia se referido ao Arcebispo de Paris por outro nome que não "Sua Santidade". Agora, era um prosaico e secular "ele". O secretário da arquidiocese, do outro lado da linha, balbuciou:

— Senhor, conforme já informei à Sua Santidade, Sua Santidade, o Arcebispo, está empreendendo uma viagem.

"Para onde? Para os quintos dos infernos?", pensou Daedalus, mas nada disse. Desligou o telefone. Olhou para a pequena imagem sobre uma cruz de madeira na parede branca de sua sala na torre e estremeceu. Cristo, onde levaria tudo aquilo? Lá fora, a chuva forte chegava enfim a Bayonne. Os pingos tamborilaram na vidraça arqueada, criando um vitral natural de uma insondável congregação natural.

Pat O'Rourke cantava em tom bastante baixo, somente para ela. Dançava em sua cabana, descalça, para que o frio do chão penetrasse em seu corpo, enquanto o ritmo expelido pela Groovebox balançava e tirava de sua linearidade os quadros pendurados nas paredes de pedra. Olhou para o velho relógio de pêndulo acondicionado em uma antiga caixa de carvalho e sorriu. Dez e quarenta e oito da noite. Faltava pouco mais de uma hora para tudo começar. Epona já havia dado sua bênção e tudo corria bem. Abriu a porta da cabana e deixou a batida digital embrenhar-se pela floresta vizinha. Teve que conter sua vontade de sair do chalé correndo e nadar pelo orvalho, mas ainda não era a hora.

Não, ela deveria permanecer na cabana por enquanto. E então dançou mais rapidamente, os curtos fios loiros se remexendo em sua testa, espetados alegremente em sua cabeça. De vez em quando, aproximava-se da Groovebox e mexia cuidadosamente em alguns botões, como se seguisse estranhas instruções de algum manual distante, atentando para os números dos presets, para o tempo, para a marcação dos loops. Era importante que todos os loops fossem perfeitos. Após fazer isso, sempre olhava pela janela da cabana, perscrutando o céu sobre as highlands e emitindo sorrisos de aprovação.

A Sacerdotisa estava dançando.

A exatos 2005 quilômetros da cabana de Pat O'Rourke, neste mesmo instante, um homem negro de roupas largas consultava seu relógio. Sim, faltava apenas uma hora. Olhou para o céu escuro daquela noite de sexta-feira e suspirou, como quem pede proteção a um velho amigo e não o encontra. Como o Sol, não gostava de agir à noite. Mas, de alguma forma, sabia que tudo haveria de correr bem. Alguns metros à sua frente, dois homens esperavam sob um grupo de árvores. Aproximou-se deles e disse, em sussurros:

— Temos que começar. Cadê o Maksim?

Um dos dois homens, um oriental franzino, apontou para uma figura solitária nas sombras, dez metros à frente.

— Claro. Sozinho — sorriu o negro, como que em aprovação, e foi chamá-lo. Enquanto se afastava, repassou mentalmente os planos. Tudo teria que ser feito na hora estipulada por Pat, ou não daria certo. Finalmente se aproximou da figura sentada à sombra de uma árvore.

— Maksim?

O homem voltou-se e o encarou com olhos solitários. Enquanto os outros três tinham menos de 30 anos, Maksim já deveria ter passado dos cinquenta.

— Já está na hora?

— Sim... falta uma hora exata. Vamos indo.

Maksim imediatamente se pôs de pé e caminhou para onde estavam o oriental e o enorme ruivo, sem dizer nada. O negro o seguiu, com um olhar curioso. A primeira parte dos planos havia transcorrido bem; haviam chegado até os jardins bem tarde da noite, após passar por alguns túneis esquecidos. E os jardins representavam quase metade daquele estranho lugar. Eram enormes e pouco patrulhados, graças à implausibilidade de alguém conseguir chegar até ali e, principalmente, conseguir fazer alguma coisa *a partir dali*. Quando os quatro voltaram a se reunir no ponto inicial, o negro gesticulou para que Maksim seguisse adiante. Mais à frente, viam-se as figuras de dois guardas, coloridamente vestidos, com penachos vermelhos nos chapéus.

Maksim respirou fundo e caminhou na direção dos guardas, saindo da proteção das sombras das árvores. Assim que saiu da relva e pisou o chão de pedra, teve certeza de que havia começado. Não havia mais volta. Os dois guardas estavam a 50 metros de distância, após um estreitamento na estrada principal, ladeado por duas torretas. Quando achou que estava no ângulo de visão da dupla, Maksim começou a cambalear e tirou uma pequena garrafa de vidro do bolso traseiro de seu jeans surrado. Um dos guardas esticou o pescoço para a frente, como quem tenta focalizar a visão e, então, apontou para Maksim. Os dois se aproximaram rapidamente, empunhando lanças. Mal chegaram perto do velho e começaram o seu discurso ensaiado:

— Desculpe, senhor, mas deve nos acompanhar.

— Sim, não é permitido permanecer dentro dos portões a esta hora.

Maksim cambaleou e começou a cantarolar uma velha canção russa:

— Ехали на тройке с бубенцами, А вдали мелькали огоньки. Мне б сейчас, соколики, за Вами, Душу бы развеять от тоски.

— Ih... — disse um dos guardas.

— É... acho que ele tá mais pra lá do que pra cá — e apontou para a garrafa de vodka quase vazia na mão de Maksim.

Aproximaram-se devagar, mas Maksim deu vários passos para trás, desta vez recitando uma fala do Dyadya Vanya, de Chekhov:

— Сколько? Дай бог память... Ты приехал сюда, в эти края... когда?.. еще жива была Вера Петровна, Сонечкина мать. Ты при ней к нам две зимы ездил... Ну, значит, лет одиннадцать прошло. (Подумав.) А может, и больше...

Os guardas olharam um para o outro, sem saber o que fazer. Voltaram a se aproximar, mas Maksim correu desajeitadamente na direção do jardim de onde havia saído.

— Diabos, é só um velho bêbado! Corre atrás dele!

Os guardas dispararam atrás da estranha figura de cabelos grisalhos, que já entrava na região sombreada pelas árvores. Quando chegaram àquela parte do jardim, o velho havia sumido. Um dos guardas ouviu passos às suas costas, mas antes que pudesse se voltar sentiu uma enorme mão agarrar sua cabeça por trás e uma segunda mão apertar um pano úmido contra seu rosto. Logo veio ao chão, inconsciente, abatido pelo clorofórmio, sem ter a chance de ver o gigante ruivo nocautear o seu colega de rondas com um só soco.

Maksim, Touji e Leonce saíram de trás das moitas onde haviam se escondido. Leonce acenou para Ogden, o ruivo, com gestos aprovadores. Ogden balançou a cabeça, como quem diz que aquilo não era nada.

— Vivos, certo? — balbuciou Leonce.

— Claro — sussurrou Ogden — Não confunda a Força com a Morte.

Leonce levou as mãos ao bolso da sua jaqueta de nylon azul e tirou um papel dobrado. Abriu-o e o examinou, pensativo. Pelo mapa, aqueles eram os últimos guardas até o ponto de entrada. Pelo menos assim seria até às onze e meia, quando duas duplas de guardas passariam por ali. Os dois que haviam abatido e escondido entre os arbustos a essa altura já deveriam, pela programação, estar em um ponto diferente dos enormes jardins. Contavam com isso para que a ausência deles não fosse notada pelos demais. Leonce, com a mão, pediu que o trio se aproximasse. Os três chegaram mais perto e, sob a luz da Lua, examinaram o desenho.

O preço por aquele mapa fora altíssimo: a vida de Romina Contreras, grande amiga de Ogden. Os outros três homens imaginavam o que estaria passando pela cabeça de seu companheiro naquele momento. Ficaram em silêncio. Sabiam que Ogden insistira em vir naquela missão para tentar fazer com que o sacrifício de Romina não fosse em vão.

A mudez foi rompida pelo próprio Ogden.

— Então este é o mapa. O mapa que foi comprado com a vida da minha amiga — disse ele, com a voz grave e tensa. — Que pelo menos este pedaço de papel nos leve mesmo a alguma coisa.

Lágrimas caíram dos olhos do homenzarrão. O grupo continuou calado. Leonce e Maksim trocaram olhares tristes. Touji olhava para o chão.

Com uma respiração profunda e pesada, Leonce enfim apontou uma área no mapa. Com gestos, mostrou que, se seguissem para além das duas torretas por onde os dois guardas tinham vindo, dariam diretamente em uma das entradas principais. Mas não poderiam fazer dessa forma. Deveria haver inúmeros guardas lá dentro, além de câmeras, lasers e outras coisas. Como haviam discutido mais cedo naquele dia, lasers e câmeras não seriam problema. A bruxa (como Ogden a chamava) cuidaria disso. Mas ela desabilitaria somente as câmeras e aparelhos eletrônicos diretamente ao longo do caminho inicial, já planejado. O caminho foi traçado por Leonce com a ajuda de um dos Pajens de Espadas, Wolfgang. Eram inúmeras as rotas possíveis. Os dois escolheram aquela que, por várias razões lógicas e ilógicas, parecia a melhor. Aquele fora o caminho enviado para Pat e era somente daquele caminho que ela estaria cuidando a essa altura. Com um gesto, Leonce afastou a atenção dos outros da entrada principal e indicou um quadrado no mapa, ao lado da torreta mais à direita.

Franzindo a testa sobre seu rosto vermelho e quadrado, Ogden apontou para um pequeno círculo no mapa.

— É um bueiro. Esgoto. — sussurrou Leonce, muito baixo. Fez gestos de que seria necessário apenas arrancar a tampa. O ruivo balançou a cabeça, pensativo.

O quarteto escondeu os dois guardas desmaiados atrás de um grupo de árvores e moitas em um canto mais escuro do jardim e se afastou, cuidadosamente e em silêncio. Andavam de forma lenta, mas decidida, como sempre fazem os que acabaram de abandonar a sombra. Pararam cem metros adiante, ao lado de uma das pequenas torres de pedra. Escondidos pela muralha de segurança, rodearam a tampa de metal. Estava totalmente enferrujada e demonstrava não ter sido aberta há séculos.

Antes que Leonce pudesse dar qualquer indicação do que fazer, Ogden agachou-se e, aparentemente sem esforço, extraiu a tampa oxidada do chão de pedra, como quem pega uma chapinha no chão. Ao ser deslocado, o metal reclamou, emitindo um ruído gutural. Leonce ficou com a boca aberta, olhando para Ogden. Percebendo o espanto do amigo, o oriental sorriu.

Ao lado de Touji, Maksim teve que conter um sorriso. Aquilo não era nada para Ogden. Afinal, ele era a Força.

Leonce retirou do bolso uma pequena lanterna que, em sua parte frontal, apresentava uma moldura com o formato do Sol e apontou-a bueiro abaixo. Uma longa escada de metal tomada pelo musgo descia até à escuridão. O quarteto suspirou, avaliando a tarefa, e desceu, com Leonce na frente, segurando a lanterna. Foi seguido por Touji, extremamente cuidadoso, Maksim e, finalmente, Ogden, que se encarregou de puxar de volta a tampa do bueiro enquanto descia. Assim que a esfera de metal impediu a entrada da luz da Lua, o pequeno Sol nas mãos de Leonce pareceu brilhar ainda mais. Olharam para baixo e viram que o final da escada perdia-se na escuridão. Cinco minutos depois, alcançaram o final do caminho. Ogden pisou no solo úmido e respirou aliviado. A longa descida parecia tê-lo perturbado.

Leonce olhou em volta. Não imaginava que fossem descer por tanto tempo. Abriu o mapa. Embaixo do mapa principal, havia um segundo mapa, menor e desenhado à caneta, que parecia representar o sistema de esgotos. Finalmente, apontou o segundo túnel à esquerda.

O grupo caminhou mais alguns minutos por aquele estranho labirinto. Goteiras centenárias, estalagmites de sujeira e ratos disputavam espaço entre os túneis. O silêncio tomou conta dos quatro, como se a realidade do que estavam prestes a fazer agora se impusesse de forma mais incisiva. Ao fim do caminho indicado no mapa, surpreenderam-se: era uma via sem saída, que desembocava em uma parede de pedra. Leonce tornou a olhar o mapa.

Tudo parecia estar certo. Era ali mesmo. O mapa não indicava nenhuma porta ou algo do tipo.

Touji olhava, muito sério, para o caminho sem saída. Aproximou-se bem perto de Leonce e sussurrou:

— De acordo com o mapa, onde fica exatamente a sala que procuramos?

Leonce olhou o pedaço de papel atentamente por alguns segundos e então apontou para a parede da direita. Era por ali que teriam de passar. Além daquela parede, existia uma sala intermediária, um cômodo esquecido, que antes era um depósito, uma masmorra ou algo assim. Se o mapa estivesse certo, aquela sala vizinha teria sido fechada há séculos. Não teriam de se preocupar – muito – com o barulho. Pat também estava cuidando do ruído, entre outros detalhes. Não deveriam ter problemas enquanto ela, em sua cabana, fizesse mais barulho do que eles, ali nos túneis.

Não tinham picaretas, brocas, nada. E nem mesmo Ogden poderia abrir um buraco naquelas paredes de pedra com as mãos nuas. Ainda que aquelas mãos nunca estivessem *nuas*. Ogden tinha inúmeros enxertos metálicos no corpo, inclusive nas mãos e dedos. Mas aquilo era praticamente uma fortaleza.

Era ali que o mapa entraria em ação. Se o documento estivesse cem por cento certo, não precisariam derrubar nada. Por algum motivo, naquele momento, Leonce lembrou-se de que o Louco havia sido encontrado. Menos mal. Quem sabe o baralho não tivesse mais sorte naquela noite, agora que estava um pouco mais completo?

Leonce se agachou e manuseou a parede, procurando alguma coisa. Após longos minutos de busca por uma pedra mais saliente, um sinal em baixo-relevo ou algo semelhante, Leonce e Touji desistiram. Nada. O mapa indicava um

O Caminho do Louco - Capítulo VIII

mecanismo que faria girar parte daquela parede e que deveria ficar exatamente ali, onde estavam. Infelizmente, as instruções não diziam o que supostamente acionaria o mecanismo.

— Viemos até aqui à toa? — frustrou-se Maksim; Leonce levou o dedo aos lábios, pedindo que fizesse silêncio. Mas ele estava certo. Que garantias tinham de que um mecanismo quase medieval ainda estaria funcionando, após séculos fora de uso?

Ogden se aproximou e afastou Leonce com o braço. O ruivo olhou para a parede, deu um passo para trás, respirou fundo e desferiu um forte murro na pedra nua. Os enxertos em sua mão emitiram um baque metálico, despertando ecos por todo o sistema de esgotos.

Nada.

O grupo ficou em silêncio, olhando para o chão. E então, após vários segundos, um gemido. A parede resmungou, guinchando, como um autômato que acordava após um sono de séculos. E então o ruído de pedra sobre pedra começou. Uma pequena parte da parede se arrastou, tremendo. Trinta segundos mais tarde, ela havia deslizado para fora em um ângulo de 90 graus e revelado uma passagem retangular, grande o bastante para permitir a entrada de um homem.

Leonce se aproximou, ansioso, com sua lanterna.

O foco de luz protestou ao penetrar no ar rarefeito do cômodo. Era uma pequena sala, de no máximo dois por dois metros, aparentemente enclausurada há centenas de anos. Nenhuma porta ou passagem aparente. Ossos e pedaços de metal no chão indicavam que havia sido uma masmorra. Quem teria sido emparedado ali, esquecido pelo mundo lá em cima? Cuidadosamente, os quatro homens passaram pela abertura retangular na rocha e saíram do serviço de esgotos. Maksim tossia com o ar enclausurado do local.

Entraram em mais uma sala sem portas, um pouco maior. A sala parecia ter sido fechada em época bem mais recente, emparedada muitos anos depois de terem esquecido a existência da passagem por onde haviam entrado. Touji apontou para uma ossada no chão, já quase totalmente decomposta.

— Deve ter sido emparedado aqui — murmurou Ogden, a voz grave ressoando no pequeno cômodo.

Leonce percebeu que, assim como seus captores, talvez não se lembrassem mais da passagem secreta, também o pobre-diabo havia morrido a apenas um metro e meio de distância de uma provável rota de fuga. Apontou a lanterna para o chão e viu que o esqueleto ainda estava sob correntes. Pedaços de metal e argolas o rodeavam. Maksim fez o sinal da cruz, visivelmente perturbado. Como se quisesse sair logo dali, perguntou:

— E como passaremos deste ponto?

Leonce, pensativo, voltou a olhar o mapa. Finalmente, disse:

— Aqui — e apontou para um canto da parede mais à direita. Gesticulou para que Ogden golpeasse naquela área exata, mas com pouca força. As paredes internas eram muito menos espessas que as muralhas que davam para o esgoto. Ogden examinou a parede, iluminada pela lanterna de Leonce. Deu pancadas de leve com as costas das mãos, ouvindo com atenção. Eram paredes finas. Enfiou os grossos dedos entre reentrâncias da pedra e, puxando, fez um tijolo mover-se alguns centímetros. Minutos depois, o retângulo de pedra caiu no chão da exígua sala, abrindo espaço para que um foco de luz penetrasse no ambiente.

Leonce empurrou Ogden para o lado e olhou pelo buraco.

— Sim! Parece ser a sala certa.

Touji e Maksim espiaram pela abertura e viram que dava em um pequeno corredor, bem iluminado. Na extremidade visível de onde estavam, havia uma porta de madeira. Sobre ela estava posicionada uma câmera, trabalhando em movimento giratório e lento.

— Mesmo que seja o lugar, vejam ali em cima — Maksim apontou para a câmera. — O olho de Deus nos observa.

— E nada vê — sussurrou Leonce. — Pat está cuidando disso, lembra? Eles podem ter câmeras e o melhor sistema de vigilância, mas nós temos a melhor druida.

Ogden, desconfiado, voltou suas atenções novamente para os tijolos. Com pouco esforço, conseguiu soltar mais um, dois, três blocos da parede. Menos de dez minutos depois, havia aberto um buraco largo o bastante para que até mesmo ele passasse. Um por um, os homens saíram da pequena sala emparedada e pisaram com cuidado no corredor. A forte iluminação fez com que colocassem as palmas das mãos sobre os rostos. Leonce aproximou-se da porta e, até onde pôde perceber, viu que as defesas de Pat O'Rourke haviam funcionado. A câmera não pareceu registrá-los ou disparar qualquer sistema de alarme. Após experimentar a porta, viu que estava destrancada. Olhou para os companheiros.

Estava aberta. Todo o sistema de segurança – lasers, câmeras, guardas, pesadas portas de metal – havia ficado para trás. Tomaram um atalho. Não imaginavam que alguém poderia chegar até ali sem passar por todos aqueles problemas. Aquela era apenas uma porta normal. Já estavam dentro do cofre. O mapa estava

O Caminho do Louco - Capítulo VIII

certo. Leonce esforçava-se para controlar a excitação. Voltou-se para a porta, abriu-a de vez e empurrou.

A madeira escura girou em suas dobradiças e descortinou uma cena impressionante. Na sala às escuras, centenas, milhares de moedas e barras de ouro brilhavam solenemente, convidativas, sob a luz que vazava do corredor.

Entraram na sala, que por dentro se revelou ainda mais extensa. Leonce passeava com o foco de sua lanterna pelas montanhas de moedas, antigos dobrões, barras de ouro e sacos de notas de dólar. Durante vários segundos, ficaram em silêncio, olhando assustados para toda aquela riqueza. E aquela era apenas uma das salas do tesouro deles, imaginou Leonce. Se tivessem acesso às outras, certamente veriam coisas muito mais espantosas. Historicamente espantosas, inclusive.

De acordo com Pat, "Maksim saberia o que recolher". Leonce fez gestos para que o velho começasse a trabalhar. Como combinado de antemão, não poderiam levar tudo. Teriam que procurar o que parecesse mais prático e promissor. Maksim olhou em volta e, após alguns minutos de exame, decidiu-se por um baú de metal. Leonce aproximou-se e o abriu. Estava cheio de barras de ouro, além de pequenos objetos, como joias. Chamou Ogden e pediu-lhe que experimentasse o peso.

O ruivo aproximou-se e, com facilidade, levantou o pesadíssimo baú.

Maksim catou no chão mais duas sacolas, cheias de moedas e notas, e jogou-as dentro do baú.

— Para garantir — sussurrou.

Leonce olhou em volta, como que para se despedir, e saiu da sala. Todos o seguiram e voltaram ao corredor, fechando a porta de madeira. Touji, Leonce e Maksim passaram pela abertura na parede, retornando à sala emparedada. Foram seguidos por Ogden, que teve antes de arrancar mais alguns tijolos para que pudesse atravessar com o baú. Uma vez no interior da sala, pousou a urna metálica no chão e, um a um, reposicionou os tijolos, como um quebra-cabeças de pedra. Enquanto ninguém encostasse naquela parede para descansar ou olhasse com atenção, demorariam a perceber.

Ogden voltou a pousar o baú sobre o ombro direito e o quarteto atravessou de volta a passagem giratória para os esgotos. Tentaram, mas não conseguiram fazer o mecanismo girar de volta ao seu lugar original. Por fim, resolveram deixá-lo como estava. Afinal, a abertura só seria percebida se alguém descesse até os esgotos e caminhasse até aquela galeria sem saída. Ogden caminhava em direção à escada que dava para a abertura do bueiro, mas Leonce o interrompeu e disse em murmúrios:

— Não teremos chance se voltarmos e tentarmos sair por onde entramos. Mesmo que você consiga subir aquela escada interminável carregando esse baú, o que eu não duvido, estaríamos presos nos jardins. Os portões estão trancados, lembram? Acho que conseguiríamos arrombá-los com certa facilidade, mas todo mundo veria isso acontecer, tanto do lado de dentro como de fora. A opção seria esperar até amanhecer pela abertura dos portões, mas, neste caso, uma multidão nos veria. Não, nossa saída é por aqui, embaixo mesmo. Mas preparem-se para uma boa e fétida caminhada.

Voltou a tirar o mapa do bolso e examinou-o, sob a luz da lanterna-sol. Franziu a testa e, por um ou dois minutos, acompanhou as marcas no papel com os dedos. Refez o caminho e então balançou positivamente a cabeça.

— Sim, é por aqui — apontou para uma passagem à esquerda da escada. — Seguimos por esse túnel e, no final dele, pegamos a última galeria à direita.

— E saímos aonde? No rio, junto com os dejetos? — perguntou Maksim, enojado.

— Temos uma saída esperando por nós. Vocês vão ver.

Caminharam em silêncio por meia hora, pensando sobre o que estavam fazendo. Ogden parecia carregar o pesado baú com extrema facilidade. Vez ou outra, desviavam de poças mais largas ou de aglomerações de ratazanas. O cheiro de mofo era forte e suas narinas ardiam. A aparência dos túneis se alternava: masmorras esquecidas, coalhadas de ossos e pedaços de metal davam lugar a esgotos úmidos e fedorentos. Quando já haviam perdido a noção do tempo e a confiança na exatidão do mapa, o túnel em que estavam terminou em uma parede de pedras. Mas a entrada à direita, indicada no mapa, não era como as anteriores. Em vez de um túnel aberto, deram de cara com uma pequena porta de metal esverdeado e oxidado. Leonce empurrou-a e ela rangeu, escandalosa.

A lanterna-sol lhes apresentou um caminho mais estreito e totalmente seco. Já não estavam mais no sistema de esgotos; haviam entrado nas catacumbas. Poucas pessoas do local sabiam da existência daquela parte das tumbas, mas tinham que fazer extremo silêncio. Era possível que alguns dos respiradouros dessem direto nos sistemas de ventilação dos dormitórios dos guardas.

Andaram bem devagar. As paredes da passagem eram recobertas por gavetas de pedra, e alguns ossos e crânios jaziam caídos pelo caminho, servindo de abrigo para ratos. Após o que pareceu ser mais de uma hora de estranha caminhada pelas trevas, Leonce apontou com o dedo uma entrada à esquerda. Caminharam por mais dez minutos, até que finalmente chegaram a uma porta de metal, semelhante à anterior. Estava trancada. Sem tirar o baú do ombro direito, Ogden examinou a corrente e o cadeado. Usando o ombro esquerdo, deu um empurrão

O Caminho do Louco - Capítulo VIII

na porta e a corrente se partiu. A porta se abriu e revelou algo tão prosaico que pareceu esquisito naquelas circunstâncias. Era uma pequena sala, um depósito tomado por produtos de limpeza.

— Chegamos. Para onde querem ir? Valle Aurelia ou Ottaviano? — brincou Leonce.

— O quê? — fez Ogden. — É o metrô?

Leonce fez que sim com a cabeça, sorrindo. Mas sua expressão mudou completamente quando a porta oposta se abriu e um faxineiro entrou na sala, acendendo as luzes. Ao ver o estranho grupo, parou atônito, e balbuciou:

— Cazzo!

Saiu correndo de volta pela porta de entrada, que deixou escancarada. Pela abertura, vislumbraram a plataforma de uma estação de metrô. Leonce apontou para o homenzinho que corria e disse:

— Touji!

O oriental saiu em disparada e passou pela porta. Mas a estação estava completamente vazia. Nem sinal do homem. Quando o grupo o alcançou, Touji disse:

— Nada. Ele sumiu. Deve ter entrado em algum lugar ou fugido por uma saída de funcionários. Acha que ele pode criar problema?

— Não sei... — afirmou Leonce. — Ele pode avisar alguém, sei lá. Chamar a polícia.

— Ou achou que éramos mendigos — cortou Maksim. — Ou fantasmas. Ectoplasmas dos incontáveis mortos que repousam nas catacumbas às nossas costas.

— Bom, vamos depressa.

O metrô havia parado de funcionar às 23h30min e, por isso, todas as estações estavam sem passageiros. Poderiam encontrar, contudo, alguns funcionários do plantão de limpeza da madrugada. Discrição era essencial. Caminhariam pelo túnel do trem e, por segurança, tentariam sair do subsolo já na próxima estação. A estação onde estavam ainda se localizava dentro dos portões; não adiantaria de nada sair por ela. Saltaram para os trilhos e, com cuidado, entraram em um dos lados do túnel. Ogden interrompeu:

— O Carro vai estar lá? Tomara que ele não fure.

— Jack é maluco, mas não tanto. A gente pode confiar nele — garantiu Touji.

Guerras do Tarot - Alex Mandarino

— Ele vai estar lá — disse Leonce. — Já está lá, aliás. O combinado era que esperasse por nós desde que entrássemos nos jardins; e isso foi horas atrás.

— O carro do Carro, quer dizer, o carro que Jack arrumou vai suportar o peso desse baú? — perguntou Ogden.

— Sim, é um Lamborghini cheio de alterações. Jack e um dos Menores — o Oito de Paus, acho — mudaram o carro todo. O motor tá bem mais rápido e potente, mudaram o sistema de injeção e, o mais importante, alteraram o chassi e a suspensão para que suportasse mais gente. Aquele Lamborghini aguenta fácil, fácil o peso desse baú — e o seu, Ogden. Grande desse jeito e cheio de pedaços de metal, você deve pesar bem.

Ogden sorriu. O grupo caminhou o resto do túnel mudos, mas, desta vez, era um silêncio mais agradável. Os despojos industriais do metrô eram de um teor bem diferente dos despojos humanos das catacumbas e dos esgotos. Até os ratos pareciam de outra estirpe. Vinte minutos de caminhada depois, viram a luz da estação vizinha se aproximando. Apressaram o passo e, ao chegar à boca do túnel, pararam e examinaram o local. Nada. Ninguém, nenhum movimento. A estação já estava parcialmente na penumbra, com apenas algumas das luzes acesas. Leonce fez um sinal e subiram para a plataforma. Ogden depositou o baú sobre a faixa amarela e escalou, voltando a depositar sua carga sobre os ombros, em seguida.

Andaram em silêncio na direção das escadas rolantes de saída, que estavam desligadas. No final delas, viram que dois seguranças estavam dentro de uma cabine envidraçada, ferrados no sono. Trabalho de Pat? Passaram em silêncio por eles e finalmente chegaram às escadas finais. No topo destas, como já esperavam, uma grade estava trancada com uma corrente. Sem fazer barulho, Ogden colocou o baú no chão e, com as duas mãos, despedaçou facilmente os elos da corrente. Com pouco ruído, abriram as portas e subiram. O ar e o orvalho noturnos pareciam agradáveis após esta viagem às profundezas. Animados, os quatro homens subiram apressados as escadas finais em direção à luz da Lua.

Quando chegaram à altura da calçada, levaram um susto. Cerca de dez policiais estavam à sua espera, com as armas em punho e apontadas em sua direção. Um dos carabinieri, tremendo, gritou, em italiano:

— Parados! Você, larga esse baú! Estão todos presos, por assalto ao Banco do Vaticano.

O Caminho do Louco - Capítulo VIII

A cem metros dali, Jack Benotti fumava sob o sereno, ao lado do carro. Viu os quatro vultos serem cercados pelos policiais. Sem pressa, deu mais um trago no cigarro, jogou a guimba no chão e entrou no Lamborghini. Assim que bateu a porta, sentiu o espírito metálico envolvê-lo.

> "É melhor viajar bem do que chegar"
> – Siddhartha Gautama, o Buda

CAPÍTULO IX

Você acelera e o barulho elástico é música radial. A saída do metrô se aproxima rapidamente do para-brisa dianteiro e — o que é isso? — os guardas voam pelos ares, gritando palavrões na língua de Lucrécia Bórgia. Os carabinieri desafiam a lei da gravidade enquanto a borracha queimada dos pneus lhe avisa que você parou. Você olha pela janela e lá estão seus amigos, parados, bocas abertas em espanto.

Maksim Ushakov, o Eremita, olha para você com um sorriso entre os lábios.

Touji Endo, a Temperança, mal disfarça seu espanto e não consegue desviar os olhos dos policiais atropelados que se espalham pelo chão.

Leonce Chenard, o Sol, está de olhos arregalados.

Ogden Snæbjörnsson, a Força, é o primeiro a falar:

— Vamos embora.

Você aponta para o pequeno espaço do porta-malas na parte traseira do automóvel. Ogden se aperta e, ajoelhado sobre o banco traseiro, acondiciona o pesado baú no porta-malas. Com uma sacudidela, o gigante se certifica de que sua carga está bem firme e imóvel em um dos cantos – você sente seu corpo pular no interior do veículo e então aponta para os bancos.

Leonce, Maksim e Touji apertam-se atrás, sob a calota adulterada do veículo, enquanto Ogden volta a sair do carro e ocupa o banco à sua direita. Leonce começa a falar:

— Jack, aqueles guardas. Você sabe que nós não...

Seu pé no acelerador é a melhor forma de cortar a conversa. O carro está no controle do papo agora, a velocidade o único tema possível. Dez metros adiante, o retrovisor o cutuca e você percebe que está sendo seguido. Quatro carros da polícia.

— Não tinha um carro maior? — pergunta Maksim. — Tá apertado aqui.

— Esse é o mais rápido, cara — você finalmente fala. — Lamborghini Diablo, Eremita, sente o estofado do banco lambendo a sua bunda. — Você acelera e divide sua atenção entre as ruas noturnas, os fantasmas de carros no retrovisor (polícia invertida e do avesso) e o para-brisa. E então continua, as frases acompanhando o ronco do motor:

— É uma história bonita. Tudo começou com um Diablo VT Roadster que conheceu um lindo sistema Lotec dual-turbo, que quis trepar com seu já robusto V-12. O filhote é essa coisinha aqui, parida por Uwe Gemballa, o mesmo suíço que deu ao mundo a maravilha que é o Porsche Extremo. Claro, eu e o Oito de Paus, melhor companhia pra se matar um Southern Comfort e adulterar um carro, tratamos de mudar tudo. Suspensão reforçada, chassi mais parrudo e espaçoso pra aguentar o peso das coisas que vocês meteram e, bom, do gigante viking aqui do meu lado.

Touji só conseguia balbuciar:

— É r-rápido?

Você olha para ele pelo retrovisor principal e sua eloquência se traduz em um "humpf" meio agudo. A conversa volta para as suas mãos e pés. As ruas estão vazias a essa hora da madrugada, mas Roma não é famosa por suas largas avenidas. Os quatro carros de polícia se espremem em gula atrás de você, tentando alcançá-lo. Você é um octopus, um polvo do asfalto, Kali tala larga. Suas 23 mãos se espalham rápidas pelo volante e marcha, seus tentáculos dianteiros tocam como harpas o acelerador, o freio e a embreagem.

— Se todas as estradas levam a Roma, todas as estradas de Roma levam a algum lugar. É pra lá que a gente vai, é só ficar tranquilo e em silêncio. Tô tentando me concentrar aqui.

Ogden iria interrompê-lo para lhe dizer que é você quem não para de falar, mas sua boca resolve ficar aberta e muda no último momento.

— Esses carros de polícia são umas merdas e qualquer criança perneta dirige melhor que policiais, ainda mais italianos. Cultura do carro, cara, esses caras só têm isso na cabeça do Mario Andretti e olhe lá. Ali, tá vendo aquela rua à esquerda? — Você aponta para uma ruela diminuta. — É o nosso portão dimensional, nossa passagem para a comédia sobre rodas. Corredor X, cinco pra subir.

Você vira à esquerda e sente seu estômago bater no ombro. O Lamborghini grita como um velociraptor e se encaixa à perfeição na viela, dez centímetros de folga para cada lado. O carro da polícia mais próximo tenta fazer o mesmo, mas policiais não foram criados para fazer o mesmo. A última coisa que você vê dele em seu retrovisor é a parte de baixo de seu chassi. Você e os quatro pulam dentro do Diablo, enquanto as rodas dividem espaço físico com o acidentado chão de paralelepípedos. Pa-ra-le-le-pí-pe-dos. A palavra também pula na sua cabeça e demora mais tempo para pensar nela do que para sair da viela e se posicionar, em velocidade blasé, na rua transversal. Mas você já pode ver, no horizonte plexiglass do para-brisa, os três carros de polícia remanescentes na esquina.

— Deram a volta no quarteirão. Carabinieri. Car-abinieri. Car o'Binieri. Filhos da puta. É ré, então.

Sua mão convence o Diablo a andar para trás e os pneus guincham em êxtase. Um toque rápido no freio de mão e você já está andando de frente de novo, os policiais mais uma vez se auto-enquadrando em seu retrovisor.

— Avenida à frente, beleza.

A avenida tenta se esconder de medo de você, mas seus braços forçam o Diablo a obedecer. Na contramão do crepúsculo, você acelera ainda mais. Fiats e Beetles passam acabrunhados na direção contrária, como súditos que abrem espaço para o deus de todos os Marinettis do planeta. A polícia herética permanece firme em seu retrovisor. Mas o dual-turbo está logo ali, no altar do painel, ao alcance de um dedo. Seu indicador se prepara, mas volta ao seu lugar no volante. Ainda não é a hora.

As sirenes da polícia gritam atrás de você, exigindo atenção. Não é assim que se aborda um deus Mach-10, e você ignora. Então o rugido aumenta.

— Mais dois carros. Os caras tão chamando gente pelo rádio. Seis contra um é uma boa.

As sirenes choram de medo. Um dos policiais consegue emparelhar o carro ao lado do seu. Você olha pela janela esquerda, desce o vidro e então sua mão se estende para fora carregando alguma coisa branca.

O Caminho do Louco - Capítulo IX

— Brrrrrrrrrrrrrrrrrrrrrrrr.

A Uzi branca está estranhando (normalmente ela acompanha a mão direita), mas se diverte assim mesmo. Os pneus do carro vizinho estouram em alívio e a dianteira do automóvel tenta criar asas. O carro da polícia capota várias vezes, como uma centrífuga.

— Porra! — você escuta Leonce gritar. — Isso era tudo que eu não queria, Jack! Que merda, agora é um assalto à mão armada! Tanto trabalho pra entrar lá sem armas e...

Seu dedo indicador aponta para o para-brisa. Você sente Leonce, às suas costas, se calar frente à visão do que estava adiante. Uma barricada policial, com vans e ônibus blindados. Você mantém o ritmo, numa linha reta.

— Ei... Jack. Tá maluco, cara? — diz Ogden, com sua voz grave. — Esse Lamborghini vai se espatifar naqueles ônibus.

Você mantém a trajetória e sorve divertido o silêncio e o suor alheios dentro do veículo. O Lamborghini se lamenta pelas ruas. A dez metros da barreira, você engata a quinta e vira à direita num absurdo ângulo de -90 graus. O Diablo segue firme por uma rua transversal, agora com 10 carros de polícia em seu vácuo.

— Sabe, se você consegue ver o branco dos olhos dos policiais, é hora de virar. Sempre. Se você joga algum negócio em linha reta, ele vai subir até que a aceleração negativa da gravidade o faça parar e aí ele cai de volta na Terra. A velocidade necessária pra escapar da força da gravidade é um treco chamado "velocidade de fuga". Mais ou menos 11 Km/segundo ou então 40 mil quilômetros por hora. O Diablo não atinge isso ainda, mas a gravidade da polícia também é bem menos forte. Vai dar, já tô vendo. Escape velocity, escape velocity. O que eu preciso é de uma rampa.

Você desvia dos carros parados no sinal e dos pedestres em pânico, como se a capa de Abbey Road tivesse sido criada pelo Tarantino. O acelerador explode sob seus pés. A partir daí, é um videoclipe tetradimensional de linhas retas, faixas brancas no asfalto aprendendo a voar, os carros de polícia atrás de você, sinais vermelhos de vergonha. Você deixa a mão direita no volante, estende a esquerda com a Uzi branca para fora da janela e tabletes de diversão em forma de chumbo e kevlar saltam alegremente para dentro da cabeça, tronco e membros dos automóveis dos carabinieri. Roma logo está apinhada de carros de polícia. Que não conseguem pegar você. BMWs da Interpol. Não conseguem pegar você. Ônibus blindados. Não conseguem. Você é o inimigo público número -1, a nêmese definitiva.

Guerras do Tarot - Alex Mandarino

As balas da polícia explodem na lataria e vidros blindados do Lamborghini e suas mãos no volante cuidam para que nenhuma delas esbarre nos pneus. Você olha para trás e pergunta:

— Alguma ideia?

É Leonce quem responde:

— Mann tem um armazém a uns dez quarteirões daqui. Se você conseguir despistar esses caras, em vez de continuar atirando neles, talvez a gente consiga se esconder lá. Vou ligar pelo celular e pedir que Mann deixe os seguranças de sobreaviso.

— Os caras não vão achar estranho? — pergunta Ogden.

— Um deles é o Ás de Espadas — responde Touji.

— Ok, Ok, eu preciso de uma rampa — você diz, olhando em volta. — Tá ali.

Você derrapa no canteiro central da rua, passando para o outro lado. A polícia tenta fazer o mesmo e, ao seu jeito chapliniano, consegue. Uma bala. É tudo o que é preciso para o seu pneu esquerdo traseiro explodir e o Lamborghini teimar em lhe desobedecer. Você pede em silêncio e o Diablo concorda em fazer o que você quer. O edifício-garagem na esquina. Você entra e a rampa de subida o recebe com um solavanco, em meio a cacos da barra vermelha e branca que bloqueava a passagem.

A Groovebox está em silêncio agora. Epona, em meio à sua menagerie de cavalos rubros, está presente na cabeça de Pat O'Rourke. Há mais alguém ali. Ártemis? Ares? De quem são esses outros cavalos?

"São cavalos/vapor", responde a voz áspera do deus da guerra. Pat estende a mão e dá mais um trago no haxixe bengalês. "Um demônio de metal e plástico está ferido e precisa de sua ajuda". A Sacerdotisa visualiza um prédio em sua mente, um prédio onde os carros dormem. Ela já sabe o que fazer. Sem saber se está em transe ou não, Pat levanta-se do chão de pedra e caminha até a mesa, reverente. Gira o dial maior da MC-303 e espera a letra "U" aparecer.

— U23. É um bom número.

O Caminho do Louco - Capítulo IX

Pega um papel em branco e, usando uma esferográfica de tinta verde, desenha rapidamente a frase "carros podem voar". Em segundos, ela corta as consoantes que se repetem – caros podem voa – e todas as vogais – crspdmv. Então, para cada letra, associa uma nota ou beat diferente no sequencer interno da caixa. Um novo loop está pronto. Ao apertar o botão Play, Pat se surpreende com o ritmo quebrado e estranhamente dançante de sua nova criação. Ela coloca o volume no máximo e, perdendo-se no ritmo, na fumaça importada da Índia em forma de pasta e nas imagens de Epona e seus parceiros de cavalgadas divinas, começa a dançar.

A pedra do chão atinge seus pés, que atingem o resto de seu corpo, que atinge e é atingido pelo breakbeat sagrado. Então, imersa nas notas equinas, começa a se masturbar enquanto dança.

— OK, isso agora é sério. Dez carros de polícia atrás da gente, Interpol, ônibus blindados e todo o circo. Filhos da puta a pé por toda a Roma de olho na gente e o tal armazém tá lá embaixo. Faltam cinco quarteirões pra chegar lá. — Você aperta o volante e sobe a rampa em espiral do edifício-garagem, enquanto desvia das curvas e balas que voam sobre o Diablo. E continua:

— O negócio é o seguinte: escape velocity. Melhor vocês fecharem o olho, apertarem bem o que quer que estejam segurando e mandar a lógica pra puta que o pariu. Esse carro vai fazer o que eu quiser, mesmo que pra isso eu tenha que fazer ele virar à esquerda indo pra direita. E esse pneu furado não é pior do que uma brochada.

Você acelera em curvas e espirala pelos andares do prédio, até chegar ao sexto e último nível. A lua cheia o encara e, por um segundo, você pensou ter visto o rosto de um cavalo refletido nela. A polícia já está saindo da rampa e chegando, em fila, ao terraço. Você olha em volta e então sorri: lá está ela, a rampa, esperando como uma virgem molhada. Como em um salão de baile, você conduz o Lamborghini para a extremidade oposta do terraço. Então, em um movimento impossível, você posiciona o carro de costas para a parede, sem jamais frear. Os primeiros carros da polícia já estão no meio do caminho. É agora.

Você acelera e tudo ao redor se metamorfoseia em formas warp. Acelerar em um Diablo é como viver rodeado de estátuas: o mundo prende a respiração e se faz de morto para você passar. Ao lado do Lamborghini, a mesma caixa d'água parece se repetir, como os baús e sarcófagos que passam várias vezes pelo cenário enquanto Salsicha e Scooby fogem do vampiro. O que está na frente do carro está atrás e o que está acima está embaixo; cavalos relincham na Lua e seus calos pressionam o acelerador.

Primeira, segunda e terceira são um borrão separado apenas por frações de segundos.

Quarta.

A rampa se aproxima, ansiosa. Além dela, a vida.

Quinta.

O Lamborghini ejacula vapor e ignora todo o resto.

Sexta.

A marcha que não existe, e por isso mesmo é possível.

Você não pilota mais o carro. Você é o carro. Você é o Carro, pilotando o carro do Carro. Você é a biga solar de Apolo, tomada emprestada por Hermes; as águas efervescentes do Aqueronte são o seu combustível. Seu cérebro acelera junto com o motor; seus amigos desaparecem ao seu lado; o próprio Lamborghini está invisível e então, para enxergar melhor a rampa, você fecha os olhos. O momento é agora. Seu indicador manipula o botão do sistema de dual-turbo. O Lotec urra de alívio, como Prometeu recém-libertado. Escape velocity, escape velocity. Sua mente pensa como o carro, suas artérias carbônicas fazem a fotos-síntese do fóssil. Sua mente se abre e então você sente as engrenagens, a injeção (jorro de heroína Henry Ford) e tudo o que faz seu corpo funcionar, enquanto pensa na rampa e nas possibilidades oferecidas pela velocidade, não é possível parar enquanto a vida está urrando por você com suas pernas de fora e línguas de betoneira cavalgando o asfalto cavalgando o asfalto quero voltar pra casa você quer voltar pra casa Namu Amida Butsu o couro do volante esfrega suas mãos Namu Amida Butsu o acelerador massageia seus pés pedolatria ex-machina sex--machina você não sabe mais se está segurando a marcha ou o seu pau e então chega a rampa e o Diablo passa por ela a 410 Km/h.

Nirvikalpa Samadhi.

Fluxo.

Na Escócia, Pat O'Rourke está gozando. Breakbeats. Cavalos.

Fluxo.

410 Km/h e você sabe que o fluxo é uma epifania e-π-fania Nirvikalpa Samadhi e não existem epifanias sem visões.

A visão é a seguinte:

O Caminho do Louco - Capítulo IX

O mundo se congela e você está em pleno ar, Roma entregue aos seus pés. O edifício-garagem se afasta, mas essa ainda não é a visão.

A visão é a seguinte:

Você olha pelo retrovisor e, atrás do Lamborghini, em pleno ar, existe uma argamassa de dez carros de polícia, um amontoado de ferro, vidro e couro, desafiando o ar. Argamassas não voam e o círculo de carros agregados começa a despencar em direção ao solo romano. A rampa é para poucos.

O slow-motion da velocidade começa a se acelerar/desacelerar e a voltar ao normal. Você se prepara para o pouso. O Lamborghini aterrissa com um estrondo no terraço do prédio vizinho a 400 Km/h. O automóvel continua e você o domina; o pneu furado tenta ir para a direita, mas você ensina a esquerda para ele. Os dois lados são um só para quem comanda o Carro. O resultado é uma linha reta, e o Lamborghini zarpa deste segundo prédio em direção a uma praça. A nova queda acontece em meio a arbustos. Sem se deixar parar ou aproveitar as lambidas da inércia, você guia o Diablo de encontro à entrada de um armazém do outro lado da rua. Praticamente sem desacelerar, o automóvel penetra na rua particular dos Armazéns Mann. Na entrada, um homem grande e loiro, com uniforme de segurança, mostra rapidamente em sua mão direita uma carta de tarô.
O símbolo do Ás de Espadas passa rapidamente pela janela direita, ao lado de Ogden.

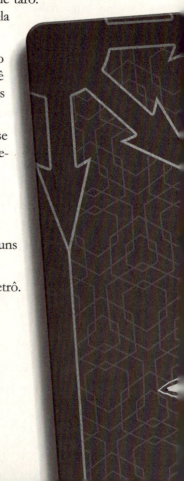

No fim do caminho, o carro e sua carga param dentro de uma garagem, cuja porta é imediatamente fechada. Você olha para o lado, abre a janela e acende um cigarro. Saco. Os melhores momentos da vida são cheios de pit stops.

Ao seu lado, as bocas de seus amigos, que haviam se aberto vários quarteirões e minutos atrás, começavam a se fechar.

Cinco minutos depois, Leonce conseguiu falar:

— Essa Uzi branca, Jack. Nós... nós não matamos.

— Eu não acertei os guardas, só os carros. E eram uns carros velhos mesmo.

— Mas você atropelou os dez guardas na saída do metrô.

— Hum. Oops.

"Se você não sabe para onde está indo, pode tomar qualquer estrada" - Lewis Carroll (1832 - 1898)

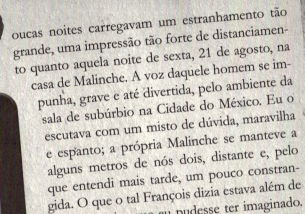

CAPÍTULO X

Poucas noites carregavam um estranhamento tão grande, uma impressão tão forte de distanciamento quanto aquela noite de sexta, 21 de agosto, na casa de Malinche. A voz daquele homem se impunha, grave e até divertida, pelo ambiente da sala de subúrbio na Cidade do México. Eu o escutava com um misto de dúvida, maravilha e espanto; a própria Malinche se manteve a alguns metros de nós dois, distante e, pelo que entendi mais tarde, um pouco constrangida. O que o tal François dizia estava além de qualquer coisa que eu pudesse ter imaginado. Lembro que, em dado momento, perguntei, duvidando do teor das palavras que saíam da minha boca, como que tateando o ambiente:

— Não, espera. Você diz que eu sou o "Louco" e você é o "Mago"?

— O Tarot... — começou Malinche, mas desistiu.

— Sim, o Tarot — confirmou François. Estava sentado em uma poltrona de canto, bebendo uma cerveja. Eu estava no sofá ao lado e Malinche estava atrás de mim, de lado, olhando pela janela.

— Sim, tá bom, entendo que esses dois sejam cartas do tarô, mas o que têm a ver comigo?

François me olhou, como que intrigado, e então disse para si mesmo:

— É curioso... o Louco traz crença e dúvida em boas quantidades. Bem, Sr. Moire, acho que a melhor forma é explicar da maneira mais direta possível. Peço que não me interrompa e, mais importante, não me tome por um mero maluco.

— Você não quer ser maluco, mas insiste que eu sou o Louco.

François respondeu, com a voz um pouco mais dura:

— O Louco não é maluco, a loucura dele não é literal nem patológica, como a loucura que conhecemos. Tanto que, em alguns baralhos, ele é conhecido como o Tolo.

— Ah, sinto-me lisonjeado — disse.

— Se observar uma carta representando o Louco, Sr. Moire...

— André. Por favor. E você me lembrou de uma coisa. Espera aí.

Levantei e fui até o quarto. Lá, após olhar no fundo de alguns bolsos das mochilas, eu a encontrei. A carta que havia se apresentado para mim em uma noite chuvosa, meses atrás, nas ruas de Copacabana. Havia me esquecido dela, mas não a havia jogado fora. Voltei até a sala.

— Veja — entreguei a carta para François. — Encontrei isso na rua, há alguns meses. É a isso que se refere?

— Sim... Exatamente — ele parecia intrigado. — Você disse que... encontrou a carta do Louco na rua? Assim, por acaso?

Eu fiz que sim. Ele ficou pensativo e sorriu.

— Curioso. — Chegou mais para a beirada do sofá e, com a carta nas mãos, me mostrou alguns detalhes. — Veja, é um dos arcanos do baralho Rider-Waite, um dos mais comuns. Como todo arcano, representa um arquétipo; um estado de espírito; um degrau de uma escada ou uma parada de uma viagem mais longa e complexa. O Louco está além do que é conhecido; se posiciona entre as alturas e os precipícios da vida e da morte. Esta carta, se para alguns tem um significado nulo, é também o símbolo de tudo que está além do pensamento; tudo aquilo que não pode ser designado, classificado, rotulado, dentro de um universo de estruturas, significantes e equações. O Louco, o Aleph, está prestes a se precipitar sobre um abismo, a realizar o salto entre o não criado e a pura manifestação. Ele vai pular até o Mundo, Beth-El, onde vemos o Louco contido pela criação. Em outras palavras, André, o Louco é o trunfo maior do tarô, e representa a letra hebraica Aleph. Além de mostrar alguém "além do pensamento", nos indica alguém prestes — não a cair, veja bem — mas a, de certa forma, se atirar no ar. Pense no Coiote do Papa-Léguas: o Louco caminha pelo ar, mas, ao contrário do Coiote do desenho, não cai. — Deu um gole em sua cerveja mexicana e continuou:

— O Aleph, na forma do Louco, vai penetrar na criação e se juntar às demais letras hebraicas, vai aos poucos começar a compor toda uma relação com os outros pontos da cabala. Essa junção acontece para dar estrutura ao mundo físico e à experiência psicológica. Três outras letras são cúmplices do Aleph no jogo da vida. Bayt, o Mundo; Yod, o Eremita; e Tav, a Sacerdotisa. São os pontos âncora do Aleph em sua descida. Acredito que gostará de conhecê-los.

— Isso é segundo a relação com a cabala estabelecida por Waite — disse Malinche. — Para Crowley, a Sacerdotisa é que seria Bayt, e o Mundo, Tav.

Olhei intrigado para Malinche, que apenas sorriu.

François prosseguiu:

— Veja, a viagem do Louco até o Mundo é o que, de certa forma, sustenta o tarô. Nos baralhos atuais, o Louco é representado pelo zero, mas inicialmente ele não era numerado. O Louco está presente na partida e na chegada, nos primeiros passos e na conclusão da viagem. É o início e o fim. É curioso, muito curioso que tenha encontrado esta carta nas ruas. O Louco caminha em direção ao abismo, mas não se preocupa com isso. Ele carrega poucas coisas. Um cão late para ele, mas ele continua. Teve experiências com o cão e o abismo, pelo que disse.

— Você estava por trás disso? Foi você quem me fez encontrar a carta?

François riu.

— Não, não, André. Não cheguemos a tanto. Você encontrou a carta porque tinha de encontrá-la. Eu não teria como colocar uma carta no caminho exato por onde você passaria, na hora exata, numa rua do Rio de Janeiro, cidade que eu nem conheço. E não teria como, ou melhor, não *ousaria* controlar os seus sonhos ou direcionar suas alucinações. Não, o que aconteceu, tudo o que viu ou experimentou, você experimentou exatamente por ser o Louco.

— Eu não entendo essa parte. Como posso ser uma carta?

— A carta é um arquétipo. Peço que me escute com mais atenção e cuidado agora, André. Existem pessoas que, por insatisfação com o mundo como ele é, por serem capazes de enxergar além das barras da prisão diária e comezinha, incorporam esses arquétipos. Ou o fazem justamente por incorporar tais arquétipos; a ordem dos fatores aqui é dúbia. Você é um desses arquétipos. Você busca uma saída para a sua vida como ela era, enquanto pessoas menos ousadas e mais aptas à escravidão simplesmente... são felizes dentro de suas celas. É um grupo de pessoas como você que eu estou representando. — François parecia editar mentalmente as palavras enquanto falava.

— Um grupo de pessoas? — perguntei — Que grupo?

— O Tarot.

— Pessoas arquétipo? — perguntei, meio rindo.

— Pode-se colocar desta forma. Vinte e duas pessoas, cada uma delas representando um dos arcanos maiores, em uma organização – ou desorganização – que remonta sabe-se lá a que período da História. Como lhe disse, eu represento a carta seguinte à sua; o arcano do Mago.

— Mas o que vocês fazem? É uma sociedade secreta, como a maçonaria ou algo assim?

— Não. Nada desse tipo. Não somos secretos, porque de certa forma não existimos. Não há sentido de hierarquia no Tarot: todos os arcanos são importantes, incluindo os Menores.

— Os Menores... os arcanos menores?

Malinche se mexeu na beirada da janela. François continuou:

— Sim. Além dos vinte e dois arcanos maiores, o grupo consiste ainda em várias pessoas que representam os arcanos menores do tarô. Não apenas cinquenta e seis pessoas, correlatas aos cinquenta e seis arcanos menores, mas muito mais. Várias. Os arcanos menores são representados, cada um deles, por mais de uma pessoa ao redor do mundo. Alguns deles possuem até mesmo cem representantes. Como vê, existem assim centenas de Menores, talvez milhares, que nos ajudam.

— Você disse que não existia hierarquia.

— Eles não estão hierarquicamente abaixo dos Maiores. Todos têm a mesma importância. Mas, obviamente, não podemos ignorar a diferença de simbolismo entre os Arcanos Maiores e os Menores. A vida, André, é feita de diferenças.

Nesse momento, me dei conta de uma coisa.

— Espera aí... você disse que existem, sei lá, milhares de arcanos menores pelo planeta. E disse que eu represento o arcano do Louco. Eu encontrei algum desses menores?

François me olhou, surpreso e admirado, antes de responder:

— Sim. Encontrou alguns deles. Paulo, o índio que o levou até a reserva dos kaxinawás, na floresta amazônica, era um deles. Não me recordo qual arca-

Guerras do Tarot - Alex Mandarino

no, exatamente. Mais tarde, você encontrou... — François pareceu constrangido. Continuou. — David "Wolf" Brubaker, o velho cowboy do peyote, é um dos arcanos menores. Ele é o Oito de Copas, embora não saiba disso.

— Não saiba?

— Sim. Nem todos os arcanos menores sabem que são arcanos menores. Entenda: uma pessoa que simplesmente o *é*, com todas as forças de seu ser e de sua existência, é muito mais interessante do que um mero diletante, por mais que esteja disposto a se passar por algo. O ser é mais poderoso que o mero *poseur*, sempre. Wolf é o Oito de Copas, nasceu Oito de Copas. Ele não precisa saber disso para agir como o Oito de Copas. Várias pessoas ao redor do mundo são arcanos menores sem que saibam disso. Basta que tenham as aspirações certas, o fluxo de pensamento dirigido para os locais adequados. Qualquer um pode ser um arcano menor; basta saber ser. No caso de Wolf, o fato de ele não saber que é o Oito de Copas não o impediu de, a sua vida inteira, agir como o Oito de Copas. Algumas pessoas são tão legítimas, tão imbuídas de um senso próprio de direção, que não precisam de guias. Wolf é uma dessas pessoas especiais. Ele é, não precisa saber que é.

— Quem mais?

— Eu sou o Ás de Paus — disse Malinche, olhando fundo nos meus olhos.

— ...Você?...

— Sim. Eu não estava no topo da pirâmide de Kukulcán por acaso. O aspecto invertido da carta do Louco é o vagar a esmo, sem chegar a lugar algum. Você estava prestes a fazer isso. Eu cuidei de sinalizar o caminho para você.

Olhei para a frente, para o nada, como se as últimas semanas tivessem sido uma farsa. François pareceu perceber isso.

— O Ás de Paus significa, curiosamente, que uma semente de entusiasmo foi plantada em sua vida, ainda que você mesmo não a tenha percebido. Deveríamos ter levado isso em consideração.

— Você quer dizer... — tentei entender.

— Ele quer dizer que gostei de você assim que o vi — disse Malinche. — E acredito que o oposto também tenha acontecido. Não foi planejado, acredite.

— Eu... eu acredito. Mas por que não me disse que era o tal Ás de Paus?

— Porque, como François disse, ser é mais importante do que saber que se é. Eu entrei em cena como Ás de Paus, mas também como Malinche. Arcanos não são máscaras, são partes de uma pessoa.

O Caminho do Louco - Capítulo X

— Todos esses encontros... — disse François, com cuidado. — Não foram "premeditados", no sentido mais mesquinho e controlador da palavra.

— Sim — disse Malinche. — Pense neles como guias ocasionais, posicionados estrategicamente de forma a afastá-lo do abismo.

— Bem, André — disse François. — Está preparado para iniciar o caminho do Louco? Encontrar cada um dos arcanos maiores e ajudar o Tarot a ser novamente um baralho completo?

— ...

— Encare isso como um convite para uma festa.

— O que o Tarot quer? — perguntei. — O que vocês fazem, exatamente?

— Ora, isso é o mais simples. Mas não cabe a mim lhe dizer. Na configuração atual do baralho, cabe ao Imperador.

— Ao Imperador? Por que ele? Pelo que me lembro, ele é logo no início do baralho.

— Sim, a carta número quatro. É muito importante para o Tarot como um todo que o Louco realize seu Caminho. Entenda como um ritual, se quiser, para usar uma palavra de fácil compreensão. À medida que o Caminho é trilhado pelo Louco, todos do baralho se fortalecem. Inclusive o Louco, claro. Os quatro primeiros arcanos maiores são importantes para você, porque lançam luz sobre o caminho, moldam o que você se tornará. São dois pares de arcanos gêmeos: o Mago (c'est moi) e a Sacerdotisa, a Imperatriz e o Imperador. Homem e mulher, animus e anima. São especulares. O Caminho só pode ser trilhado após o seu despertar como o Louco; mas é só depois de encontrar os quatro arcanos iniciais, depois da visita ao Imperador, que o Louco costuma manifestar seus primeiros poderes.

— Poderes? Que poderes?

— O poder do imprevisível, da criança, do errado que dá certo, do dionisíaco — explicou Malinche, sorrindo.

— E quem disse que eu quero?

— Ninguém. Cabe a você e só a você decidir. Mas para decidir com firmeza, terá que esperar o que o Imperador lhe dirá. Pode ser que ele lhe revele coisas de suma importância... pode ser que você só escute bobagens. Depende de tanta coisa. Vários Loucos pararam no meio do Caminho. Por isso, eram Loucos em primeiro lugar. Mas o fato é que, a cada encontro com os arcanos, você saberá um pouco mais — explicou Malinche.

— Você disse que o próximo arcano era o Mago — falei para François. — Você mesmo?

— Sim. Este primeiro contato, claro, não conta como parte do Caminho do Louco. É apenas um contato. O Louco deve encontrar cada arcano em seu local de origem, em sua "casa". Você já conheceu François, mas deve depois conhecer o Mago. — Sorriu e tirou do bolso um pedaço de papel, que me entregou. Continha um endereço escrito à mão.

— Paris? — perguntei. — Eu devo ir a Paris encontrar você?

— Sim, é o início de tudo. Primeira parada no Caminho do Louco: o Mago. Como eu moro em Paris, a primeira parada é Paris. Uma bela cidade.

— E não vá me dizer que "simplesmente não pode abandonar seu emprego e sair por aí como... um louco", André. É o que você faz melhor — disse Malinche, divertindo-se.

Não pude deixar de concordar. Perguntei:

— Quando?

— Dentro de três dias. Eu parto amanhã de manhã.

— Como?

Malinche deu dois passos até a mesa e pegou sua bolsa. De seu interior retirou um pequeno cartão magnético.

— Tome, é seu. Mann — você o conhecerá em breve — abriu uma conta em seu nome. O limite é bem pequeno, mas você poderá viajar e se manter.

Olhei para o pequeno cartão preto, com meu nome: "André Moire" e uma série de números zero: 00000000000000000000000. Vinte e três zeros ao todo. Eu disse:

— Eu não me importo com dinheiro.

— Sim, mas você precisa comer, se vestir, comprar passagens. E, claro, se divertir — disse ela.

— Esta conta já está ativa? — perguntei.

— Sim.

— Hoje é o dia daquela tal rave. Malinche, podemos ir até lá com François e comprar uns ecstasy no caminho. Vamos verificar essa história de conta. Ou eu estaria me desviando do caminho? — Alfinetei.

Ela inclinou a cabeça e sorriu.

— A festa de techno norteño? Sim. A revolução pode esperar até amanhã, não pode, François?

— Sim. A revolução sempre pode esperar. E, pelo que falaram, nem será preciso esperar. Ela pode começar esta noite.

Levantei e fui me vestir para sair. Tudo parecia irreal e, por isso mesmo, mais vivo e verdadeiro. A substituição de Malinche, a mexicana encontrada pela sincronicidade, por Malinche, o Arcano Menor posto em meu caminho para me desviar do abismo, era estranha. Mas sempre achei que ela fizera exatamente isto: me mostrado um novo caminho, melhor. Seu aspecto como Ás de Paus apenas me certificava disso. Como não gostar dela ainda mais? Na manhã seguinte, no quarto dela, descansando da festa, tivemos uma longa conversa: reveladora, facilitada pelo E, mas cheia de ótimas cartas na mesa. Loucura? Pode apostar.

"Quanto mais as leis e a ordem forem proeminentes, mais ladrões e assaltantes existirão" - Lao Tzu

CAPÍTULO XL

—Boas notícias: François acabou de contatar o novo Louco, o brasileiro. Ele acaba de ligar da Cidade do México e está tudo bem. Tão bem que estavam indo para um show ou algo parecido.

A voz de Touji Endo ressoou na comprida sala. Era o meio da madrugada de sábado, 22 de agosto, e examinavam, após um merecido descanso, o conteúdo da caixa encontrada no Banco do Vaticano. Leonce Chenard, que olhava para o interior do objeto com atenção, voltou-se por alguns instantes e sorriu.

— Fico aliviado. Realmente. Sabe, estou no grupo há menos tempo que todos vocês, mas já ouvi falar no que acontece quando o baralho não está completo.

— Nem queira saber — agora era o velho Maksim Ushakov quem falava. — Já vi coisas terríveis acontecerem graças ao fato do baralho estar incompleto. Faltando apenas um dos arcanos maiores. E estamos com falta de quatro deles agora.

— Três — corrigiu Leonce. — O Louco acaba de ser encontrado.

— Verdade — disse Maksim. — Faltam ainda a Torre, o Enforcado...

— E o Julgamento. — disse Ogden Snæbjörnsson, que estava sentado em uma larga poltrona de couro. — Não gosto disso, sabem? Não mesmo.

— Mas, afinal, o que acontece exatamente quando o baralho tem cartas faltando? — perguntou Leonce.

— Bem... — pensou Maksim. — Arcanos morrem, por exemplo. Acidentes acontecem. Já vi acontecer.

— Não é... mera superstição? — disse Leonce.

— Não, não — disse Touji. — Faz parte do próprio funcionamento do Tarot. Sempre foi assim, desde as origens do grupo, pelo que li na nossa biblioteca.

— Humpf — emitiu Jack Benotti, que estava sentado há vários minutos calado, fumando um cigarro, em um canto afastado da sala. — Fico pensando em como será esse Louco. O último durou pouco tempo.

— O último Louco não foi Maria de Las Luces, que depois virou a Estrela? — perguntou Leonce.

— Não, seu novato — disse Ogden, brincalhão. — Isso foi antes, bem antes. Uns dez anos atrás. O último Louco... bem, ele durou apenas três dias. Nem chegou a começar a viagem, se me lembro bem. Isso foi uns cinco ou seis anos atrás.

— Cinco ou seis anos atrás? E o grupo está sem o Louco há tanto tempo? Pensei que fosse menos tempo — retrucou Leonce.

— Bem, não é sempre tão fácil encontrar novos arcanos. Requer tempo, busca e muito cuidado — disse Ogden. — Não é recomendável manter o baralho com cartas faltando, mas às vezes não se pode fazer nada, a não ser esperar.

— O que aconteceu? — perguntou Leonce.

— Bom... — disse Maksim. — Basicamente, ele morreu durante a viagem até a casa do Mago. Um acidente, ao que parece. Mas nunca se sabe. Até hoje não sabemos ao certo.

— Há muita coisa sobre a história do grupo que ainda não sei — afirmou Leonce, pensativo. — Preciso seguir o exemplo de Touji e passar mais tempo na biblioteca.

— Fique tranquilo, Leonce. Não é pelo fato de você ser o novato — disse Maksim. — Sou o Eremita há dez anos e ainda não conheço todo o passado do Tarot.

— Eu me tornei a Força há nove anos — emendou Ogden. — Eu e Touji entramos para o grupo no mesmo dia. E, mesmo assim, ainda não sabemos de tudo o que aconteceu antes. É uma história muito rica, se espraia até muito tempo atrás...

O grupo ficou pensativo, refletindo sobre a fantástica vida que levavam e sobre suas misteriosas razões, quando a porta da sala se abriu. Um homem alto e forte, por volta de seus cinquenta e tantos anos, de cabelos brancos, usando um terno impecável, mas discreto, entrou. Ao perceber o clima de total absorção das pessoas ali presentes, emitiu um leve pigarro. Leonce olhou para ele e disse:

— Mann! Que bom que chegou.

— Olá, Leonce — disse ele, de forma agradável e que exprimia uma estranha mistura de melancolia e autoridade, que lhe parecia inata, mas arrefecida. — Como vão vocês?

Todos responderam educadamente. O Carro, de seu canto, levou a mão direita à testa, em saudação. Ao vê-lo, o homem de terno disse:

— Sabe, Jack, não sei como aquele maldito Lamborghini não teve sua suspensão destruída na queda. Pelo que o Ás de Espadas acaba de me contar, foi uma senhora queda.

Jack apenas sorriu.

— Eh — foi Maksim quem respondeu. — Eu não sei como o carro inteiro não se fez aos pedaços na queda. Ou nós mesmos. Mas chegamos aqui intactos, com o Lamborghini ainda rodando. Passamos pelos portões como visitantes normais dos Armazéns Mann. O Ás de Espadas, que já estava na guarita de segurança nos esperando, chegou a nos mostrar sua carta do baralho. Como se não o conhecêssemos, eh, eh.

— Ferretti é um bom homem. Ótimo Ás de Espadas — assentiu Mann, sorrindo. — Cuida da segurança e de outras... questões desses armazéns há vários anos. Mas você não respondeu minha pergunta, Jack. E o Lamborghini?

Jack apenas levantou as palmas das mãos. Com as mãos na testa e sorrindo, disse:

— Eu me entendo bem com carros.

— Ah! É engraçado como esse filho da mãe quase não fala, mas quando está dirigindo matraqueia mais do que uma puta moscovita bêbada! — disse Maksim. Jack abaixou a cabeça, em um curioso misto de timidez e orgulho de suas excentricidades.

O Caminho do Louco - Capítulo XI

— Bem, mas vamos ao que interessa. Que tal o conteúdo da tal caixa que encontraram? Vim assim que recebi o recado de Touji — disse Mann.

— Bom... — respondeu Leonce. — A gente estava começando a olhar. Olha, não quero parecer chato, porque adorei fazer este serviço... mas o Tarot... Bom, nós temos pessoas como você, Mann e, claro, Lalique.

— Adorável Lalique — interrompeu Maksim.

— Sim, mas o quero dizer é... o grupo tem e sempre teve, ao que me parece, pelo menos um milionário em suas fileiras. No caso, atualmente, temos dois milionários, ou melhor ainda: dois bilionários. Sem contar outros Arcanos e até mesmo alguns Menores, que parecem bastante bem de vida financeira. Estou no grupo há apenas um ano, então preciso perguntar: por que, exatamente, esses roubos?

— Excelente pergunta, Leonce. Bom, no caso deste, como você colocou, "roubo" em especial, o motivo foi o sonho de Pat. Precisamos descobrir agora se o que a Sacerdotisa pressentiu está mesmo no meio dessas coisas que Maksim escolheu. Mas existem alguns motivos para tais ações. O primeiro deles é de ordem prática. As empresas Mann e a absurda fortuna de Lalique que, sim, supera até mesmo a minha, precisam prestar certas contas legais: ao fisco, ao imposto de renda de vários países — no caso do Conglomerado Mann — e ao imposto de renda francês, no caso de Lalique. Esses pequenos roubos são bastante úteis para dar uma falsa legitimidade a todo o montante de dinheiro que desviamos de nossas fortunas pessoais e empresariais para financiar o Tarot. Mas esta não é a única razão — disse Mann. — Maksim?

— Bem, são uma espécie de mensagem. Só fazemos isso com empresas, bancos e governos que merecem — explicou o Eremita.

— Quase todos eles, então — disse o Carro, ao fundo.

— É, de certa forma — respondeu Maksim. — O Banco do Vaticano, por exemplo.

— Você não é católico, Maksim? — intrigou-se Leonce.

— Sim, exatamente. Pois então. O Banco do Vaticano é uma anomalia. Há livros e livros publicados que acusam o Banco e o próprio Vaticano de várias coisas: casamentos ilícitos, suborno, flagrante carreirismo, métodos bisonhos para controlar a eleição dos bispos e cardeais, infiltração dos cargos mais elevados pela maçonaria, diversas injustiças cometidas aos funcionários de graus mais inferiores, entre várias outras coisas. Diversos casos sombrios tiveram lugar ali. Em 1998, um membro da guarda pessoal do Papa – a Guarda Suíça, aqueles palhaços com penachos e espadas que encontramos nos jardins – matou a tiros seu próprio comandante e a esposa deste, antes de se matar com a mesma pistola. Investigações internas, claro, concluíram que ele era insano, mas os jornais e livros publicaram várias hipóteses: desde um triângulo amoroso até queima de arquivo envolvendo o suposto tráfico interno do Vaticano, passando pela possibilidade de o assassino-suicida ser um ex-agente infiltrado da Stasi, a polícia secreta da antiga Alemanha Oriental. Sem falar, claro, nos diversos escândalos que estouraram nos anos 80. Sob a direção de um determinado Cardeal, o Banco teria feito acordos com alguns dos financistas mais controvertidos da Itália, que teriam ligações estreitas com a Máfia siciliana. Um desses financistas foi encontrado enforcado em Londres, pendurado na Blackfriars Bridge, ao lado da Catedral de St.Paul.

Maksim fez uma pausa, olhando para o chão, e continuou:

— E nem vou entrar no tema da origem dessa fortuna, em primeiro lugar; basta olhar nos livros de História: saques e pilhagens na Terra Santa, conluio com famílias sanguinárias como os Bórgia e tudo o mais que já estão carecas de saber. Bem, sim, Leonce, eu realmente sou católico. Justamente por isso quis participar pessoalmente desta nossa última operação.

Foi interrompido por Jack Benotti:

— E, claro, existe o terceiro e mais importante motivo: é divertido fazer essas coisas.

— Bem, vamos ver o que há ali dentro — apressou-se Mann.

Após uma hora e meia de averiguação, o grupo estava espantado. O conteúdo do baú estava ordeiramente espalhado sobre a mesa: algumas barras de ouro 24 quilates, que ainda por cima deveriam ter algum valor histórico; 164 milhões de dólares em notas não marcadas e com diversos números de série diferentes; um punhado de anéis e colares com diamantes, ametistas e rubis em seus engastes; papéis e escrituras diversos, todos "ao portador", no valor de centenas de milhões de euros.

Ogden assobiou e disse:

— Quanto dá isso tudo?

Mann, que franzia a testa e olhava para o teto, calculou rapidamente e disse:

— Em uma avaliação rápida, eu diria que uns dois bilhões de dólares. Provavelmente mais, se conseguirmos usar o caráter histórico das barras de ouro, mas reconheço que isso será mais difícil. O restante, claro, é "processável" pelas Empresas Mann, mantendo a fachada legal. Acredito que em no máximo duas semanas o valor total disso tudo já estará saindo, pelos caminhos formais e ade-

O Caminho do Louco - Capítulo XI

quados, das contas das Empresas Mann e depositados nas contas secretas do Tarot na Suíça — concluiu o homem de terno, de forma desapaixonada. — Creio que isso nos dará uma boa autonomia por mais alguns anos. Quanto a vocês, já está tudo arranjado para que saiam de Roma e da Itália no próximo trem de carga das Empresas Mann. Não há problema, como sempre.

— Bem-dito, Imperador — gracejou Maksim. — Bem-dito.

Mann sorriu. Neste momento, Touji apontou para algo em cima da mesa.

— E o que é aquilo ali? Ficou de fora das contagens todas.

O objeto em questão era uma caixa retangular de metal cor de chumbo, pouco maior do que um livro. Leonce a segurou nas mãos e disse:

— É uma caixa, certamente de ferro fundido. — Sacudiu-a perto do ouvido. — Escutem.

Entregou a caixa para Touji, que também a sacudiu.

— Sim...Tem algo aqui dentro. Parece papel. Mas... não parece haver nenhuma abertura. A caixa é perfeitamente sólida em seu exterior.

— Sim... também achei que fosse papel — concordou Leonce.

— Talvez a caixa tenha sido fundida ao redor do seu conteúdo e por isso não tenha uma abertura ou fecho — pensou Maksim.

— Impossível — disse Ogden. — Ao menos se o conteúdo for papel. Documentos de papel se queimariam e virariam brasa assim que entrassem em contato com o ferro fundido.

— Só há uma maneira de saber o que tem dentro — disse Jack. — Vamos abrir isso.

Fora da ampla e confortável sala, os primeiros raios de sol começavam a banhar a sede italiana dos Conglomerados Mann.

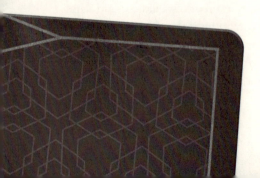

> "Magia é acreditar em si mesmo; se você consegue fazer isso, consegue fazer qualquer coisa acontecer" – Goethe
> (1749 – 1832)

CAPÍTULO XII

Dia 1

Segunda, 24 de agosto

O sol brilhava tímido sobre Paris e tocava em meu braço pela janela do táxi. Não conhecia a cidade, por isso peguei um táxi assim que saí do aeroporto Charles De Gaulle. Transmiti ao motorista o endereço que me havia sido passado por François, sentei e esperei. Graças à minha antiga "profissão", eu me virava bastante bem em inglês, francês e espanhol, além de arranhar alguma coisa em italiano. Felizmente meu francês não havia enferrujado a ponto de ofender os ouvidos parisienses. Era estranho estar subitamente em Paris, mas é como dizem: coloque os pés no início da estrada e sabe-se lá onde se vai parar. Após vários minutos, o táxi estacionou em uma rua transversal, sem muito movimento.

— C'est ici — disse o motorista. Peguei minha única bagagem, uma sacola de mão, e paguei-lhe em euros, com uma generosa gorjeta.

A casa de François ficava em Montparnasse, na parte mais ao sul. Olhei para o endereço nas minhas mãos. Rue Muton Duvernet, 23. Era ali mesmo. Um pequeno e simpático edifício branco de dois andares, com um jardim na frente. Não havia outras indicações de números; logo, François devia ocupar os dois andares. Havia um interfone posicionado à beira da calçada. Apertei um botão e, vários segundos depois, uma voz respondeu:

— Oui ? Qui l'est ?

— Err... Je veux parler à Monsieur François Zantray, s'il vous plaît — meu francês saiu mais tosco do que imaginei. Para minha felicidade, a voz respondeu amigável e calorosa, em uma mistura de espanhol e inglês:

— André? André Moire? É você?

Poucos segundos depois, o rosto simpático de François apareceu na porta da frente. Vestindo uma camiseta de malha branca e uma longa bermuda cargo verde, ele caminhou em minha direção. Antes de entrar na casa, notei uma pequena inscrição sobre a soleira da porta, em uma discreta tabuleta de metal: "Mettre le dessous dessus, et le dessus dessous". Perguntei o que eram, afinal, todos aqueles dessus e dessous:

— Hermes Trismegisto — respondeu François. — Convertido para uma estranha poesia de parônimos graças à língua francesa. Mais tarde a gente fala dele.

A sala de estar de François não era muito grande, mas agradável. Uma janela dava para um pequeno jardim lateral e algumas reproduções de quadros adornavam as paredes, sem excesso. Sobre um aparador de canto, algumas estranhas miniaturas de chumbo e objetos que não consegui identificar, mas pareciam para alguma espécie de uso ritualístico. Sentamo-nos em um grande e confortável sofá, bebericando um pouco de vinho Bordeaux.

— Bem, imagino que tenha um milhão de perguntas. Pode começar.

Resolvi iniciar pela que me era mais próxima.

— Por que eu?

— Você despertou para uma apreensão mais abrangente das coisas ao seu redor, da própria existência.

— Mas como souberam de mim? Como souberam que eu existia? Não conhecia nenhum de vocês antes, acredito.

— Não, não conhecia. Fique tranquilo: não usamos de espionagem nem nada igualmente estapafúrdio. Respeitamos a privacidade das pessoas. Mas temos meios particulares de saber quando algum arcano está despertando, e também onde e em relação a quem. Basicamente, temos visões, sugestões são sopradas nas situações mais diversas. Acontece quando algum dos arcanos está faltando.

— Parou e tomou mais um gole de vinho. — Voltando a Hermes Trismegisto: ele foi uma espécie de filósofo e esotérico do Egito Antigo. Escreveu a Tábua de Esmeraldas, um compêndio de sabedoria e espécie de guia para a iluminação que se convencionou chamar de "hermética". A carta do Mago, que eu represento, é relacionada a Hermes, o deus do panteão helênico. Deus da adivinhação, do comércio, dos ladrões; mensageiro dos deuses; em sua encarnação de Hermes Psicopompo, é o responsável por levar as almas dos mortos até o Hades. Uma divindade dúbia e controversa; reze por ele em momentos importantes e ele pode aparecer ou simplesmente ignorá-lo, deixá-lo à própria sorte. Em outros momentos, quando menos se espera, ele pode aparecer sob a forma de um presságio, uma frase ouvida em um bar, uma sincronicidade, um viajante desconhecido na estrada. De certa forma, está ainda relacionado a Odin, maior deus do panteão nórdico. Odin se disfarçava de viajante maltrapilho, para sondar como os mortais o tratariam. Era o deus da forca, da adivinhação, criador das runas. Deu um dos olhos à cegueira em troca de sabedoria aos pés de Yggdrasil, a árvore-mundo, cujas raízes tocam a fundação da existência e cuja copa é a abóbada celeste que nos cobre. O que me leva de volta à frase de Hermes Trismegisto: Acima, como embaixo.

— O que está acima é como o que está embaixo — emendei.

— Uma das bases do pensamento hermético, que é a relação entre o macrocosmo e o microcosmo. Os egípcios sabiam disso. O posicionamento das pirâmides de Gizé, o trio Quéops, Quéfrem e Miquerinos, coincide exatamente com a estrela Sirius e outras duas estrelas do Cinturão de Órion. Veja nestas duas fotos as respectivas posições.

François me deu um cartão que estava sobre uma mesa de canto. As duas fotos eram mesmo impressionantes: uma imagem fotografada por satélite das três pirâmides e, ao lado, o Cinturão de Órion. O posicionamento dos seis objetos era idêntico.

— Veja o verso.

Virei o cartão e vi outros dois mapas.

— À sua esquerda, está um mapa da antiga civilização suméria. À direita, nova imagem da Constelação de Órion. Os desenhos são idênticos.

— O que isso quer dizer?

— Que o que está no alto é como o que está embaixo. Que os egípcios e sumérios eram excelentes astrônomos. Astrólogos. Magos. Cientistas. Os dois mundos, o da magia e o da ciência, ainda não haviam sido separados a fórceps em prol do iluminismo do Big Mac.

O Caminho do Louco - Capítulo XII

— *Le* Big Mac.

— *Le*, isso. Há quem diga que a estrela Sirius era ainda a estrela de Belém. Lúcifer, a Estrela da Manhã. O Anjo que cai do reino dos Céus. E sabe onde mais aparece o Cinturão de Órion? Aqui, nesta carta.

François me estendeu mais um cartão. Ao examiná-lo, vi que era nada mais que a carta do Louco.

— Baralho de Rider-Waite, idêntica à que você achou na rua, várias semanas atrás, acredito.

— Sim.

— Vê o sol atrás da figura do Louco? Órion. O cão ao seu lado está na posição exata da constelação do Cão Maior. O Cinturão de Órion também foi encontrado aqui mesmo, na França, representado em pinturas rupestres da caverna de Lascaux. Como a maioria dos conhecimentos herméticos, ele é antigo e pode ser observado em diversos aspectos da vida.

— Mas o que isso quer dizer?

— Que tudo está interligado? Que há uma conexão entre os diversos elementos que compõem as nossas vidas? Ou, ainda, que somos uma raça de seres com muita imaginação, capaz de encontrar conexões em qualquer coisa? Qual é a diferença entre essas duas hipóteses, no fim das contas?

— E as visões de que falou?

— Ah, sim. — Parou e bebeu mais um pouco de seu Bordeaux. — Bem, os novos arcanos em potencial, que chamamos de arcanos recém-despertos, eles nos são mostrados em visões. Eu consigo enxergar essas informações quando entro em transe. Pat O'Rourke, a Sacerdotisa, também. Mas normalmente quem os identifica é Adrian Rigatos, que é o que você chamaria de um "poderoso paranormal" ou algo assim. O Mundo. Nas várias encarnações do Tarot, sempre houve alguém capaz de enxergar tais visões, de ter acesso a essas informações e a diversas outras, por vários meios diferentes. Foi Adrian, o Mundo, quem veio com o seu nome. Ele soube de sua existência e do arcano recém-desperto em você durante uma visão, quando ele invocou Andy Warhol.

— Andy Warhol? O Mundo invocou *Andy Warhol*? O que, em um ritual ou algo assim?

— Sim, você deve invocar, obviamente, algo em que acredite. Adrian é um dos maiores fãs de Warhol, ele tem várias serigrafias de Warhol em sua casa.

— Então foi Andy Warhol quem falou de mim? Pff. Por que isso não me surpreende?

— Eh. Bem, não é tão simples assim. Não é que Warhol tenha aparecido em um ritual e dito "existe este carioca, André Moire, ele é o novo Louco", nada disso. É mais complexo e ao mesmo tempo muito mais simples do que isso. O que está em baixo é como o que está no alto, lembra? Esse é um dos mistérios da magia.

— E quais são os outros mistérios?

— Bem, um deles é "improvise sempre que for necessário". Improvisos e intuições tendem a ser mais "verdadeiros" e confiáveis do que dogmas milenares e "secretos". Na verdade, os dogmas milenares e secretos são um monte de bobagens. Uma babaquice. Servem apenas para legitimar aos olhos mais incautos e descrentes o funcionamento e veracidade de coisas que, no fim das contas, são bem simples e deveriam estar acessíveis a todos. Quer ouvir música? — e levantou-se do sofá.

— Sim, acho que sim.

François dirigiu-se até um aparelho de som que estava em um dos cantos e examinou alguns CDs jogados sobre ele.

— MC Solaar? Fela Kuti? O que prefere?

— Você escolhe. Eu ainda estou pensando no que disse.

— King Sunny Adé, sim. É isso, *Juju Music*.

Uma espécie de soul music africana tomou o ambiente em baixo volume, como Xangô visitando a sede da Motown, em Detroit. François nos serviu de mais vinho e tornou a sentar.

— A música, entende? Escute... Vê? É a arte mais básica, mais fundamental. Mais completa. Tudo está aqui, repare: matemática, pintura, arquitetura de prédios e prédios... A dança, a História e a Geometria, a Informática e os sonhos não entendidos por Jung, tudo em layers e layers de conhecimento humano. De intuição. De magia. Música é pura magia. Nietzsche disse que não podia acreditar em um deus que não soubesse dançar, e, caralho!, ele estava absolutamente certo. Aliás, aqui vai uma lição pessoal de vida que, como todas as "lições pessoais de vida", são, bem, pessoais. Nunca confie numa pessoa que não goste de música. Nunca, jamais. — Bebeu mais um gole de vinho e disse, sorrindo. — Por outro lado, não confie totalmente em mim, também. Como o Mago, represento Hermes e Hermes é o deus dos truques e das peças.

— Isso mostra por que você enrola, enrola e não fala de você.

Ele deu uma gargalhada e seus dentes brancos pareceram encharcar o ambiente de luz.

O Caminho do Louco - Capítulo XII

— Meu nome é François Zantray, como já sabe. Tenho 32 anos e nasci em Port-au-Prince, no Haiti. Vivo em Paris há 12 anos e sou o Mago há, bem... uns onze anos, acho.

— Você falou em outros Loucos.

— Sim, já realizei a iniciação de outros dois loucos. Um deles foi Maria de Las Luces. Você a conhecerá mais cedo ou mais tarde: ela é a Estrela. Vive em Madri.

— Ela é um outro arcano agora? E o Louco do baralho não é um homem?

— Sim, e daí?

— E por que ela deixou de ser o Louco?

— Um processo natural. Pode acontecer com qualquer arcano. Alguns representam de maneira tão forte seu respectivo arcano – como Maksim, o Eremita, por exemplo – que dificilmente podemos imaginá-los assumindo um significado diferente. Claro, isso pode acontecer em virtude de fatos radicais ou traumáticos, mas é difícil. Com Maria foi natural: ela nasceu para brilhar, afinal. Ela é a estrela. Apenas teve que passar pelo caminho do Louco, antes.

— Todos os arcanos fazem o caminho do Louco?

— Oh, não. Apenas o Louco realiza essa viagem. Ao chegar ao final da viagem, depois de falar com o Mundo, você entenderá.

— E quando isso deverá acontecer?

— O ideal é que você passe três dias na casa de cada arcano. É importante que seja na casa deles, entende? Com vinte e um arcanos ao todo (vinte e dois com você, claro). Vamos colocar aí um ou dois dias de intervalo entre cada visita para que você possa chegar até onde o próximo arcano vive e... digamos que você tem pela frente uns três meses bem movimentados.

— É engraçado. Eu... Eu desejava uma mudança. Ou precisava de uma. E agora, com o que aconteceu nos últimos meses e essa coisa esquisitíssima do Tarot... Eu mal reconheço a minha vida.

— Cuidado com aquilo que deseja.

— Qual a diferença entre o Mago e a Sacerdotisa?

— Bem, podem parecer arcanos semelhantes, mas são bem distintos. A diferença mais aparente, claro, é que o Mago é solar, masculino, enquanto a Sacerdotisa é lunar, feminina. Mas, como eu disse antes, isso não impede que tenhamos uma mulher no papel de Mago ou até mesmo um homem como Sacerdotisa, embora isso seja, reconheço, mais difícil de acontecer. São apenas arquétipos,

Guerras do Tarot - Alex Mandarino

lembre-se. Alguns julgam que a Sacerdotisa seja o oposto e complementar do Mago. Os domínios do Mago são os da adivinhação, dos truques, da manifestação do cosmos no plano terreno. Você pode pensar em mim como um iniciado, mas lembre-se: sou apenas a primeira carta. Não há hierarquia no *grupo* do Tarot, de forma que, sim, eu sou o Mago, mas também sou *um* mago. Já o baralho, conforme algumas leituras, oferece uma certa noção hierárquica em relação à ordem das cartas. Ou não. De qualquer forma, em termos básicos, o Mago realiza truques, transes e feitiços; ao passo que a Sacerdotisa está mais ligada de forma plena aos deuses lá em cima.

— Sei pouco sobre o tarô, o baralho.

— O tarô... É uma história longa, por isso vou resumir. Você pode saber mais sobre ele, afinal, comprando algum dos vários livros disponíveis. A maioria deles é uma porcaria, porque são rasos e cheios de fatos e interpretações erradas, ou porque se escondem atrás de uma estúpida capa "esotérica", sabe do que eu tô falando? Bem, para os historiadores, para efeito prático, o baralho de tarô mais antigo de que se tem notícia surgiu em meados do século 15. Por volta de 1450 ou algo assim, talvez poucos anos antes, alguém criou o primeiro baralho de tarô, em algum lugar no norte da Itália — François apontou para uma direção no ar, dando a impressão de saber exatamente onde cada canto do planeta ficava, tendo como referência central aquela mesa. Deu mais um gole no Bordeaux e prosseguiu. — Como os baralhos de jogar daquela época, o baralho criado por este anônimo perdido nas areias do tempo apresentava quatro naipes de dez cartas cada um, além das cartas da corte: pajem, cavaleiro e rei. Mas este primeiro baralho de tarô tinha mais coisas: uma rainha foi adicionada a cada uma das quatro cortes. E 22 cartas especiais, que não pertenciam a nenhum naipe, também foram acrescentadas. Estas cartas especiais mostravam figuras simbólicas: a Lua, o Enforcado, a Estrela, e assim seguia. O baralho de tarô era usado para jogar uma nova modalidade de jogo de salão, semelhante ao bridge, mas com 21 das cartas especiais servindo como trunfo permanente. Podiam ser descartadas em qualquer situação, independentemente do naipe que puxasse a rodada, e valiam mais do que as cartas dos naipes comuns. O Jogo dos Triunfos (ou dos Trunfos), como foi chamado, ficou muito popular, principalmente entre as classes mais ricas, e se espalhou pelo norte da Itália e leste da França — mais uma vez François apontava os lugares com os dedos, sem perceber. Tomou mais uns goles e continuou:

— Chegamos então ao século 17, fértil em histórias sobre Rosa-Cruzes, Templários e coisas afins. Lorotas e invencionices, a maioria delas, produto de uma época que, sem perceber, era saudosa das supostas "maravilhas" medievais. Mudanças sempre mexem com o ser humano, que logo se apressa em apontar esoterices e conspirações em locais onde estão, simplesmente, coisas que ele não entende. Mas, bem, era uma época ideal para que começassem a enxergar naquele jogo de cartas um significado maior. Devotos das artes ocultas na França e na Inglaterra passaram a usar o tarô para a prática da cartomancia. Há quem diga que o tarô foi criado no antigo Egito; na Índia; na China; no Marrocos; pelos Sufis; pelos hereges Cátaros; pelos judeus cabalistas; pelo próprio Moisés; ou teria até mesmo uma origem alienígena. Acredite nessas bobagens, se quiser ou achar mais bonito e imponente, mas fico com o meu italiano anônimo do século 15, muito obrigado. Agora, claro, com os arquétipos, a coisa é diferente. Os arquétipos e o conhecimento místico-científico podem ser traçados até distintas origens históricas e geográficas. É só uma questão de não deixar sua crença se imiscuir com a insensatez; enfim, de não confundir o rabo do cachorro com o próprio cachorro.

— E o termo "tarô"? Surgiu junto com as cartas? Você falou em "Jogo dos Trunfos".

— Há quem ache que a palavra "tarô" vem do hebraico, do egípcio ou até mesmo do latim; outros juram que ela é um anagrama. Que é a chave para o mistério das cartas. Como eu disse, não há "mistérios" sem idiotas dispostos a acreditar neles.

— Para um Mago, você é bem cético.

— Magia não envolve fanatismo ou ignorância. Não sou cético, mas sei separar fatos históricos dos elementos que foram preparados mais tarde, ainda que estes últimos sejam deliciosamente coerentes. Agora, separar fato do mito é uma coisa; acreditar em um ou outro é coisa totalmente diferente. Como eu disse, você acredita no que quiser. Não envolvi um juízo de valor quando disse isso, pelo contrário. Bem, historicamente, todos os primeiros nomes para o baralho do tarô são italianos. As cartas eram originalmente chamadas *carte da trionfi* ou cartas dos Triunfos. Por volta de 1530, a palavra *tarocchi* começou a ser usada. A etimologia de *tarocchi* é desconhecida. Talvez de início fosse uma gíria. Ou uma palavra importada de outra língua. Ou talvez não signifique porra nenhuma. A forma alemã é *tarock*; a forma francesa é *tarot*. E, mesmo que a etimologia da palavra fosse conhecida, dificilmente poderia lançar alguma luz sobre o "significado das cartas", já que essa palavra só começou a ser usada quase cem anos após o baralho ter sido criado. Há quem diga que o próprio baralho comum foi uma mutação do baralho do tarô e que a carta do Curinga seria o único arcano maior que teria sido poupado nessa mutação. Justamente o arcano do Louco. Ah, aliás, esqueci de lhe dizer: Bagatto nada mais é que o nome do Mago, no tarô original italiano. Você já sabia disso?

— Não. Mas, escuta, onde é que entra *o* Tarot nessa história? O grupo de pessoas que representam os arcanos?

— Como lhe falei, não cabe a mim lhe dizer. O salto inicial do Louco sobre o abismo *deve* ser às escuras. Vai pular assim mesmo?

— Hm... você disse que me falaria sobre o Tarot.

— Sim. Sobre o baralho. Não sobre o grupo. Chegue até o Imperador e ele lhe contará quase tudo. Chegue ao Mundo e ele lhe contará tudo. E quem sabe o que lhe contei ou não? Afinal, você ainda tem todo o Caminho do Louco pela frente. E eu? Eu represento o Mago, que pode ser Hermes, Odin, Thoth, todos eles. Deuses do truque, da peça, enganadores. Ou ainda Ganesha, o removedor de obstáculos. E, claro, o Papa Ghede.

— Papa Ghede?

— Sim. Eu sou haitiano, lembra? Amanhã lhe contarei — ou melhor, mostrarei mais sobre ele. Agora vamos dar uma volta.

Meia hora mais tarde, estávamos subindo pelo elevador mais rápido da Europa. Em apenas 38 segundos, galgamos uma altura de 196 metros até o 56º andar da impressionante Tour Montparnasse, o chamado L'Espace 56. O lugar era impressionante: uma espécie de galpão amplo e arejado, cercado por vastas janelas envidraçadas, das quais se podia ver Paris a uma altura quase absurda. Ao longo das paredes de vidro, vários telescópios estavam posicionados para uma melhor observação dos vários pontos da cidade. Na parte central do enorme andar, um café e algumas mesas, onde vários parisienses e turistas de todos os tipos e tamanhos apreciavam seus capuccinos. Não me queixei da escolha de François. Tantas revelações faziam minha cabeça rodar e um horizonte aberto e iluminado era o que eu queria naquele momento.

Terminados os cafés, fomos até uma das vidraças. Era vertiginoso ver Paris tão lá embaixo, como um quebra-cabeças de luz.

— O que são as cidades? — perguntou François.

Achei que fosse uma pergunta retórica e nada respondi. Mas ele repetiu a pergunta.

— O que são? Me diga.

— Cidades? Cidades são... bem, são cidades. Você sabe o que são cidades.

— Você tem dificuldade em me dizer porque já está acostumado com elas. É um conceito tão óbvio, tão comum, que deixa de ser passível de descrições. Você tem adjetivos: Paris, a Cidade Luz; Rio de Janeiro, a Cidade Maravilhosa; New York, a Grande Megalópole; as pessoas voltam de viagens e dizem "Roma é realmente linda" ou "Berlim é impressionante" ou "a cidade X é muito poluída", ou "muito cheia de gente", esse tipo de coisa. Mas nunca nos explicam *o que é* uma cidade. Você só lida com isso naquelas cartilhas escolares. "Fulano foi

O Caminho do Louco - Capítulo XII

trabalhar na marcenaria; a marcenaria fornece as madeiras para a fábrica de Beltrano". É o mais próximo que se chega da radiografia de uma cidade. Mas uma coisa não é a sua descrição; e também não é o seu funcionamento interno. O que *é* uma cidade?

Apontou para baixo, mostrando Paris esbanjando-se aos nossos pés e continuou:

— A cidade é uma interface. Imagine que você é um camponês medieval e deve sua vida, sua lealdade, suas terras, a vida de sua família, tudo que você tem, ao senhor feudal. Por que ele tem esse controle? Porque, no caso de invasões de inimigos, ele vai protegê-lo. E, em último caso, como ele vai protegê-lo? Levando-o para dentro do seu castelo. Você vê aqueles filmes medievais e, sempre que o ataque começa, se pergunta: "por que esses desgraçados não moram logo dentro do castelo, dentro das porras das muralhas?". Porque não podiam. Nem pensavam nisso. As muralhas e o castelo eram do senhor feudal, era a sua moeda de troca. Se você já tem a moeda, não vai se interessar pelo seu poder de troca. Se você já tem o castelo protegendo-o, por que dever favores ao senhor feudal? Por isso, eram deixados do lado de fora, como reféns do eterno acaso.

Olhou em volta, suspirou e disse:

— E a relação castelo-terras camponesas em volta compunha, exatamente, uma cidade. Veja lá embaixo. O que em Paris lhe chama a atenção?

— Bom, o formato das ruas, claro. O direcionamento.

— Exato. Acompanhe o meu dedo. Todas as avenidas principais levam àquele enorme vão circular, está vendo? Isso acontece pelo mesmo motivo que o senhor feudal deixava os fodidos do lado de fora do castelo: controle. As coisas ficaram mais sutis e menos perceptíveis, mas o lado de fora do castelo também não era perceptível para as almas medievais. Agora, veja mais ali embaixo — e indicou uma área de quarteirões e casas mais confusos e irregulares.

— Até o final do século 19, as ruas e quarteirões de Paris eram daquele jeito. Um simpático amontoado assimétrico de casas, vidas, paixões, sonhos e morte. Ruas laterais estreitas, tortuosas, que se bifurcam e se desencontram, dão a volta ao redor de coisas que ali não estão mais, apenas para chegar a um ponto que na verdade está atrás de seu próprio início. Como em um romance vitoriano: as pessoas se encontram por acaso nas ruas, as vidas se cruzam, se retroalimentam, se iludem na espiritualidade do caos. Um ambiente tortuoso que representava uma vida mais face a face, mais ampla, mais aberta ao desconhecido. Parte dessa paisagem ficou intacta ali, naquela parte que lhe mostro agora, no Quartier Latin e também no Marais. Esse sistema de urbanismo meio improvisado refletia uma organização espontânea, de baixo para cima, calcada no diálogo, na ajuda mútua, na troca, na venda, no empréstimo, nos beijos roubados. Não é à toa que os personagens de Flaubert se esbarravam por acaso em cenas de rua. O que aconteceu, então?

Desta vez, eu estava certo em presumir que a pergunta era retórica. François continuou:

— Um urbanista dos estertores do século 19, o barão Haussmann, pôs abaixo todos os bairros antigos para que pudesse construir os grandes *boulevards* que conhecemos hoje, na Paris moderna. Destruindo os prédios e ruas, ele destruiu também um modo de vida. Os parisienses de então viam a cidade como um prolongamento da vida social, propícia para encontros casuais, acidentais. A nova cidade desenhada por Haussmann era puramente prática. Funcional. Ele queria meios de transportar as pessoas de um ponto a outro da forma mais eficiente possível. Não queria as curvas do romantismo; queria as linhas retas da modernidade. A coisa toda era ainda um tributo grandioso a quem o havia contratado, Napoleão III. Os lampiões acesos em fileiras dos boulevards retilíneos eram testemunhas do gênio moderno. E, em linha reta, não há encontros e desencontros. Há apenas a partida e a chegada. A viagem deixa de ser humana e passa a ser automática. A vida do cidadão como a menor distância entre dois pontos. Vá, trabalhe e volte. E faça isso rápido, sem parar para conversar besteiras no caminho.

— Controle.

— Isso. Controle. Talvez não tenha sido tão consciente e conspiratório como gostamos de pensar; talvez tenha sido um mero acidente realizado com a melhor das intenções modernizantes. Mas o fato é que esse diagrama geométrico, tão orgulhoso de suas linhas retas iluminadas, se espalhou. Los Angeles, São Paulo, Berlim, você pode encontrá-lo em qualquer grande metrópole moderna. O problema das cidades atuais não é o tamanho, entende? É a forma. Estamos empacados, neuróticos, paranoicos, e nos matamos com balas de 5 centavos cada por um problema de design.

Dia 2

Terça, 25 de agosto

Eram seis da tarde e estávamos exatamente embaixo da Torre Eiffel. O enorme móbile extradimensional de metal que domina Paris parecia olhar para nós, bondoso, como quem sussurra "podem ficar aí, pequeninos, fiquem e juro que não levantarei uma das minhas patas de ferro fundido para tentar esmagá--los".

— E essa agora? Veio me trazer para debaixo de uma pirâmide? Captar as energias? — falei, em tom jocoso.

— Não. Se quisesse fazer isso, o teria levado à pirâmide do Louvre — disse François, daquela maneira que não deixava o interlocutor saber se estava falando sério ou não. — Este ponto passa por umas linhas Ley, mas não vamos falar disso. Estamos aqui porque, para um estrangeiro como você, a Torre Eiffel é o que há de mais familiar em Paris. E preciso que comece num ponto que lhe seja familiar, ainda que de cartões-postais e filmes. Bem, não se pode ter tudo.

— O que quer dizer?

— Quero dizer que existe uma forma de burlar ou subverter a regra das cidades, sobre a qual falamos ontem. Os situacionistas franceses dos anos 60, como Guy Debord, chamavam esse método de *dèrive*. É uma espécie de versão punk da velha arte de flanar. O *flaneur* passeia pela cidade, a esmo, vendo velhos amigos, apreciando lugares que passam despercebidos às outras pessoas. Uma arte esquecida, que deveria ser mais valorizada hoje em dia. Afinal, em tempos de linha reta incessante e alta velocidade, nada pode ser mais subversivo que andar em círculos, sem destino e lentamente. No início do século 20, a velocidade era subversiva, inovadora. Pergunte a Marinetti. Hoje, a velocidade nos estonteia, nos controla como um poderoso alucinógeno às avessas. Agora é a lentidão que veste os andrajos da subversão. A vida em sociedade é como a Roda da Fortuna, as coisas às vezes estão no alto, em outras estão no ponto mais baixo. Tenha pena de quem acredita em dogmas e certezas, André. Só estão certos em, no máximo, dez por cento do tempo. Nos outros noventa por cento, ficam repetindo as mesmas coisas, agora transformadas em equívoco, esperando que a Roda gire e as certezas erradas voltem a ser certas. E, quando isso acontece e a Roda volta ao seu lugar, os donos dessas certezas percentuais já morreram. Desconfie dos dogmáticos.

— Mas e a tal *dèrive*?

— Ah, sim. Bom, eu sou o Mago. Eu vagueio mesmo falando. Mas como eu disse, é a versão moderna do flanar. O objetivo ainda é flanar, mas se você conseguir se perder. Ficar à deriva. Um náufrago do concreto. Observar uma cidade e bairros conhecidos e familiares com outros olhos; lançar um olhar de estrangeiro sobre a mesmice. Como eu disse, você é um estrangeiro, por isso esse efeito será amenizado; e também ampliado. Porque, se tudo é estrangeiro para você em Paris, então nada é estrangeiro, porque lhe falta a âncora da familiaridade. Mas vai ter de servir. Por isso lhe trouxe a este cartão-postal que é a Torre Eiffel, para que ao menos parta de um ponto ligeiramente familiar.

Guerras do Tarot - Alex Mandarino

— Parta? O que quer dizer?

— Você tem dinheiro aí?

— Não, deixei em casa o dinheiro, o cartão magnético e os documentos, como me pediu quando saímos. Por quê?

François não respondeu. Repeti a pergunta:

— Por qu...?

Quando me virei, ele havia sumido. Nem sinal do sujeito. Como ele havia desaparecido aqui, neste ponto tão aberto? Olhei em volta, mas nada. Andei por alguns minutos pela base da Torre, esperando que ele reaparecesse, mas, após quase meia hora, desisti. Ele havia me deixado ali. E eu sem um tostão.

Comecei a andar, tentando reencontrar meu caminho. Não havíamos atravessado o Sena e eu sabia ao menos que a Torre Eiffel ficava na mesma margem que Montparnasse, a chamada Rive Gauche. Era só uma questão de andar e pedir informações. Com este meu francês caquético ou em inglês, com franceses? Não, vou tentar encontrar sozinho o maldito caminho.

Cerca de quinze minutos depois, percebi que a Torre era visível de vários pontos distintos da cidade. Mas, em vez de servir como referência geográfica, vi que era difícil ter noção de sua escala e tamanho real, o que tornava tudo mais desorientador. Não tinha a menor ideia de onde estava. Então me lembrei das viagens apressadas em linha reta; as viagens não são apenas partida e chegada; as viagens são o *meio*. O que acontece entre a partida e a chegada. Comecei a relaxar e me lembrei da fábula zen do monge que fica preso no precipício e, com a morte se aproximando, come os morangos mais deliciosos de sua vida. Quem havia me contado isso? Engraçado como as coisas andam em círculos e voltam até você. Se era assim, então eu também andaria em círculos.

Círculos concêntricos, semicírculos, um mar de formas geométricas desenhadas pelos meus pés. Lembrei-me das pessoas que fazem desenhos com seus aparelhos de GPS, formas rústicas que são registradas pelos satélites e compõem figuras de cães, gatos, objetos simples. A alta tecnologia recriando e simulando como nova arte bastarda o bom e velho desenho infantil. A subversão do utilitarismo dos testes psicotécnicos. Ou simplesmente alguma coisa em que se pensa após andar mais de uma hora, com uma sede dos infernos.

Um turbilhão de cores, cheiros, movimentos. O velho que usa uma bengala para se apoiar em frente a uma vitrine de ternos. A criança que carrega um boneco do Homem-Aranha em seu bolso, como um amigo escondido e patuá. Uma loja com sapatos sensacionais na vitrine. Onde eu estou? Mais à frente, um carro buzina antes de dobrar à esquerda, para que eu nunca mais o veja nesta vida. Dois policiais passam por mim, conversando e rindo alto. Um negro se abaixa para pegar alguma coisa no chão, com curiosidade. Ao dobrar uma esquina, dou com a cara enorme de Obelix, grafitada em um paredão lateral de um prédio.

Um cabeludo passa de patinete, com o cachecol listrado esvoaçando. Duas meninas de preto gargalham, contando coisas que não entendo. O céu começava a escurecer e os primeiros neons se acendiam. É um sinal que percebo ali? Um código secreto dos náufragos, piscando em Morse ao contrário, "sim, olá, perdido, estamos aqui, veja como piscamos". Vozerios dentro de um bar; uma briga? Restaurantes lotados e totalmente silenciosos. A queda do garfo no chão como supremo acidente social e comoção sonora. Ao longe, vejo a torre de uma igreja, com a lua ao lado. Nuvens passam e revelam estrelas sem nome, enquanto as luzes da fachada de um bar piscam, emitindo mensagens para os seres do éter. Pedras do calçamento formavam desenhos labirínticos, apontando para o que nunca chegaria. Senti-me em outro mundo, outra galáxia, outra dimensão. A dimensão da querida não familiaridade, do desconhecido que assusta, enternece e o observa de longe. Eu andava há duas horas e meia? Três horas?

Ao dobrar mais uma da incontável série de esquinas desconhecidas, percebi que algo estranho me observava. Um prédio claro, que parecia dizer "não vá se perder por aí; ou melhor, vá sim, estamos todos perdidos aqui. Se eu pudesse andar o acompanharia, sentindo o vento e o cheiro das árvores no meu rosto de pedra e tinta". Quando me aproximei dele, a luz da janela da frente se acendeu. Pare de piscar para mim, prédio engraçado. A porta se abriu, sorrindo para mim, puro concretismo coquete. E, de dentro, um homem engraçado apareceu. Era François! Afastei-me um ou dois passos e percebi que aquele prédio era a casa dele. Eu havia chegado.

— Outro mistério da magia: "só encontrará o que não está procurando". Vem, entra, vamos tomar um prato de sopa.

Dia 3

Quarta, 26 de agosto

Dormi pesado durante várias horas. Pela manhã, durante o café, perguntei a François:

— Você disse que o baralho não estava completo. Além do Louco, faltava mais algum arcano?

— Sim. A Torre, o Enforcado e o Julgamento.

— Já encontraram os novos arcanos?

— Não.

— E o que acontecerá quando chegar a vez de eles receberem minha visita no Caminho do Louco?

— Vamos esperar e ver o que acontece... ou não.

— Quando a atual Estrela foi o Louco?

— Maria de Las Luces? Uns nove ou dez anos atrás. Ela foi o Louco por pouco tempo e, em seguida, passou a ser a Estrela, quando a anterior se aposentou. A antiga Estrela é uma velha senhora agora, vivendo em um dos asilos mantidos por Mann. Patrick Mann, você sabe. O Imperador.

— Patrick Mann? O Patrick Mann? Ele é o Imperador?

Assobiei. Era realmente tudo cada vez mais fantástico.

— E o Louco que entrou após ela ter virado a Estrela? Você disse que ele morreu. Como foi?

— Morreu antes de começar o Caminho, três dias depois de ser contatado por mim, em Berlim. Morreu vindo para esta casa. Foi atropelado pouco depois de deixar o aeroporto. Um carro em alta velocidade o atingiu. Estava atravessando a rua fora da faixa de pedestres. Não havia trânsito e, segundo testemunhas, não viu o carro. O culpado nunca foi encontrado, nem o carro identificado.

— O que você acha, pessoalmente?

— Eu... acredito que deve ter sido um acidente. Ou então o sujeito era *realmente* Louco.

Pensei nessa história por alguns minutos. Afastei da minha mente diversas cenas que teimaram em aparecer. Em seguida, tornei a perguntar:

— Mas por que agora? Por que apareci agora e por que estavam me procurando? É meio óbvio que algo de importante está acontecendo.

— Você é inteligente. Posso dizer que... algo que estamos planejando já há algum tempo afinal atingiu condições mais propícias para ser posto em prática. Algo relacionado às linhas Ley.

— O que são afinal essas Linhas Ley?

— Ah, não. Eu não suporto as linhas Ley. Espere que a Sacerdotisa vai lhe falar sobre elas. Vem, vamos ao cemitério. Estamos a poucas quadras do de Montparnasse, mas vamos ao Pére Lachaise, na parte leste da cidade.

O Caminho do Louco - Capítulo XII

Minutos depois, entrávamos no metrô. Notei que François havia trazido com ele um grande saco plástico preto.

— O cemitério de Montparnasse, aliás, foi criado em 1824, ocupando o terreno de três fazendas. Pense nisso: se uma fazenda construída sobre um antigo cemitério é assombrada por fantasmas, um cemitério construído sobre uma fazenda é assombrado por vacas?

— Você está falando sério?

— Não, claro que não. Não leve a sério o que eu falo, já avisei. Montparnasse era chamado de Le Cimetière de Sud. Os cemitérios haviam sido banidos de Paris desde que, em 1786, o Cemitière des Innocents, que ficava ao lado do mercado de comida Les Halles, foi fechado por risco à saúde pública. Isso pouco antes de começarem a empilhar em valas negras as cabeças cortadas pela guilhotina, então imagine a merda que era, se *aqueles* sujeitos tiveram de fechar o cemitério por risco à saúde pública. Mas, bom, com a proibição, novos cemitérios foram construídos nos arredores do que era Paris na época. Ao Sul, construíram o que depois foi chamado de Montparnasse. O que prova que não adianta construir cemitérios fora dos centros urbanos: as cidades sempre vão atrás de seus mortos. E os encontram, o que é mais grave. Em Montparnasse estão enterrados Baudelaire, Samuel Beckett (ainda esperando seu Godot), Simone de Beauvoir, Brancusi, Tristan Tzara, Sartre, Guy de Maupassant... Quem mais? Deixe-me lembrar... Ah, claro! Man Ray! E Jean Seberg.

— Jean Seberg? Minha atriz favorita.

— Por que isso não me surpreende? Ela brilha em *Acossado*, cujos personagens representam tão bem o espírito arquetípico do Louco. A própria nouvelle vague, aliás, abria mão dos roteiros muito presos.

— Isso explica por que eu adoro.

— Bom, túmulos são apenas pedra e musgo e o dela não é exceção. Em nada remete à menina que anunciava "New York Herald Tribune, New York Herald Tribune..." — disse François, imitando o sotaque do inglês de Jean. — Aquilo foi filmado há quase sessenta anos, André... A modernidade já é mais velha do que nós. É nossa avó.

Após alguns minutos perdido na deriva da falta de sentido – ou excesso de sentido? – da morte, senti François tocar de leve no meu ombro.

— Vem, André. Vamos descer na próxima estação.

Minutos depois, entramos por um dos portões do gigantesco Père Lachaise. Visitamos o túmulo de Jim Morrison, que por um milagre estava vazio. Obra do Mago? Fiquei ali em silêncio por longos minutos, refletindo sobre a estranha morte de Morrison em Paris, tão longe de casa, até que uma revoada de corvos me tirou do transe. Voltamos a andar e visitamos diversas partes do cemitério. O túmulo de Oscar Wilde brilhava ao sol como uma esfinge. Belo como ele teria desejado. Dali demos a volta e visitamos o túmulo do poeta Paul Élouard. Então, após algumas tentativas e erros, enfim encontramos o local de descanso de Gerard de Nerval. Diante do túmulo do escritor romântico, François, que estava em silêncio há mais de meia hora, voltou a falar:

— Há quem diga que a morte é apenas um sonho, do qual voltamos. Ou que esta vida é o sonho, do qual somos despertos pela morte. Nerval dizia que o sonho é uma segunda vida. Gerard de Nerval já sabia da importância dos sonhos, bem antes dos surrealistas. E lembra o que lhe falei da dèrive? Nerval também sabia da importância de se perder, bem antes dos situacionistas e de Debord. Ele mapeava a psicogeografia de Paris em peregrinações que duravam a noite toda. Misturava o flanar com o sonambulismo dos sonhadores de haxixe. Sem dinheiro e sanidade, ele se enforcou em uma das vielas mais isoladas de Paris, no local mais escuro que pôde encontrar. — A mandíbula de François se contraiu e ele ficou imóvel por longos segundos antes de tornar a falar. — Você quer saber de magia? Não há magia sem sonhos, sem naufrágio, sem morte. Não há magia sem o outro lado das coisas.

Após mais alguns minutos de perambulação entre os mortos, François parou bem no meio de uma encruzilhada interna do cemitério e espreguiçou-se, com um braço para cima e outro para baixo, bocejando largamente.

— Desculpe. Cemitérios me dão sono.

— Estou adorando este passeio, mas… Bem, o que diabos estamos fazendo aqui?

— Cuidado… Fale no diabo e… Mas viemos aqui porque é vazio em algumas partes, o que é essencial para o que viemos fazer.

— E o que viemos fazer?

Partimos em silêncio até um ponto mais isolado no meio daquela necrópole. François olhou em volta e certificou-se de que não havia ninguém por perto. Ajoelhou-se e começou a retirar coisas de dentro de seu saco plástico. Em poucos minutos, havia preparado tudo, no chão: sete velas pretas, uma pá em miniatura, um par de óculos espelhados, uma pequena caveira, um pote com pimentas. "Saí do Rio para vir fazer macumba em Paris", pensei.

Como se pudesse ler meus pensamentos, François, que suava e parecia cansado, disse:

O Caminho do Louco - Capítulo XII

— Não é o que está pensando. Mas é parecido. Vem da mesma raiz. Voundoun. Você conhece como Vudu. Escuta, estou abrindo uma exceção e lançando um feitiço simples para que, enquanto eu estiver incorporado, você entenda a língua francesa e o creole como inglês. Ou algo assim. Mas vai ser menos confuso para você. O francês dele seria complicado para você e certamente não deve entender creole.

— Dele quem?

— Em poucos minutos, não estará mais falando comigo, mas com Papa Ghede, o Baron Samedi, o...

Antes de terminar sua frase, François começou a ondular selvagemente por poucos segundos e então pôs-se de pé. Começou a pular e a cantar, em um francês com muito mais sotaque que o que falava normalmente. E então percebi que não era mais François quem estava ali. Ele cantava, em meio a gargalhadas:

— Baron Samedi, Baron Samedi.

E então começou a cantar no que mais tarde descobri ser a língua creole, espécie de francês remixado pelos nativos do Haiti:

— O kwa, o jibile
O kwa, o jibile
Ou pa we m inosan?

Literalmente por encanto, eu "ouvia" em minha mente os significados das frases. Não era em inglês, francês ou português. Era como se eu "ouvisse" os sentidos das palavras em creole e francês haitiano diretamente em meu cérebro, enquanto meus ouvidos escutavam as palavras originais. Tradução simultânea, versão hermética.

— O kwa, o jibile
O kwa, o jibile
Ou pa we m inosan?
(Oh, Cruz, oh, júbilo
Não vê que eu sou inocente?)

Parou, rodopiou e deu mais gargalhadas. Voltou a cantar:

— Bawon Kriminel, map travay pou ve de te yo, m pa bezwenn lajan,
Bawon Kriminel, map travay pou ve de te yo, m pa bezwenn lajan,
Bawon Kriminel, O! Lane a bout o, map paret tan yo.
(Baron Criminel, eu estou trabalhando para os vermes da terra,
eu não preciso de dinheiro,
Baron Criminel, oh!, o ano acabou, oh!, eu vou aparecer, para esperar por eles)

Parou de cantar, gargalhou e pareceu saudar alguns nomes:

— O Papa Ghede
O Maman Brigitte
O Papa Legba!

E então bateu em seu próprio peito, rindo e falando enquanto olhava diretamente para mim:

— Ghede Arapice la Croix, Brav Ghede de la Croix, Ghede Secretaire de la Croix, Ghede Ti-Charles la Croix, Makaya Moscosso de la Croix; Ghede Ti-Mopyon Deye la Croix, Ghede Fatra de la Croix, Ghede Gwo Zozo nan Crek Tone de la Croix. O Zozo Zozo Zozo! O Zozo Zozo Zozo!

(Ghede Arapice da Cruz, Bravo Ghede da Cruz, Ghede Secretário da Cruz, Ghede Ti-Charles da Cruz, Makaya Moscosso da Cruz, Ghede Pequeno Besouro Perdido Atrás da Cruz, Ghede Lixo da Cruz, Ghede Grande Caralho na Buceta Sob o Trovão da Cruz. Oh Caralho Caralho Caralho!)

— Eke eke, tá me olhando aí, eke eke? Chega perto e aperta a mão de Ghede, mão que Ghede acabou de coçar o saco e a bunda e o caralho, eke, eke! Zozo zozo!

Aproximei-me e apertei a mão da entidade. Era claro que não era François quem estava ali. Tudo estava mudado: a postura corporal, o jeito de falar, as entonações. Papa Ghede parecia falar usando exclusivamente o nariz, se é que isso é possível. Ele disse:

— Eke, eke, filho da puta não trouxe minha cartola nem minha caveira de caralho, mas trouxe a minha pimenta. É filho bom de Ghede, Ghede que ajuda Baron Samedi que ao mesmo tempo é Ghede mas é morte, eke eke! Você vai passar por umas provas, eke eke. Veio de muito longe e lá se faz coisa muito parecida mas como Ghede não tem não porque Ghede é Baron Samedi, é Baron Cemetière. Eke eke. Ooooo, Zozo!

Olhou em volta e pareceu ver alguém invisível para mim. Saudou:

— Maman Brigitte! Maman Brigitte! Oo, Maman! Ghede pede licença pra usar seu cemitério pra falar com amigo aqui, eke eke!

Voltou a olhar para mim:

— Ghede é o que tá sempre de preto, é o dono da encruzilhada onde mais dia menos dia alguém vai passar e sempre passa, eke eke! A cruz em cima da tumba é o meu sinal! Eke eke. Eu controlo quem passa pro além e quem não passa. Papa Legba controla isso aqui e a vida que vocês têm aqui, mas o além e os cemitérios são de Ghede, e Ghede é quem deixa ou não deixa. Ooo, Zozo! Oooo, Zozo! Ghede também controla o sexo e o caralho e a buceta, mas Ghede só tem caralho porque tendo caralho a buceta vem, eke eke. Tendo buceta o caralho tam-

O Caminho do Louco - Capítulo XII

bém vem. Sexo tá acima do bem e do mal, porque é inevitável. Ele vai acontecer, nem que só na sua cabeça, mas vai acontecer. Lá fora Ghede é Ghede, mas aqui dentro eu sou Baron Samedi, Baron Cemetière. Oooo, Zozo! Seu amigo trouxe bebida. Pega aí e serve Ghede.

Apontou para o saco plástico no chão. Dentro dele, encontrei uma garrafa de rum barato. Abri-a e, enquanto começava a pensar se haveria um copo dentro do saco plástico, Ghede tomou-a da minha mão e começou a beber no gargalo. Bebeu e bebeu até que apenas metade do rum restasse dentro dela. Limpou a boca com as costas da mão e tornou a falar comigo:

— Você também carrega Ghede. Isso ajudou a escolher você. Ghede ajuda os amigos dele e os cavalos dele. O outro que tentou ficar no seu lugar e morreu no meio da encruzilhada, não foi morte morrida, foi morte matada. Você vai encontrar o matador dele, porque Ghede vai te ajudar. Eke eke.

Papa Ghede falou comigo por mais dez minutos, sobre a situação de amigos e parentes que eu havia deixado para trás. Pareceu saber a resposta para cada uma de minhas perguntas, ainda que muitas vezes não as respondesse por completo. Ao final da garrafa de rum, despediu-se de mim e tornou a cantar:

— Si koko te gen dan li tap manje mayi griye,
Se paske li pa gen dan ki fe l manje zozo kale!
(Se buceta tivesse dente, ela comeria pipoca,
como ela não tem dente, ela come é piroca!)

Virando-se de repente, abaixou-se e pegou um pouco de pimenta do pote que havia sido depositado em oferenda por François. Então perguntou se eu tinha um pedaço de papel. Procurei nos bolsos e arranquei uma página em branco de um pequeno bloco de viagem e entreguei a ele. Ele abriu a folha de papel em sua palma direita, depositou em seu centro o punhado de pimenta e então dobrou o papel de forma certeira e rápida, até que ele se tornasse um pequeno quadrado com uma parte alta no centro, onde havia ficado a pimenta. Passou o breve para mim, dizendo:

— Guarda isso como se fosse teu próprio caralho, dentro da calça. Quando tiver com problema sério, pega isso na mão e pede a ajuda de Papa Ghede, se for pra ajuda de viver e do Baron Samedi, se for pra ajuda de matar ou não deixar morrer. Oooo, Zozo! Eke eke!

Guardei o amuleto no bolso da calça e agradeci o presente da entidade. Ele cantou mais alguma coisa que não compreendi (o encanto de François já parecia perder sua força) e então, em meio a movimentos de seu corpo, Ghede partiu. O

Guerras do Tarot - Alex Mandarino

vento soprava no fim de tarde no Cemitério de Père-Lachaise, e François esfregou os olhos e a testa, como que se recuperando.

— Como? Uma caixa de metal? De ferro fundido? — disse François naquela noite, ao telefone, na sala de estar de sua casa. Eu o observava, sentado no sofá, onde estava lendo um de seus livros sobre magia. Meu pensamento foi desviado do movimento neoplatônico, da magia pitagórica e dos escritos herméticos e gnósticos para uma prosaica conversa telefônica. François parecia intrigado.

— E você diz que não havia uma abertura na caixa? O quê??

Após um longo intervalo, ele tornou a falar.

— Mas, Leonce... Você tem noção do que isso significa?

Novo intervalo.

— Sim, claro. Claro! Você sabe disso. Venha aqui agora mesmo e falaremos disso. Como? Ah, ele está aqui comigo. Me visite e poderá conhecê-lo.

Pousou o telefone no gancho e pareceu olhar para algo que não estava ali, pensativo. Arrisquei-me a perguntar:

— O que foi? Algum problema?

— Hum? Ah... não, não chega a ser um problema. É algo inesperado.

— O que aconteceu?

— Leonce, ele... bem, ele vem nos visitar e você vai conhecê-lo. Leonce Chenard. Ele é francês e mora aqui em Paris. Ele é o Sol.

— O Sol? Um dos arcanos? Mas... eu não deveria conhecê-lo somente na hora de visitá-lo?

— Não, a ordem do Caminho deve ser seguida, mas não é como se você tivesse que ficar escondido dos outros arcanos maiores até chegar a hora de visitá-los ou algo assim. Isso seria bobagem. As visitas são para aprendizado, não para fazer amizades. Claro, se você não conhece a pessoa ainda, a amizade só começará na hora da visita, mas nada impede que conheça o arcano antes disso. O que está achando desse livro?

— Excelente. Estou adorando. Já estou quase no fim, aliás.

— Já? Após terminar esse, que tal ler este aqui? — retirou mais um volume de sua estante. — Fala mais coisas sobre magia, mas, desta vez, sob um ponto de vista mais moderno. Magia do caos.

— Magia do caos? Tem a ver com a teoria do caos?

— Hmm, não diretamente, mas tem pontos de contato. A magia do caos está para a magia tradicional, hermética, como o punk está para o rock dos anos 60. Você vai gostar dela.

Mas a animação de François ao longo da conversa que se seguiu sobre a magia do caos não disfarçava sua preocupação. De vez em quando, parecia distante e pensativo. Às dez da noite, após o jantar, recebemos a visita de Leonce e as coisas começaram a ficar realmente estranhas.

Leonce Chenard era negro, 36 anos de idade, nascido e criado em Paris. O contraste com François era enorme. Se o Mago era, por um lado, mais cheio de energia e até certo ponto irônico, Leonce era relaxado, demonstrando uma calma que chegava a ser estranha. François parecia um cantor de hip hop, mas Leonce era marcadamente mais urbano. Usava um casaco de nylon vermelho escuro, com vários cordões pendentes da gola e das bordas, calça jeans e tênis branco. O cabelo era cortado curto, quase careca, com uma boina jogada sobre a cabeça. Seu francês era mais claro para mim. Como eu estava presente à conversa, os dois chegaram à conclusão de que seria melhor conversar em inglês.

— Espero que François não esteja sendo muito chato com você — brincou Leonce.

— Não, está sendo ótimo. Espetacular, mas ótimo — ao dizer isso, pensei em Malinche. Quando voltaria a vê-la?

— Ainda falta muito para que venha me visitar durante o Caminho do Louco — continuou Leonce. — O Sol está lá no final. Mas não se preocupe. Conheço Paris bem melhor do que François e vamos nos divertir nesta cidade.

— Ei, eu moro aqui há doze anos!

— Eu sei, *mon cher ami*; mas eu moro há trinta e seis.

— Eh. Sim, "Rei-Sol" — brincou François. — Mas vamos lá. Onde está a caixa?

Leonce olhou para a porta. François tranquilizou-o:

— Está trancada. E os encantos de travamento adequados já foram posicionados nas portas e janelas. Não se preocupe. Mas, para ficar mais tranquilo, vamos para o segundo andar, até o escritório.

O "escritório" era como François chamava, de forma irônica, o seu local de trabalhos mágicos. Um altar em homenagem a Papa Ghede dividia espaço com oferendas a Hermes, uma estátua de Ganesha, uma imagem de Odin e diversos quadros e tipos diferentes de incenso, além de uma vasta coleção de livros. O cômodo, bastante grande, ocupava quase todo o segundo andar, com exceção do espaço ocupado pelos dois quartos, pelo banheiro, e por uma pequena área externa nos fundos do prédio. Eu não havia entrado ali com frequência, apenas uma ou duas vezes; era uma espécie de santuário de François e bastou o fato de ele querer usá-lo para a nossa conversa, para que eu confirmasse que a coisa era séria. Sentei em uma poltrona de canto, enquanto os dois ficaram em um sofá. Leonce abriu sua mochila e tirou de dentro uma caixa de metal, de um cinza escurecido e marcado pelo tempo. Era pouco maior que um livro normal e tinha o mesmo formato e proporções.

— Esta é a caixa — passou-a para François. — Estava dentro do baú.

— O baú que tiraram do Vaticano? — perguntou François.

— Vaticano? — Disse eu, intrigado.

— Sim — respondeu Leonce. — Nós assaltamos o Banco do Vaticano, semana passada.

— Ah, ah, ah! Que coisa mais genial! — aplaudi.

Leonce me olhou e disse:

— Ele vai dar um bom Louco, acho.

— Ele já é um bom Louco — afirmou François, com um sorriso. — Isso estava no baú?

— Sim. Quero dizer, acho que sim. Porque o baú estava aberto, entende? Antes de Ogden começar a carregá-lo. Ogden é a Força — disse Leonce para mim, à guisa de explicação. — Maksim colheu mais duas sacolas do chão e jogou dentro do baú. Na hora da contagem final, jogamos o conteúdo das sacolas dentro do baú, então não posso afirmar se esta caixa estava no baú ou em uma das duas sacolas.

— E a contagem? — perguntou François.

— Quatro bilhões e meio.

— De dólares?

— De euros. Mann já cuidou para que o valor fosse transferido para a conta do Tarot.

— Ótimo. — François fechou os olhos por alguns instantes, enquanto segurava a caixa, e estremeceu. — Esta caixa não tem boas vibrações.

O Caminho do Louco - Capítulo XII

— É, eu percebi levemente, mas queria vir confirmar com você. O que acha?

— Pelo menos, duas pessoas foram mortas segurando isso. Em épocas diferentes. Mais do que isso só poderia dizer utilizando os rituais adequados de invocação e banimento. Como abriram a caixa?

— Jack usou uma serra elétrica na oficina mecânica dos Armazéns Mann, ainda em Roma.

— Jack Benotti é o Carro — explicou François, voltando-se para mim.

— Isso — continuou Leonce — Ele foi extremamente cuidadoso, porque achávamos que o conteúdo era papel. E estávamos certos — dizendo isso, Leonce tirou um envelope pardo do bolso da jaqueta. — Aqui. Eu trouxe a caixa e os documentos comigo quando voltei para Paris, anteontem. E, com os diabos, posso jurar que estou sendo observado. Você sabe que não sou paranoico, mas tenho me sentido vigiado desde que cheguei. Tenho até andado com isso e você sabe como odeio isso — e mostrou uma pistola automática prateada, que trazia guardada num bolso interno do casaco. Neste momento, reparei que ele tinha uma tatuagem em formato de Sol nas costas da mão direita; um Sol estilizado e medieval, como de uma antiga iluminura monástica.

— São os documentos originais?

— Não, claro que não, achei melhor não trazer comigo. Ficaram guardados nos Armazéns Mann, em Roma, onde a segurança é muito maior que a da minha casa. São apenas cópias. Os originais foram escaneados por Mann nuns trecos enormes e impressos em alta resolução. Mann guardou tudo em seu cofre particular.

— Err... olha, eu sei que não é uma boa hora pra perguntar, mas... — interrompi, cauteloso.

— Sim, André, fale — encorajou François.

— Patrick Mann é confiável? Quero dizer, eu nem conheço o cara, mas, diabos, é Patrick Mann.

— Você quer dizer "Patrick Mann, o bilionário recluso". Ou melhor ainda: apenas "Patrick Mann, o bilionário". Luta de classes muitas vezes funciona como um mito dogmático, André. Bodes expiatórios para "revoluções" que apenas fazem a roda girar, em vez de descarrilhar tudo. Existem multimegabilionários que são exatamente como você ou eu, enquanto existem homeless paupérrimos que querem a volta da República de Vichy ou coisa assim. E vice-versa, claro. Precisamos olhar além da carteira e da casa das pessoas. Olhar dentro delas. Mann é

Guerras do Tarot - Alex Mandarino

bilionário e Natacha Lalique, a Imperatriz, é ainda mais rica que ele. Por outro lado, o próprio Leonce aqui, por exemplo, é praticamente pobre. O que mostra que era um péssimo ladrão antes de virar o Sol. E o Eremita chegou a ser mendigo nas ruas de Moscou antes de entrar para o grupo.

— E você ainda nem conheceu a Roda da Fortuna — brincou Leonce.

— Bem lembrado. Torça para encontrar a Roda no seu ponto mais alto — disse François. — Lênin morava em frente ao Cabaret Voltaire, em Zurique, e frequentava o mesmo bar que os dadaístas alemães. Marx era amante da música erudita e desprezava os camponeses, que julgava atrasados e reacionários. Ele jurava que a Revolução iria acontecer em um país com avançado parque industrial como os Estados Unidos. Em vez disso, ocorreu na Rússia, um país rural, atrasado e camponês. As coisas são irônicas, contraditórias e inesperadas. Inclassificáveis. Somente uma esquerda apegada ao passado e ignorante deseja nivelar a todos por baixo, com medo da cultura e da História. Medo de que a cultura olhe para ela e, como as Górgonas, a fulmine e a transforme em pedra. Não, a verdadeira mudança está além disso.

— Não é pelo fato de Mann ser rico, mas pelo que dizem os jornais.

— Não acredite no que lê nos jornais. Sabe quem me disse isso? Você mesmo, André. Ainda no México. E lembro que achei genial um jornalista afirmar isso. Mas continue, Leonce.

— Bom, eu trouxe comigo as impressões, para traduzi-las. Os originais estavam em latim, entende?

— Por que não as deu para o Quatro de Espadas? O daqui de Paris mesmo? Ele é filólogo e professor de latim.

— Eu... confesso que tive medo de entregar a tradução para um dos Menores. Medo pelos Menores, entende?

François concordou com a cabeça. Leonce continuou:

— Meu latim é só uma coisa de diletante. Mas conseguimos traduzir em dois dias ainda lá em Roma, nas dependências de Mann, no topo do prédio dos Armazéns. Maksim estava lá, você sabe. Ele é católico da Igreja Ortodoxa Russa e também conhece alguma coisa de latim. Ele e um assistente de Mann, provavelmente um dos Menores, me ajudaram com os documentos. Maksim ficou muito abalado quando leu. Cheguei a ficar preocupado.

— Os cristãos sofrem — suspirou François, e de novo não soube se estava sendo irônico ou não. — Pode ler a tradução para nós, Leonce?

Leonce abriu a primeira página do texto já traduzido e impresso e leu devagar:

O Caminho do Louco - Capítulo XII

"...levaram, então, a uma estranha igreja. Os nobres e Pobres Cavaleiros de Jesus Cristo mantinham, também de forma temporária, uma capela no castelo de Blanchefort. Foi para ela que me dirigi para orar, em parte guiado por minha própria e inabalável fé, e em parte por insistência dos Cavaleiros, que afirmavam, com certa veemência, que eu precisaria de toda a fé que encontrasse em meu espírito e meu coração. A expedição se daria às primeiras horas da manhã seguinte, sob os raios de sol pioneiros. Com isto em mente, orei por pouco mais de uma hora e então, pedindo a Nosso Senhor que me ajudasse e desse forças, fui-me deitar. Por ironia ou obra d'Ele, naquela noite tive um sono profundo e reconfortante, sem máculas ou nada que pudesse ser digno de nota a não ser a sua própria normalidade. Pela manhã ainda dormia pesadamente quando fui acordado por meu pupilo, que parecia ainda sobressaltado pela excursão que estávamos prestes a empreender. Voltei a pensar se fora uma decisão sábia deixá-lo participar da empreitada ou mesmo tomar conhecimento dela. Seu espírito jovem demonstrava agora com toda a clareza não estar adequadamente formado ou preparado para lidar com tais conhecimentos e perspectivas. O que tínhamos pela frente tinha o potencial absoluto de abalar até mesmo a mim, que havia dedicado quarenta dos meus cinquenta e cinco anos à Igreja e era dono de uma fé que se fortalecia desde a mais tenra infância. Foi com estes pensamentos pesando em meu coração que terminei de me vestir e resolvi finalmente descer para..."

Leonce parou de ler e explicou:

— As três páginas em latim que encontramos não compõem uma sequência inteira, entendem? Por isso, a narrativa é entrecortada, omitindo sequências e parece começar já do meio. Bom, continuando:

"... simplesmente não sabia o que pensar daquilo tudo. Meu pupilo estava claramente achando todo aquele triste espetáculo um verdadeiro ultraje e eu mesmo me senti enojado e teria protestado não fosse a perspectiva do que estávamos prestes a fazer e, talvez, encontrar. Por mais que ainda reservasse em meu espírito a fé adequada e desejável em que tudo aquilo fosse apenas fábulas e lendas geradas pelas mentes de homens que viveram por tempo demais em meio às terras dos infiéis sarracenos, uma parte certamente pecadora de meu espírito, parte pela qual eu havia prometido castigar-me mais tarde, no momento apropriado, ansiava por saber a verdade. Questiono aqui se esta ânsia pela verdade, por uma verdade que de todo só poderia trazer desgraça e decepção, para não falar de puro terror, não seria uma frontal contradição à minha Fé e crença n'Ele e em tudo em que eu acreditava. Ainda assim, lá pus-me de prontidão, alerta aos sentidos que ainda me restavam, já que havia sido privado da visão. Tentei marcar o caminho com meus pés, meu olfato e meus ouvidos, mas não sei se seria capaz de refazer aquela mesma trilha com as mesmas consequências; e tampouco se teria dentro de mim a Força necessária para assim proceder. Creio mesmo que não.

De qualquer forma, por infortúnio ou desgraça, ali estava eu, acompanhado de meu infeliz pupilo, naquela situação inteiramente herética e desgraçada, prestes a confrontar o indizível. Mas poderia ser chamado desta forma? Pensar que tal local fosse algo herético e maldito, isto mesmo não seria uma heresia? Foi com estes conflitos e labirintos mentais que, guiado por um dos Cavaleiros, comecei a descer as escadas para o..."

— Terceira página, agora:

"...de joelhos e implorei a Deus, Nosso Senhor e a Todos os Santos no Reino dos Céus, que me indicassem o que fazer. Meu pupilo jazia morto aos meus pés; seu sangue se espalhava pelo chão de pedra do vastíssimo cômodo. Uma vida tão jovem, ceifada. Eu era o responsável por tal calamidade, por tal desgraçado estado de coisas, por tê-lo arrastado junto a mim naquela empreitada. E a mão que havia tirado a vida de uma alma tão jovem e nova havia sido a dele própria, acrescentando o pecado a uma Fé já tão posta em frangalhos e a um estado de coisas tão desastroso. Aqueles homens da Fé haviam se tornado quase uns selvagens, hereges e pagãos. Sim, pagãos. Por que cabia a mim passar por esta provação, a mim, dentre todos os homens santos da Santa Igreja? A mim, que nunca havia tido um papel de destaque na vida religiosa? Por que era eu quem devia, ó Senhor, estar naquele momento ali, ajoelhado, o sangue de meu pupilo e amigo banhando meus pés e tornozelos sobre o chão úmido de pedra, e meus olhos certamente amaldiçoados pelo pecado de terem visto aquele local? Ai de mim, ai dos filhos da Terra! Ai desta Fé que deve se rasgar e se bater e gritar para sobreviver em meio a um mundo de mentiras!"

"Frei Jacques de Villiers, Bayone, 1320, Anno Domini".

O Caminho do Louco - Capítulo XII

"Quando lembramos que somos todos loucos, os mistérios desaparecem e a vida se torna fácil de ser explicada" - Mark Twain (1835 - 1910)

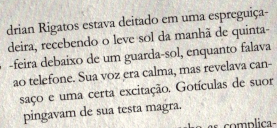

Adrian Rigatos estava deitado em uma espreguiçadeira, recebendo o leve sol da manhã de quinta-feira debaixo de um guarda-sol, enquanto falava ao telefone. Sua voz era calma, mas revelava cansaço e uma certa excitação. Gotículas de suor pingavam de sua testa magra.

— Sim. Sim, eu percebo as complicações disso. Temos que investigar, pode ajudar nas nossas intenções de alguma forma. Você fez bem, Leonce. Sim, é algo perigoso demais para envolvermos os Menores. Eles podem ajudar, mas sempre de maneira tangencial.

Ouviu por mais alguns momentos, em silêncio e completa atenção. Então, disse:

— Ah, sim. O mapa final está quase completo, graças à ajuda de Pat. Ela e eu praticamente já concluímos o mapa. Sim, com detalhes sobre as rotas mais prováveis das linhas Ley ao redor de todo o planeta. Já imprimimos versões do mapa e, hoje mesmo, assim que acordei, enviei uma versão eletrônica dele por e-mail para François, Soos, Burke, Mayo e Myasi, para que ajudem a tentar compilar um índice de possíveis erros. Creio que com este trabalho conjunto, até o fim da semana, teremos o mapa definitivo das linhas Ley, o primeiro capaz de ser levado a sério e com alguma legitimidade e, digamos, relação com a realidade.

Novo intervalo, agora mais curto. Adrian aproveitou para esticar o braço e servir-se de uma jarra de suco de laranja, posicionada sobre uma mesa de jardim ao seu lado, em frente à piscina.

— Não, não se preocupe. Tudo foi enviado usando nossos servidores próprios de e-mail, através, é claro, do nosso provedor particular montado naquela ilhota do Pacífico de propriedade de Mann. Não há forma física das mensagens serem interceptadas pela rede. E, mesmo que sejam, o corpo do texto e a imagem anexada estavam criptografados, usando o nosso código próprio, o *Legrand*.

Nova pausa, enquanto Adrian escutava e dava mais um gole em seu suco de laranja.

— Ah, sim. Claro, pensei em enviar para ele também, mas parece que a Roda está em seu ponto baixo essas semanas. Está inacessível, pelas ruas. Não tenho ideia de como encontrá-lo. Quero dizer, não por e-mail, ao menos. Precisamos esperar que se restabeleça em algum local e volte a configurar um novo sistema para ele. Nós, por motivos óbvios, não podemos nos arriscar a usar um webmail normal. Mais uma coisa, Leonce; deixei a boa notícia para o fim. Acabei de ficar a par, usando os métodos de sempre, de um novo arcano. Recém-desperto, sim. — Fez uma pausa dramática. — A Torre.

Após novo gole do suco de laranja, Adrian tornou a falar, desta vez com a voz mais grave.

— Foi logo depois da morte da querida Romina. Sinto muita falta dela. E, sim, a nova Torre apareceu bem rápido. Mas não sei ainda quem seria o mais indicado para contatá-lo. Vou lhe contar quem ele é e talvez você tenha ideias melhores do que eu. Ele precisa ser contatado pelo arcano adequado, como entenderá após ouvir quem e o que ele é. Na verdade, estou surpreso. Alguém como ele há muitos e muitos anos não aparecia, até onde eu sei.

O Superintendente Ciaran, da Scotland Yard, olhava para o teto. Sempre buscava no teto, com um olhar calmo e perdido, a resposta para suas dúvidas, como quem espera o leite ferver ou tenta descobrir, através das nuvens, se vai ou não chover. Ciaran era um homem não muito alto, mas também não muito baixo. Na verdade, por ironia, se parecia com o tipo de descrições que mais odiava: aquelas onde testemunhas impingiam uma aparência genérica e, por consequência, inútil, ao criminoso: "Nem muito alto, nem muito baixo; nem feio, nem bonito; nem gordo, nem magro; nem em andrajos, nem bem-vestido". Assim era Ciaran. Isso lhe rendia vantagens em seu trabalho, pois na maior parte do tempo passava despercebido, ao mesmo tempo em que não parecia oferecer risco a quem era investigado. Mas, ao fim de um caso, Ciaran mostrava seu outro lado: sua presença parecia preencher todo o local.

Possuía bem mais de quarenta anos, com os cabelos já grisalhos nos lados e atrás. Em cima, ainda era preto, e Ciaran jurava que isso se devia ao uso constante do chapéu. Desde que chegara a essa conclusão, jamais parara de usar o chapéu, na esperança de reter os fios negros naturais que ainda lhe restavam. Mas, dessa forma, poucas pessoas eram capazes de ver os fios negros. Isso não parecia incomodá-lo. Gostava de saber que ainda estavam ali.

Após alguns minutos olhando para o teto de seu escritório na New Scotland Yard, balançou a cabeça e soprou, desanimado. Nada parecia fazer sentido. Tudo era absurdo demais. Se falasse sobre aquilo com os colegas, certamente ririam dele. E Ciaran detestava que rissem dele. Olhou para o aparelho de chá na mesa de canto e levantou-se, disposto a tomar uma boa xícara. Ciaran tomava várias e várias xícaras de chá preto, bem forte, ao longo do dia, de forma quase compulsiva. Sempre com três cubos de açúcar e uma quantidade quase ridícula de leite, apenas algumas gotas. Parecia mesmo contar o leite em gotas quando o servia sobre o chá. Fazia isso há muitos anos, desde que se lembrava de ser Ciaran. Bebericou a infusão com evidente prazer, entrecerrando os olhos. Ao final, pegou sua pasta e resolveu ir para casa. Precisava pensar mais naquilo tudo antes de fazer alguma coisa. Fosse o que fosse, estava convencido de que não era um mero fruto de sua imaginação. E mais: era algo *grande*. Enfiou o chapéu na cabeça e saiu para as ruas de Londres.

Mais tarde, em seu apartamento em Mayfair, Ciaran aproveitou-se das vantagens de vinte e sete anos de carreira como investigador bem-sucedido. Tomou mais uma xícara de chá preto (por que o chá em sua casa tinha um gosto diferente do que preparava no escritório? Usava a mesma marca, o mesmo leite. Talvez fosse o açúcar. Anotou mentalmente que tentaria descobrir que açúcar era aquele que compravam na Yard). Sentou-se no sofá da sala de estar e abriu a sua pasta de couro. Dela tirou um DVD, que inseriu no aparelho sob a TV. O disco havia chegado hoje à Yard, como resultado de um favor que pedira a um velho colega seu que trabalhava entre os Carabinieri italianos. Não deixou de pensar que, se o favor houvesse tomado a rota contrária, ele teria enviado ao italiano um pen drive com as imagens em arquivos digitais. Suspirou e ouviu o aparelho de DVD se queixar por alguns segundos.

As imagens eram rápidas, pouco mais de quinze segundos de duração. Capturadas por câmeras de rua de Roma, usadas para o controle do tráfego e aplicação de multas. Eram três sequências de quatro ou cinco segundos cada, de três câmeras diferentes. Pelo que lera do incidente de cinco dias atrás nas ruas de Roma, a coisa poderia muito bem se encaixar no padrão que procurava há quatro anos, quase como um hobby. Ou uma obsessão. A primeira sequência era de certa forma normal. Um carro em alta velocidade – um Lamborghini? – passava por uma das câmeras, até dobrar a esquina. Bem atrás, quatro carros da polícia. Apertou o botão de pause e voltou o vídeo. Tornou a rodá-lo, desta vez em velocidade mais lenta. Sim, parecia mesmo um Lamborghini. Não tinha placa.

Voltou à velocidade normal e rodou a segunda sequência. Deus, estão atirando do interior do carro. O próprio motorista. Que diabos, isso parece um filme da Máfia. Será que se trata apenas de... Não, espere. Será possível? É bizarro demais. Voltou a fita mais uma vez e, de novo em rotação mais lenta, deu um pause em determinado frame. Chegou a se aproximar da tela para conferir. Sim, era verdade. Uma metralhadora branca. Uma Uzi *branca*. Quem diabos usaria uma Uzi branca? Tornou a rodar a fita em velocidade normal. Então, na terceira sequência, tudo fez um clique na cabeça de Ciaran. Sim, *era* isso. Tinha de ter alguma ligação.

O Lamborghini se aproximava em linha reta de uma forte barreira policial, numa larga avenida de Roma. A menos de dois metros da barreira, o carro guinou para a direita, em um ângulo perfeitamente reto, sem trepidar ou derrapar. Era brilhante. Era uma obra de arte sobre rodas. Ciaran não pôde deixar de admirar aquele motorista, fosse quem fosse. Sim. Aquele movimento era *impossível*, tinha certeza disso. Física, prática e mecanicamente impossível. Simples assim. Recostou-se na cadeira e sorriu. Estava certo em desconfiar desse incidente italiano. Mais uma vez, como nas outras situações, estava presente um discreto elemento impossível. Amanhã mesmo ligaria para seu amigo em Roma. Roma... "Por que diabos Roma?", pensou.

Colocou no CD player do seu quarto um disco de Chet Baker e pegou no sono por volta das duas da manhã. O trompete e a voz contida, que parecia abrigar toda a dor e paixão deste universo, ressoavam, em volume bem baixo, pelo apartamento vazio e adormecido. O botão de repeat forçou Baker a tocar a noite inteira, para um público ausente.

— Alô? — o italiano de Ciaran era terrível. — Mario? Olá, caro amigo! Quero agradecer-lhe pessoalmente, ou melhor, telefonicamente, pelo favor. Re-

Guerras do Tarot - Alex Mandarino

cebi o disco ontem e já assisti. Realmente, uma bela confusão. Me diga: o que eles aprontaram?

Longo intervalo, onde Mario tentava explicar ao amigo de anos que era uma pena, mas não podia dizer, nem ele mesmo estava certo do que havia sido, *cazzo*, era algo mesmo muito estranho, *spiacente, caro amico,* não sabe mais como revelar coisa alguma que possa ajudar e por aí seguiu em desenfreado e amigável ritmo italiano.

— Está certo, Mario, não há problema. Nem tem relação com caso algum que esteja investigando, era só uma curiosidade pessoal minha. Sim, claro, fique tranquilo; entendo bem. Ah, só mais uma pergunta, se não for exigir da sua boa vontade e tempo.

Certo!!, *può chiedere*, etc etc. Ciaran aproveitou uma brecha na torrente e disparou:

— Por acaso alguma carta foi encontrada na... cena do crime? Ou no caminho por onde passou o automóvel, algo assim?

— Uma... carta? Como uma correspondência?

— Não... na verdade eu estava pensando em algo como... uma... uma carta de baralho. Isso. Acharam algo semelhante?

Strano, não, nada do tipo foi encontrado, Ciaran! etc etc etc.

Ciaran estava a olhar para o teto quando as marcas do reboco de seu escritório finalmente lhe ajudaram. Teve uma ideia. Era um tiro no escuro, a longa distância, mas era uma tentativa. Não havia tentado fazer isso antes porque, afinal, não se comprazia em bancar o policial durão e repressor. Isso o entediava. Sua área favorita era nos bastidores, nas investigações, até o momento final, quando – para seu constrangimento – era obrigado a assumir sua posição central no palco. Mas não tivera ideia melhor. Remexeu nos arquivos do canto (não havia posto aquilo na rede de computadores da Yard, disso estava certo). Estava ali, nos seus arquivos pessoais. Finalmente encontrou: uma pequena ficha retangular de papel cartonado, onde se lia, na própria letra apertada de Ciaran, um nome, um endereço e uma data: "James Burke; Dean Street, 47".

Recostou-se na cadeira e tentou lembrar-se. Sim, havia sido em uma ligação telefônica interceptada meses atrás... de início, achou que tinha ligação com o caso Blake, mas logo percebeu que se tratava de uma linha cruzada. O nome de James Burke e seu endereço foram citados na conversa telefônica. Uma mulher e um homem não identificados falavam sobre ele. Ciaran estava desligando, logo que percebeu que era uma ligação cruzada, quando um nome foi dito: o Hierofante. Aquilo batia com suas investigações, mas não do caso Blake... Era ligado a algo que o intrigava já há quatro anos. Pistas discretas ali, um imperceptível padrão de fatos impossíveis. E cartas... sim, cartas. E agora, naquela linha cruzada, o Hierofante. Ciaran respeitava muito as coincidências e sincronicidades da vida para ignorar aquilo. Anotou o nome, o endereço e a data da ligação. Mas logo desistiu ao descobrir que o tal James Burke era um adolescente inglês perfeitamente normal (para os padrões dos adolescentes ingleses, bem entendido), de apenas 17 anos. Dois anos atrás... Burke teria 19 anos agora. Ciaran tinha quase certeza de que era mais um tiro no escuro, mas tinha que tentar. Uma hora ou outra o alvo nas trevas teria de ser atingido. Tinha toda a munição e tempo necessários para esperar.

— Alô?... Williams? — ligou para o Inspetor Williams, algumas salas ao lado. — Escute, me faça um favor, sim? Descubra para mim o endereço atual e o telefone de James Burke, acredito que tenha 19 anos. Aqui em Londres, sim. Não, não é uma investigação. É um amigo de um primo meu... o jovem Johnson, lembra-se dele? Veio me visitar não faz muito tempo. Sim, um jovem adorável. Pois é esta situação em que me encontro. Ele precisa reencontrar este amigo de escola e... você descobre isso para mim? Obrigado, Williams.

Por que havia mentido? Ciaran podia muito bem colocar a máquina da polícia em funcionamento e investigar tudo isso da maneira apropriada. Por que sempre refreara essa possibilidade; por que esse impulso em investigar isso por conta própria, sozinho, como se fosse pessoal? Ciaran não entendia. E isso era uma das coisas que o intrigavam na história toda. Súbito, teve um pensamento que lhe era novo. Estaria ficando louco? Senil? Sem perceber levou a mão até o círculo de cabelos negros em seu cocuruto. Não, não era isso. *Havia* alguma coisa em tudo isso, podia sentir nos seus ossos. O telefone tocou.

— Sr. Ciaran? Sr., o endereço do jovem Burke é Dean Street, 71; o telefone é 7946-0068.

— Obrigado, Williams. Johnson ficará feliz em rever o colega.

— Fico feliz em ajudar, senhor.

Mesma rua... mudou apenas de casa, para alguns números à frente. Ciaran tomou a indefectível xícara de chá negríssimo com gotículas de leite, encaixou o chapéu para proteger seus cabelos negros sobreviventes e partiu para a rua abarrotada naquele 28 de agosto, sexta. Nem saberia dizer o que o impelia, mas seguiu seu instinto. Dean Street ficava no SoHo, o distrito logo ao lado de Mayfair, onde morava. O rapaz era quase seu vizinho. Ia pegar seu carro na garagem, mas achou mais rápido descer as escadarias da Yard e buscar um táxi. Quando o carro estava parado em um sinal de trânsito, Ciaran olhou para o lado e, na calçada à esquerda, uma loja lhe deu uma ideia diabólica. "Constantine Artigos Esotéricos".

— Vou ficar aqui, amigo.

— Não ia para o SoHo, senhor?

— Mudei de ideia. Acabo de ver um conhecido na calçada. Tome, aqui está. Obrigado.

Pagou, deu uma boa gorjeta, e desceu rapidamente, ainda no meio da rua. O sinal ficou verde e Ciaran apressou-se em meio aos carros, que o esperaram passar. Chegou à calçada e, após olhar rapidamente pela vitrine, entrou na loja sem conseguir evitar um sorriso.

Vinte minutos depois, descia de um segundo táxi em frente ao número 71 da Dean Street. Era um prédio de apartamentos normal, insuspeito. Olhou no rol de moradores ao lado do interfone. Burke, J. Apartamento 303. Abriu a porta e subiu as escadas. O porteiro o interpelou.

— Sim, senhor? Posso ajudá-lo?

— Eu gostaria de falar com o Sr. Burke, nº 303.

— A quem devo anunciar?

— Diga... diga que é um velho amigo dele, Bagatto.

O porteiro o olhou de cima a baixo, como quem pensa "estes estrangeiros estão cada vez mais londrinos. Impressionante".

Minutos depois, Ciaran bateu na porta do 303. Ela foi aberta por um jovem de cabelos loiros e olhos absurdamente azuis, que se arregalaram discretamente ao ver Ciaran. "Sim", o Superintendente pensou. "Ele esperava ver outra pessoa de nome Bagatto. Foi um bom chute. E, pela sua cara, já viu que sou policial. Seria tolice fingir. Vou usar o papel adequado: o do maluco".

— Sim?... Errr... eu o conheço, senhor? — perguntou o jovem.

— É James Burke?

— ... Sim.

Cabelos loiros e arrepiados, uma camisa de malha com o desenho de um enorme raio negro sobre fundo branco. Um piercing diminuto entre os olhos, no topo do nariz; atrás dele, no apartamento, podiam ser vistos um par de toca-

-discos e uma quantidade absurda de discos de vinil. Ciaran logo se sobressaltou. O típico adolescente inglês. Teria seguido a trilha errada? Ou, pior: imaginária? Mostrou o distintivo da Yard, bem rápido.

— Boa tarde, Sr. Burke. Sou o Superintendente Ciaran, da Scotland Yard.

O jovem tentou manter-se impassível. Mas teria hesitado?

— Sim? Algum problema?

— Quero crer que não. Tem havido roubos e pequenos furtos nos apartamentos vizinhos. O senhor entende, invasões a domicílios, arrombamento, essas coisas.

— Sério? Não fiquei sabendo de nenhum caso assim.

— Sim, infelizmente é verdade. Posso entrar?

O jovem agora claramente hesitou. Enfim disse:

— Sim, claro. Entre — e abriu mais a porta de entrada, pondo-se de lado.

O apartamento era pequeno, mas repleto de coisas. Não era bagunçado: tudo parecia estar em seu lugar. Ciaran deu uma boa passada de olhos pela sala. Além do par de pick-ups e dos vinis em um canto, havia uma estante cheia de livros, uma escrivaninha com um laptop, que estava ligado, e diversos quadros, aparentemente pintados pelo próprio Burke.

— São seus quadros? — perguntou.

— Sim. Eu... eu pinto nas horas vagas. Um hobby, o senhor entende.

— Gosto deles. Muito bonitos.

— Obrigado, senhor.

E realmente eram de boa qualidade. Ciaran era um apreciador da arte abstrata: Miró, Mondrian. Tais quadros o acalmavam e colocavam as ideias em ordem. Mas o figurativismo empregado pelo rapaz o atraía. Paisagens assépticas; cenários levemente surrealistas ou alucinógenos; e, em um dos quadros, uma moça jogando cartas, com a praia às suas costas. Ciaran se animou com a visão.

— Muito bonitos, mesmo. Me lembram Hopper. Gosta de Hopper?

— Edward Hopper? É um dos meus favoritos — a voz do jovem traiu uma certa surpresa por um policial quase cinquentão apreciar Hopper. E, mais interessante: reconhecer a influência dele nos quadros de Burke. James pareceu intrigado. Arriscou:

— Deseja beber algo, senhor? Um chá, uma Coca, talvez uma cerveja?

Ciaran teve vontade de aceitar o chá, mas temeu pela sua preparação. Pediu uma água. Enquanto o jovem partia para a cozinha, na parte mais afastada do apartamento, o detetive examinou com os olhos a mesa onde estava o laptop. O browser estava aberto em um site sobre venda de discos de vinil. Ao lado, dobrado sobre a impressora, estava um maço de papéis. Em um impulso, Ciaran os colocou no bolso do sobretudo, com uma rapidez impressionante. O jovem voltava da cozinha e nada percebeu. Passou o copo d'água para Ciaran e disse:

— E então, senhor. No que posso ajudá-lo?

— Ah, é simples. Basicamente gostaria de saber se ouviu ou viu alguma coisa... Ruídos durante a noite? Sons de janelas ou portas sendo forçadas?

James balançou a cabeça, em negativa, enquanto franzia a testa. Ciaran continuou:

— Visitas estranhas recebidas pelos vizinhos deste andar? Gritos de surpresa na madrugada?

— Hummm... Não, senhor. Creio que não vi ou ouvi nenhuma dessas coisas.

— Está certo. Bem, aqui está meu cartão. — Ciaran entregou ao jovem um de seus cartões reais, com seu número da Yard. — Qualquer coisa que perceber nesse sentido, por favor, tenha a gentileza de me avisar, sim? Qualquer informação será de grande ajuda.

Deu as costas e caminhou até a porta que dava para o corredor do prédio. Apertou as mãos de James e preparava-se para partir, quando pareceu se lembrar:

— Ah! Claro. A propósito, Sr. James — tirou um pedaço de papel do bolso —, conhece o Hierofante?

A carta de tarô suspensa no ar por Ciaran pareceu congelar o tempo. James olhou para ela hipnotizado, a boca meio aberta, se esforçando para não demonstrar emoção. Após longos segundos, pareceu voltar a si e disse:

— Err.... É uma carta do baralho, não?

— Do baralho de *tarô*. — Ciaran frisou levemente a última palavra.

— Sim, claro. Foi o que eu quis dizer. Mas... por que, senhor, me mostra isso?

Ciaran não pôde deixar de admirá-lo. O jovem tinha nervos de aço.

— Foi encontrada em um dos apartamentos. Penso que tenha sido deixada cair por um dos assaltantes. E, não sei, imaginei que talvez pudesse ter visto alguém carregando esta carta ou... outras cartas parecidas.

O Caminho do Louco - Capítulo XIII

— Não, senhor. Não vi nada.

— Bem, já tomei muito seu tempo, Sr. Burke. Muito obrigado e tenha uma boa tarde.

James ficou alguns momentos parado no corredor, olhando Ciaran se afastar, e depois fechou a porta. O detetive não quis esperar pelo elevador e desceu as escadas de dois em dois degraus. Logo estava na rua e entrou no primeiro táxi que viu. Deu o endereço da Yard e tirou os papéis que havia escondido no bolso do sobretudo. Eram duas folhas de papel de impressora. Em uma delas, havia uma longa lista de lugares. Ciaran passou os olhos, rapidamente: Stonehenge, Salisbury Plain; Catedral de Brasília; Catedral de St. Paul, Londres; Pirâmide de Quéops, Gizé; Torre Eiffel, Paris; Pirâmide do Louvre, Paris; Templo de Kukulcán, Yucatan; indicação da latitude e longitude de um certo ponto da Floresta Negra, com a dica de um determinado quilômetro de uma autobahn; Ciaran estacou, intrigado.

No segundo papel, havia um mapa-múndi, sobre o qual passavam várias e várias linhas brancas, em linha reta. Linhas que se cruzavam, criando uma tapeçaria desconhecida. Ao pé do mapa, estava escrito: "Mapa das Linhas Ley (configuração mais provável. Nos ajude a achar o mapa final. Adrian"). O que significava tudo aquilo? Certamente, bem poderia ser apenas um interesse esotérico estapafúrdio do rapaz; talvez Ciaran tornasse a deixar aquilo de lado, como já havia feito antes com outras pistas semelhantes deste mesmo "caso" pessoal, não fosse pelo detalhe perturbador dos olhos de James Burke ao fitar a carta do Hierofante. Ciaran estava certo disso; após quase três décadas investigando coisas as mais diversas, podia afirmar: aquele era o olhar de alguém que *sabia*.

Mas sabia o quê?

Ciaran recostou a cabeça no banco do táxi e fitou, sem expressão, o teto bege do veículo.

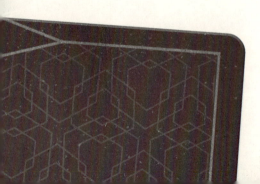

II - A SACERDOTISA

"Como mulher, eu não tenho país. Como mulher, meu país é o mundo inteiro"
— Virginia Woolf (1882 – 1941)

CAPÍTULO XIV

Dia 1

Sexta, 28 de agosto

A mochila pesava em minhas costas enquanto eu caminhava pela estranha e linda região das highlands do norte da Escócia. Havia sido uma longa viagem até agora, cheia de baldeações. No início da tarde de quinta-feira, voei de Paris até Glasgow, na Escócia. Em Glasgow, no mesmo dia, peguei o trem para Edinburgh, onde esperei por algumas horas antes de pegar um segundo trem, desta vez, até o vilarejo de Altnaharra. A viagem foi cansativa. Passei toda a noite e parte da manhã no trem, com direito a baldeações no frio da madrugada, e só cheguei à diminuta cidadezinha às dez da manhã de sexta-feira. Em Altnaharra fui recebido pelo Pajem de Ouros, um quarentão nervoso, mas prático, que me forneceu as passagens de volta e vários mapas. Também me ofereceu uma carona em um carro que eu definiria, no mínimo, como duvidoso, mas que me poupou uma impossível caminhada de quinze quilômetros até a cabana de Pat O'Rourke. Agora, ali estava eu, quase ao final da minha viagem para conhecer a Sacerdotisa. A cabana podia ser vista um quilômetro à frente, solitária, recostada em uma montanha e a cerca de quatrocentos metros de uma floresta bastante fechada. François não havia exagerado quando falou sobre "o meio do nada". Na verdade, após tanto tempo de viagem ininterrupta, eu já achava que ele tinha sido bondoso na descrição.

Enfim, cheguei e pousei a mochila na varanda de chão de pedra à frente da cabana. Tudo estava silencioso. Sentindo-me um intruso, de maneira até mesmo ridícula, hesitei ao bater na porta e a própria batida veio tímida, som que tenta se esconder e disfarçar sua condição de ruído. Ninguém respondeu. A cabana estava em completo silêncio. "Cabana" é um termo um tanto injusto: tratava-se de uma sólida construção de pedra, com certeza bastante antiga. Não saberia precisar o quão velho era aquele chalé, mas estava em perfeitas condições de conservação e muito bem limpo – ao menos era o que se podia intuir pelo estado da varanda. Tornei a bater na porta. Nada. Dei a volta e sentei em uma confortável cadeira que estava na varanda. Precisava descansar. Deixei-me tombar no assento, apreciando aquele momento de vazio conforto. Olhei para o céu. Devia ser quase duas da tarde. Deveria ter chegado mais cedo, mas não contara com os atrasos entre as mudanças de trens e itinerários. Olhei para o céu: maravilhosamente azul, sem uma sombra de nuvens.

Devo ter adormecido, porque, quando olhei novamente para o céu, ele já estava negro e uma enorme Lua cheia me observava. Então tive um sobressalto. Em uma segunda cadeira daquela varanda, a três metros de distância, uma mulher loira me observava. Vendo o meu embaraço, ela sorriu. E talvez fosse melhor que não o tivesse feito. Não que houvesse nada de ameaçador naquele sorriso, era um sorriso puro e bom, mas que parecia ter atravessado todo um poço de mistérios para poder ser sorriso. E alguns desses mistérios haviam vindo junto com ele. Os mistérios *eram* o sorriso.

— André Moire, eu presumo. — Levantou-se e caminhou na minha direção. Também fiquei de pé para cumprimentá-la. — Eu sou Pat O'Rourke.

— Eu... acho que dormi. Que horas são?

Ela olhou para o céu e disse:

— Nove e vinte da noite. Quando você chegou eu estava na floresta — e apontou para o bosque vizinho. Sua voz era firme, ao mesmo tempo doce e cheia de segredos. — Eu precisava de algumas ervas e saí à cata delas. Quando voltei, o encontrei aqui e deixei que dormisse. A viagem até aqui é realmente cansativa. Deve ser por isso que sou um dos arcanos menos visitados. Venha, vamos entrar. Está esfriando e fiz um chá.

O interior da cabana me surpreendeu. Imaginava algo repleto de badulaques druídicos, mas era o oposto. Muito mais aconchegante do que se poderia imaginar, observando a construção pelo lado de fora; a cabana possuía cômodos amplos e confortáveis. Na sala de estar, uma lareira de pedra ardia, aquecendo o ambiente; na mesa, o chá estava servido. Sobre algumas mesas de canto, para minha surpresa, estavam alguns samplers e sintetizadores. Nas paredes, hologramas de mandalas e tesseratos e uma bela reprodução do *Lady of Shalott*, do pré-rafaelita John William Waterhouse, que eu admirava. Impossível não ter os olhos atraídos por aquela mulher solitária em seu barco, de expressão insondável. Ansiedade? Tristeza? Agonia? Dor? Busca? Ao perceber para onde eu olhava, Pat recitou:

— A longdrawn carol, mournful, holy,
She chanted loudly, chanted lowly,
Till her eyes were darken'd wholly,
And her smooth face sharpen'd slowly,
Turn'd to tower'd Camelot:
For ere she reach'd upon the tide
The first house by the water-side,
Singing in her song she died,
The Lady of Shalott.[1]

Sua voz era *dona* do ambiente. Ao final, disse:

— Tennyson. Adoro Tennyson. Lady de Shalott vivia isolada em uma torre, perto do castelo do Rei Arthur. Ela só tinha permissão de ver o mundo exterior de forma indireta, através do reflexo de um espelho. Certo dia, pelo reflexo do espelho, ela vê a figura de Sir Lancelot e não resiste à tentação de olhá-lo diretamente. Como punição, ela se vê em um barco, descendo o rio até Camelot e cantando sua última canção, mas morre antes de atingir o castelo. O quadro captura este momento de forma bela, terrível. O original está na Tate Gallery, em Londres. Não deixe de vê-lo quando estiver por lá. Mas vamos ao chá. É chá verde, o que mais gosto.

A essa altura, eu já havia sentido na pele a diferença entre a Sacerdotisa e o Mago. Se o Mago era o rei dos truques, das artimanhas mágicas, a Sacerdotisa tinha uma ligação direta, quase palpável, com o que está *além*. O primeiro usa a magia; a segunda, *é* a magia. Após terminar o chá, fui me deitar, mas não me lembro conscientemente desta parte.

---

1. Trecho de The Lady of Shalott, poema do inglês Alfred Tennyson.

Um hino prolongado, pesaroso, sagrado,
Ela cantou com ruído, cantou com humildade,
Até que seu sangue lentamente congelasse,
e seus olhos totalmente escurecessem,
Voltada para a elevada Camelot.

Antes que com a maré ela alcançasse
A primeira casa à beira-mar,
Cantando sua canção ela morreu,
A Dama de Shalott.
    - tradução do autor

Dia 2
Sábado, 29 de agosto

Acordei ainda cedo, por volta das seis horas da manhã. O céu estava cheio de nuvens, embora o dia estivesse claro. O céu ali era diferente, parecendo mais amplo, como se aqui a abóboda percorresse ângulos maiores e mais abertos. Impressionado com aquilo, mal percebi quando Pat veio do jardim atrás da cabana, entre a construção e a montanha. Seus cabelos loiros e curtos voavam sobre sua cabeça, com alguns fios caindo-lhe sobre a testa. Sentou-se na cadeira da varanda e disse:

— Bem, pergunte. O que quer saber?

Aquilo me surpreendeu. Realmente era uma pessoa diferente de François. O Caminho do Louco mal havia começado, mas eu já me encontrava fascinado por aquele universo novo que se desdobrava à minha frente. Sem saber o que dizer, perguntei a primeira coisa que me veio à mente:

— Como... quero dizer, o que o Tarot *faz*?

— Ele não lhe contou?

— Não... disse que cabia ao Imperador me dizer isso. Eu só gostaria de saber de algo mais prático, com mais detalhes.

— Praticidade não é parte integrante dos domínios da Sacerdotisa — disse ela, sorrindo. — O Mago é muito mais prático, em certo sentido. E muito mais confuso e menos direto, também — ela se levantou e saiu da varanda, ficando de pé no gramado, olhando para as nuvens do céu. Continuou:

— O Tarot é o despertador que vai acordar as pessoas. Temos acordado pessoas desde a nossa origem. E buscamos o conhecimento, em todas as suas fontes. Na magia, na arte, na ciência, onde ele estiver escondido. Mais do que isso não posso lhe contar, não em um ponto tão iniciante do Caminho.

— Por quê?

Pat encarou os olhos de Moire, como se editasse a frase em sua mente:

— Você ainda não se decidiu. Quanto ao que fazer em relação a isso tudo. Não conscientemente, pelo menos. Após o encontro com o Imperador, terá que se decidir.

— O Imperador é mesmo Patrick Mann?

— Ele... era Mann. Mas isso não importa. O que importa é que, até o encontro com o Imperador, você estará "rastreável". Vulnerável. Sem poderes e fácil de ser encontrado. Acontece com todos os Loucos nesta etapa, e é isso o que a torna tão delicada e especial.

— Rastreável como?

— Por magia. Os Escravos sentem o seu "cheiro" mágicko.

— Magia?

— O Mago lhe diria que magia é só ciência que ainda não podemos explicar. O que você chama de magia hoje é o que fará funcionar seus gadgets amanhã.

— E o que você diria?

— Algo mais complicado. Espere um minuto — voltou a entrar na cabana. Segundos depois, tornou a sair para a varanda, carregando um machado. Me entregou a ferramenta, dizendo:

— Tome. Se quiser conhecimento, precisa estar aquecido. Pegue este machado e corte um pouco de lenha para a lareira. É bom ter alguém para fazer isso, para variar. — E entrou na cabana, com um discreto sorriso.

Sem saber direito o que fazer, já que nunca havia cortado lenha antes, caminhei até a divisa da floresta, com o machado em punho. Pat meteu a cabeça pela janela do chalé e disse:

— Não me vá cortar nenhuma árvore. — E tornou a entrar.

Fiquei parado, como um idiota. O que deveria fazer? Segundos depois, ouvi uma música saindo do chalé. Algo eletrônico, *ambient*, ao mesmo tempo calmo e desesperado. Prendi o machado no cinto da minha calça e caminhei em direção à floresta.

Na divisa entre o bosque e o gramado, estaquei. As divisas eram sempre impressionantes; a região fronteiriça entre o que é e o que pode vir a ser. E nunca se sabe o que pode vir a ser. Ainda bem. Dei o primeiro passo e entrei no bosque. No mesmo instante fui assaltado por um outro mundo. Sentia que estava sendo tolerado, por ser um convidado da Sacerdotisa. Aquele era o mundo real dela, não a cabana. O chalé era uma necessidade. Mas ali estava a sua realidade, em todos os seus mistérios, sorrisos e encantos. Aquela era a floresta da Sacerdotisa. Como um hóspede educado, andei com cuidado entre as raízes e a espessa camada de folhas no solo. O ar era antigo, sábio, leve. Parecia renovar meu corpo a cada respiração. O silêncio era completo e quase irreal, rompido apenas pelo som dos pássaros e do vento nos galhos. De quando em quando, o sol atravessava uma copa mais bondosa e atingia meus olhos.

O Caminho do Louco - Capítulo XIV

Difícil dizer quanto tempo fiquei perambulando pela floresta, imerso naquele mar de verde. Eu não queria voltar nunca mais, queria me transformar em um grilo, um sapo, uma formiga e viver para sempre à sombra daquelas árvores. A cor verde e os tons de marrom preencheram minha mente e me senti como que em transe. Cenas aleatórias vinham em lampejos. Cenas antigas, não identificáveis, mas reconhecíveis. O *dèja-vu* do verde. O resto do mundo era totalmente não existente.

Corylus avellana. Populus tremula. Betula pendula. Betula pubescens. Alnus ghutinosa. Betula nana. Juniperus communis. Sorbus aucuparia. Pinus sylvestris. Vaccinium mrtyllus e o tapete vermelho e verde ao meu redor. Goodyera repens e a espiral de botões. Linnaea borealis e os amantes que não mais se olham. Hydnum repandum e o círculo convidativo. Sarcodon imbricatus e o mandelbrot funghi. A poesia desconcreta do verde; nomes vinham à minha mente, nomes que pareciam me dizer "olá. Se for nosso confidente e amigo e tentar nos entender, lhe contaremos nossos verdadeiros nomes. Enquanto isso, espere e fique à vontade".

Em dado momento, me vi sentado sobre um tronco caído, para descansar e olhar ao meu redor. Havia atingido uma pequena clareira. O som de água corrente vinha de algum local próximo. Não sei quanto tempo fiquei ali sentado, mas notei que minhas mãos estavam pousadas sobre o tronco. Era um enorme tronco, tombado no chão, ainda seco e novo. *Claro.* Levantei-me e, não sem pedir todas as devidas licenças, pus-me a arrancar dele algumas toras de madeira com o machado. Após longos minutos, tinha comigo uma boa quantidade de lenha. Deixei a madeira pousada sobre o chão da clareira e caminhei em direção ao som da água. Após alguns instantes, descobri uma pequena corredeira, cercada de flores e arbustos; metros acima, a água pendia de uma queda de menos de dois metros de altura, fazendo um agradável som ao cair. Abaixei-me e molhei as mãos. A água era agradavelmente fria, quase gelada. Enchi minhas mãos espalmadas e lavei meu rosto. Novas cenas misteriosas vieram à minha mente; cenas não assimiláveis, conhecimentos que não podem pender do seu cérebro consciente e passam por ele velozes, logo se aninhando em algum confortável lugar do mundo inconsciente.

Voltei à clareira e pensei em como poderia carregar o maço de toras de madeira comigo no caminho de volta até o chalé. Isso, claro, contando que eu conseguisse – e quisesse – encontrar o caminho de volta até o chalé. Tirei minha camiseta de malha e, amarrando as mangas e a gola, consegui fazer uma bolsa improvisada. Coloquei as toras dentro dela e tornei a caminhar. Os galhos me davam suaves petelecos nos ombros; de quando em quando, sentia o sol ardendo sobre as minhas costas, por um breve instante; uma generosa passagem pelo teto verde das árvores. Não lembro o que aconteceu depois, mas me vi saindo daquela inacreditável floresta e voltando para o gramado natural que cercava o chalé de pedra. Caminhei até um dos lados da cabana e guardei as várias toras de lenha no interior de um armário de madeira, garantindo assim o nosso calor à noite. Então, percebi que estava com fome. Entrei na cabana e encontrei Pat sentada à mesa, lendo um livro. Ela levantou os olhos e disse:

— Não, não diga nada. Vamos almoçar. Gosta de sopa?

— Não é que os celtas desconhecessem a civilização. Eles a conheciam; por isso, não sentiam falta dela — a voz de Pat soava ainda mais intrigante na escuridão da noite, naquela sala tomada por sombras geradas pela lareira. — Os romanos, egípcios e babilônios tinham cidades; os celtas tinham a floresta. Da França à Escócia, da Alemanha à Inglaterra, você teria visto um povo de mãos sujas de barro, transitando livre por seus locais sagrados. Quando os romanos finalmente conquistaram os celtas ingleses, construíram a cidade de Londinium. Londres, mais tarde, foi erigida pelos saxões sobre essa cidade. Mas, antes disso, quando o império romano do ocidente caiu, Londinium foi abandonada por César e deixada à própria sorte. Assim que os romanos partiram, os celtas deixaram a cidade e voltaram a viver na amplidão das florestas e bosques. Gerações e gerações se passaram e a cidade abandonada, resistindo aos rigores do tempo, se tornou mítica. Os filhos dos filhos daqueles celtas que haviam sido forçados à prisão urbana viam Londinium como algo tão espetacular que só poderia ter sido criada pelos deuses. Eles evitavam a cidade, porque ali era o terreno de deuses que não eram os deles. Não entendiam a função de Londinium; para que servia aquela cidade. Não apreendiam o conceito de cidade e aí está a sua liberdade primordial. Mas não pense nisso como um filme, não há "bons" e "maus". O maniqueísmo é o reino dos tolos. No meu altar da mente, está presente Epona, a deusa celta dos cavalos, mas também está presente Apolo, o deus greco-romano das artes e dos esportes. O deus-sol. Deuses não veem com bons olhos divisões entre povos.

Eu estava sentado em uma confortável poltrona na sala de estar do chalé, bebendo uma taça de uma cerveja bem forte e preta. Pat estava em um sofá ao lado, deitada e observando as chamas da lareira. Ela deu um gole em sua taça de cerveja e continuou:

— A raça humana não é tão naturalmente subdividida. As divisões são falsas. São meras aparências, que interessam... a quem? Veja, os gregos tinham seus oráculos, que aspiravam da fumaça alucinógena que saía das entranhas repletas de fungos de seus templos e entravam em transe. Hermes, o deus da medicina, da adivinhação, da literatura e dos truques, é relacionado com o deus egípcio Thoth. Os celtas têm um deus nos mesmos moldes, chamado Tout. Onde começa o círculo? — e deu de ombros.

— François disse que o arcano do Mago poderia ser comparado a Hermes. E o arcano da Sacerdotisa?

Ela se recostou no braço do sofá, de maneira menos reclinada, antes de responder.

— As correlações entre os arcanos e as divindades são muitas. E várias vezes contraditórias. Não existem regras, compreende? Mas você poderia relacionar a Sacerdotisa com Perséfone, por exemplo. Raptada por Hades, deus das profundezas, ela deve viver nove meses no Olimpo e três meses no inferno. Ela trava contato com segredos que não devem ser revelados de forma leviana. É por isso que o Caminho do Louco é uma iniciação, mas não necessariamente uma iniciação mágicka. Você é o Louco, não um mago. Ou um sacerdote. O mais importante que tenho a lhe dizer é isto: verdade, conhecimento (ou cultura) e os caminhos da natureza. São as três chaves para manter afastada a escuridão da ignorância e da infelicidade. Mas não preciso lhe tratar como um pupilo ou um iniciante. Você é o Louco. Está aqui para traçar seu Caminho, não apenas para "aprender". Pode nos ensinar, também. Voltando à sua pergunta: o Mago-Hermes é um trickster, um feiticeiro no sentido mais magnífico da palavra. A Sacerdotisa-Perséfone tem contato com outros planos. Outras realidades.

Notei que sua voz, de quando em quando, se tornava pensativa, pesada, quase sonolenta. Como se ela não estivesse completamente *ali*. Era uma figura intrigante e misteriosa, ainda que amigável e simpática. Apresentava mudanças, não de humores, mas de velocidades: ora estava mais lenta, distanciada; ora, mais falante, mais enérgica. Como se vivesse entre dois mundos, percebesse coisas que não eram aparentes para as outras pessoas. Parecia reagir a sinais invisíveis; dicas, sussurros, coincidências, sonhos. Fiz nova pergunta:

— Já entendi um pouco sobre a importância do Caminho do Louco, mas quando perguntei a François por que este caminho deveria ser feito agora, ele me disse que o Tarot estava em meio a algo importante, relacionado com as linhas Ley. Que ele, aliás, disse detestar.

Pat sorriu, divertida.

— Ele disse isso? Que cara de pau! Não acredite no pregador de peças,

André. Ao menos, não sempre. François ama as linhas Ley, como conceito e realidade. Devia estar apenas sem paciência para falar delas naquele momento.

— É possível — disse, sorrindo. — Mas o que o grupo está fazendo em relação às linhas Ley, afinal? Por que o Caminho do Louco é tão importante *agora?*

— As linhas Ley, de todos os conceitos esotéricos modernos, é o que eu acho mais francamente passível de ser um total absurdo. Mas faz sentido. Venha, vou lhe explicar. — Levantou-se e caminhou até um grande móvel de carvalho, de cuja gaveta superior retirou duas lanternas. Me deu uma delas e saiu do chalé, pedindo que a acompanhasse. Do lado de fora, a luz da Lua estava esmaecida devido à forte concentração de nuvens, o que tornava o ambiente mais escuro do que o normal. Pat acendeu uma de suas lanternas e não pude deixar de imaginar uma sacerdotisa druida, dois mil anos atrás, caminhando pelo mesmo lugar portando uma tocha. Ela pareceu adivinhar meu pensamento.

— Imagino por que está com essa expressão divertida. "Uma sacerdotisa, ligada às forças da natureza, deveria usar um material inflamável biodegradável, não lanternas acesas pela força de pilhas poluidoras do meio ambiente".

Dei uma gargalhada.

— Pra falar a verdade, não pensei exatamente isso, mas imaginei outras druidas do passado, carregando tochas e coisas assim.

— Tochas? *Tochas?* Algumas coisas do passado devem ser adoradas e preservadas; outras, são simplesmente esquecidas. Tochas estão na lista de coisas esquecidas, por favor. Além do mais, as lanternas não são elétricas. São carregadas pela energia solar. Eu as recarrego frequentemente, durante o dia. Vê? Magia é magia, mero teatro é... bem, o domínio dos charlatões. Entre as tochas "naturais" e ridiculamente medievais e as pilhas que se amontoam nos depósitos de lixo mundiais, existe uma opção racional e perfeitamente cabível. Na dúvida, pegue o caminho do meio.

— Isso é budismo, não druidismo.

— Eu sou uma druida maluca.

— Pensei que sacerdotisas usassem cabelos compridos, para captar a energia de Gaia ou algo assim.

— Só é preciso usar parabólica quando o sinal é fraco. Venha.

Caminhamos por cerca de duzentos metros na direção oposta à da floresta, primeiro contornando o chalé e depois seguindo em paralelo à encosta da montanha. Quando a montanha diminuiu de tamanho e deu lugar à planície

O Caminho do Louco - Capítulo XIV

gramada, viramos à direita na escuridão, contornando o paredão lateral. Mais à frente, um vulto enorme podia ser visto. Apertei os olhos, mas não identifiquei o que era. Pat desligou sua lanterna e pediu que eu também apagasse a minha. Ficamos parados por cerca de dois ou três minutos, em silêncio, admirando a beleza calada das highlands da madrugada, enquanto nossos olhos acostumavam-se à escuridão. Finalmente, com as pupilas mais dilatadas pelo breu, identifiquei o que estava à minha frente. Uma enorme pedra, de mais de dois metros de altura, de formato ligeiramente pontudo. Um menir. Um monumento pré-histórico de pedra. Pat finalmente quebrou o silêncio:

— Algumas dessas pedras foram colocadas em suas posições pelos celtas e gauleses. Outras, já estavam em seus lugares, colocadas ali por homens que eram praticamente homens das cavernas, ainda. Mas, ao que parece, todas foram posicionadas com o mesmo intuito.

— Um local sagrado?

— Sim, mas sagrado por quê? E por que estes locais específicos? Por que não dez metros à frente ou lá no alto da montanha?

— Acaso?

— As forças do acaso e da coincidência são poderosas, mas não tão poderosas quanto as forças da sincronicidade e do caos. E o que chamamos de caos nada mais é que uma ordem tão complexa que ainda não a entendemos. Mas *é* uma ordem. Caos é ordem. Não, esta pedra, por exemplo, tinha que ser colocada aqui, neste exato local. Por que aqui e como eles sabiam que era aqui?

— Não faço ideia... O que está em cima é como estar embaixo?

— É uma grande verdade, mas não se aplica aqui da forma que está imaginando. Não, as pedras não apresentam ligações diretas com o desenho de constelações nem nada do gênero. Neste caso, as pedras são o macrocosmo e nós somos o microcosmo.

— Ahn?

— Você já fez acupuntura?

— Já. Muito tempo atrás, mas já.

— O princípio da acupuntura se baseia no fluxo de energia que transita entre os diversos chakras do corpo humano. Um nodo de energia acumulada ou a dispersão dessa energia em alguns pontos pode provocar doenças. Por isso, o médico usa agulhas: para dispersar o excesso de energia nesses nodos, espalhando a energia concentrada pelo corpo e dispersando a concentração estagnada. Estas pedras são as agulhas.

— Então... peraí, você tá me dizendo que estas pedras marcam locais de concentração da energia do planeta ou algo assim?

— Sim. A energia mística, cósmica, magnética, chame da forma que quiser. A energia que corre ao longo do planeta, em um intrincado mapa de linhas retas que se cruzam em vários pontos. Onde essas linhas de energia se cruzam, diferentes tipos de energia se encontram; energias que se acumulam nas encruzilhadas formadas pelas linhas retas. As linhas Ley.

Olhei para a pedra, pensativo. Ela continuou:

— As pedras, os menires, os monumentos, são a tecnologia usada pelos celtas para impedir a concentração em excesso dessas energias cruzadas. As pedras combatem a estagnação e garantem o fluxo contínuo. E natureza é fluxo. Vida é fluxo. As pedras são agulhas de acupuntura no corpo de Gaea e também servem para marcar os locais de cruzamento das energias. Entende agora por que esse conceito impressiona tanto François, a ponto de ele não querer falar sobre isso? São encruzilhadas de energia. Encruzilhadas como aquelas relacionadas a Hermes, Mercúrio, Odin, Thoth e Baron Samedi.

— E a Exu — acrescentei.

— Exato. Deuses das encruzilhadas. Pense nas encruzilhadas. Não pense como o mero geômetro ou cartógrafo morto pelo racionalismo mais tacanho, que imagina que a encruzilhada é apenas o "encontro entre duas retas". Dã. Pense maior do que isso. A encruzilhada é o terreno da possibilidade. Como o Louco, você entende de caminhos e viagens. Cada viagem começa com uma possibilidade. É a pura vontade de potência nietzschiana revestida da vontade de viver kerouaciana. Da encruzilhada, tudo parte e para ela tudo se dirige. É a vida, o cosmos, o caos e a ordem. Que melhor lugar para um deus pregador de peças?

— Então as pedras marcam os locais onde as linhas Ley se encontram. Mas só os celtas faziam monumentos de pedra e menires, não? E no resto do planeta?

— Outros povos acharam outras formas de fazer suas marcações. Os chineses chamaram as linhas Ley, ainda antes de Cristo, de caminhos do dragão. Para eles, era a energia do corpo de um imenso e ancestral dragão enterrado nas profundezas do planeta. Todos os caminhos levavam ao dragão. O dragão é simbolismo, claro, mas a noção é exata. Da mesma forma, os antigos egípcios e o misterioso povo que construiu as pirâmides e prédios, depois habitados por maias e astecas, não construíram seus monumentos aleatoriamente. Claro que a luta entre os sábios e idiotas não é exclusividade da era moderna e muitos faraós deixaram seus egos ditar o melhor local para seus fantásticos sepulcros. Por isso, é difícil identificar os pontos de energia cruzada: nem todos os monumentos antigos foram criados pensando nas linhas, é claro. Boa parte deles, realmente, foi construída em locais aleatórios e seria idiotice e paranoia conspiratória tentar juntar TODA a criatividade humana sob um único ponto de luz. Mas agora temos um mapa.

— Um mapa?

— Sim. O Tarot começou a fazer este mapa no início do século 19. Em 1814, para ser exata. Essa tarefa absurdamente hercúlea foi transmitida e continuada pelos arcanos seguintes. E finalmente achamos que agora temos o mapa completo. O mapa de todas as linhas Ley que passam por cada cidade e local do planeta. Um trabalho que durou dois séculos para ser concluído – e ainda não temos certeza de que *foi* concluído. Esta pedra está no mapa — disse Pat, com um misto de diversão e orgulho, acendendo sua lanterna e iluminando o menir ancestral com o facho de luz. O enorme objeto me pareceu diferente agora e me senti como um dos macacos de 2001.

Dia 3
Domingo, 30 de agosto

Após um leve café da manhã à base de saladas, sopas e cereais, Pat me levou para conhecer o topo da montanha. Para chegar até lá, tivemos de andar na direção oposta à da caminhada da madrugada anterior. Desta vez, seguimos em direção à floresta, também de forma paralela à montanha. Ao fim da montanha, viramos à esquerda em um caminho de pedras, que se estreitava entre o paredão e a floresta. Pat apontou para o chão e me disse:

— Este é um antigo caminho celta. Ele também é uma linha Ley, próxima à linha que cruza o menir que vimos ontem, mas segue em outra direção. As linhas Ley se caracterizam por ser linhas retas que, sem desviar de seu caminho, encontram-se ao longo de quilômetros e quilômetros com diversos menires, monumentos, fontes de água, igrejas e construções afins.

— Igrejas? Igrejas católicas?

— Sim. Os padres católicos do período clássico e medieval não eram idiotas. Eram homens sábios, que haviam estudado textos herméticos, hebraicos, muçulmanos, além, é claro, de textos cristãos. Eles perceberam que os povos celtas, por exemplo, tendiam a considerar sagrados determinada espécie de lugares. A maioria das igrejas da Europa foi construída sobre algum local "pagão" de poder e adoração. A própria Basílica de São Pedro – a construção original –, do Vaticano, por exemplo, foi erigida sobre o que era um templo romano dedicado a Apolo. Claro, o túmulo de Pedro está ali também, mas também estão, lá embaixo, as ruínas do Templo de Apolo. Na região ocupada pelos celtas, a França, a Alemanha e parte das ilhas britânicas, a Igreja construiu igrejas em locais onde existiam as virgens negras.

— Virgens negras?

— Sim, estátuas de virgens negras eram adoradas por várias tribos celtas. Há quem diga que o próprio conceito da Virgem Maria tenha vindo daí: como o Natal, que foi "sobreposto" às datas de comemoração da Saturnália, os festejos romanos voltados para Saturno, vários outros elementos do catolicismo organizado foram compostos tendo por base as divindades e festejos de cada local. Se você descer até os subsolos de várias igrejas europeias verá lá embaixo, adorada por mais ninguém, uma imagem antiga da virgem negra pagã. As igrejas eram locais de encontro de energias muito antes de serem igrejas; eram locais sagrados para os celtas e outros povos. Igrejas sempre podem ser indício da passagem de alguma linha Ley. O avanço da Igreja de Roma provocou a desintegração da sociedade celta, de uma forma que nem os legionários romanos haviam conseguido, séculos antes. Mas velhas crenças e costumes não são abandonados assim de maneira tão fácil. Alguns druidas foram perseguidos e mortos, enquanto outros acabaram virando padres. Mas a compreensão que esses antigos sacerdotes tinham da fé cristã era divertidamente dúbia. Colum Cille, um monge celta que os cristãos chamam de São Columbo, teria afirmado em um poema, como forma de reafirmar sua fé cristã, que "o filho de Deus é meu druida". Muitas confusões aconteceram nessa conversão religiosa.

— E os deuses celtas?

Pat pareceu suspirar de pesar antes de responder:

— A melhor forma de aniquilar um deus é transformá-lo em um homem. Os velhos scots tinham seu deus do mar, o bom ananánn, que para os gauleses é Manawyddan. Ele mora numa ilha fantástica em algum ponto entre a Irlanda e a Escócia. Em pleno século 9 cristão, ele ainda era lembrado e adorado em alguns locais, por isso um edital endossado pela Igreja Católica, o Glossário de Cormac, fez dele um mero negociante e marinheiro, que com o tempo teria sido transformado em deus pelas lendas dos bretões. A história que fica é a dos vencedores, como dizem. — Pat apressou o passo e seguiu à minha frente, perturbada. Continuou falando, sem olhar para trás:

— A mesma coisa vale para as lendas de Merlin e Arthur. A lenda é originalmente celta. Merlin é um herói celta, o poeta e profeta Myrddin, que, horrorizado com as batalhas, vai morar sozinho durante anos no interior de uma

O Caminho do Louco - Capítulo XIV

floresta. Mais tarde, a história foi assimilada pelos saxões, já cristianizados, que transformaram a fantasia em uma fábula da resistência e da propagação do cristianismo por bons cavaleiros católicos. Hoje, Camelot é uma fábula da união da Inglaterra saxônica e cristã, longe de suas origens celtas.

O sol brilhava tímido no céu azulado do meio da manhã. Pat, de óculos escuros, apontou um caminho íngreme que quebrava à esquerda da estrada de pedras e subia a montanha. Começamos a escalada, que não era perigosa, mas cansativa. Em poucos minutos, chegamos ao topo da montanha, na verdade um planalto esverdeado que se estendia por cerca de seiscentos metros. A visão lá de cima era impressionante: a cabana de Pat não podia ser vista, a não ser da borda, porque ficava praticamente encostada na montanha, mas podíamos ver a floresta, que se estendia até onde a vista alcançava. Várias das árvores eram bem mais altas que a própria montanha. Pat me levou até um ponto específico, um pequeno buraco no chão, mais ou menos na parte central da montanha.

— Era aqui que um dos antigos druidas fazia seus sacrifícios de pequenos animais, em oferenda aos deuses. O sangue era derramado buraco abaixo e depois o corpo do animal também era colocado ali. E não, não precisa me olhar assim. Como eu disse, algumas coisas podem ser esquecidas. O homem não muda impunemente com o passar dos séculos. A única coisa que sacrifico são as unhas que teimo em roer. Mas consegui parar com essa mania, acho — e olhou para as próprias unhas, examinando-as.

— Mas, bem, eu o trouxe aqui para que se ajoelhe e escute pelo buraco.

— O quê? O gemido dos fantasmas de bichos mortos há séculos?

— Se tiver sorte. Mas, não, não é isso. Vá, escute.

Deitei sobre a relva e escutei pelo buraco. Bem ao fundo, lá longe, pude identificar um som de água.

— É uma nascente — disse Pat. — Subterrânea. Daqui ela parte em direção a três lugares diferentes nas imediações: segue serpenteando por alguns quilômetros até, bem mais à frente, desaguar no riacho que encontrou no meio da floresta; segue, com menor volume de água, até se transformar na pequena fonte ao lado da minha cabana, aquela que usamos para beber; e finalmente segue para o lado oposto da montanha, passando exatamente embaixo do menir de pedra que lhe mostrei ontem. No ponto exato onde está o menir, esta e mais outras duas correntes subterrâneas se encontram, provocando pequena turbulência. Boa parte das linhas Ley segue correntes magnéticas da Terra ou corredeiras subterrâneas. É bem possível que os povos antigos tenham lançado mão do pêndulo para identificar estes pontos focais de energia, mas não podemos saber com certeza.

Uma ideia me veio à mente:

— O Tarot não tem um registro do que fizeram seus antigos membros? Os bem antigos, quero dizer?

— Sim, existem registros. Parte deles está na mansão de Patrick Mann na Inglaterra; mas são apenas cópias, levadas para lá para facilitar o acesso do grupo ao seu conteúdo. O total desses registros, os originais, quero dizer, bem como toda a história do Tarot, está na ilha de Hov, no Oceano Ártico.

— Hov?

— Sim. É uma pequena ilha particular, não pertencente a nenhuma nação do planeta. Pertence ao Tarot, mantendo-se assim através dos séculos. Fica em algum ponto entre a Groenlândia e a Islândia. Pouco mais de quatro quilômetros quadrados, não chama a atenção. Hov, na língua dos antigos vikings, quer dizer "local de adoração". Estive lá duas vezes e é mesmo um lugar impressionante.

O resto da manhã foi tomado por leituras de textos recomendados por Pat. Lendas celtas, em sua maioria. Cuchulainn; os Thuata Dê; estava imerso nestas narrativas fabulosas e donas de uma moral particular, quando Pat bateu na porta de meu quarto. Ela entrou e disse:

— Acabei de receber um e-mail de François. Ele lhe mandou abraços e perguntou como estava. E parece que encontraram a nova Torre. François ainda não sabe ao certo quem é, mas algum arcano irá fazer contato com o recém-desperto daqui a alguns dias. E aconteceu algo mais... um dos nossos foi contatado por um policial, em Londres. Em uma situação realmente muito estranha.

Depois do almoço, eu arrumei minhas coisas e estava pesaroso com a perspectiva da partida, na manhã seguinte, quando Pat me convidou para uma caminhada. As nuvens bloqueavam o Sol da tarde e meus pés sentiam o macio solo de relva enquanto nos afastávamos da cabana, a passos lentos e tranquilos. Pat disse:

— Lembre-se do que viu aqui, André. Eu não sou uma druidesa no sentido estritamente celta ou pagão; lanço mão do que for necessário. O sábio compreende não apenas suas origens, mas também entende como relacionar esses conhecimentos com outros. Uma memória enciclopédica de nada vale se você não consegue *relacionar*. A inteligência e o conhecimento vêm do cruzamento de informações, não do acúmulo de dados. Muita informação acumulada é como os nodos de energia dos menires ou os pontos de dor da acupuntura: provoca estagnação. Assim como as linhas da Terra precisam de menires e pontos-chave Ley e o corpo precisa de agulhas, o fluxo de informação também precisa de elementos para impedir os nodos desnecessários. Veja como todos vivem hoje: informação, qualquer informação, ao alcance do clique de um mouse, mas a maioria não sabe

O Caminho do Louco - Capítulo XIV

o que fazer com isso. Acham que a informação deve ser decorada, guardada, armazenada. Não. A informação deve ser cruzada, relacionada com outros dados, compreendida. Nesse sentido, os hackers são os menires da Internet, por exemplo. Cravam agulhas de invasão em pontos nodais de dados presos e estagnados.

— A informação quer ser livre — brinquei.

— Por favor — disse ela. — Nada de clichês, nem mesmo os clichês verdadeiros. Bem, mas como eu disse, lembre-se do que viu aqui. Uma druida não precisa fazer a mesma coisa que os celtas faziam há dois mil anos atrás. Se fizéssemos dessa forma, não seríamos subversivos; seríamos dogmáticos, monoteístas, tradicionalistas, cheios de regras, autorrespeito em excesso, certezas de areia e intolerância. Pense lateralmente. Como uma vez me disse o Mundo: menos Stalin, mais Debord. Tome. Um presente. — E me deu um pequeno amuleto de prata, sob o formato de um círculo de onde saíam oito setas de diferentes tamanhos. No interior do círculo, o símbolo do infinito, a fita de Möbius. Era estranho e lindo. Pat continuou:

— Eu mesma fiz. É um dos símbolos da magia do caos. Pense em como o caos engloba tudo e é oriundo de todos os lugares. É um dos símbolos do caos, mas também pode ser, para você, o olho de Dioniso; um dos chakras, a terceira visão de Ísis; um amuleto de kryptonita. O que você quiser, ele será. Use a sua imaginação e lembre-se: a praia está logo ali, debaixo da calçada. Estenda a toalha e pegue um pouco de Sol. Boa sorte, Louco — e me deu um beijo na testa. — Ah, aqui está: sua próxima parada.

E me passou um pequeno envelope que carregava.

— Você voltará para a França, mas não para Paris. Vai para a Côte d'Azur, na Riviera francesa, para a mansão de Natacha Lalique, a Imperatriz. Ela e eu entramos para o Tarot no mesmo dia, dez anos atrás. A *villa* de Lalique será um belo contraste com o mundo que viu aqui. Você vai gostar.

"Toma cuidado com o homem de um só livro"
- São Tomás de Aquino
(1225 - 1274)

CAPÍTULO XV

Fazia pouco mais de duas horas que o bispo Daedalus havia deixado sua casa, na parte central de Bayonne, sem saber o que fazer. Naquele 31 de agosto, segunda-feira à tarde, caminhava a esmo pelas ruas estreitas, cumprimentando pessoas da pequena cidade de 42 mil habitantes do País Basco francês; fiéis que o reconheciam, bascos que o haviam visto presidindo alguma festividade daquele povo de origem desconhecida. Daedalus, distraído e taciturno, esforçava-se por retribuir os cumprimentos e acenos de cabeça – e felicitava-se por aqueles que apenas lançavam olhares respeitosos e curiosos ao longe. Normalmente o bispo era solícito, embora reservado, mas agora apenas a reserva havia permanecido. Não seria a primeira mudança que Daedalus teria de enfrentar.

Havia lido as duas pequenas páginas em latim e percebido claramente quais as possíveis implicações do que estava relatado ali. Perturbado e sem saber a quem se dirigir, tentou o Arcebispo de Paris. Mas se contavam dez dias desde que começara a tentar agendar, por telefone, uma audiência com o Arcebispo, sem sucesso. Desistira dessa via de ação e, num arroubo de angústia, que agora explodia em seu interior, lembrara-se do padre Achille, um velho amigo do colégio católico a quem não via há anos. Sim, o velho Achille. Ele haveria de ajudá-lo a pensar no que fazer e, mais importante, na real significação de tudo aquilo. O latim de Achille talvez não fosse tão bom quanto o do próprio Daedalus, que era excelente, mas o velho bispo sentia a necessidade interior de uma segunda opinião e, mais importante: ansiava por compartilhar aquela cruz com mais alguém.

Nesse momento, estacou. A cruz. Sim, uma cruz era o que haviam significado aqueles documentos em sua vida nos últimos dias. "Bem, se essa é a vontade Dele", refletiu o bispo, enquanto acenava com as mãos para um senhor que o cumprimentava da porta de um bazar, "que seja assim. Melhor a tormenta da verdade que a satisfação sem brilho da mentira". Teve vergonha de seu desespero ao lembrar que os documentos tinham ido parar em sua posse também por vontade de seu velho amigo, o falecido Gilles. Pôs-se a meditar sobre como aquilo tudo haveria de mudar sua vida. O padre Achille, que morava na cidade vizinha de Pau, recebera fotocópias dos documentos em latim dois dias atrás. Haviam conversado antes por telefone, claro, quando ele imediatamente lembrou-se de Daedalus, a quem tratou com enorme deferência. Entrando na conversa como que por acaso, o bispo combinou de lhe enviar certos documentos "sigilosos" que havia recebido e pedira que os lesse e confirmasse a ele, Daedalus, se suas terríveis impressões eram ou não apenas fruto da imaginação. Achille imediatamente concordara, já envolto por certa curiosidade e ansioso por agradar ao pedido de um velho amigo sumido e que era agora um bispo. Desde então, se mantivera em compasso de espera. O idoso padre pedira que Daedalus lhe telefonasse naquela manhã, quando já deveria haver terminado as traduções. O bispo assim o fez, mas não conseguiu encontrar seu amigo de colégio. Foi quando, movido por algo que o quebrava por dentro, saiu para andar pelas tortuosas ruas da parte velha de Bayonne.

Minutos depois, percebeu que seu inconsciente o tinha levado até as proximidades da Cathédrale de Ste-Marie. Observou com estranha e nova emoção as altas torres gêmeas que se elevavam da velha catedral gótica sobre as baixas casas vizinhas e apreciou sua beleza. Parou e suspirou. Após breves segundos, tornou a caminhar. Foi quando ouviu passos às suas costas, sons abafados de pés. Voltou-se, sem emoção, pensando encontrar mais algum paroquiano, mas não havia ninguém. As magnólias próximas balançavam com o vento, em um perfeito início de tarde ensolarada de Bayonne. Tornou a caminhar na direção da catedral.

Percebeu então que a beleza da Cathédrale de Ste-Marie aos poucos se apagava à medida que seus passos o aproximavam da construção. A imponência que demonstrava a distância, sobre casas antigas, dava lugar a um amarelo esmaecido pelo tempo, que havia carcomido todos os detalhes decorativos de sua fachada. As intempéries foram inclementes com a velha catedral. Àquela hora, logo após o almoço, o local estava vazio e Daedalus entrou na igreja, sua antiga conhecida. O teto alto da nave principal, pela primeira vez, não exalou sua velha familiaridade. O local parecia permeado de um sentimento que Daedalus, após analisar a situação por alguns segundos, só conseguiu definir como sinistro. Ao fundo, atrás do altar, a imagem de Cristo na cruz parecia sussurrar para ele: "vá embora, velho tolo. Corra daqui. Fuja".

Abanando a cabeça, o bispo afastou tais pensamentos e observou os vitrais da nave, do século 16. Como outras catedrais góticas do mesmo período – Ste-Marie datava pelo menos de 1260 –, era baseada em modelos de igrejas mais ao norte. No caso de Ste-Marie, imitava as catedrais de Soissons e Reims. Daedalus já havia visitado as duas e percebido as inegáveis e fortes semelhanças arquitetônicas. "Seria a Igreja Católica uma sucessão de cópias, de semelhanças, de sussurros espalhados ao vento?".

Deu um pulo onde estava, assustado com o próprio pensamento. De onde vinham tais ideias? O que estava acontecendo? Decidiu voltar à sua casa e telefonar mais vezes para Achille. "E irei a Pau, se necessário", disse para si mesmo em voz baixa, resoluto. Foi quando os passos de novo se fizeram ouvir, desta vez ecoando pela nave da igreja, que amplificava todos os sussurros, mesmo os divinos. Voltou-se em direção à porta e um homem vestido todo de preto, com um pesado sobretudo, entrava bem devagar na igreja vazia. Daedalus estacou e observou-o. Não parecia ser ninguém de Bayonne. Nunca o tinha visto. O estranho se aproximou e Daedalus pôde notar que era extremamente branco, com cabelos loiros ralos, como os de um bebê, e olhos azuis que cintilavam mesmo ao longe. Quando estava a menos de três metros de Daedalus, o estranho – sem jamais pousar os olhos na figura do bispo – quebrou em um ângulo reto à direita e, fazendo um sinal da cruz que pareceu ao velho bispo algo sem propósito e fora de lugar, sentou-se em um dos bancos da congregação, onde permaneceu imóvel, olhando fixamente para o altar. Daedalus caminhou em direção à porta principal da catedral e, ao passar ao lado do estranho, sentiu um terrível calafrio.

Aquelas impressões enevoadas se dissiparam por graça do sol da tarde, que brilhava sem força, mas límpido sobre os telhados e magnólias. Por algum motivo, Daedalus não quis voltar pelo caminho principal que havia utilizado e dobrou à esquerda, contornando a catedral até a sua parte sul. Lá, após seguir por um certo caminho do pátio interno, saiu em um claustro quieto e secreto, tomado por um gramado onde repousavam ciprestes e mares de begônias. O ambiente verde e colorido tornou a acalmá-lo e, quando se preparava para partir, usando um novo caminho, uma voz o chamou:

— Perrin? Daedalus Perrin?

Voltou-se com surpresa. Poucas pessoas o chamavam pelo nome, sem usar o epíteto de "bispo". Então, não pôde evitar um leve sorriso, ao reconhecer o rosto. Era Jacques, um velho monge capuchinho, outro antigo colega do colégio católico, uma figura dos seus tempos de infância e adolescência. Via Jacques de quando em quando na missa ou em suas raras perambulações pela cidade.

— Sim, é Perrin! Como vai, caro amigo Jacques?

O homenzinho de óculos se aproximou efusivo, animado por rever o bispo.

— Sabe que quase não o reconheci? Está bem mais magro.

Só então Daedalus se deu conta de que sua aparência estava mesmo terrível: mal havia se alimentado nos últimos dias e permanecera longas e longas noites em claro, estudando papéis ou revirando-se na cama da velha torre da casa onde morava. Imerso nestes pensamentos e em outros mais sombrios, mal se apercebia do que Jacques falava, com sua voz alegre e pausada.

— ...costumo vir aqui para meditar, compreende? Um jardim muito tranquilo e bonito...

Daedalus continuava a ouvir somente metade da tranquila conversa do monge baixinho e um pouco acima do peso. Algo o perturbava muito naquele jardim agora. A tranquilidade que havia sentido ao entrar ali havia desaparecido por completo.

— ... o tempo vai mesmo firmar agora, espero, após as terríveis tempestades da semana passada... o Sol parece brilhar em Pau também, pelo que me conta minha velha e saudosa irmã...

Daedalus, com discrição, enquanto respondia ao diálogo de Jacques com sorrisos mecânicos que lhe eram estranhos, pôs-se a olhar em volta. Havia algo de errado naquela cena.

— ... afinal, após o que minha irmã, a boa Elise, me contou sobre os últimos acontecimentos de Pau. O brilho do Sol vem bem a calhar, com o triste fim do nosso amigo Achille e tudo o mais. Onde este mundo irá parar se estas coisas...

Daedalus sentiu todo seu corpo se arrepiar. Enfim, fitou Jacques e perguntou, com uma voz que não reconheceu como sua:

— Achille? Jacques, você quer dizer o padre Achille?

— Sim, nosso velho colega de infância. Então não soube? Eu... pensei que já soubesse...

Jacques pareceu constrangido.

— Não soube de quê? Fale, homem de Deus! — A impaciência era outra característica nova que de alguma forma se difundira em Daedalus e ele espantou-se com o tom de suas palavras. O velho monge também sentiu a diferença nos modos do bispo.

— Er... Bem, Daedalus, temo contar que Achille faleceu. Foi encontrado morto esta manhã. É uma história terrível...

O jardim começou a parecer menor. As camas de begônias sobre o gramado se assemelhavam a chagas, zombando de sua própria beleza.

— Morto? — perguntou Daedalus, em um sussurro. — Achille... está morto? O que...

— Ele... É... É terrível, como eu disse. Obra de algum degenerado. Onde este mundo irá parar, Daedalus? Onde?

— Como ele morreu, Jacques? — O bispo suava e olhava nervoso à sua volta. O jardim parecia aproximar-se dele, querer engoli-lo. Os ciprestes estavam tortuosos.

— Ele... foi morto por algum louco. Esta madrugada. O... corpo foi encontrado esta manhã, no meio da nave da igreja de Pau. Seu sangue... seu sangue foi extraído de seu corpo e usado para banhar a cruz e a imagem de Cristo. — Jacques começou a choramingar, o rosto deformado pelo terror. — A cabeça... A... A...

O mundo girava. O sol parecia cuspir fogo sobre Bayonne. Daedalus olhou em volta, tentando descobrir o que acontecia com aquele local.

— A cabeça... Daedalus, a cabeça do pobre Achille... Sua cabeça foi arrancada de seu corpo e colocada sobre o altar, como se observasse a cruz! Ó, Senhor!!!

Ao ouvir essa frase, tomado pelo terror, Daedalus viu a cabeça. Em uma janela estreita e afastada que se abria de algum local do interior da catedral para o jardim do claustro, lá estava ela, observando-o. Não a cabeça de Achille, mas a cabeça do estranho homem vestido de negro. Os cabelos loiros cintilavam como chamas aos raios do sol e os olhos azuis pareciam arder como o brilho dos fogos-fátuos.

Daedalus pôs-se a correr para fora do jardim, enquanto Jacques continuava a choramingar:

— A cabeça... a cabeça... Cristo, quem seria capaz de fazer isso?

O Caminho do Louco - Capítulo XV

Daedalus correu e o mundo girou ao seu redor, em um emaranhado turvo e bêbado de sóis, magnólias, cabeças e begônias. A voz de Jacques se ouvia cada vez mais longe.

— Daedalus? Daedalus?...

O bispo correu e correu, os olhos arregalados, enquanto Bayonne cambaleava ao seu redor.

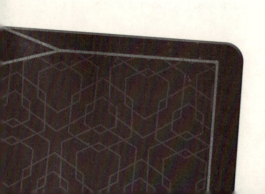

> "A Terra sorri em flores"
> – Ralph Waldo Emerson
> (1803 – 1882)

CAPÍTULO XVI

Dia 1

Quarta, 2 de setembro

Na manhã de segunda-feira, 31 de agosto, quando deixei a cabana de Pat, peguei duas caronas e um trem até Edinburgh, aonde cheguei no final da tarde. Dormi em um hotel barato e discreto e, na tarde de terça-feira, voei de Edinburgh até Nice, no sul da França, chegando às nove da noite. A viagem foi agradável, mas àquela altura eu já estava tomado por certa impressão de irrealidade. Isso costuma acontecer quando se viaja muito e, claro, só era piorado pelas condições e motivos dessas últimas viagens. Eu estava sendo levado pelo Tarot a realizar coisas novas, mágicas e fantásticas; mas ainda estava *sendo levado*, e isso me perturbava. François e Pat eram pessoas excelentes e interessantíssimas e haviam começado a me mostrar um novo mundo, mas chegara o momento de fazer perguntas mais objetivas. Minha vida havia dado uma guinada extrema e, ainda que eu estivesse gostando dessas mudanças, algo em mim insistia em questionar o que estava acontecendo. Isso seria parte do que significava ser o Louco?

Eram dez da noite quando passei pela porta da frente do aeroporto de Nice. A noite estava estrelada e agradável na Côte d'Azur e nada poderia ser mais diferente de Paris. Lembro-me de ter lido em um romance policial, vários anos atrás, que as cores e luzes da Riviera eram diferentes, o que não pude deixar de constatar. Os tons eram límpidos, mais bem definidos. Era como se o mundo, subitamente, entrasse em foco. Para alguém com dúvidas, como eu estava naquele momento, foi tranquilizador.

Cansado, dormi em um hotel em Nice. Na manhã seguinte, tomei um trem para Mônaco. Mas não segui viagem até a estação final: poucos minutos, onze quilômetros e um suceder de paisagens mais adiante, já estava desembarcando na estação de Eze-sur-Mer. Um panfleto turístico oficial me dizia que Eze-sur-Mer era o braço marítimo da pequena vila medieval de Eze, que ficava a alguns minutos de distância, sobre uma montanha mais para o interior do continente. Mas meu objetivo estava ali mesmo na costa. Assim que saí da estação e pus os pés e a mochila na calçada, ouvi alguém falar comigo.

— M. Moire?

Era um homenzinho minúsculo, de cerca de uns cinquenta anos, já calvo e com um nariz que só poderia ser classificado como "respeitável".

— *Oui*.

— *Bonjour. Mon nom est Didier. Je suis venu le chercher, par ordre de mlle. Lalique*.

— Err... Oh, *Oui. Je comprends*.

— *Accompagnez-moi jusqu'à la voiture, s'il vous plaît*, M. Moire.

Segui o homem, que parecia ser o motorista de Natacha Lalique, a Imperatriz. Minha curiosidade tradicional já havia dissipado todos os meus pensamentos anteriores. Ele carregou minha mochila e parou ao lado de um reluzente BMW Z8 metálico, conversível. Abriu a porta do carona e esperou que eu entrasse. Em seguida, colocou a mochila com cuidado no pequeno espaço atrás dos bancos, deu a volta pelo automóvel e entrou. Em poucos segundos, estávamos rodando ao longo da costa da Riviera. O sol de quase meio-dia brilhava alto e o céu estava espantosamente azul. Mal havia começado a apreciar a paisagem mediterrânea e o diminuto motorista levantou seu braço esquerdo e apontou para algo à nossa frente.

— Villa Marguerite.

Era espantoso. Da estrada onde estávamos, era possível ver a villa a partir de um ângulo lateral, um pouco abaixo de nós. Branca e impecável, posicionada contra as encostas de Eze-sur-Mer, Villa Marguerite se espraiava por quatro

Guerras do Tarot - Alex Mandarino

níveis diferentes. A casa em si ocupava dois deles, emulando delicadamente o formato de um degrau. O terceiro nível, pelo que pude perceber, consistia em uma piscina e um esplendoroso jardim. Não pude discernir, devido à distância, o que continha o quarto nível, mas este dava lugar a uma escadaria, também branca, que levava até a uma faixa de areia de tamanho razoável: a praia particular da Imperatriz. Fiquei positivamente impressionado com o lugar. Parecia o quartel--general de algum vilão jamesbondiano e não pude conter um sorriso.

Cinco minutos se passaram, enquanto o BMW tomava uma estrada lateral mais íngreme. Fizemos um pequeno retorno à esquerda e, enfim, paramos em frente a um muro impecavelmente branco. O motorista apontou o carro para um portão metálico, também pintado de branco, e tirou do bolso um minúsculo controle remoto. O portão levantou-se e o automóvel entrou em um enorme gramado, rodando sobre um caminho de pedras claras. Daquele ângulo de visão, era possível avistar o mar Mediterrâneo, vários metros abaixo, como um cenário atrás da casa, o que transmitia a sensação de que a construção flutuava. O sol brilhava sobre minha cabeça e percebi que, daquele ponto, a casa em si deixava à mostra apenas o nível superior, dando a falsa impressão, para um observador desatento, que consistia em apenas um andar.

O automóvel seguiu pela longa estrada de pedras, contornando um jardim, até se posicionar frente à entrada principal da casa. O motorista saiu do automóvel, pegou minha mochila, contornou o veículo e abriu a porta do meu lado. Murmurou em francês algo que não entendi e desapareceu pelas laterais da casa. Quase ao mesmo tempo, uma figura alta e de boa constituição, já grisalha, apareceu à soleira da porta. Caminhou em minha direção e disse, em francês claro e perfeitamente compreensível:

— *Bonjour, Monsieur* Moire. Espero que tenha feito boa viagem, senhor.

Compreendi que ele devia ser o mordomo. Era respeitável e espetacularmente francês. Deveria ter quase setenta anos, mas era atento e ereto.

— Didier já levou suas coisas até seu quarto. Se me permite, posso indicar a direção até ele e apresentá-lo a esta ala da casa. Lamento muitíssimo informar que *Mademoiselle* Lalique teve que se ausentar. Uma visita a um dos orfanatos que mantém lhe tomou mais tempo do que esperava, mas em poucas horas terá retornado. Por aqui, monsieur, por favor.

Abriu a porta da frente e deixou-me passar da pequena varanda até um vestíbulo. Deste cômodo, passamos por duas salas amplas, mobiliadas com requinte, mas sem ostentação, até chegarmos a um enorme quarto na ala sul da casa. Uma porta envidraçada se abria para uma varanda, de onde se podia observar o mar, o sol e parte dos níveis inferiores do terreno. O velho mordomo mostrou-me

O Caminho do Louco - Capítulo XVI

um excelente banheiro ligado ao quarto e então se retirou, dizendo-me que eu estava livre para passear pelos jardins e usar a piscina, "talvez até mesmo tomar um banho de mar", enquanto a misteriosa *Mademoiselle* Lalique não retornasse.

Tomei um banho, mudei de roupas e então sentei em uma poltrona de forro branco, localizada na varanda pegada ao quarto. Enquanto observava os minúsculos barcos a distância, flutuando no Mediterrâneo, apreciando o belo desenho da costa de Eze-sur-Mer, fui surpreendido por uma voz um tanto mecânica, que reconheci como a do mordomo. A voz saía de uma espécie de interfone, em uma mesa ao lado da poltrona, de um minúsculo e discreto alto-falante, e dizia:

— Perdoe a interrupção, senhor. Pensei que talvez desejasse beber alguma coisa. Um suco de frutas? Um drinque leve? Talvez mesmo uma cerveja?

Aceitei o suco de frutas, escolhendo o de tangerinas. Lembrei-me de ter visto no panfleto turístico, durante a curta viagem de trem, que as pequenas tangerinas de Eze eram famosas e pés daquelas frutas podiam ser encontrados em locais da vila, perfumando alguns dos caminhos da cidade. Poucos minutos mais tarde, uma empregada bem nova e silenciosa trouxe-me o suco em uma bandeja. Bebi o líquido, que estava delicioso, enquanto deixava meus olhos se perderem entre os barcos, alguns banhistas e pequenas ilhas próximas à costa. Não pude deixar de pensar nas seguidas reviravoltas e surpresas que agora haviam tomado de assalto a minha vida.

Um relógio de sol de mármore no centro do jardim logo abaixo, no mesmo plano da piscina, marcava uma hora da tarde. Um senhor de meia-idade regava algumas mudas novas de lírios em um canto mais afastado. Vários metros ao longe, Didier lustrava o BMW. O que mais chamava a atenção em Villa Marguerite era uma sensação de reservada calma que parecia desprender-se de cada parede, cada arbusto, cada cômodo e cada metro do terreno. A casa dava a impressão de não ter sido construída, mas de ter brotado da própria terra, como o habitat natural da Imperatriz. Por falar nela, onde estaria? Pelo que havia visto até então, seria um arcano bem diferente dos que eu já havia encontrado.

Barcos e pequenas velas podiam ser vistos no horizonte do Mediterrâneo. Tudo me proporcionou um sentimento de elegante vazio, de não existência, que, de maneira peculiar, era *reconfortante*. Aliás, esta era a palavra que definia tudo aquilo: a casa, o mar, o Sol, o jardim, as pessoas próximas, a própria poltrona, o copo de suco de tangerina, tudo era reconfortante. Tudo me inspirava confiança, sensações agradáveis e uterinas. Não sei quanto tempo se passou enquanto eu me espraiava pela poltrona e ensolarava a minha mente, mas entendi parte do que gerava todo o conforto e a confiança quando a voz mais gostosa tomou o ambiente, alta, mas delicada, vinda do quarto atrás de mim.

— *Monsieur Pierrot le Fou, comme il va?*

Olhei para trás e vi uma pessoa impressionante. Aquela que com certeza era a Imperatriz me observava com olhos divertidos, ao mesmo tempo zombeteiros e respeitosos, íntimos e distantes, infantis e profundos – e curiosamente egípcios. A voz ainda ressoava em minha mente; o tipo de voz que fica impressa em sua cabeça, ecoando em tom de brincadeira. Natacha Lalique tinha cerca de 1,60m de altura e era esbelta, com a pele bem branca e os cabelos negros, cortados como uma espécie de Chanel punk, um estilo subvertendo o outro e fazendo-o funcionar, de forma alternada. As roupas funcionavam da mesma forma: eram elegantes e simples, complexas e significativas; jamais gratuitas. Um misto de alta costura e casualidade, que impedia o observador de saber qual dos dois mundos estava ali. Aparentava ter 25 anos, mas depois vim a saber que tinha já 33. De imediato, três coisas eram percebidas à chegada de Lalique: sua presença; uma atmosfera de confiança quase tangível, maternal, como se você pudesse confiar sua vida a ela; e, de alguma maneira não oposta a tudo isso, uma saudável e infantil arrogância, que se traduzia como afeto e traía sua imensa timidez. Uma arrogância que apenas as pessoas boas podem se permitir ter, porque brincam com ela.

— Espero que eu não tenha demorado muito. Só mais um minuto, enquanto eu coloco uma roupa mais de casa? — disse ela, a distância, sem se aproximar muito, mas já ali. — Não vou demorar nada, *c'est bien?*

O *"c'est bien"* decaía em seu final para um tom ligeiramente mais agudo, o que reforçava o tom de pergunta e a necessidade de se certificar de que seu interlocutor estava contente e não tinha nenhum problema com a decisão que ela havia tomado. O "n" final era mais carregado e ficava no ar após a frase ser dita e a saída de Lalique do ambiente. Um "n" preocupado.

Aturdido, não sabia o que fazer. Apanhei o que restava do suco de tangerina, bebi e olhei em volta: a casa era idêntica à dona; impossível imaginar uma separada da outra. Seria uma visita curiosa.

Como Lalique não retornava, dez minutos depois tomei uma escada lateral e desci até o nível inferior, que constituía a segunda parte da casa. Assim como a janela do meu quarto, as outras se abriam para o mar, mas dois metros mais à frente. Enquanto reparava nessa diferença de prumo, o que criava a impressão de que a casa tinha o formato de dois degraus, tive a impressão de ser observado. Da janela de um dos quartos, olhos curiosos e tímidos me olhavam. Era uma criança, um menino de cabelos ruivos, encaracolados, que pareceria um hobbit, se não fosse assustadoramente magro. Estava de pé ao lado de uma escrivaninha, na qual se via um computador. Sorri para ele e de imediato sua boca se abriu em um sorriso tímido. O menino ficou vermelho, esboçou um aceno com a mão à guisa de cumprimento e voltou a sentar diante do computador. Pelos ruídos que escapavam até o jardim, estava entretido com alguma espécie de game eletrônico.

— Oi, voltei!

Era a voz de novo, tomando o jardim e o céu ensolarado. Natacha Lalique se aproximava, com uma roupa bem parecida com a que ela estava antes. Sua noção de "à vontade e em casa" não era muito diferente de seu "arrumada para sair".

— Aquele é o Alan. Oi, Alan!! — gritou para o menino, acenando, enquanto este parecia se esconder ainda mais atrás do monitor do computador. — Vamos andar pelo jardim? — completou, já dando meia-volta. Continuou:

— Ele mora aqui comigo. O coitadinho é da Nova Zelândia. Perdeu os pais muito cedo em um acidente de carro e foi criado em orfanatos especiais. Vive aqui há coisa de cinco anos.

— Parece um menino inteligente. Quantos anos ele tem?

— Tá com doze.

— Você disse orfanatos especiais... por que "especiais"?

Ela respondeu quase sussurrando, em um cuidado e respeito exagerados, mas naturais, como se Alan estivesse ali ao lado.

— Ele tem osteoporose. Os ossos dele se quebram à toa, pobrezinho. — E balançou a cabeça, para demonstrar o quanto aquilo era um absurdo.

O jardim era composto quase todo de flores, com altas árvores a três metros de distância umas das outras, o que nos colocava em uma sucessão de raios de sol e áreas de sombra. Parecia bem maior do que quando visto de fora.

— Eu adoro aqui, posso ficar dias andando por este jardim — disse ela, com ênfase no "adoro", que soou bem mais alto que as demais palavras. — Mas, quando você quiser, a gente volta, *c'est bien*??

Enquanto eu balançava a cabeça, divertido com aquelas alternâncias de vontade própria e desejo de manter seu interlocutor à vontade, ela disparou:

— Por que você está no Tarot?

— Err... Eu... Eu acabei de chegar.

— Ahahahahahaha!! — A risada era espantosamente alta e pareceu cobrir todo o jardim. — Acabou de chegar aqui e no Tarot também! Desculpa, eu não queria soar assim tão grosseira. Mas por que você topou isso?

— Eu... gostei do que vi até agora.

— Na verdade, você foi meio que levado, ainda que não tenha sido contra a sua vontade, não foi isso?

— É. Foi, foi sim. Mas eu queria isso. Sempre quis algo assim.

— *Quis*, não. Quer dizer, quis também. Mas não se resume a isso. Você sempre *foi* algo assim. Assim como eu sempre fui a Imperatriz de uma forma ou de outra. Não é assim com todo mundo, claro. Maria de Las Luces, a Estrela, esteve no seu lugar por um tempo. Ela foi o Louco quando entrou e fez o mesmo caminho que você. Claro, alguns dos arcanos que ela conheceu eram outros na época, porque algumas pessoas mudaram. E, é claro, todo mundo é uma mistura de todos os arcanos.

— Todo mundo do Tarot?

— Sim, também. Mas eu quis dizer todo mundo do mundo inteiro. Todo mundo carrega esses aspectos, essas características. Os arcanos maiores e menores representam a humanidade. Foi uma sabedoria muito antiga que criou isso tudo, há muito tempo. Ah, hoje à noite vamos a um concerto excelente, *c'est bien*?

O "n" final ecoou pelos galhos das árvores.

Sem esperar resposta, Natacha gritou:

— Après-midi! Après-midiii!!

Antes que eu pudesse começar a pensar se a própria tarde iria atendê-la – fato não de todo absurdo, tendo em vista o que eu já havia presenciado com os membros do Tarot –, um vulto bem particular se aproximou rapidamente: ofegando e babando, um dos cachorros estranho e cheio de pelancas se aproximou e começou a fazer festas para sua dona. Um bulldog, com uma pequenina fita vermelha em sua cabeça.

— Après-midi, aqui está você! Já conhece o senhor maluco?

Àquela noite, ao término de um jantar regado a pratos típicos de Eze-sur--Mer, habilidosamente preparados pelo time de cozinheiros, o aroma de tangerinas ainda se espalhava pela sala quando Natacha se levantou da mesa e disse:

— Pat.

Um segundo depois, o mordomo se aproximou com um aparelho telefônico espetacularmente clássico, posicionado sobre uma bandeja de prata. E a ligação era realmente de Pat, a Sacerdotisa, que eu acabara de visitar. Lalique atendeu animada e descobri então outra de suas divertidas idiossincrasias: ao telefone, sua agradável e divertida voz adquiria um volume altíssimo.

— Pat!! — Disse ela, aos brados, ostentando sorrisos amigáveis. — Como vão as coisas aí no meio do nada? Aahahaha! O quê?... Sim, ele está aqui agora, na minha frente! Quer falar com ele? Vai tudo bem. Acabamos de comer sorvete de tangerina com nozes de pinha e tangerininhas cristalizadas. Sim, é claro que na Escócia não tem isso. Ahaha! Vamos agora nos preparar para um concerto, na Haute Corniche. Sim! Tá bem. Claro. E você fique bem. Se cuida, *c'est-bieen*???

E, voltando-se para mim:

— Pat, a Sacerdotisa. Ligou só pra saber como estavam as coisas.

— Não me lembro de ter visto um telefone na cabana dela.

— Ora, não diga bobagens, é claro que ela tem um telefone naquela rústica, mas *formidable* cabana. O que acha que ela fez, usou telepatia? Já te falei que eu e Pat, não por total coincidência, entramos para o Tarot no mesmo dia, há quase dez anos? Somos como irmãs. Ela é a minha melhor amiga. Infelizmente vem pouco aqui, então sobra para mim ir visitá-la, lá naquela sua terra fantástica de celtas. Agora vamos nos preparar porque teremos a companhia de Grieg e Rimsky-Korsakov mais à noite e o céu está aberto, com um ar e temperatura ótimos. Te encontro em uma hora, c'est bien?

Caminhei até meu quarto e, naquele momento, me esqueci de perguntar a Natacha como ela sabia que Pat iria ligar. Mas essa foi apenas a primeira vez entre muitas que presenciei Lalique demonstrar o que eu só poderia classificar de um forte talento para a intuição. Ela simplesmente demonstrava saber algumas coisas, intuir como determinados acontecimentos se desenrolariam, sem nem ao menos demonstrar sinais claros de que estava consciente desse poder.

Quase duas horas depois, estávamos eu e ela no banco de trás do carro, a caminho do concerto. Desta vez, Didier não guiava a BMW, mas um Rolls Royce Corniche vermelho. Aparentemente, Lalique achava adequado e engraçado andar em um Corniche pelas corniches. Que, aliás, eram as três estradas irmãs que abraçavam o lugar. A baixa corniche, chamada de Bord de Mer, como o nome indicava, acessava a região de Eze-sur-Mer e era a estrada costeira. A Moyenne Corniche dava acesso ao vilarejo de Eze. E, finalmente, a estrada em que estávamos, a Haute Corniche, acessava o Col d'Eze (o Passo de Eze). As três corniches eram, de certa forma, paralelas, e davam acesso também a Nice e Mônaco. Mas a Haute Corniche, a que seguia pela parte mais alta, apresentava uma visão espetacular. Em seu ponto alto, se atirava a quase 700 metros acima do Mediterrâneo, em um fantástico panorama da Riviera. Enquanto eu observava a paisagem, o automóvel parou de repente no acostamento. Natacha me disse:

— Fique aqui um segundo com Didier, *c'est bien*? Não vou demorar. Ainda faltam duas horas para o concerto, mas o que tenho para tratar aqui não vai me tomar mais de dez minutinhos — disse, preocupada de verdade com meu bem-estar. Desceu, se afastou do automóvel e entrou por uma pequena e quase imperceptível abertura no terreno vizinho, entre duas árvores. Era a entrada de um caminho que levava para algum edifício.

— É um asilo para idosos — disse Didier, adivinhando minhas dúvidas. — Um dos muitos estabelecimentos do tipo que mademoiselle Lalique financia. Tenho orgulho em dizer que minha mãe está em um destes, bem mais a leste daqui. Muitas crianças, idosos e animais levam uma vida melhor graças a ela. E, se me permite a liberdade de dizer, senhor, eu mesmo estaria em situação bem diferente. Após minha temporada na Legião Estrangeira e a condenação e tudo o mais, eu ainda estaria desempregado e na rua se mademoiselle não tivesse acreditado em mim. Ela enxerga através das pessoas, senhor, e sabe em quais deve acreditar ou não. É o que eu acho. Bom, mas já falei demais. Me desculpe, senhor.

— Ora, não... não há problema algum, Didier. Sério. E me chame de André, está bem?

— Tentarei me lembrar, senhor. Obrigado.

Não falei mais nada nem ousei perguntar coisas, porque não sabia se Didier ou outros empregados de Natacha sabiam do Tarot. Eu tinha a impressão de que não. Ou sim. Melhor seria perguntar para ela, mais tarde. Enquanto Jacques Brel cantarolava pelo rádio do Rolls, Natacha retornou.

— Pronto. Vamos seguir para o bode!

— Bode?

— Sim! La Chèvre! O "bode" é o Château de la Chèvre d'Or, Castelo do Bode de Ouro. É uma mansão, que pertenceu a um violinista chamado Zalto Balokovic, nos anos 20. Zalto achou a casa após seguir um bode, que tinha uma barba amarela. Ele encontrou a mansão, então abandonada, que comprou e transformou em sua residência, perto da vila de Eze. Para não ser perturbado, colocou uma tabuleta em sua porta onde dizia "Silêncio, por favor; paciente em tratamento". Não é o máximo?

Lalique parou e acendeu um finíssimo cigarro, acrobaticamente instalado na ponta de sua longa cigarrilha.

— Carros conversíveis são ótimos para fumar, mas péssimos para acender cigarros. Mas assim é a vida, onde se ganha também se perde e vice-versa. Mas se "vice-versa" realmente fosse uma palavra séria, seria "versa-vice", não é? Zalto vendeu a casa nos anos 50 e ela foi transformada em um restaurante. Era frequentado por figuras como o príncipe de Mônaco até que foi transformada em um hotel por sugestão de, sabe quem? Walt Disney. A vida é assim: tudo se liga, gira, se beija, dá voltas, dorme, se torce e acaba sendo a mesma coisa, ajoelhando-se em homenagem ao caos maravilhoso que governa tudo. Didier, *digital hardcore*, por favor.

Sorrindo, Didier – que parecia adorar aquilo tudo – ligou o MP3 player no painel do automóvel e logo a meia hora final de nosso passeio foi tomada por breakbeats e samples barulhentos e distorcidos, que reverberavam pelas árvores e pés de tangerina e, enfim, anunciaram nossa chegada à porta do Château de la Chèvre d'Or. Os porteiros, sorridentes, receberam Natacha, abrindo a porta para que saísse do carro. Eu desci pela outra porta, enquanto Didier pedia permissão para passear com o carro.

— Mas é claro, Didier. Vai ver aquela sua pequena, hum? Ahaha! Mas lembre-se de voltar em duas horas, c'est bien??

O Château era uma antiga mansão restaurada, com vários níveis e cômodos diferentes, posicionado com delicadeza à frente do Mediterrâneo, com a linha do horizonte marinho lá embaixo, emoldurando-o. O concerto teve lugar ao ar livre, em um dos pátios da construção. Trechos da *Scheherazade*, de Korsakov, deram espaço para peças de Grieg, inclusive trechos da minha preferida, *Peer Gynt*. Um total de quase duas horas magníficas, em cujo intervalo vim a descobrir que Lalique também financiava a orquestra local.

— Não há nada mais importante do que a arte, monsieur Moire, mas desconfio que já saiba disso. A arte e a criação. Criar quadros, criar fotos, criar crianças, criar prédios, criar situações, criar amizades, criar romances – de papel e de pessoas. A criação é a resposta. Ah, lá está Didier, de volta. E repare em como sua roupa está amarrotada, ahaha, mas não fale nada para ele, *c'est bien?*

A viagem de volta à mansão foi alegre, com a atmosfera noturna de Eze mesclando-se aos ventos marítimos. Lalique falava com empolgação e usava os dedos e as mãos para indicar direções e sentidos, em um gestual que apelidei, brincando, de "direcional". Pessoas e direções, objetos e caminhos a tomar, tudo era alvo do dedo indicador de Lalique.

Ao voltar à casa, despedi-me de Natacha e caminhei para meu quarto, pois, a essa altura, precisava de uma boa noite de sono. Foi quando presenciei uma cena estranha. O mordomo entrava em uma pequena saleta, sem se dar conta de que eu o observava. Quando passou pela porta, vi que o cômodo estava repleto de armas – e ele carregava uma pistola automática na mão.

Dia 2

Quinta, 3 de setembro

O dia acordou silencioso e aprazível. Sentado na minha cama, observei o Mediterrâneo e os barcos ao longe, como se estivesse sobre a água, a uma grande altura. Uma sensação de proteção pairava sobre toda a propriedade. Encostei os travesseiros na parede e me permiti ficar recostado observando os veleiros, escunas e ocasionais lanchas bailarem sobre a água. Pela altura do Sol, já deveriam ser quase 10 horas. Quando finalmente me vesti e saí para o corredor, escutei ao longe um familiar sinal eletrônico. O que era mesmo aquilo?

Dei mais alguns passos e vi que o ruído, baixo, vinha do quarto do menino, Alan. Novamente parei à porta e, mais uma vez, ele estava em frente à uma tela de TV, com um *joystick* na mão. Um velho Atari estava ao lado da TV, posicionado sobre uma espécie de altar.

— Olá. É o senhor Moire, não é?

— Sim.

Ele ficou de pé com um cuidado fora do comum e apertou minha mão. Era um aperto leve, quase sem tocar. Sorriu e voltou a sentar-se, olhando para o game na tela. Claro, Pac-Man. Bem que havia reconhecido os sons. Sons da infância. Como que adivinhando meus pensamentos, ele disse:

— Este jogo apareceu em maio de 1980, vários anos antes de eu nascer. Adoro.

Voltou a se concentrar e a mover o personagem engolidor de pílulas pelo labirinto. Levantava a mão esquerda ocasionalmente para tirar alguns fiapos do cabelo ruivo da frente dos olhos. Era um menino tímido e parecia muito inteligente. Calculava cada passo e trajetória ao longo do labirinto, mas, após alguns segundos, tive a impressão de que não era apenas estratégia o que tinha em mente. Preocupação? Poderia mesmo dizer que ele tinha um objetivo paralelo ao do jogo. Sua voz cortou meus pensamentos:

O Caminho do Louco - Capítulo XVI

— Não gosto disso, olha: os fantasmas estão chegando cada vez mais perto. Mais do que o normal. Podem estar na porta agora mesmo. Não gosto mesmo disso.

Antes que eu pudesse perguntar qualquer coisa sobre tais afirmações e o que significavam, fui impedido pela ecoante voz de Lalique:

— Ih, acordou?! Vamos tomar um café? Nosso *chef* preparou umas coisinhas ótimas! Estive caminhando pela praia e está um dia lindíssimo!

Aproximou-se do menino.

— E você, Alan? Tudo bem? Está preocupado?

Ele disse algo em tom sussurrante, mas pude perceber as palavras "fantasmas" e "nada bom mesmo". Natacha olhou para o jogo em andamento na tela e, por um segundo, achei que ela também estivesse preocupada. Disse ao menino que não havia motivo para preocupações, que tudo ficaria bem. Não pude discernir se ela estava apenas tentando não contrariar as preocupações do garoto com o game ou se estava mesmo preocupada com alguma coisa "real". Enquanto saíamos da sala, ela disse:

— Não se preocupe, Alan, não aqui em Villa Marguerite. Está tudo bem, *c'est bien?*

Sentamos para o café em um dos terraços mais abaixo, mais próximo à altura do mar. Ainda assim, vários lances de escada nos separavam da areia da praia. O vento soprava manso e eu não me cansava de admirar aquilo tudo. As "coisinhas" preparadas pelo tal chef estavam mesmo sensacionais. Assim como a casa e a dona, eram sofisticadas sem ser ostensivas; pequenos pratos delicados ao paladar e com gosto de manhãs.

— Sabe, muita gente acha estranho que exista gente rica no Tarot — disse ela, mais para si mesma.

— Entendo — respondi, entre goles de suco de tangerina.

— Dinheiro é um objeto. Uma ferramenta. É triste que se mate por ele, que se tenha matado por ele ao longo da história. Mas, claro, não sou idiota: sei por que isso acontece. O que deveríamos fazer é achar novas soluções para a pobreza e para a qualidade de vida. Nem tudo deveria passar por ter ou não dinheiro. É *naif*, eu sei. Mas tudo isso é muito complicado. Revoluções com morte nunca trouxeram nada de bom. Morte salga a terra, atrai mais morte e mais tristeza. Gera um ciclo sem fim de desgosto e rancor, motivando mais e mais vingança e, então, novas revoluções pendendo para o outro lado.

— E não acho que nada justifique a morte de um ser humano.

— Não, nada! Nada — parecia imersa em vários pensamentos. Continuou:

— Muita gente acha que ter dinheiro e ajudar os outros é uma hipocrisia. Que caridade é hipocrisia e mero assistencialismo. Eu realmente entendo o que eles querem dizer. Mas o que posso fazer? Se ter dinheiro e ajudar é hipocrisia, então o que é ter dinheiro e *não* ajudar? Tudo é muito complicado. E meu dinheiro é ancestral, vem sei lá de quantas gerações. Não sou inocente, sei muito bem o quanto a maior parte desse dinheiro veio parar nas mãos da minha família das formas mais erradas e criminosas. Agora uso essa fortuna como uma arma. Uma alavanca.

Ao fim do café, descemos a escadaria e caminhamos um pouco pela praia. O sol começava a ficar a pino.

— Olha aquela caverna — disse ela, apontando com o indicador para uma abertura na rocha, maior do que uma porta de garagem, em uma das extremidades da praia. — Eu adoro aquele lugar. Nós instalamos ali dentro a nossa garagem de barcos. Parecia perfeito pra isso. "Nós", quero dizer, minha família. Os Lalique sempre moraram aqui, mas eu reformei a villa há alguns anos para que ficasse menos sisuda e cafona.

— Villa Marguerite não é nada cafona — repliquei.

— Ahah, obrigada! Tentei deixar tudo menos ostensivo, também, mas seria hipócrita se eu simplesmente desmantelasse o lugar. O mundo já é tão horroroso em certos aspectos. Beleza é política. As pessoas subestimam o poder e o valor da estética.

— Não podia concordar mais com isso — respondi, lembrando de repente do túmulo de Oscar Wilde que vira há poucos dias.

— Bom, espero que não tenha ficado mal-acostumado com François e Pat — disse ela, em tom brincalhão.

— Ahn? Como assim?

— Não sou uma guru. Detesto gurus.

Desta vez, fui eu quem riu alto.

— Entendo o que quer dizer. Também não gosto muito de gurus. Mas eles foram ótimos!

— Sim, eles são ótimos! François, coitado, fica com a pior parte da viagem do Louco. Como ele é o primeiro a ser encontrado, é o que deve responder mais perguntas. Mas até que você não faz tantas perguntas. Você acha isso tudo normal?

O Caminho do Louco - Capítulo XVI

— Não acho normal, nem anormal. Estou aproveitando a viagem. Pra que fazer perguntas que serão respondidas mais cedo ou mais tarde?

— Essa é bem a atitude do Louco. Você está certíssimo.

— E François e Pat são ligados à magia, me parece natural que sejam mais professorais.

— Na verdade, todos somos ligados à magia. "Todos", quero dizer, "todos nós humanos", não "todos nós do Tarot". Só que alguns têm mais noção disso. Mas, sim, entendo o que quer dizer, Moire. François é, além de um Mago, um ator, de certa forma. Nada nele é falso ou interpretado, não é nesse sentido que estou dizendo. Mas determinado tipo de magia exige a presença de um palco mental. Magia ritual, por exemplo. Mas não espere que eu ou os outros arcanos lhe "ensinemos" coisas. O caminho do Louco seria uma viagem chatíssima se fosse recheada de "gurus" e proselitismo. Quem vai lhe ensinar algo é apenas você mesmo. Você e o que você enxergar, ouvir, processar, conectar, entender. Viver, enfim. A viagem do Louco é viver.

Naquela tarde, passeei sozinho pelas ruas de Eze, enquanto Lalique visitava um orfanato que mantinha em uma vila vizinha. Sentei-me em um ponto mais alto e observei o mar por longos minutos, cercado pelo aroma das tangerineiras. Sim, era uma loucura aquilo tudo. E, sim, eu estava adorando. Quanto à Imperatriz, parecia a grande mãe do Tarot. Não no sentido literal, de parto e criação, mas em relação a cuidados. Natacha demonstrava profunda preocupação com o bem-estar, o conforto e a felicidade de todas as pessoas ao seu redor. Era como se cada arcano fosse, não um guru, mas um decorador de interiores. Preparavam o cenário para que eu passasse por diversos e sucessivos estados mentais. Algumas cartas me deixavam mais curioso ou até mesmo temeroso do que outras: o Diabo, a Roda da Fortuna. A Morte. Não queria pensar nessas situações, mas antes deixar a surpresa me atingir. Deixar o acaso guiar a sua vida é algo bem forte. E irônico. Quando se busca o acaso, se é obrigado a lidar com a ordem cotidiana todo o tempo. Quando se está vivendo o acaso, o próprio caos cuida de ordenar as coisas para você. Basta relaxar.

Após duas horas de caminhada pelas ruas, voltei para Villa Marguerite. Era como retornar para o berço, para uma sensação – não, uma *certeza* – de proteção incomparável. Era a mesma sensação de proteção e cuidado que eu havia sentido dentro do carro, durante o passeio noturno da véspera, mas que também experimentei no momento em que Didier me buscou no dia de minha chegada. E Natacha não estava no carro ali, eu nem mesmo a havia conhecido ainda. Era como se todos os lugares de propriedade dela exalassem a mesma proteção. Eram refúgios, úteros, berços, curralitos divertidos e esteticamente interessantes.

Quando estava a menos de cinco metros dos portões da Villa, ouvi passos atrás de mim. Voltei-me para ver quem era e havia um homem, parado em um dos cantos da estrada, me observando. Estava a cerca de dez metros de distância e usava um terno preto, com o rosto muito pálido e olhos claros. Os cabelos da minha nuca se arrepiaram e ele me fitou, sem desviar os olhos, por vários segundos.

— Monsieur Moire! — Era a voz do velho mordomo, que havia aberto a porta de entrada da Villa Marguerite e me esperava na soleira inicial. — Por favor, entre. Mademoiselle Lalique já deve estar retornando com Didier. Vou preparar uma refeição leve para o senhor.

O mordomo disse tudo isso olhando de soslaio para a estranha figura de preto, que continuava parada ao longe, na beira da estrada. Fechou o portão e o trancou mal, assim que passei. Enquanto caminhávamos pelo jardim em direção à casa, chegou mesmo a tocar de leve nas minhas costas em uma tímida tentativa de me conduzir de volta. Alan estava de pé na varanda e, ao me ver voltar, disse:

— Ah, está aí de volta — e, parecendo aliviado, entrou na casa.

Lalique retornou de sua visita ao orfanato pouco tempo depois e foi logo me ver. Eu estava em sua pinacoteca, em um dos andares inferiores. Quando ela entrou na sala, eu observava uma cena curiosa: uma mulher, carregando um bebê no colo, saía de dentro de uma embarcação retangular e era encontrada na praia por dois homens.

— Danaë consegue escapar, levando seu filho, mesmo após ter sido aprisionada pelo próprio pai, que temia uma profecia que dizia que ele seria morto pelo seu neto.

A voz de Natacha tomou o ambiente, saborosa e traindo a paixão que sentia pelos quadros. Continuou:

— O bebê desta cena, Perseu, mais tarde mataria a Medusa, domaria o cavalo alado Pégaso e resgataria Andrômeda, entre outros feitos. Eu adoro os pré-rafaelitas. *Danaë*, não o mito, mas o quadro que vê aí na sua frente, foi pintado por John Price Waterhouse na última década do século 19. Oficialmente foi dado como desaparecido, mas está aqui — como pode ver.

Natacha caminhou pela pinacoteca, parando às vezes em frente a alguma obra. Em alguns momentos, se posicionava, parada, com um dos pés esticados, um cacoete que entregava sua infância dedicada ao balé. Fazia isso sem perceber. Naquele instante, com a perna esquerda sustentando o corpo e a direita esticada em uma discreta "ponta", admirava outro quadro de Waterhouse, na parede em frente a *Danaë*. A placa embaixo da pintura dizia: "*Ofélia (deitada na relva); 1889*".

— Não dá pra saber se ela está triste, sonhadora, fantasiosa. Adoro. Gosto muito desse distanciamento que, na verdade, é tão carregado de *participação*, de vida. Você parece levar tudo isso dessa maneira, Sr. Louco. Não acha essa sua viagem um tanto insólita?

— Tudo é uma surpresa — respondi, divertido. — "Eu nada espero dos outros; logo, suas ações não podem estar em oposição aos meus desejos".

— André, eu não disse que detesto gurus? — brincou Natacha. — De quem é?

— Swami Sri Yukteswar, de...

— *Autobiografia de um Iogue*. — completou ela. — Sim, gosto desse livro.

— Parece gostar de muitas coisas distintas.

— Hm. Nada que é humano me é alheio. De quem é isso mesmo? Bom, eu seria uma péssima Imperatriz se não gostasse de coisas distintas. A Imperatriz está ligada à criação e criação envolve tudo. Arte, Sr. Moire, arte. O mundo. Nossa vida. O único sentido dela, *ces't bien*? Criação. Arte e terra.

Os últimos raios de sol daquela tarde que chegava ao fim entravam pelas poucas e estreitas janelas da pinacoteca. Saímos para a varanda e o mordomo surgiu, preocupado. O idoso chamou Natacha em um dos cantos da varanda e sussurrou algo que não pude ouvir. Ela se virou e me olhou enquanto ele falava. E então me perguntou, a voz um pouco mais rouca e aguda:

— André, Pierre me diz que um homem de terno o seguiu pela estrada esta tarde.

Aquilo me pegou de surpresa. Eu nem me lembrava daquele incidente. Mas Natacha parecia nervosa.

— Como ele era?

— Bom, eu não reparei muito nele.

— Pierre, por favor. Telefone para o celular de Didier. Ele desceu de volta à aldeia após me deixar aqui. Peça que ele pergunte na estação de trem, nos correios, nos hotéis, em qualquer lugar. Ele sabe como fazer isso. — Virou para o lado e me disse, em tom mais baixo, de confidência quase infantil. — Didier é o Dois de Espadas, ele saberá o que fazer. Ele já fez coisas estranhíssimas antes de entrar para o grupo.

Pierre soltou um pigarro e disse, com a pele um tanto mais avermelhada que o normal:

— *Mademoiselle* Lalique, Didier já havia perguntado pela aldeia e parece que um estranho grupo chegou a Eze esta manhã. Cinco ou seis homens, todos de terno e descritos pelo verdureiro como "ridiculamente discretos".

O velho Pierre olhou para o nível superior de Villa Marguerite, como quem faz uma pergunta silenciosa. Natacha fez que sim com a cabeça e Pierre partiu às pressas. Quando o mordomo se afastava, Natacha gritou:

— E mande Alan ficar em seu quarto e não sair da casa por nada! — E, voltando-se para mim. — Detesto encurtar sua estadia, mas é mais seguro que você parta ainda hoje, André. Didier vai... — ela estacou, boquiaberta e olhos arregalados. Segui a direção de seu olhar e senti um arrepio.

Sobre o muro que cercava o terreno de Villa Marguerite, uma estranha cabeça nos observava. Olhei para Natacha e ela parecia mudada. Seu rosto exalava uma fúria até então insuspeita.

— Vocês... ousam vir *aqui*? **Aqui?**

Tudo aconteceu muito rápido. Os portões da propriedade, que ficavam em um muro lateral àquele onde a cabeça estava, abriram-se e Didier adentrou no terreno, o BMW zunindo como uma bala. Mal o automóvel parou e Didier saiu, olhando para trás e checando os portões automáticos, que se fechavam isolando lá fora o que parecia, à luz do início da noite, um grupo de pessoas vestidas de preto. Ao se certificar de que ninguém havia entrado, o motorista correu em nossa direção.

No mesmo instante, Natacha começou a caminhar em direção à cabeça.

— Vocês ousam vir *aqui*??

Toda a propriedade parecia caminhar com ela. Não, não a propriedade. Não Villa Marguerite, nem mesmo Eze-sur-Mer. Todo o mundo material e terreno parecia caminhar com ela, que dava passos com uma determinação gigante. Àquela altura, haviam cinco homens, todos de negro, em cima do muro. Suas formas se borravam em meio ao crepúsculo e era difícil ver o que faziam. Antes que eu pudesse me lançar atrás de Natacha, Didier me alcançou e segurou meu braço, dizendo, em um inglês macarrônico:

— Eles querem você, senhor Moire. Vamos, é melhor entrarmos na casa.

— Você é maluco? Não podemos deixá-la aqui sozinha!

— Acredite em mim, senhor Moire. Aqui, neste lugar, são eles que correm perigo. Diante dela, aqui dentro, eles estão em minoria.

O Caminho do Louco - Capítulo XVI

A cada passo de Natacha, as figuras de negro pareciam cada vez mais imóveis. Tive mesmo a impressão de que estavam com medo. Uma delas gritou; um guincho terrível. E então balbuciou algo como "sou um intruso, um intruso".

Eu tinha dificuldade em me mover – e posso jurar que o mesmo acontecia com Didier. Era como se tudo obedecesse à vontade da dona do local. Vontade não descrevia bem aquela sensação; *domínio* era a palavra certa. Não controle, possessão, mas total imersão a um senso *terreno* há muito perdido. A casa, eu, o motorista, os homens de negro sobre o muro, o carro, a criança dentro da casa, os quadros, a praia lá embaixo, a água gelada do Mediterrâneo, todos se curvavam e obedeciam à vontade sem vontade de sua Imperatriz.

Enquanto Natacha caminhava ainda mais depressa em direção ao muro da propriedade, gritando frases como "Não deveriam ter vindo aqui, ces't biennn??!!", o mundo material parecia rodar e eu começava a cambalear na minha fuga forçada em direção à casa, puxado por Didier, que também lutava por andar em linha reta. Parecíamos caminhar no fundo de uma piscina. Foi quando ao meu lado ouvi um estalo – clic – seguido de uma explosão.

O estrondo era o resultado do dedo de Pierre, o mordomo, sobre uma antiquíssima espingarda, uma das armas que eu vira em seu quarto na noite anterior. Lutando por caminhar de maneira coerente, o idoso demonstrou excelente mira, mesmo naquela estranha situação. A bala raspou sobre o ombro de um dos homens misteriosos, que caiu para trás. Novo clic e novo estrondo, e a perna de outro homem explodia na altura do joelho.

— Ele está atirando naqueles caras! — gritei.

— Não! — respondeu Didier. — Ele os está mandando para longe da Madame. Para longe da casa. Para o bem deles!

Após o último homem descer do muro e desaparecer, Pierre parou no gramado, a meio caminho entre o local onde estávamos, eu e Didier, na varanda da mansão, e Natacha, que chegava a poucos metros do muro. Ela então estacou e suspirou. E foi como se toda a casa e o terreno suspirassem com ela.

Estávamos já todos de volta ao salão principal da casa e Natacha sorria, como se nada tivesse acontecido.

— Bem feito, aqueles marginais não vão mais sequer ter coragem de vir passar férias aqui na costa, ahah! — sua gargalhada tradicional ecoava pelos cômodos. — Mas isso é sério, André. Ninguém sabe o que eu sou e o que é esta casa. Se estes imbecis vieram até *aqui,* é porque conseguem rastreá-lo muito bem.

Não é razoável que fique até amanhã, como previsto. Deve partir hoje.

— Mas os trens... — tentei argumentar.

— Não, nada disso. Não pode ir de trem, não pode viajar sozinho, não agora que sabem que está aqui. Você irá com Didier.

O motorista mal abriu a boca para argumentar alguma coisa quando foi interrompido por Lalique:

— Mas não de carro. Não. As estradas também estarão habitadas. Sorte que eles não sabem para onde você vai a seguir, André. Sim, duvido mesmo que saibam. O endereço está aqui — e me passou um pequeno envelope azul. — Só abra quando tiver partido. Didier, leve-o na Ceres.

Lalique me abraçou e se despediu de maneira afável e divertida, como se tudo aquilo fosse uma festa de fim de semana. Pierre surgiu ao meu lado já com minhas bagagens prontas, a eficiência em forma de francês.

— Creio que está tudo aqui, monsieur. Espero que esteja tudo ao seu gosto.

— Obrigado, Pierre. E, por favor, me chame de André. Eu... Ora, estou adorando tudo isso! Vocês são como uma família para mim agora.

Natacha gargalhou e interrompeu:

— Ora, André, não me vá estragar tudo no final. Que coisa de maluco! Mas vão!

Apertei as mãos de Pierre e disse a Natacha:

— Dê um abraço no menino.

— Não se preocupe, André. Não é o fim do mundo; ainda. Você nos verá de novo.

Didier pegou minha mochila e lançou-a sobre as costas, pondo-se a descer para os níveis mais baixos de Villa Marguerite, pela longa escada em direção à praia. Enquanto as árvores dos jardins inferiores tiravam Natacha Lalique e o velho Pierre do nosso ângulo de visão, ele pareceu adivinhar meus pensamentos e disse:

— Não se preocupe. Esta Villa é o local mais seguro do mundo; na verdade, aqueles sujeitos não sabem a sorte que deram. Tentar invadir assim, que absurdo.

— Quem são eles?

— Escravos. Mas não cabe a mim falar sobre isso, monsieur. Deve perguntar a um dos Maiores. São soldados do inimigo, claro. Chegamos.

Ceres era um iate, de aparência bem cara e veloz, que estava parado em um canto da praia particular de Lalique, ao lado da caverna que ela havia mostrado. Ficava abrigado em uma espécie de píer natural criado por uma marquise de pedra. Didier e eu subimos a bordo e, em poucos minutos, partimos. Quando Ceres se afastava da costa, abri o envelope azul. Nele havia um colar e dois papeizinhos. O colar era composto por cristais Murano azuis, acompanhado de um bilhete: "Para dar sorte. N. L.". Pendurei-o no pescoço, por dentro da camisa. O segundo bilhete era um endereço. O endereço de Patrick Mann, um dos homens mais ricos do mundo. O Imperador do Tarot, que pelo jeito me encontraria em um local chamado The Eagle Manor, em Dorset.

"Hail, fellow, well met, All dirty and wet;
Find out, if you can, Who's master, who's man"
- Jonathan Swift (1667 - 1745)

"Olá, camarada, bom te conhecer, Todo sujo e molhado;
Descubra, se puder, quem é mestre, quem é homem".

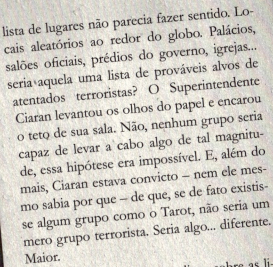

Capítulo XVII

A lista de lugares não parecia fazer sentido. Locais aleatórios ao redor do globo. Palácios, salões oficiais, prédios do governo, igrejas... seria aquela uma lista de prováveis alvos de atentados terroristas? O Superintendente Ciaran levantou os olhos do papel e encarou o teto de sua sala. Não, nenhum grupo seria capaz de levar a cabo algo de tal magnitude, essa hipótese era impossível. E, além do mais, Ciaran estava convicto — nem ele mesmo sabia por que — de que, se de fato existisse algum grupo como o Tarot, não seria um mero grupo terrorista. Seria algo... diferente. Maior.

Havia comprado um livro sobre as linhas Ley, mas era uma publicação amadora, que lhe parecia mera bobagem new age. As explicações eram as mais improváveis: pistas de pouso de naves extraterrestres; caminhos construídos por uma avançada raça pré-atlante; ligações com as marcas nos campos de trigo do interior da Inglaterra. Ciaran não era cético, mas também não era idiota. Triste pela ausência de informações proporcionadas pelo teto de seu escritório na Yard, voltou os olhos para a mesa e observou o mapa global que havia encontrado grampeado junto à folha com a lista de lugares. Os mesmos lugares

– e vários, vários outros – estavam marcados no mapa, trespassados por linhas retas que contornavam o planeta, cruzando-se em um emaranhado complexo e infinito. Com certeza, para a confecção daquele atlas, fora necessária a criação prévia de diversos outros mapas menores, locais. Mapas de países, de cidades, talvez até mesmo de bairros. Quem seria capaz de fazer isso? Um grupo grande e empenhado, certamente. E com tempo, muito tempo. Pelo que vira no livro, vários grupelhos esotéricos tentaram criar mapas das linhas Ley, mas apenas dois pareciam legítimos e sérios: o mapa de Londres e o mapa de Seattle. O mapa de Londres, que ocupava duas páginas do livro, tinha algumas semelhanças com as linhas que passavam sobre a Inglaterra no mapa que havia encontrado na casa de James Burke. Mas parecia haver diferenças significativas na disposição e localização de várias das linhas. Impossível saber ao certo sem uma versão regional do mapa de Burke, que mostrasse apenas Londres, ou, pelo menos, a Grã-Bretanha, de maneira mais aproximada e ampliada.

Voltou a olhar para o teto e pensou nos dados históricos sobre as linhas Ley. Foram percebidas "pela primeira vez" por um certo Alfred Watkins, um respeitado empresário de Herefordshire, em 1921. Examinando um mapa à procura de pontos turísticos, Watkins percebeu que uma longa linha reta passava sobre vários pontos de interesse, muitos deles locais antiquíssimos. De início, Watkins não tinha explicação alguma para aquilo, mas, mais tarde, alegou ter visto "em um clarão" um intrincado padrão de linhas se estendendo por sobre o local onde estava. Quatro anos mais tarde, ele explicou essa "visão" em um livro. Chamou as tais linhas de linhas Ley – ou apenas Leys – e, para ele, eram resquícios de antigas rotas pré-históricas de comércio. Chegou a associá-las com o deus grego Hermes, o deus da comunicação e das fronteiras, mensageiro dos deuses, que guia os viajantes até os lugares desconhecidos e dirige as almas até o mundo dos mortos. Ciaran voltou a olhar para o livrinho e folheou-o até reencontrar um trecho do livro de Watkins:

"Um deus celta, Tout, ou em sua forma romanizada Toutates, supostamente é a que César se referia e este foi encontrado em um altar romano-bretão. É fato que locais de observação chamados Tot, Toot, Tout, Tute e Twt abundam por todo o Reino e sua raiz é provavelmente celta. O fato de que tais locais e montes são pontos de cruzamento das linhas estreita ainda mais a ligação."

"Tout", pensou Ciaran. "Tot, que está conectado a Hermes, que também é Odin, que também é o egípcio Thoth. O Tarô de Thoth... O Tarot." Sempre voltava ao mesmo ponto. Bufou e jogou a cabeça para trás. Estaria ficando louco? Pensou que, afinal, com tempo livre e deixando a mente correr, era possível fazer ligações entre *qualquer* coisa. Por que se interessava tanto por aquilo tudo? Estava certo, após a visita à casa de Burke, que deveria haver algum grupo ligado às cartas do tarô. Mas por que aquele interesse? Tédio de um profissional bem-sucedido e com tempo demais à disposição? Prenúncio de que era hora de se aposentar? Ou um interesse honesto, amplificado por uma experiência de anos e anos na polícia? Não sabia dizer.

— Sr. Ciaran?

Uma mulher magra e pequena, de cabelos pretos curtos e presos em um coque, apareceu em sua porta.

— Sim, Srta. Orange?

— Um homem acaba de ligar e deixar recado. Um homenzinho estranho, se me permite dizer. Identificou-se apenas como Taylor.

— Taylor? — O interesse de Ciaran pareceu renovado. Apoiou os braços na mesa, esticando a cabeça para a frente. — O que ele disse?

— Não muito. Disse apenas que achava que alguma coisa estranha havia acontecido e pediu que o senhor, se possível, o encontrasse o mais rápido possível "no local de interesse".

Sem esperar a frase terminar, Ciaran pegou o chapéu, encaixou-o exatamente sobre o círculo de cabelos ainda não grisalhos no topo de sua cabeça e saiu em disparada. Minutos depois, estava dentro de um táxi, em desabalada corrida até o SoHo. Parou em frente ao número 71 da Dean Street, do outro lado da rua. Olhou em volta e procurou seu informante. Apesar de ter deixado com sua secretária seu sobrenome real, Taylor, era conhecido por todo o submundo e pela polícia londrina como Teletubby. Era um homem alto e magro, de quase sessenta anos, um bandido de rua sem maiores consequências, envolvido em jogos de cartas, corridas de cavalos e bebidas. Era tolerado pela polícia porque, além de servir como informante há vários anos, prestava-se a pequenos serviços extraoficiais. E era de gente extraoficial que Ciaran precisava, já que ainda não estava certo se envolveria a Yard em suas investigações pessoais.

— Ciaran? — a voz era aguda e rápida e falava em sotaque cockney quase insuportável, desintegrando a metade final de todas as palavras. Teletubby surgiu por trás dele, saindo de um bar. — Ciaran, acho que o nosso pássaro fugiu da gaiola. — Ciaran lembrou-se de imediato da mania mais absurda de Teletubby: quase todas as suas frases eram clichês de filmes policiais vagabundos, daqueles que completam programas noturnos de cinemas do subúrbio.

— Como assim, Teletubby?

— Fiquei aqui de prontidão, como sempre, desde o dia em que me pediu para aceitar esta missão. O rapaz tem hábitos estranhos, mas bem aceitáveis para

O Caminho do Louco - Capítulo XVI

alguém de sua idade. Ele trabalha de madrugada, como um desses sujeitos que mexem com discos de vitrolas, um discotecário ou algo assim.

— Ele é DJ.

— Isso. Disc-jockey, é como chamam, não? Bem, no meu tempo, um jóquei montava era em cavalos, como aquela belezura do Two Pint, que levou o páreo de hoje, você viu?, não em discos de música.

— Teletubby, vá direto ao ponto.

— Sim, claro, chefe. *Cut the crap*. Bom, ele tem hábitos estranhos, mas regulares. Todas as terças, quartas, quintas e sábados ele sai de casa de carro, carregando uma mala prateada que me parece muito suspeita, seu Ciaran, se me permite dizer.

— Provavelmente é onde ele leva os discos, Teletubby. Continue.

— Sim, claro! Eu... Por que não pensei nisso?... Bem, ele sai — tirou com diligência um imundo e microscópico caderninho de anotações do bolso, molhou o dedo com a língua e virou algumas folhas — às onze da noite, voltando quase sempre às sete da manhã. Dia já claro, não posso deixar de realçar para o senhor. A exceção é o sábado, onde ele sai à meia-noite, em voga, retornando então lá por coisa de nove da manhã. Dia já avançado, claro, e então já é pleno domingo, como não pode deixar de perceber.

— Não, realmente não posso. Teletubby, o que aconteceu de "estranho"?

— Estranho?

— Sim, com o diabo, Teletubby, você me ligou dizendo que viesse para cá o quanto antes, porque algo fora do normal havia acontecido.

— Oh, sim, claro, eu iria chegar a tal ponto. Anteontem e ontem, ele não saiu de casa. E hoje é uma quinta-feira.

— Há dois dias ele não aparece? Dias em que deveria ter ido trabalhar à noite? Diabos, Teletubby, e você só me liga hoje?

— Tive que me certificar. Não iria perturbar a polícia de Sua Majestade com alarmes falsos. Perguntei para o porteiro do prédio e ele me disse que eu deveria falar com o porteiro noturno, mas que, nos dois últimos dias, realmente não tinha visto o Sr. Burke voltar da rua de manhã, como de costume — conforme já o orientei, seu Ciaran, de que acontecia.

— Você falou com o porteiro do prédio? Diabos!

Ciaran caminhou apressado até o prédio número 71, do lado oposto da rua. Teletubby perguntou às suas costas:

— Posso ir com o senhor, seu Ciaran? Em caso de necessidade de uma retaguarda mais reforçada? Ou devo ficar e manter meu posto de vigília?

Como Ciaran não respondeu nem diminuiu o passo, Teletubby deu uma rápida olhada em volta, mordendo os lábios, e decidiu que era melhor seguir Ciaran. Chegou a tempo de ver o Superintendente, já dentro do prédio, falar para o porteiro:

— Desejo ver o Sr. Burke, por favor. Número 303.

O porteiro apertou o interfone e fez a ligação. Após longos segundos, tornou a pousar o aparelho.

— Ninguém atende, senhor. Talvez ainda esteja no trabalho. Ou já tenha ido dormir. Ele trabalha à noite, o senhor sabe.

— Você era o porteiro diurno ontem e terça-feira?

— ... Sim — disse o porteiro, em dúvida.

— Tente se lembrar. Você o viu chegar pela manhã nestes dois dias? O viu em algum momento que fosse?

— Er, me desculpe, senhor, mas não tenho permissão para falar sobre os morad...

— Scotland Yard — disse Ciaran, mostrando sua identificação. — Eu vou subir.

— É, polícia — disse Teletubby, logo atrás de Ciaran. — Eu sou o apoio dele. — E também entrou no elevador, quando as portas já se fechavam.

Ciaran bateu com força na porta do apartamento 303. Nada. Nenhum som. Tornou a bater. Silêncio. Resolveu então chamar:

— Sr. Burke? James Burke?!

Olhou por menos de dois segundos para o teto do corredor do prédio, afastou-se até a parede oposta e, com os pés, arrombou a porta do apartamento. Estava completamente vazio. Sem móveis, sem objetos esquecidos. E sem sinal de James Burke. Nada. Foi depressa até os cômodos apegados à sala de estar, mas também não havia nada. O apartamento estava vazio.

Balançando a cabeça, bufou e então lembrou que Burke, anos atrás, morava em um outro prédio, também na Dean Street. Tirou do bolso do sobretudo um bloco de anotações e checou o número exato.

— Dean Street, 47. Fica a um quarteirão daqui. Vá até lá agora mesmo, Teletubby. Não pare por nada! Pergunte ao porteiro, aos vizinhos, sei lá, se eles

O Caminho do Louco - Capítulo XVI

viram James Burke por lá recentemente. Se não se lembrarem do nome, descreva-o e diga que é o rapaz que morou lá dois anos atrás. Talvez ele tenha voltado para lá. Se for o caso, ligue *na mesma hora* para o meu celular. Vai, corre!

Teletubby bateu continência e saiu como um relâmpago pela porta que dava para o corredor. Ciaran examinou o apartamento por mais alguns minutos, sem encontrar nada. O rapaz havia fugido. Isso prova que estava certo. Não haveria motivos para que abandonasse o apartamento de forma tão repentina, apenas devido à menção de assaltos nos apartamentos vizinhos. E assaltos fictícios, ainda por cima. Não. Tinha sido a carta. O Hierofante. A carta o assustou. Após anos e anos de investigação pessoal a respeito de tantos eventos estranhos, mas imperceptíveis para a polícia, Ciaran pela primeira vez teve certeza de que havia *algo* em toda aquela história. Não estava louco. Existia o Tarot. Desceu até o térreo e tornou a falar com o porteiro.

— O apartamento de Burke está vazio. Ele se mudou. Meu... agente o viu há dois dias. Ele só pode ter se mudado ontem ou no dia anterior. Sabe quando foi?

— Se mudou? — disse o porteiro, intrigado. — Não, senhor, eu nem sabia disso. Bom, com certeza não foi no meu turno. Que estranho. É bom o senhor falar com o porteiro da noite, porque a mudança deve ter sido feita de madrugada.

Mal Ciaran saía do prédio, seu celular tocou. A voz absurda de Teletubby estava do outro lado da linha:

— Missão cumprida, mas sem frutos positivos, seu Ciaran. Nem o porteiro nem nenhum dos vizinhos vê o Sr. James Burke desde que ele se mudou deste prédio, dois anos atrás.

Ciaran moveu os olhos por instinto até o teto, em sua busca por fios de raciocínio, mas estava na rua. O teto era apenas um céu nublado, metálico e fechado.

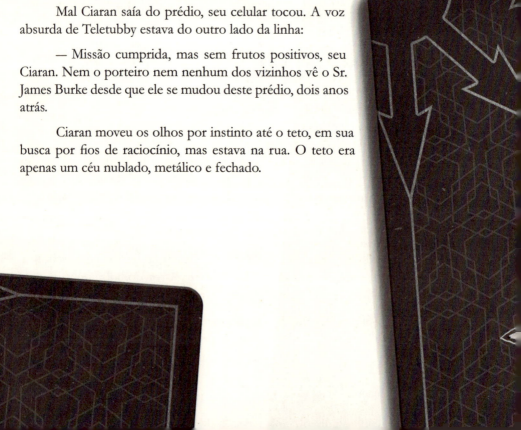

> "Todo santo tem um passado e todo
> pecador tem um futuro"
> — Oscar Wilde (1854 – 1900)

CAPÍTULO XVIU

Paedalus pensava e, por mais vias tortas que tomasse, sempre chegava à mesma conclusão. Sim, não teria adiantado ir a Pau. A polícia estava lá, investigando o macabro assassinato de seu velho amigo Achille, mas a vila não seria um lugar seguro; não para ele. A morte de Achille não podia ser coincidência. Ou podia? Estaria imaginando coisas? A idade avançada estaria enfim começando a pregar-lhe peças? Não. Bobagem. Tinha 62 anos, jovem para os padrões de saúde atuais. Não. Algo estava acontecendo. Daedalus sentia uma fria redoma ao seu redor, e isso fazia com que apertasse o passo.

Andava em círculos no pequeno quarto de hotel. Havia chegado em segurança até aqui, após passar os últimos cinco dias em outros hotéis e fazendo baldeações em vários trens dos Pirineus Atlânticos, em uma tentativa de fugir não só de seus perseguidores, mas da própria sorte. Não ousou, contudo, arriscar sua secretária, a velha criada Sophie e os demais empregados: passara antes em casa e colocara os documentos e algumas roupas e objetos necessários em sua bolsa de couro. Em seguida, tomou trens para lá e para cá, em horários em que passaria despercebido. Seu único amigo em Pau estava morto e sabe-se Deus onde teriam ido parar as fotocópias que lhe enviou. Não foram citadas em nenhum dos artigos de jornais que leu; artigos que abordavam a morte de Achille de forma bem amenizada e vaga. Havia o velho Jean, com seus monóculos sempre um pouco tortos, que agora tinha uma cadeira na Université de Pau et des Pays de l'Adour, mas Pau estava fora de cogitação. Precisava tomar outra rota, mais distante e mais segura. A solução mais racional era a que havia tomado: a pequena vila de Saint-Èmilion. Lá vivia outro de seus amigos mais antigos, Luc Girond, um modesto, mas respeitadíssimo frei do local. O nome de Girond não fora pinçado mais cedo por Daedalus, pelo simples fato de que não imaginava ter de fugir da sua região. Já que seus amigos de Bayonne e de todas as vilas próximas deviam estar sendo observados, tinha que se afastar.

Considerado genial pelos seus pares, Girond era uma autoridade na história do cristianismo e sabia na ponta da língua nomes, datas e fatos ligados a cada canto da Aquitânia e dos Pirineus. Sua modéstia o impedia de seguir mais à frente na hierarquia da Igreja.

— Hierarquia da Igreja... — a expressão agora despertava sorrisos sem brilho no rosto de Daedalus, enquanto caminhava em círculos sobre o gasto e desbotado tapete vinho do hotel. Uma última e discreta viagem de trem o trouxera até Saint-Émilion, uma vila de menos de 3 mil pessoas que existia, dizem, desde a pré-história, quando comunidades viviam em suas extensas cavernas subterrâneas. Os romanos plantavam videiras ali já no século 2 d.C. A cidade foi batizada em homenagem ao monge Émilion, que criou um eremitério cavado na rocha, no século 8. Os monges e ermitões que o seguiram deram início à produção comercial de vinho no local – e, sim, daí vem o vinho hermitage. Daedalus caminhou até a cômoda e sacou de sua taça. Deu mais um gole. Estava bebendo mais do que antes? Achava que não. É que agora se dava ao luxo de apreciar o vinho.

Pulou ao ouvir uma batida na porta.

Gaguejou:

— Quem é?

Uma voz de adolescente respondeu, em francês interiorano:

— O mensageiro de quarto, senhor. Um senhor deseja vê-lo no foyer.

— Qual o nome dele?

— Girond, senhor.

Uma voz que surpreendeu Daedalus pelo seu tom de alívio e disse ao rapaz que o deixasse subir. E mais surpreso ficou por ter logo em seguida se arrependido de não ter pedido ao rapaz uma descrição do tal senhor.

Mas era mesmo Girond, ainda que vinte quilos mais gordo do que a última vez que o viu. Que foi há, o quê? Doze anos? Quinze? Conversaram sobre reminiscências por cerca de meia hora, bebendo chá — Daedalus envergonhou-se de seu vinho na frente do velho amigo. Mas a conversa não tardou a recair sobre os manuscritos em latim. Daedalus não pôde evitar de fazer o sinal da cruz ao entregá-los para Girond, coisa que não escapou aos olhos do gorducho frei. Levantou as sobrancelhas e disse:

— Não o vejo há anos, caro Perrin, mas é um de meus amigos mais antigos. E não me lembro de que era assim, tenso. Isso... Isso é mesmo sério, então?

— Sabe que nunca saio de Bayonne, Girond. É. É sério. Infelizmente.

O frei abriu os manuscritos e começou a leitura; o latim fluía como francês moderno aos seus olhos que, a cada linha, pareciam se estreitar e então se arregalar. Este alternar de tamanhos dos olhos prosseguiu por longos e silenciosos minutos. Enquanto seu colega mergulhava no texto, Daedalus pensava ouvir da porta e da janela do quarto todo tipo de ruído. Olhava em volta, febril, creditando tudo à tensão e à sua imaginação. Então o frei se levantou de repente e foi até a janela. Parecia tremer. Daedalus sentiu vergonha por ter apresentado a ele tais papéis.

— Isso... Eu... Realmente não sei o que... Não sei o que dizer. — O "dizer" saiu como um suspiro há muito aprisionado, agudo.

Daedalus olhava para o chão.

— Isso... — continuou Girond. — Perrin, você sabe que isso talvez seja a coisa mais importante que já li na minha vida. É claro que... É claro que sempre se soube desses boatos, abafados, distantes. Mas eu tinha a absoluta certeza de que se tratava apenas de munição para espertalhões. De rumores criados por velhacos para gerar atenção por seus… produtos.

— Sim. Eu também... — a frase morreu na voz de Daedalus.

— E, claro, isso explica o que aconteceu com o padre Achille em Pau. Você disse que enviou a ele fotocópias deste manuscrito?

— Sim. Em um péssimo planejamento da minha parte.

— Não, você não tem culpa. Não pense assim, Perrin. Sabe que não tem culpa. Eu... Não consigo evitar uma sensação de queda após ler isso tudo.

— Eu estou caindo há dias.

O Caminho do Louco - Capítulo XVIII

— Os textos... Você os enviou ou mostrou para mais alguém?

— Não! Absolutamente ninguém. Eu já sabia de sua extrema gravidade e... perigo, antes mesmo de enviá-los para o pobre Achille. E depois do que aconteceu com ele... Então, eu... Eu tive certeza.

Girond aproximou-se e pousou a mão gorda e pequena sobre o ombro de Daedalus.

— Velho amigo... Nem quero pensar em como suportou esses dias sem compartilhar este peso. Não gostaria de ter lido isto, mas não tenho como negar que fez muito bem em vir até mim. Mas eu sou apenas um frei. Você é um bispo.

— O que devo fazer?

— Só há uma coisa a fazer, Perrin.

Daedalus olhou para o amigo, que continuou:

— Devemos tornar isto público. Deixe-me ver... hoje é dia 5, um sábado. Sei o local perfeito para que possamos nos reunir sem que ninguém nos veja.

Meia hora mais tarde, Girond tinha feito duas ligações telefônicas e combinado um encontro com alguns de seus velhos colegas. Quatro freis e um padre de Saint-Émilion, um deles velho conhecido de Daedalus, foram convidados para um encontro. Daedalus e Girond debateram se deveriam fazer cópias do manuscrito e levá-las com eles, deixando o original em segurança em algum local; mas decidiram que, quanto menos cópias houvesse, mais seguro seria. E que o manuscrito estaria melhor com eles do que longe. Assim, levaram-no bem protegido em uma discreta pasta de couro preto, que sumia em um dos bolsos da roupa de Daedalus.

Já passava das dez da noite quando os dois homens chegaram ao local marcado: a Igreja Monolítica. Um local espantoso, a Igreja foi criada a partir da própria pedra, sem construções propriamente ditas. A nave principal, as catacumbas e todo o resto eram parte da rocha, como uma imensa caverna cristã erigida dentro de um único bloco de rocha. A gruta original – o Eremitério – onde viveu o monge Émilion ficava muito próxima dali, assim como todo um circuito de adegas subterrâneas, ossuários, catacumbas, porões e pontos perdidos de séculos passados, que se estendiam ao longo de dezenas de quilômetros por galerias cavadas na pedra. Apenas parte deste mundo no subsolo era aberta ao público.

Lá estavam os cinco homens. Todos se cumprimentaram e abraçaram-se sem muita efusão, pois já tinham sido alertados do teor das discussões que estavam por vir. Entre curiosos e desconfiados, os cinco religiosos seguiram Girond e Daedalus para a nave principal da Igreja Monolítica e de lá viraram para um cômodo menor, onde suas vozes não fariam tanto eco. Girond achou melhor passar logo o manuscrito de mão em mão. Um silêncio abismal se abateu sobre o triste grupo enquanto se deixavam afundar por rincões ainda mais profundos do que as cavernas abaixo de seus pés.

Mais de uma hora depois, todos haviam lido as páginas. Devolveram os manuscritos a Daedalus, que os guardou na pequena pasta de couro, depositada dentro de seu bolso. Hesitavam em falar. Um dos freis, que fizera voto de silêncio, olhava para o solo de pedra, sem expressão nos olhos.

Foi então que Daedalus viu o vinho.

Ou pensou que fosse vinho.

Gotas de um líquido escarlate pingavam no chão de pedra, e Daedalus viu que tinham origem bem no meio da testa do frei mudo, que estava com os olhos esbugalhados. Sua cabeça pendeu para a frente e, em seguida, o homem desabou no chão como um boneco de pano. Atrás dele, na escuridão, puderam ver um homem de negro, trajando terno e gravata. Parecia não ter cabelos. Sua mão direita segurava no ar um finíssimo punhal – e dele ainda caíam gotas de sangue da cabeça do pobre frei.

Tudo aconteceu bem rápido. Antes que pudesse fazer qualquer coisa, Daedalus sentiu seu coração se despedaçar ao ver a garganta de Girond explodir em jorros vermelhos. O que a havia cortado? Foi quando percebeu outro homem de terno negro atrás do velho amigo, já descendo seu braço no movimento final daquele assassinato quase imperceptível pelo tempo. Daedalus e os quatro outros homens puseram-se a correr. Um dos três freis restantes, o mais idoso, não conseguiu dar cinco passos: foi abatido por um terceiro homem de terno preto que, assim como os outros, pareceu sair das próprias sombras.

Os dois freis e o padre corriam e balbuciavam o sinal da cruz. Daedalus estava posicionado na ponta do grupo quando tudo começou e agora corria alguns metros à frente deles, de forma ágil para a sua idade. Pensou em Jesus e, enquanto fugia, seus dedos tatearam seus bolsos: a pasta estava ali e, dentro dela, sua provável morte.

Um grito agudo terrível cortou seus pensamentos e o bispo preferiu não se voltar para verificar qual dos homens havia tombado desta vez. Estava quase na porta que dava para a entrada da Igreja Monolítica. Em breve sairia e haveria alguém lá fora, qualquer pessoa, qualquer um que pudesse ver aquilo e impedir. Qualquer um.

O Caminho do Louco - Capítulo XVIII

Mas a porta parecia não chegar. As sombras aumentavam e a escuridão dobrou, triplicou de tamanho. Daedalus não sabia mais se estava indo na direção certa ou não. A porta estava à sua frente, tinha certeza.

Ou não?

O ar parecia mais fresco. Sim! Havia saído da Igreja e estava agora correndo pela noite. Era assim, claro. Mas suas certezas foram dissipadas por aquilo que tantas noites anteriores fora um símbolo de sua fé: a luz de uma vela. Um altar! Não. Ainda estava dentro da Igreja? De qualquer forma, novas velas surgiram à medida que corria. Estava em uma caverna. Ainda na Igreja? Outro local? Não havia como saber. A rapidez, o pânico e os truques de claro-escuro o confundiram.

Os sons de passos dos outros homens pararam. O ar entrava e saía com força pela boca do velho bispo. Arriscou-se parar por um segundo e olhar para trás: o que viu jamais esqueceria. Os corredores com velas tinham ficado para trás e estava agora na penumbra, no limiar entre a meia-luz e o nada total. E, em algum ponto lá atrás, teve certeza de ter visto, andavam lentamente um grupo de vários homens de negro, chegando mais perto dele. Voltou a correr. A mão direita apertou seu coração e a esquerda segurou com força a pasta de couro em seu bolso, como se sua vida dependesse dela — e não sua morte. Olhou de novo para trás, desta vez sem parar de correr. As sombras de terno continuavam vindo, agora mais rápido. Ouviu uma frase ininteligível, sussurrada nas sombras lá atrás. Era alguém falando em japonês?

Apressou o passo e mergulhou de vez nas trevas ao seu redor. Sempre descendo.

> "Volte seu rosto para o sol e as sombras cairão atrás de você"
> ~ Provérbio Maori

CAPÍTULO XIX

Os loops ainda ecoavam pela cabeça de Leonce Chenard enquanto ele descia as escadas do *Métro*. Gostava de Marie e Jean, assim como de todo o resto do pessoal, e a festa tinha sido divertida. "Festa" era um exagero: comparadas com as aglomerações de seis, sete meses atrás, aquilo tinha sido uma reunião. *Une petite fête. Mine-fête.* François foi, mais uma vez, uma ausência sentida. Mas ele — só ele, de todos os membros daquele grupo — sabia por que Zantray não tinha ido: às voltas com o Tarot.

Riu enquanto seu subconsciente se ocupava dos degraus: "às voltas com o Tarot". A maioria das pessoas já riria se ouvisse que alguém não foi a uma festa — mesmo *petite* — porque estava às voltas com o tarô, o baralho. O que pensariam se ouvissem a mesma frase com o "T" maiúsculo adornando aquela palavra: Tarot. Pior, com um artigo. O Tarot. *Le Tarot.*

Tinha conhecido François há um ano e, por meio dele, Mann e depois quase todos os outros e ingressado no baralho. OK, chega de usar estes termos. Entrado para o grupo. Não, não fica menos estranho. Ora, posto as cartas na mesa — e riu sozinho.

A reunião tinha sido uma boa oportunidade de voltar por algumas horas ao mundo real. Meninas dançando, b-boys, "Micro-Merde" e seu trompete, os vinis de Pierre – que estava bem melhor nos scratches –, toda a velha galera. Os franceses suburbanos de trinta e poucos adeptos do abstract hip hop e congêneres. Fazia alguns meses que não rappeava em público, e Leonce, pela primeira vez desde que começou a fazer rap, ainda pré-adolescente, flagrou-se editando mentalmente as palavras antes de soltar o improviso. Percebeu que estava com medo do que pudesse dizer, ainda que de forma inconsciente.

Chegou ao fim das escadas e passou pela roleta. Às 23h50min da noite de sábado, dia 5 de setembro, a estação estava razoavelmente cheia. Chegou à plataforma e encostou-se na parede, as mãos nos bolsos. Ao seu redor, os desavisados parisienses tradicionais; uma senhora de lenço preto, possivelmente argelina; um casal de namorados; um adolescente de cabelos compridos. Várias outras pessoas perambulavam ou esperavam a composição nos extremos da plataforma. O trem chegou alguns minutos depois. Uma massa borrada nos tons de preto, branco e azul-piscina.

Dentro do vagão, Leonce sentou e ligou seu MP3 player. Os fones de ouvido ecoavam em sincronia com as paredes dos túneis, gerando um clip de camadas geológicas, um zoetropo linear de texturas de cimento, vigas e ranhuras que se moviam ao som dos loops e samples. Voltou a cabeça para o interior do vagão. Do outro lado do vão central do corredor, o casal de namorados se abraçava, sonolento e risonho. O adolescente cabeludo sentava três bancos mais longe, lendo um livro. Não via a senhora de lenço, mas sabia que estava sentada atrás dele, no outro extremo.

A noite foi agradável e Leonce ficou feliz por ter a oportunidade de pensar em outras coisas. Música, amigos, meninas, beats. Demoraria uns vinte minutos ou mais para chegar em casa; estava ainda a quatro estações e uma caminhada de três quarteirões de distância. Olhou para o túnel de novo e a estação Gare de Lyon o engoliu, cegando-o por um segundo com suas luzes brancas. Foi quando a palavra o atingiu.

O Sol.

Sim. Ele era o Sol. Isso era de longe a coisa mais estranha que tinha acontecido em seus 36 anos de vida, todos eles morando em Paris. As brigas dos seus pais, a vida como adolescente nas ruas, os pequenos serviços como ladrão, o crack que ceifou dois de seus amigos de infância, a descoberta do hip hop, do grafite e com isso sua salvação; nada tinha sido tão esquisito. E Leonce acreditava ser velho amigo da esquisitice.

Foi há um ano, em uma rua perto do local onde estava agora, mas a vários metros acima. Zantray se apresentou para ele em um café e, de início, Leonce achou a abordagem meio sem razão de ser; por alguns minutos, achou que François fosse gay. Preparou mentalmente uma frase de dispensa não agressiva quando viu que o assunto mudou para algo sem propósito e, por isso mesmo, com todo o propósito. François falou do Sol, de como o Mundo o tinha encontrado, e Leonce teve certeza de que ele era louco. Mais tarde, viu que François não era louco – "acho" –, mas que já havia encontrado alguns Loucos e, agora, o Sol.

Para alguém sem muito a perder como Leonce, não foi difícil se acostumar a toda uma nova realidade. Mas agora aquilo tomava novo vulto. Havia assaltado um banco. E não um banco qualquer (existia isso?), mas o Banco do Vaticano. Nunca havia sequer pensado muito sobre o Vaticano e seu banco antes, mas alistou-se de bom grado quando soube da empreitada. A Sacerdotisa tinha visto – com razão – que havia algo importante lá. A Torre deu a vida para conseguir o mapa que permitiu que entrassem no local. A vida com o Tarot era estranha. Pensou em como aquilo era maior do que ele, do que sua vida e seus amigos. Sentiu-se em um filme e teve certeza de que não era o protagonista.

Sempre foi tímido e empolgado com alguns aspectos da vida, que eram bem claros para ele: música e ritmo o definiam, enquanto política e sociedade davam o tom da faixa. Mas não se achava bom julgador de caráter. Muitas vezes, havia se mostrado crédulo demais; e ali estava ele, o Sol, o arcano maior que iluminava justamente a personalidade e as intenções de uma pessoa. Automaticamente, levou a mão ao bolso da calça cargo, no qual sua lanterna-sol repousava. Um presente de Thomas Mann, a lanterna revelava – somente para seus olhos, mas com Shirley Bassey – como alguém ou alguma coisa *era*. Em vários sentidos desta palavra. E ela só funcionava dessa forma com ele: apenas Leonce enxergava algo além da iluminação de uma lanterna normal e de um facho de luz em formato de astro-rei.

A estação passou e ninguém entrou no vagão. Virou e viu que a senhora argelina havia descido. O trem não possuía divisões entre os vagões, apenas arcos de borracha preta, o que fazia com que parecesse uma enorme lagarta oca. O vagão adjacente, exposto pela ausência de parede e porta, parecia irreal: o reflexo de um espelho, onde as pessoas se posicionavam de maneira errada em relação ao original. Já estava no túnel de novo quando ouviu o som inesperado. Passos de sapatos de sola metalizada. Pelo arco de comunicação, entre um carro e outro, vinha um homem de seus cinquenta anos de idade, muito branco, de cabelos ruivos, vestindo terno e gravata pretos. No mesmo instante, o celular de Leonce vibrou. Teve um sobressalto ao perceber que não era seu aparelho normal, mas o celular do Tarot. Tirou do bolso o caro aparelho da Mann-Tronic que recebia

O Caminho do Louco - Capítulo XIX

chamadas apenas dos demais arcanos, mas viu que a ligação tinha caído. Não havia sinal naquela parte dos túneis.

Os cabelos de sua nuca se arrepiaram. Apertou o botão de "pause" no MP3 player e guardou os fones no bolso do casaco. Olhou de novo para o fone. Foi Adrian quem ligou. Ligação do Mundo queria dizer duas coisas: novas informações; ou um aviso. Olhou para trás. O homem de terno preto estava em pé logo depois do arco por onde tinha vindo. Ao lado de Leonce, o casal se beijava. Um pouco mais distante, o adolescente se concentrava na leitura. Leonce notou que o livro era "Le Charretier de la Providence", o primeiro caso do Inspetor Maigret. Leonce adorava Simenon. E então nova sincronia aconteceu.

Lembrou que o nome do livro, em inglês, era The Crime at Lock 14. Naquele exato segundo, seu celular emitiu um bip. Era uma mensagem de texto do Mundo, de alguns minutos atrás, dizendo: "Me ligue urgente. Nossa Druida pede que fique atento para coincidências estranhas essa noite".

Aquela era a Linha 14 do metrô.

Levantou-se e, no mesmo instante, o homem de terno, até então imóvel como um boneco de cera, começou a andar lentamente para a frente. Sem tirar os olhos do homem, Leonce levou o celular ao ouvido e digitou *8, o número de emergência do Tarot. Ainda sem sinal. Quando colocou o aparelho de volta no bolso do casaco, Leonce viu que o homem estava parado em frente ao adolescente. Viu-o estender o braço como quem dá a mão para cumprimentar um novo conhecido. Mas a mão continuou e apanhou o livro, recolhendo-o delicadamente das mãos do rapaz e jogando-o no chão. Ainda atônito por ter sua leitura interrompida, o rapaz esboçou levantar-se da cadeira.

— Ei, que história é essa de...

O movimento e a frase foram cortados pelo homem de terno, que em uma ação de extrema rapidez, levantou o rapaz do chão pelos cabelos, usando apenas um braço. A essa altura, o casal havia parado de se beijar e olhava para trás, por sobre os bancos, toda aquela cena. Pessoas do vagão seguinte, de onde o homem parecia ter vindo, esticavam os pescoços para investigar o que era aquele princípio de balbúrdia. Em menos de um segundo, antes que qualquer pessoa pudesse fazer alguma coisa, o cinquentão de feições imutáveis realizou o impossível. Com a mão direita, ainda levantava o rapaz pelos cabelos, enquanto este se debatia, xingava e esmurrava. Levantou a mão esquerda e cravou os dedos na nuca do adolescente, que gemeu tons agudos. Um som de pote de catchup sendo espremido se fez ouvir e então o homem de terno, em um movimento terrível, arrancou algo de dentro do rapaz, que caiu como uma roupa vazia no chão, seus nervos ainda o fazendo tremer.

Leonce abriu a boca, escancarada de horror, e viu que o homem tinha na mão, em meio a um jorro de sangue, a parte superior da espinha dorsal do rapaz, que jazia morto no meio do vagão. O paletó preto do homem, agora com a parte da frente encharcada de sangue, brilhava como se feito de veludo. O casal se levantou de um salto e gritou. Alguém no vagão seguinte berrava sem parar, em pânico. Pessoas começaram a se levantar e ter esboços de reações. Leonce sentiu seu celular vibrar; alguma mensagem de texto tinha chegado. Antes que sequer tivesse tempo de pensar se aquele era ou não o momento para checar isso, o homem de terno apontou para ele, os dedos pingando de sangue, encarou-o com uma expressão indizível, abriu a boca e emitiu um grito grave e apavorante, como se alguém houvesse ligado um aspirador de pó numa das saletas do inferno.

As luzes de todo o trem imediatamente se apagaram, como que respondendo àquele praguejar ininteligível. Rostos em pânico de pessoas que corriam dentro dos vagões eram iluminados ocasionalmente pelas luzes fracas das paredes do túnel, em um intervalo que ditava um ritmo ironicamente pulsante. Estrobos de sangue e explosões de pânico se mesclavam, enquanto o trem seguia em alta velocidade. Leonce lembrou que estavam no trecho entre Gare de Lyon e Châtelet, o mais longo da linha 14. Chegariam à estação em menos de um minuto, mas isso poderia ser a diferença entre respirar e tombar dentro daquele tubo de breu. Sem conseguir ver o homem de terno, Leonce, por instinto, andou vários metros para trás, para o vagão às suas costas. Tateou em seu bolso e achou o celular. A mensagem de texto tinha vindo de Pat, a Sacerdotisa, que quase nunca ousava usar esses meios. Na luz azulada morta sobre o fundo preto, Leonce leu: "Saia daí agora".

As pessoas gritavam e corriam pelos vagões. Todo o trem havia entrado em pânico, situação tornada ainda mais difícil pelo fato de não haver divisões entre os carros. Estava numa imensa lagarta de horrores. Ouvia sons de ossos se partindo e carne perfurada. Mesmo sem enxergar, percebeu que o homem atacava as pessoas ao seu redor, enquanto passavam em fuga. Foi quando pensou na lanterna. Esticou o braço até o bolso da calça e sacou-a. Mas foi só depois de acendê-la que lembrou, tarde demais, que ela não se limitava a iluminar o caminho. Estaria preparado para *ver* como eram aquelas pessoas todas em pânico e horror? Para ver como era *aquilo*?

Um maelstrom de tinta vermelha, visão trêmula de um caleidoscópio de horrores internos e externos. O trem sob a luz da lanterna era um carrossel de morte e medo extremo, animalesco e bêbado de adrenalina aditivada. Era demais até para ele. Leonce evitou focalizar a luz da lanterna sobre as pessoas que passavam por ele em pânico, correndo por suas vidas. E definitivamente não jogou a luz sobre as que já haviam tombado – eram tantas; já havia feito isso algumas vezes e era uma experiência que tentava evitar a todo custo. Não foque sobre os mortos, dizia uma nota em sua cabeça. Lembrava-se sempre disso.

Foi quando o facho de luz atingiu algo indizível.

De início, Leonce não compreendeu o que estava vendo e desviou o olhar, por instinto. Mas logo encarou o que quer que fosse aquilo. A lanterna do Sol mostrava, somente para Leonce, como as pessoas e coisas realmente *eram*. "Difícil saber se isso se deve a um prodígio da tecnologia, a uma simbiose homem-máquina até então inédita ou a uma faculdade só sua; mas eu apostaria nessa última opção", o Mundo tinha lhe dito certa vez. Difícil enxergar como qualidade algo que lhe permitia ver *aquilo*. Uma mistura de carne podre, sons sólidos em alta frequência, luzes estroboscópicas de um verde quase flúor. Teve um arrepio quando o facho de luz se abaixou um pouco e, sobre ele, emoldurada pelas trevas sobre a luz gerada pela lanterna, surgiu uma redonda cabeça albina. Aquilo *era* o homem de terno. Estava a poucos passos de distância.

O trem subitamente parou e luzes puderam ser vistas do lado de fora. Leonce viu com alívio as portas do vagão se abrirem e saltou para fora, para a claridade da estação, para a vida e para o ar, para a sanidade. Mas tudo isso estava além de uma parede transparente.

Percebeu que estava na estação de Châtelet, onde a composição e o túnel são cercados por uma parede de portas de vidro. Criada para impedir que as pessoas caíssem sobre os trilhos elétricos, estava agora retendo Leonce em um espaço exíguo entre a composição e a liberdade. Diversas pessoas também tentavam sair do trem e se chocavam contra as portas e vidraças, que, por algum motivo, estavam fechadas.

Leonce olhou para trás e viu o homem de terno andar lentamente em sua direção, ainda dentro do vagão. Percebeu que deveria estar interferindo no funcionamento das portas de alguma maneira. Em meio aos gritos da multidão dentro e fora dos vagões, ouviu o sinal indicando que o trem voltaria a partir e que as portas iriam se fechar. Sem pensar, correu dentro do vagão, disparando para a parte frontal do trem o mais rápido que pôde. Olhou de relance para trás e viu que algumas pessoas estavam do lado de fora do trem, no exíguo espaço do túnel de segurança. Quando as portas começaram a se fechar, começaram a saltar em desespero para dentro dos vagões. O trem começou a se movimentar e as pessoas que ainda estavam socando as portas e vidraças da divisória de segurança foram arrastadas pelos flancos do trem. Os gritos eram cada vez mais terríveis.

Leonce recuperava o fôlego, caído no chão da composição às escuras, enquanto o trem serpenteava pelos túneis rumo a Pyramides. A movimentação das pessoas à sua volta fez com que mais uma vez sacasse da lanterna para se orientar.

E lá estava ele. A cerca de trinta metros de distância, parado, olhando para a frente, imóvel, estava o homem de terno. Leonce ficou de pé de um salto e correu com vontade para a dianteira do trem, distanciando-se o máximo possível daquela coisa. Os barulhos de carne rasgada e berros de dor atrás dele indicavam que o monstro havia recomeçado a caminhar pela escuridão do trem.

Foi quando o celular de Leonce vibrou. Pat, a Sacerdotisa. Escorado e escondido em um canto do vagão, atrás de um banco, Leonce se arriscou a atender. Nem precisou falar. A voz de Pat, distante e empostada pela estática, falou em uma torrente:

—Você precisa sair daí o quanto antes. Não desça em Pyramides. Não desça lá, repito. Há mais coisas como essa na estação esperando por você. Também não desça em Madeleine. Você terá que deixar passar essas duas estações e descer na última, em Saint-Lazare.

Saint-Lazare! E como sobreviverei aos intermináveis minutos até lá?, pensou Chenard. Como se tivesse escutado sua mente funcionar, Pat disse do outro lado da linha:

— Use sua lanterna. Lembre-se, é você, não a lanterna que...

Sem sinal.

Leonce olhou em volta e não viu a coisa. Arriscou-se a sacar da lanterna e apontou o facho de luz para o alto. A cabeça do homem de terno pairava sobre ele, à espreita. Com o jorro de luz, o homem cambaleou para trás e afastou-se alguns metros. Parecia atordoado. Leonce correu com velocidade na direção contrária, mas esbarrou no fim do trem. Esmurrou com força a porta que levava à cabina do condutor, mas não teve resposta. Teria que dar meia-volta e, de alguma forma, passar por aquela coisa e correr para o outro extremo da composição.

Forçando os olhos no breu, conseguiu detectar um ponto onde parecia estar o homem de terno, destroçando alguém. Aproximou-se rapidamente, sem fazer barulho, e, quando estava a centímetros do sujeito, ligou a lanterna com vontade em sua cara, encharcando-o de luz. O homem emitiu um resmungo e cambaleou de novo para trás.

Leonce passou por ele e correu no escuro pelo caos que era o trem. Em sua cegueira, pisou sobre corpos, escorregou em poças de algum líquido morno e sentiu seu coração saltar quando a estação de Pyramides se descortinou pelas janelas, enchendo o trem de luz. Jogou-se para trás de um banco, para se esconder. Seria difícil resistir à tentação de descer ali mesmo e escapar daquele inferno; pessoas ainda vivas se aglomeravam nas portas, ansiando por liberdade. Mas não precisou se decidir: o trem não desacelerou sua marcha e passou direto pela estação. Pouco antes de imergir novamente no túnel, Leonce pôde ver dois homens de terno preto, muito parecidos com o primeiro, observarem atônitos enquanto o trem passava direto.

Os gritos aumentaram no interior dos vagões. Vendo que o trem não havia parado, as pessoas passaram a correr de um lado para outro em desespero ainda maior. A balbúrdia ajudou Leonce a se esconder e a se esgueirar cada vez mais para o fundo do trem. Chegou a vagões onde o homem de terno ainda não parecia ter passado, onde pessoas demonstravam ainda não saber ao certo que terror estava acontecendo. Leonce podia sentir, pelos gritos e pelos cabelos levantados em sua nuca, que o homem de terno caminhava na sua direção, a vários metros de distância.

Madeleine veio e se foi – e com ela mais três rostos de lua cheia de outras criaturas de terno escuro, paradas sobre a estação. A luz branca do local preencheu o trem por alguns segundos e Leonce avistou o homem de terno a cerca de cinquenta metros de distância. E pior: ele pareceu tê-lo visto também.

O trem pareceu acelerar a marcha. Pararia na estação final?

O homem não podia mais ser visto. Leonce começou a correr pelo trem, até encontrar a parede final, a divisão entre o trem e o não trem, entre sua possível morte e sua vida. O homem de terno não estava à vista. Deveria se arriscar com a lanterna? Segundos e mais segundos. O trem se balançava, pessoas caíam sobre as outras e gritos de terror soavam, mais e mais próximos. Às suas costas, a parede.

O suor de sua mão direita banhava o corpo da lanterna, ainda apagada. Dúvida. Timing seria essencial. Mas, claro, tudo dependia da chegada de Saint-Lazare. A luz branda da estação ainda muitos metros à frente se fez presente nas janelas dos primeiros vagões. A luminosidade tremia para dentro e Leonce pôde ver os vagões lá na frente piscarem como vagalumes, a luz externa passando pelas janelas; pessoas correndo por aquela textura lusco-fusco de pele de zebra. O homem de terno não estava por ali.

O trem estacou de repente em Saint-Lazare e Leonce foi projetado para a frente, esbarrando em uma mulher corpulenta (viva?), sentada no chão, de costas para uma parede. Quando Leonce conseguiu se ajeitar, decidiu acender a lanterna. O homem de terno estava ali, andando a menos de dois metros dele, a mão direita levantada, a boca em um desenho quase engraçado. As portas se abriram e Leonce nunca teve tanto prazer em sair de um lugar.

Correu com todas as suas forças para as escadas rolantes. Uma multidão de desesperados o seguia, pessoas corriam e tropeçavam umas sobre as outras, pisoteando-se. Foi quando tudo aconteceu ao mesmo tempo: a visão periférica de Leonce percebeu a presença de dois outros sujeitos de terno, a coisa de uns vinte metros de distância; a pele de Leonce sentiu seu celular vibrar em seu bolso, mais uma vez; a mão de Leonce guardou a lanterna no bolso da calça e sacou do celular; a audição e a voz tiveram que lidar com a fala preocupada de Pat, a Sacerdotisa.

— Agora simplesmente corra. Corra! Para as escadas e não pare de correr até chegar em algum lugar seguro.

— Qual? — sua voz saiu pela primeira vez em vários minutos, exalando toda a tensão e horror de meia hora de pânico, sintetizados naquele "qual". Assustou-se com a própria voz.

— Estamos procurando ainda. O Mago está aqui comigo, no viva-voz e em outros pontos do éter não tão vivos. Mas corra! Chamamos dezesseis dos Menores de Paris.

— Menores?

— Foi o que conseguimos. Mas o Mago garante que estes são os melhores. Les Enfants Du Vertige.

— Ahn? Mas, Pat, Menores não vão...

A ligação caiu de novo. Leonce correu escada acima, desviando da multidão em pânico. Atrás dele, os dois homens de terno da estação se juntaram ao que veio de dentro do trem e correram em sua direção. À sua frente, no alto da escadaria, a abóboda de vidro de uma das saídas da estação Saint-Lazare exibia uma amostra da madrugada.

O Caminho do Louco - Capítulo XIX

> "Não é a adversidade que mata, mas a impaciência com que suportamos a adversidade" – Antigo grafite no interior da Torre de Londres

CAPÍTULO XX

O n isha naya in tara ya sowaka. On isha naya in tara ya sowaka.

As estranhas palavras chegavam como sussurros aos ouvidos de Daedalus. Tremia de medo, tensão e cansaço e não conseguia enxergar nada à sua volta. Cheiro de terra, mofo, umidade. Breu. Às suas costas, passos apressados. Os três homens de terno ainda o perseguiam por aquele túnel que parecia não ter mais fim. Ao ouvir o sussurro, estacou e ficou imóvel. O que era aquilo? Mais deles à sua frente? Que lugar era aquele? Teria chegado ao inferno?

As mesmas palavras se repetiram mais duas vezes, e então o silêncio. Os passos às suas costas tinham cessado. Os homens teriam parado, desistido da perseguição ou... estariam a centímetros de distância? Levou a mão ao crucifixo de ouro que pendia de seu pescoço, sob suas roupas, e rezou. Suas preces católicas pareciam se misturar a uma nova torrente de palavras sussurradas:

— On baishiraman taya sowaka. On baishiraman taya sowaka.

Os passos recomeçaram, desta vez mais fortes e próximos. Daedalus decidiu voltar a correr, sem saber muito bem para que direção seguia o caminho. Tinha medo de se chocar contra uma das paredes de pedra da caverna ou ainda cair em algum buraco. Mas, mal tinha dado o primeiro passo, uma luz trêmula surgiu ao seu redor. Uma tocha foi acesa na parede da esquerda e pôde divisar três coisas perturbadoras: o túnel à sua frente seguia e seguia, sem sinal de chegar ao fim; os três homens vestindo ternos estavam ao seu redor, com expressões que Daedalus não conseguiu decifrar; e ao seu lado esquerdo, perto da tocha, estava um homem. Um oriental, vestindo quimono e sapatilhas de um azul bem escuro, quase negro. Estava de pé, observando Daedalus e aquele trio bizarro. Segurava uma espécie de corrente cor de bronze, que passava de uma mão para a outra, deixando a linha de metal escorrer para as suas palmas como se fosse água.

— Konban wa, Sr. Daedalus — disse o homem com voz calma e baixa, com um leve sotaque. De maneira estranha, aquilo soou tranquilizador para Daedalus. — Por favor, senhor, fique atrás de mim. Fui enviado para protegê-lo.

E, dando lentos passos à frente, na direção dos homens de terno, levantou o *Kusarifundo* sobre a cabeça e começou a girá-lo.

Leonce saiu tropeçando da estação, ladeado pela multidão em pânico. Sabia que aquelas coisas ainda estavam atrás dele; já deveriam ter começado a subir as escadas. Olhou em volta, pensando para onde correr. No headset de seu celular, a voz do Mundo:

— Em frente, vai em frente. Fica de olho no Mago.

— O Mago?

— Ele tá na área, foi pra aí correndo assim que soube. O prédio velho aí do lado.

— Mundo, é Paris. Mais específico?

Leonce ouviu um burburinho. Presumiu que fosse o Mundo falando com a Sacerdotisa, em alguma outra linha.

— Pat tá me falando que você deve procurar a... casa de Lázaro? É isso, Pat?

Leonce olhou em volta e topou com a fachada tradicional do Hotel Concorde Saint-Lazare. O Mundo continuou:

— Pat tá dizendo pra você parar de forma que esse prédio fique à sua direita, com você olhando para a rua.

— Fiz isso. Mas não posso ficar aqui parado. Aqueles caras tão subindo a escada do metrô. Tô vendo eles ali!

— Pat disse pra você atravessar a rua... espera um pouco... vai! Agora! Atravessa!

Os carros dispararam ao mesmo tempo que a voz do Mundo. Após um ano no Tarot, Leonce aprendeu a seguir à risca as instruções. Baixou a cabeça e saiu correndo. Via os carros zunirem à sua volta, cada vez mais perto. Correu e, como água escorrendo por um encanamento labiríntico, pingou com segurança na calçada oposta.

— Vai demorar pra eles atravessarem, você ganhou mais alguns segundos. Vou passar a Pat direto pra você. Boa sorte, Leonce!

Um clique se fez ouvir e a voz de Adrian Rigatos deu lugar à entonação mais calma e grave de Pat O'Rourke.

— Leonce, vou te ajudar como fiz com o Carro, em Roma. Não vou poder ficar falando. Uma última coisa: Londres e New York. Olha em volta e me diz se isso faz sentido.

— Bem na minha frente, Pat. O Hotel Londres & New York.

— É por aí. Vai descendo essa rua. O Mago tá a uns cinquenta metros daí e, logo em seguida, Les Enfants du Vertige. Tem mais gente precisando da minha ajuda nesse exato momento, também aí na França. Vou ter que desligar pra me concentrar. Tira esse headset e corre. Corre!

Leonce olhou para a estação de Saint-Lazare, do outro lado da rua, e viu que os três homens de preto já começavam a atravessar a rua. A última coisa que viu antes de correr com todas as suas forças na direção oposta foi o nome na fachada de uma loja à sua direita: Quick.

O Kusarifundo acertou em cheio o peito do maior dos homens de terno. Ele riu e se contorceu de dor. No calmo vazio de sua mente, Touji Endo, a Temperança, sentiu a presença conhecida da Sacerdotisa. Então ela estaria presente. Isso deixa tudo mais fácil. Respirou e girou mais uma vez o Kusarifundo.

O Caminho do Louco - Capítulo XX

A corrente girou no ar e se mesclou aos tropeços da respiração do Bispo, ali ao lado. Um senhor, será que conseguiria? Touji expulsou o riso e a satisfação de sua mente ao ver a corrente acertar em cheio a cara de um dos homens de terno.

Puxou Daedalus e saiu correndo para a entrada do túnel. Pouco mais de cem metros. Tão longe.

Os passos dos homens estavam logo atrás, se mesclando ao terrível fedor de cortiça velha, cerveja choca e camisinha usada que aquelas coisas exalavam. Uma mão puxou o manto de Daedalus, que veio ao chão com força. Sem pensar – ou pensando em frações de segundo, frações de ações –, Touji acompanhou com os olhos seus próprios pés voarem e acertarem em cheio o queixo do homem que agarrava o Bispo. O terno estava encharcado de sangue agora, assumindo um tom negro brilhoso com a umidade. O homem veio ao chão e as mãos de Touji acertaram as laterais do seu rosto.

Pareciam suportar qualquer dor e tinham força e resistência anormais. Além do fedor que exalavam, quando recebiam golpes. Em um salto que golpeou as leis da física, Touji voltou a correr para a saída, quase carregando o Bispo. Não há luta sem elegância e toda elegância é uma luta, bem sabiam os raríssimos sábios dândi do Japão feudal. O tempo nada mais é que uma superfície plana, permeável, o que neste momento é provado pelos movimentos de Touji. Mesmo com Daedalus correndo mais devagar que os homens de terno, os dois ganharam a dianteira.

O terno que havia recebido os golpes anteriores voltou a se aproximar. Touji gritou para que Daedalus continuasse a correr. Parou, girou mais uma vez o Kusarifundo e, em vez de acertar um golpe em seu atacante, arremessou a arma. A corrente se enrolou no pescoço do homem, que caiu cuspindo sangue e fedentina. Touji voltou a correr, com as mãos desarmadas. Isso fez com que sorrisse, calmo: tinha deixado surpresas pelo túnel ao entrar.

Na primeira à direita, parado em frente ao Hotel Mercure Paris Royal, estava o Mago.

— O casaco. Me dá ele agora!

Leonce obedeceu e tirou o casaco quase sem parar de correr. Mas François o interrompeu:

— Não. Aqui! — disse, enquanto vestia o casaco de Leonce e colocava o capuz. — Entra no hotel. É o fim da fuga para você, passe livre. Descansa e se esconde aí dentro do hotel. Que Mercure o proteja e me dê velocidade. *Adieu!*

Passou a correr pelo mesmo trajeto que Leonce, que a essa altura estava escondido dentro do lobby do hotel. François olhou de relance para trás e viu, satisfeito, que os três homens de terno corriam atrás dele, como se ainda perseguissem Leonce. Levando a mão direita ao ouvido, François disse pelo comunicador Mann-Tronic:

— Adrian, é como Pat desconfiava. Eles estão mesmo rastreando as cópias dos documentos do Vaticano no bolso do casaco, não o arcano Sol. Menos mal.

— Mas são apenas cópias — respondeu Adrian em meio à estática.

— Palavras têm poder, caro Mundo — disse François, olhando para trás. Os homens de terno estavam agora a menos de vinte metros dele. Olhou para o lado oposto da rua e viu um grupo de dezesseis homens e mulheres vestindo moletons, casacos de nylon, calças cargo e tênis: Les Enfants du Vertige. Era a hora do truque.

— Hermes, Mercúrio, Coiote, Papa Ghede: preciso de destreza e esperteza — disse em voz alta. Levou as mãos aos bolsos da calça e tirou círculos de metal. Jogou para trás, sem parar de correr, e a rua foi tomada por uma espessa cortina de fumaça. Assim que François alcançou o grupo à sua frente, eles o rodearam e começaram a correr ao seu redor. Um dos homens se aproximou, correndo ao seu lado, e disse:

— François. Sou eu, Le Big Mac. Me dá o casaco, vai!

François tirou o casaco de capuz que pertencia a Leonce e deu para o homem ao seu lado. Sem parar de correr, ele o vestiu e disse para François:

— Nossa vez agora. Uma honra, cara.

Sabendo que não conseguiria acompanhá-los, François parou. O grupo continuou a correr ao mesmo tempo que os vultos dos homens de terno surgiram em meio à fumaça. François se contorceu de leve e seu corpo pareceu crescer um pouco. A rua, a neblina, os pedestres, as fachadas dos prédios e os homens de terno ouviram de forma inequívoca:

— O kwa, o jibile

O kwa, o jibile

Ou pa we m inosan?

O Caminho do Louco - Capítulo XX

Os homens de terno estaquearam. Olharam uns para os outros e voltaram a correr, evitando a figura de François, cavalo de Papa Ghede.

Mais à frente, os dezesseis Enfants du Vertige se preparavam para a corrida de suas vidas. Le Big Mac, o Sete de Espadas, usando o casaco de Leonce e jogando braços e pernas para a frente enquanto corria, gritou com uma voz grave para seus companheiros de jornada:

— Podemos salvar um homem, ajudar um amigo e nos testar. Vertige, vamos mostrar do que o parkour é feito.

Na Escócia, Pat pendurou na parede uma reprodução da foto *Atrás da Gare Saint-Lazare*, de Cartier-Bresson, na qual um homem salta sobre uma grande poça d'água, em simetria com seu próprio reflexo.

— Que este salto, eternamente suspenso por milhões de olhos, faça flutuar Les Enfants du Vertige — sussurrou a Sacerdotisa.

Em seguida, estendeu sobre a mesa um pano com a imagem de Ganesha, invertida: os olhos de elefante a observavam de cabeça para baixo. Sacou de uma agulha e deixou pingar um pouco de sangue do seu dedo sobre o pano e a imagem, entoando antigos cânticos celtas. Ao final, deitou a cabeça sobre a mesa e, com a testa e alguns fios loiros pousados sobre a imagem, pediu:

— Ganesha, removedor de obstáculos, já pedi que me ajude a ajudar meus amigos. Ganesha invertido, é a você que falo agora: beba de meu sangue e encha de obstáculos o caminho daquelas criaturas escrotas. Saint-Emilion, terra de cavernas esculpidas, túneis e subterrâneos. Saint-Lazare, estação cercada de hotéis, lojas e sacadas tradicionais. São Emilion: monge que construiu um Eremitério na pedra escavada e sabiamente chamou outros monges para começar ali a produção de vinho. São Lazare: o Lázaro dos Quatro Dias, o que saiu vivo e caminhando de sua tumba, ressuscitado por Cristo. Emilion: eremita da caverna. Lázaro: o que estava morto. Saint-Emilion: terra de eremitérios escavados, igrejas monolíticas, adegas do subsolo. Saint-Lazare: local do trem que serpenteia debaixo da terra. Ó, Perséfone, traga a força e a proteção das pedras profundas. Ó, Mercúrio, una Emilion e Lazare na velocidade. Rewind.

Os pés de Touji ecoavam no solo de pedra. Sombras iam e vinham a cada reentrância lateral. Às suas costas um dos homens já tombara, abraçado ao Kusarifundo. Bem mais à frente, a sombra de Daedalus cambaleava para a luz. Em seus ouvidos, os passos dos dois homens restantes.

Bo.

O bastão de madeira veio do Japão feudal para os túneis medievais de Emilion e dos túneis para as duras cabeças dos dois homens de terno. Sua força animal fez com que apenas cambaleassem, sorrindo e fedendo. Touji lutou contra a Física, transformando-a em Quântica pela força de golpes que não se sabem inúteis há milênios. O know-how-fu de gerações ficou nas mãos de Touji, concentrando chi como se não houvesse amanhã. Um dos homens, após uma sucessão de dezenas de golpes com mãos, Bo, joelho, pés, Bo, Bo, Bo, mãos e Bo, finalmente caiu inconsciente.

Na Escócia, Pat apertava as mãos do Buda da Estrada.

O Cavaleiro de Espadas olhou para os lados e seu melhor amigo, o Sete de Espadas, acenou com a cabeça. Se Le Big Mac, o Sete, era um pouco maior e mais musculoso, o Cavaleiro de Espadas, codinome Bandit, tinha feições bonachonas e era mais rápido. O Cavaleiro olhou para trás e gritou para um terceiro Enfant du Vertige:

— Jean-Luc, subindo agora.

Jean-Luc, o Dois de Ouros, era o mais veloz e fluido de todo o grupo, o que lhe dera o apelido de Surfista de Prédio. Os três, como os demais membros do grupo, eram Menores conscientes de sua situação. Jean-Luc fez o que lhe foi pedido: *subiu*. E os outros o acompanharam.

Passe Muraille: os dezesseis Menores, de todos os tamanhos, cores e sexos, escalaram de um ponto de ônibus para a sacada de um prédio ao lado. Em menos de cinco segundos, todos já estavam correndo sobre o telhado. Os homens de terno subiram como podiam: cravando as mãos ensanguentadas e fedidas no cimento, escalando como ratos e baratas. O documento dentro do casaco de capuz lá na frente era a cenoura que fazia tais mulas insistirem em tentar levitar.

Franchissement: O Dois de Ouros saltou e passou por uma abertura lateral em um muro do prédio, caindo rolando, *roulade*, sobre o edifício seguinte. Le Big Mac, que para os homens de terno era apenas um casaco, saltou sobre a mesma muralha, seguido pelos outros quatorze *traceurs*. *Planche* perfeito.

As luzes de Paris se ajoelhavam e abriam as bocas piscantes de admiração. Estrobo noturno provocado pela pressão do coração nas têmporas dos traceurs, que faziam com que a cidade e seus telhados virassem linhas de movimento de mangás por pura força de pernas e braços. Os dezesseis Menores saltavam, ressaltavam, pulavam de volta, giravam uns sobre os outros. A falta de jeito e previsibilidade dos homens de terno mal era compensada por sua tola incapacidade de desistir.

Apenas um terno agora, um só idiota entre Touji e o Bispo, entre o Bispo e sua salvação, entre os dois e a luz da noite clara de lua cheia. Touji jogou para os lados os três pedaços do Bo, que se partira, e apertou o passo ainda mais. "Hermes", bafejou Pat em seus ouvidos (ou seria nos ouvidos de uma estátua de mármore em uma cabana na Escócia?), "velocidade agora".

O túnel passou como em um cartum vagabundo e Touji logo viu a surpresa que faltava. Sua preferida: nunchakus. Dois deles. Pegou os dois do chão frio onde os havia depositado menos de meia hora antes, abraçou cada um com uma mão e girou. Os bastões de madeira fizeram crepitar as correntes que os uniam. Viraram apenas um borrão, velocidade bélica retratada em pura onomatopeia visual. Os nunchakus viraram linhas de movimento e as linhas viraram um disco quase sólido, preto e marrom. Touji não segurava mais os nunchakus: tentava evitar que criassem vida. A Temperança girou os nunchakus sobre seu corpo, o torso imóvel e as pernas plantadas no chão como árvores. Os braços e a madeira e o metal rodopiavam à sua volta. Não era mais um lutador. Era a dança de Kali, esperando seu próximo pobre-diabo.

Que veio e não parou, como era de se esperar. Incapaz de desistir, o último homem de terno se chocou com toda a força contra aquela plataforma de velocidade, aquela muralha cinética. A forma como foi jogado para longe foi a última coisa que tentou entender em vida.

Reverse: o Dois de Ouros saltou sobre uma chaminé, girando sobre o próprio corpo. Todos o seguiram e desceram para o prédio seguinte, dois andares mais baixo, em uma *Demi-Tour* conjunta. Ao perceber que o novo telhado era íngreme e cheio de chaminés e obstáculos, Le Big Mac tomou a dianteira e gritou:

— V*ertige, parcours de combattant!*

Ao se voltar rapidamente para fazer isso, viu que apenas dois dos três homens ainda os seguiam. Intrigado, ficou atento e passou a mover a cabeça para todas as direções enquanto corria. Saut, saut de precision, saut de funde, todos os movimentos foram usados para ultrapassar aquele prédio. No final, quando todos haviam chegado ao fim daquele território e se preparavam para o momento de saltar para o próximo telhado, o mais terrível aconteceu: o terceiro homem de terno que havia sumido reapareceu na frente deles, escalando a parede desde a rua. Surgiu rindo, dentes branquíssimos e pele amarelada, olhos injetados de vermelho, na beirada do telhado. Imediatamente, agarrou pelo braço o Dois de Ouros, que estava ao lado de Le Big Mac, para arremessá-lo para os ares.

Bandit, o Dois de Ouros, gritou de dor e tentou se soltar com socos e pontapés, mas o homem já o havia erguido do solo. Em uma velocidade espantosa, o Cavaleiro de Espadas realizou um saut de precision e aterrissou com os dois pés sobre a cara do homem de terno, que cambaleou e tombou para trás, soltando o Dois de Ouros, que caiu no telhado. Com as pernas em falso, o homem de terno perdeu o apoio e caiu do prédio, arrastando Le Big Mac junto com ele até o asfalto, cinco andares abaixo. O sangue nas ruas foi o suficiente para que o Dois de Ouros fechasse os olhos e desviasse o rosto.

— Mac...

O Sete de Espadas, boquiaberto e paralisado, forçou-se a sair de seu estupor ao perceber a chegada dos outros dois homens de terno.

— V*ertige... Vertige! L'art du deplacement.* Agora!

Quase de imediato, todos saltaram para o prédio seguinte, na direção contrária de suas lágrimas, levadas pelo vento. Havia apenas quinze agora, sem seu membro mais antigo.

Em menos de um minuto, todos desapareceram, despistando os dois perseguidores restantes. Desfizeram-se em grupos menores, depois em duplas, até cada um tomar seu caminho em silêncio e segredo.

O Caminho do Louco - Capítulo XX

Mais tarde, naquela mesma madrugada, o Sete de Espadas retornou ao local da queda, com roupas diferentes. O corpo de seu melhor amigo tinha sido levado para o necrotério. Funcionários de uma loja em frente tinham visto o corpo do outro homem, "o de terno", ser levado por uma "ambulância esquisita, prateada", menos de dez minutos depois da queda.

A um oceano dali, Pat O'Rourke sentiu o ar frio das highlands em suas bochechas e olhou para as estrelas. Não gostava de dividir o foco de suas atenções em mais de um lugar. Sabia que algo dera errado. A lua, escondida atrás de enormes nuvens cinzentas, confirmava-lhe isso, em sussurros envergonhados.

Touji e Daedalus, cansados, os corpos doloridos, cheios de hematomas, afinal se sentaram em um banco da estação de trem de Saint-Emilion, no que já eram as primeiras horas da manhã de domingo. Daedalus, os olhos perdidos, a fala engasgada e rouca, falou pela primeira vez algo coerente para Touji.

— Quem é você? O que eram aqueles homens?

— Pode chamá-los de Escravos. Quanto a mim, meu nome é Touji Endo. É uma honra e um prazer, senhor Daedalus.

— Como sabe meu nome? Quem o mandou?

— Um amigo chamado Adrian Rigatos me enviou para salvá-lo, senhor. Somos de um grupo que se opõe aos que enviaram esses homens em seu encalço. Creio que seja melhor vir comigo, senhor. Vão aparecer outros. É melhor que tomemos um trem para longe daqui.

— Não deveria, meu Deus, não deveria confiar em ninguém. Mas algo... algo em suas maneiras me diz que é um homem bom. É estranho... estranho, mas, em tantos anos voltados para Deus, estive na companhia de tão poucos homens bons, pensando agora... Que é fácil reconhecer um deles quando surge. É como uma estrela, brilha e é fácil de ver.

— Não sei bem se mereço tais palavras, senhor. Mas quase acertou em uma delas: estrela. Não sou a Estrela, senhor, sou a Temperança. O grupo de que lhe falei, do qual pertenço, é o Tarot. Bispo Daedalus, sei que isso vai parecer muito estranho e talvez ofensivo para alguém como o senhor, mas o senhor é a Torre.

A chegada do trem poupou Touji de maiores explicações. O Bispo manteve-se de olhos arregalados e expressão cansada, irreal, por longos minutos enquanto embarcavam. Sentaram e ficaram em silêncio pelas primeiras curvas e retas da linha férrea. O bom de um trem é que ele simplesmente segue; a impressão de um caminho predeterminado, de rumos já assentados e sempre iguais, é aniquilada pela pura sensação de beleza. E ao mesmo tempo soma-se a ela, compondo uma mescla de coisas já definidas, coisas inesperadas, curvas já vistas, retas novas que passam por ambientes familiares. O trem nos faz falar, aceitar coisas que não aceitaríamos. O trem nos faz seguir com ele. É o fluxo ex-machina.

Algo nos modos de Touji e seu silêncio compreensivo facilitaram as coisas para Daedalus. Sentia que podia confiar naquele rapaz. Estava acostumado a lidar com as pessoas de toda uma Diocese e a separar e classificar personalidades. Vários minutos depois, Touji recomeçou a falar, de maneira lenta e baixa. Um grupo chamado "Tarot". Coisas antiquíssimas, espetaculares. Ele próprio, Daedalus, a "Torre". A torre que ruía, claro. Tudo à sua volta ruía, uma vida de décadas. E ainda assim, o som dos trilhos de metal o mantinha quase estoico. Anos atrás, teria achado que tudo era uma provação. Naquele momento, depois dos documentos, das mortes terríveis, do fim tenebroso de vários de seus amigos mais próximos e antigos, apenas aceitava. Enfim, tornou a falar e se assustou com o tom duro e cansado da própria voz. Não conseguiu comentar nada do que o rapaz lhe tinha contado. Precisava voltar a algo mais próximo ou ficaria louco.

— Não sei mais o que é a Igreja para mim, mas minha fé é anterior ao meu apreço pela instituição, e esta permanece. Preciso muito dela agora. Acho que você entende.

— Muito.

— No momento estou me forçando a pensar nas obras clássicas gregas, egípcias, romanas, em todas as coisas que somente sobreviveram até hoje por boa vontade e esforço dos monges católicos, que preservaram esse material, escrevendo à mão.

— Uma prática que um japonês pode compreender com facilidade — sorriu Touji. — E me atrevo a acrescentar, senhor. A arquitetura e as artes católicas também são maravilhosas.

O Caminho do Louco - Capítulo XX

— Hm — suspirou Daedalus. Sim, realmente são. E por favor, sem o "senhor". Eu lhe devo a minha vida.

Touji baixou a cabeça, um movimento filho da timidez e do agradecimento. Após vários segundos, disse:

— Passaram pelo peregrino, enquanto ele rezava, um aleijado, um mendigo e um escravo. E ao vê-los, ele gritou: "Grande Deus, como pode um criador amoroso ver estas coisas e, mesmo assim, não fazer nada quanto a elas?". Deus disse: "Eu fiz alguma coisa. Eu fiz você".

— Sim... Sim, é isso. — E Daedalus afinal se permitiu um sorriso. — É isso. É de algum teólogo?

— Um conto sufi.

Daedalus balançou a cabeça em aprovação. E em contrapartida disse:

— Homens demais já dispensaram a generosidade para poder praticar caridade.

Touji demonstrou surpresa e apreço pela frase. Sorriu e perguntou:

— São Tomás de Aquino?

— Camus.

Pela janela do vagão, plantações e pequenas casas brancas ouviam com atenção.

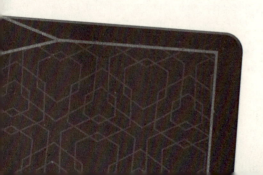

> "A medida de um homem é o que ele faz com o poder"
> — Platão

CAPÍTULO XXb

Dia 1

Madrugada de Domingo, 6 de setembro, para Segunda, 7 de setembro

— Já esteve na Inglaterra antes? — a voz de Didier cortou a umidade do ar noturno e se perdeu no marulho das ondas, mesclando-se ao leve silvo do motor.

— Não — respondi, olhando para o horizonte de breu. O vidro da cabine da Ceres mostrava apenas algumas nuvens carregadas. Aquele era o início do quarto e, assim esperava, último dia de navegação. Tínhamos zarpado às pressas da praia particular de Natacha Lalique, a Imperatriz, em uma fuga invisível ao longo da costa do Mediterrâneo rúmo aos domínios do Imperador. Passamos pelas ilhas Baleares, Estreito de Gibraltar e subimos o Atlântico Norte, sempre perto da costa europeia. Após mais de três dias de navegação, estávamos agora no Canal da Mancha. Ridiculamente veloz e autossuficiente, a Ceres tinha uma cor cinza, que permitia uma camuflagem com igual eficácia sob a luz do sol e naquele tempo úmido das noites marinhas. Placas de captação de energia solar se posicionavam onde, séculos antes, haveria velas. O assobio do motor era discreto e, ao menos para mim, estimulante.

— É horrível — balbuciei.

— *Angleterre*? Tem seus problemas, mas não chegaria a tanto, mon ami — após três dias no mar, o *monsieur* de Didier, o motorista, aos poucos abriu espaço para o *mon ami* de Didier, o capitão e companheiro de viagem.

— Hm? — estranhei. — Ah, não, eu estava pensando naqueles homens de terno preto.

— Ah, sim. Sim, foi horrível. Nunca vi nada parecido.

Aproveitei o arremedo de confidência do outro para fazer a pergunta direta que ainda não havia me atrevido a formular:

— Didier, você sabe o que Natacha é?

— Sim, mon ami, sou um dos Menores que sabe que é um menor. Madame Natacha é l'Impératrice.

— Então você sabe. Aliás, como um Menor pode não saber que é um Menor?

— Saber não importa e muitas vezes atrapalha, mon ami. Ser é o que importa.

As nuvens lá fora se abriram e a lua se mostrou. Baixa, brilhante, traçando caminhos de ouro entre as ondas. Didier olhou com evidente admiração.

— A lua parece estar ajudando — disse ele.

— *A* Lua?

— A lua... mas, sim, talvez a Lua, não sei. Difícil saber com ela.

A independência funcional da Ceres, "um dos barcos mais modernos e caros do mundo" de acordo com Didier, permitiu que fizéssemos o trajeto em tempo suficiente para que eu não me atrasasse no Caminho e, o mais importante, despistasse prováveis perseguidores. Poderiam ter ido atrás de mim em algum trem ou avião, mas ali, no meio do mar, seria difícil que nos encontrassem.

— Se me permite perguntar, senhor, como tem encarado tudo isso?

Apertei os olhos e fitei o painel do barco, distante.

— É um Caminho perigoso, disso eu já desconfiava. Mas não sei se o outro ainda é possível. E se não é, a essa altura, igualmente perigoso.

— Talvez mais perigoso, se me permite falar francamente, senhor. Estaria sozinho.

A ideia me perturbou. Sempre apreciei uma boa dose de solidão. E então me lembrei do baralho de tarô que havia a bordo. Levantei, fui até uma cômoda de metal, abri uma gaveta e lá estava ele, onde o tinha visto dias antes. Peguei-o pela primeira vez e o trouxe para a mesa.

— Ah, oui. Veja só. Madame Natacha gostará de saber que encontramos este baralho. Ela o procurava.

Cortei o baralho e puxei uma carta. O Dois de Espadas me encarou. Uma mulher vendada, com o oceano às suas costas, empunhando duas espadas brancas que se cruzavam.

— Ma foi! — disse Didier, pondo-se a rir.

— Hm. Sim, parece que é a sua carta, Didier. O que acha disso?

— Acho que tem dois caminhos à sua frente, senhor. Mas isso já sabemos. O que não sabíamos e que a carta – e também eu – podemos lhe dizer é que as duas escolhas são válidas. Como dizem les anglaises, it's up to you — concluiu com um sotaque horrível. — Ah, mas veja. Afinal.

Olhei pela janela da cabine e vi que duas novidades se aproximavam: os primeiros raios de sol e a costa de Dorset.

Meia hora depois, a Ceres deitava âncora a 400 metros de Charton Beach. A praia particular estava deserta e escondida de todos. Os primeiros raios da manhã coloriam de tons amarelos e rosas a areia e a floresta que se estendia depois da pequena praia. Didier me levou até terra firme em um bote.

— É aqui que dou meia-volta, mon ami. Não quero arriscar sua segurança mantendo o barco por aqui por muito tempo, e confesso que anseio por voltar para Villa Marguerite e tomar conta de Madame Natacha.

— Depois do que vi aquele dia, duvido que Natacha precise. Ela se vira muito bem — brinquei.

— Anseio por voltar. Ser motorista e arcano menor são dois caminhos curiosos, mas que se cruzam. Você também achará sua interseção. Boa sorte. — Mexeu no chapéu à guisa de saudação, começando a voltar com o bote para o barco ancorado.

Pisei na praia de pedregosa areia alaranjada e ajeitei a mochila nas costas. As solas dos tênis criavam ritmos no solo enquanto andava. Olhei para os lados. À esquerda e à direita, a praia se estendia, perdendo-se em curvas no horizonte. Mais à frente, cinquenta metros depois, a areia terminou de repente e deu lugar a uma pequena clareira; além dela, a Floresta Jurássica.

Didier me explicou que a floresta tinha esse nome graças à quantidade extensa de fósseis pré-históricos encontrados na região. Típica floresta inglesa, velha, primordial, desafiando racionalismos mesquinhos. Subia da praia por um declive bastante íngreme e se estendia a perder de vista. Após procurar um pouco, encontrei a pequena trilha que levava da areia para dentro da floresta.

As copas das árvores tapavam quase todo o sol e senti frio. Subi pela trilha cansativa com cuidado e, após ter superado o declive, vi que ainda estava em meio à mata fechada. Caminhei pela nova trilha por minutos que, enfim, deixei de contar. Ao final, a floresta deu lugar de maneira abrupta a um extenso descampado. Um planalto a 150 metros de altura sobre o nível do mar. A uma boa distância, bem à minha frente, lá estava ela: The Eagle Manor.

Já estava cansado, com sede e fome. A estrada se alargou e, após vários minutos, cheguei à entrada da propriedade. Um muro baixo de pedras cercava toda a enorme mansão vitoriana. Bem no meio, um portão aberto. À beira do largo caminho de cascalhos, velhos postes de metal se posicionavam sobre um gramado muito bem aparado, dos dois lados da estrada. Suas luminárias arredondadas pareciam dois olhos bem afastados.

A entrada principal era composta de dois grandes arcos e o corpo principal da mansão era encimado por um telhado marrom de enorme estatura. No canto mais à esquerda, uma alta torre retangular de pedra assomava sobre a ala principal, de dois andares. A casa de um homem riquíssimo e... conservador? Eu não gostava nem um pouco do que já havia lido sobre Patrick Mann nos jornais. Mann era, para mim, um exemplo do que havia de errado no mundo. E agora aqui estava eu, nas primeiras horas da manhã, sozinho, mochila às costas, batendo à porta de um dos homens mais ricos do planeta, há vários anos recluso, o qual, ao que parece, chamava-se de "Imperador".

Passei pelo pátio de entrada e pelos dois arcos. Levantei a mão e toquei a campainha.

Menos de um minuto depois, um senhor de cerca de sessenta anos de idade abriu a porta. Alto, forte, de cabelos brancos, mas feições bem conservadas. Os cantos da boca marcados pelas rugas de várias decisões passadas sorriram para mim.

— Bom dia. Eu... gostaria de falar com o Sr. Patrick Mann. Creio que ele me aguarda. Meu nome é...

— André Moire — antecipou o outro.

— Eu sou Patrick Mann. Por favor, entre — e abriu a porta, pondo o corpo de lado para que eu passasse.

— Desculpe, achei que fosse o mordomo.

— Dispensei os empregados. Todos eles. Estamos sozinhos em um raio de quilômetros, acredito.

Por algum motivo, aquele "acredito" me pareceu um "assim espero".

Mann fechou a porta e trancou várias fechaduras, também ativando dois alarmes eletrônicos tão esquisitos que eu nem quis tentar imaginar como funcionavam. Depois, voltou-se e apertou com força e simpatia a minha mão.

— Muito prazer. E uma honra finalmente receber o Louco. Por favor, entre.

— Pensei que fosse encontrar uma dúzia de empregados. Afinal, o Imperador não é sobre autoridade?

Mann baixou a cabeça, levou a mão ao queixo e disse, pensativo:

— A maior autoridade é a que temos sobre nós mesmos. Nossa capacidade de fazer as coisas. Mas, sim, tenho empregados, é claro; como disse, todos foram dispensados para essa nossa conversa. Estão de folga. Mas são em menor número do que você disse. Sob a fachada vitoriana desta casa repousam camadas e camadas de tecnologia estado da arte.

Do vestíbulo, passamos para uma sala de estar que só consegui definir como "enorme". As paredes com forro de madeira quase branca deixavam o centro das atenções para uma imponente e impressionante lareira de madeira escura que comandava o centro do cômodo. Mann acenou para que eu me sentasse em um sofá de couro ao lado da lareira e, após servir duas xícaras de chá para nós dois, assumiu ele mesmo seu lugar em um segundo sofá, posicionado em "L" em relação ao primeiro. Antes de me sentar, não pude deixar de notar um quadro, na parede oposta à da lareira, que imediatamente me remeteu a algo correlato que eu tinha visto há poucos dias na *villa* da Riviera. Uma versão diferente da Lady de Shalott. Esta era pintada por John Atkinson Grimshaw. Tons verdes e dourados permeavam uma etérea luminosidade crepuscular. Um belo contraste com a versão de Waterhouse no chalé da Sacerdotisa. Quando sentei, ele desviou minha atenção para a xícara.

— Earl Grey e ovos mexidos com bacon. Espero que seja adequado como café da manhã — disse em tom de desculpas, já dando um gole em sua xícara. — O mordomo e todos os outros empregados a essa altura estão no vilarejo mais próximo, Lyme Regis. E, por favor, sirva-se das torradas à sua frente. Temos diversos tipos de geleias. — Mann me observava, obviamente deleitado com a visita.

— Senhor Mann, peço que me perdoe se estou prestes a soar um tanto brusco.

O Caminho do Louco - Capítulo XXI

— Sim?

— Estou ainda no início do Caminho do Louco e já me contaram várias coisas. O Mago, a Sacerdotisa, a Imperatriz...

— Adorável Natacha Lalique. Uma mulher impressionante.

— Sim, com certeza. Mas... o fato é que... Tenho duas perguntas ainda sem resposta.

— Deixe-me adivinhar. O que *é* o Tarot, afinal, e o que ele quer.

— Sim.

— Agora é a minha vez de pedir perdão, por presumir quais eram suas dúvidas — disse Mann. — Mas foram as duas primeiras perguntas que Maria me fez quando chegou aqui, em seu turno. Maria de Las Luces, a atual Estrela. Ela já foi o Louco, anos antes de você. Mas me diga uma coisa, a verdade é relativa?

— Bom...

— Uma hesitação. Menos mal do que se tivesse me respondido "é claro que é!" Porque, dessa maneira, você acreditaria em verdades absolutas, mas seria, bem, tolo o suficiente para crer que acreditava na relatividade das verdades. Uma hesitação pelo menos demonstra o bom senso inerente a toda dúvida. Mas deixe-me lhe dizer de uma vez. O que nós queremos? Queremos elevar o nível de consciência da humanidade. O que fazemos? O possível.

— Elevar o nível de consciência? Como? De toda a raça humana?

— Queremos fazer a raça humana atingir seu pleno potencial. Ajudar, veja bem, não obrigar. Não existem obrigações e autoridades no Tarot.

— Como eu já desconfiava, e justamente por isso topei vir até aqui. É um grupo anarquista?

— Pode-se colocar dessa forma, se quiser. Mas o radical de um século é o reacionário do século seguinte. Para selvagens perseguidos por mamutes, líderes e xamãs eram inovadores, necessários, radicais. Para o pobre medieval, assolado por invasões, massacres e estupros em série, a proteção do rei era algo radical, até mesmo inovador. Foram as cabeças desses mesmos reis que penderam da invenção de Guillotin, anos depois, quando os burgueses e comerciantes se tornaram a inovação. Para os marxistas do século 19, contudo, tais burgueses revolucionários e antimonarquistas nada mais eram que vampiros da mais valia alheia, mantenedores de um *status quo* injusto. E veja onde levaram os governos implantados por supostos comunistas: mais e mais massacres, restrição da liberdade individual. Que lição tiramos disso tudo?

— Você já disse: o inovador de um século é o conservador do seguinte.

— Sim, mas temos outra lição: desconfie de quem quer salvá-lo. Desconfie de quem sabe as respostas. Desconfie dos messias, dos líderes, daqueles que garantem que sabem o caminho para a utopia. Desconfie de quem tem apenas certezas. Você já matou alguém? Com suas próprias mãos? Bem, eu também não. É uma ação terrível, retirar a vida de um ser humano. Você extrai dele tudo o que ele possui. É o roubo completo. E, mesmo assim, várias revoluções foram postas a cabo por meio de uma série de assassinatos. Francesa, Russa, Maoísta, além, é claro, dos inúmeros e sangrentos golpes de estado perpetrados pela direita. A primeira consequência de toda revolução violenta é a morte de incontáveis pessoas. Há quem diga que assassinos e pessoas violentas são necessários para todo estopim de revolução e que, após a mudança ser implementada, devem ser extirpados. Mas quem é capaz de se livrar de assassinos? Outros assassinos. E aí começa. Justifique uma morte pela sua causa e você começa a justificar tudo. Sua causa termina ali mesmo, também morta. O Tarot não é de esquerda, porque não somos dogmáticos, não postulamos o "tudo pela causa" da esquerda tradicional. O Tarot, óbvio, não é de direita, porque a direita pressupõe apego a coisas que não funcionam e, além disso, só idiotas são de direita.

Fez uma pausa para observar minhas reações, tomou mais um gole de chá e voltou a falar:

— Quais as consequências da implementação da Monarquia, da Revolução Francesa, da Revolução Russa, da Revolução Cultural Maoísta? Digo, quais as consequências mais imediatas? Banhos de sangue, eis suas revoluções aí mesmo. Corpos e corpos sem cabeça enterrados em covas rasas ao redor de Paris, transmitindo doenças e atraindo ratazanas. Milhões mortos por Stalin. Camponesas estupradas por Mao, que era um porco cheio de doenças venéreas. Seja Hitler, seja Mao, Stalin ou Bush, Mussolini ou o idiota de plantão na Coreia do Norte, partes da esquerda latino-americana ou os generais de direita africanos. Por exemplo, a esquerda espanhola se juntou à direita de Franco para perseguir e matar os anarquistas. O que chamam de esquerda e direita são dois lados da mesma moeda, moeda que gira fazendo o maior espetáculo e nos distraindo do que realmente importa: "por quê?". O que é a esquerda — levantou a mão esquerda — e a direita? — levantou a mão direita. — Apenas, dois lados do mesmo corpo, nada mais do que isso. E que, volta e meia se encontram, se "chocam", fingem ter certezas e promessas de revoluções. E o que extraímos deste choque? — bate as palmas das mãos. — Um nada. Som e fúria.

— Então são anarquistas?

Queremos elevar o nível de consciência humana para acabar com coisas como racismo, machismo, sexismo, homofobia, fundamentalismo religioso, ex-

O Caminho do Louco - Capítulo XXI

ploração dos indefesos. Mas não somos anarquistas tradicionais, porque acreditamos que não há liberdade quando as pessoas são obrigadas a compartilhar a mesma roupa de baixo. Poderíamos dizer que somos pós-anarquistas, se não fôssemos anteriores aos anarquistas. Por que o ser humano sempre precisou de líderes? Por que entregaram as vidas de milhões nas mãos de Stalin? Por que milhares de alemães desempregados e na maior crise econômica de sua história recente apoiaram um nanico louco e patético como Hitler? Por que tantas "revoluções" seguidas por banhos de sangue até maiores que os promovidos pelo *status quo* anterior? Por que todos os anarquistas de coração sempre sabem, no fundo, que beijam uma utopia irrealizável?

— Porque as pessoas são idiotas — respondi.

— Sim! — disse Mann, divertido — Sim. Bom, não necessariamente idiotas, mas precisam de líderes. E por que precisam de líderes? Porque não sabem o que fazer. São bilhões de pessoas perdidas, que precisam que alguém lhes diga o que comer, o que vestir, o que ouvir, o que assistir, quem namorar, que papel higiênico comprar, que aparelho de TV. Anos e anos de revoluções e gritos de "liberdade" desembocaram apenas na suprema liberdade de poder comprar o sabonete X ou o sabonete Y, e ainda ficar feliz por ter feito a escolha certa. A maioria das pessoas não percebe isso, não tem consciência de que são escravos que precisam de um "líder". É como cantou Laurie Anderson, as pessoas querem um Superman, querem mamãe e papai. Precisamos de uma mamãe e de um papai, um Clark Kent que bote o S vermelho para fora e nos salve do perigo. E aí, graças a essa mentalidade de colmeia, jogamos nossas vidas fora em prol do primeiro desgraçado que queira ser líder. Porque, não se engane, seja o direitista pragmaticamente corrupto, seja o esquerdista que jura que é consciente socialmente, é preciso ser um desgraçado para querer ser líder. Para ter como desejo primordial a ânsia de mandar nas pessoas. Só desgraçados e psicopatas querem isso. Sabia que um estudo recente feito por psicólogos apontou que boa parte dos psicopatas ocupam cargos de diretoria em grandes corporações? O que é um psicopata? Alguém monomaníaco, capaz de colocar a própria vida, a ética e o bem-estar do próximo em segundo plano, tudo isso em prol de uma rotina de vitórias sucessivas. Alguns se dizem de esquerda, viram serial killers e matam uma série de pessoas em nome de uma "causa". Outros se imaginam de direita, lançam-se no mar de tubarões da política ou das corporações, do mundo executivo, "matando" uma série de tarefas e vitórias vazias. Posso lhe dizer com certeza, senhor Moire. Já fui um deles. Tudo o que leu sobre mim nos jornais era verdade. Mas isso é tema para o jantar. Quero antes tirar suas dúvidas.

— Está bem. Mas o Tarot quer virar essa mamãe e esse papai?

— Claro que não! O que acha que somos? Vilões de filme de James Bond?

Não. As pessoas precisam saber o que fazer, isso já vimos. E é por isso que entregam suas vidas nas mãos de psicopatas. Pois bem, já tentaram matar os psicopatas todos antes e não deu certo, como também já vimos. Por que não deu certo? Porque somente outro grupo de psicopatas pensaria em matar todos os psicopatas. E assim a maldição se sucede, ora para a esquerda, ora para a direita, ora para o centro, mas sem nunca sair do ponto focal, como um pêndulo inútil. O que queremos fazer é mostrar às pessoas que elas não precisam de líderes. Mas não podemos fazer isso pregando como políticos, porque isso exigiria ao menos uma pessoa na liderança, exigiria um líder que aparecesse perante o público. E, como *idem ibidem* já vimos, líderes são desgraçados patológicos. Então mostramos a elas a partir dos bastidores de suas vidas, da visão periférica do cotidiano. Nada é obrigado, nada é imposto ou forçado. Pelo contrário: lançamos mão da própria história humana, da riqueza cultural, artística, tecnológica, histórica, mítica, arquetípica, musical, pictórica, hermética, surrealista, social, tribal, cósmica que nos antecede, compõe e preenche a todos. Porque não é uma questão de "bem" e "mal", de opressores e oprimidos. Não é uma grande conspiração antiga e milenar que estamos enfrentando. Os Illuminati, com o perdão da expressão, são merda. Não é necessária uma conspiração, entende? Nunca foi. Conspirações existem apenas para mascarar o fato cruel de que somos idiotas o suficiente para deixar que nossas vidas sejam desta forma. Idiotas o suficiente para querer liderar; idiotas o suficiente para nos deixar ser liderados. Qualquer coisa a mais pertence ao terreno da ficção científica e da fantasia.

— E o que nós do Tarot fazemos para combater essas coisas, elevar a consciência da humanidade ou o que quer que seja que façamos?

— Já é um de nós, pelo que vejo. Fazemos o que for possível e impossível, desde que não seja autoritário ou impositivo. Dois nomes: Rube Goldberg e Rupert Sheldrake. Já ouviu falar de Rube Goldberg? Descobri que mesmo pessoas que não sabem quem foi Rube Goldberg conhecem seu trabalho.

— Whoopi Goldberg?

— Não, *Rube* Goldberg. Ele foi o camarada que projetou aqueles velhos planos de mecanismos que funcionavam de maneiras estranhas, como o skate que, com uma agulha na ponta, anda sobre um trilho e estoura um balão de gás, que, por sua vez, faz alguma outra coisa.

— Ah, tipo o jogo Ratoeira?

— Sim.

— Tipo as armadilhas em que prendiam o Batman no seriado de TV?

— É... sim.

O Caminho do Louco - Capítulo XXI

— E o que tem isso?

— Caos. Teoria do Caos, magia do caos, blá blá blá. Uma coisa leva a outra, uma borboleta batendo asas aqui faz um faquir ter flatulência acolá, e assim segue. Causa e efeito. Preciso de mais clichês ilustrativos?

— Não, entendi. Mas o que tem isso?

— Usamos de formas naturais, não autoritárias, para elevar a consciência da humanidade. E assim voltamos a Rupert Sheldrake.

— O físico quântico?

— Parabéns — sorriu Mann, amigável. — O grupo atual do Tarot teve a ideia de ligar as máquinas causa e efeito de Goldberg, os diversos caotismos, enfim, ligar tudo isso à teoria dos campos morfogenéticos de Sheldrake. Aquela que diz que todos os seres vivos que já existiram são regulados por uma rede de dados hereditária, para além do próprio DNA. Por essa teoria, cada espécie teria um tipo de memória coletiva. O que um macaco, por exemplo, aprende na África pode ser aprendido pouco tempo depois por outro macaco em qualquer ponto do globo, sem conexão entre eles. Uma maçaroca que une física quântica, teoria do caos e platonismo genético e à qual jogamos ainda magia do caos, linhas Ley e, bem, o que mais você quiser.

— Isso... Isso é genial, admito. Mas o que o Tarot faz com isso?

— A Sacerdotisa, o Mundo e o Mago, na verdade com a ajuda de todos e de vários dos Menores, descobriram que é possível hackear esses campos morfogenéticos. Meu caro Louco, aqui chegamos ao limite da minha capacidade de explicar essa parte. Sou um mero bilionário recluso e os resultados de Wimbledon e as tardes dedicadas a escutar Alban Berg já me tomam tempo demais. Mas, como disse, cada espécie que já existiu, cada babuíno, sequoia, estrela-do-mar, faquir, rei, mendigo, condor, bactéria, gato, samambaia, baleia, você, etc, etc, todos têm essa memória coletiva. Se é algo que depende do "armazenamento" de dados – e disso eu entendo – é possível interferir, desde que muita gente tenha memórias mais legais. Onde tem memória, tem hacker.

— Uau... — André tinha os olhos brilhando, vendo algo que parecia estar bem mais à frente. — Imagine alguém hackeando isso e mudando a programação dos seres vivos, seus corpos, mentes e espírito. Extinções poderiam ser evitadas, novas invenções surgiriam, coisas mais legais. Traumas poderiam acabar.

— Bem, o próprio Sheldrake disse que os campos morfogenéticos eram a versão biológica dos arquétipos junguianos. Mas, para o caso de isso não dar em nada, fazemos várias outras coisas. Invadimos transmissões de televisão e rádio. Disseminamos software open source e criptografia. Fazemos protestos, nos infiltramos em lugares específicos. Qualquer coisa que possa levar a um estágio em que bilhões de pessoas deixem de ser escravas e passem a viver, em vez de ficarem lustrando e polindo e lambendo as grades de uma cela que elas mesmas construíram, por puro comodismo e "proteção". Não é à toa que os governos se empenham tanto em deixar todos com medo. Medo do terrorismo, medo dos serial killers, medo dos assaltantes, medo dos negros, medo dos árabes, medo dos americanos, medo de tudo. Somos uma espécie de cagões e o Tarot se propõe a puxar a descarga, abaixar o tampo e fazer todo mundo finalmente sair do banheiro e ir para a sala de estar, relaxar um pouco. Péssima analogia para a hora do chá, é verdade. Me perdoe. Bem, vou lhe dizer o que *não* somos. Não somos uma ONG, não somos terroristas, ativistas, reformistas, agentes secretos, conspiradores, super-heróis, políticos, anarquistas comuns, nada disso. Podemos ser tudo isso, se quisermos, mas somos apenas uma coisa. Somos pranksters cósmicos. E temos todo o tempo do mundo.

— Como assim?

— Da mesma forma que você entrou para o grupo e agora é o Louco, haverá um outro Louco quando você morrer, desistir e resolver ir embora, voltar para sua vida no Rio de Janeiro ou qualquer outra coisa assim.

— É possível sair do grupo e voltar atrás?

— Ora, bolas, é claro! O que acha que somos, mafiosos? Que grupo antiautoritário seríamos se nossos integrantes não pudessem sair dele a qualquer momento e nos mandar todos à merda se assim quisessem? Não é comum acontecer, mas ao longo do tempo vários membros já saíram e continuaram vivendo normalmente suas vidinhas bestas.

— E não têm medo que contem tudo para alguém? Para os amigos ou até mesmo para a polícia?

— E alguém acreditaria nessa história? A capacidade da polícia em não acreditar em nada é lendária, há toda uma filmografia em cima disso. Além do mais, alguns governos já sabem de nossa existência. Os governos sabem de tudo. Mas, como sempre, entendem errado o que sabem — ou acham que sabem.

— E, digamos, é apenas uma hipótese, mas, e se com o tempo, com a mudança progressiva de integrantes, os objetivos do Tarot acabarem sendo corrompidos? Se pessoas autoritárias acabarem entrando para o grupo?

— Isso é impossível, porque se trata de uma seleção natural. Ou hermética, se assim o preferir. Você não é o Louco porque saiu de seu emprego promissor e se aventurou por bibocas do planeta para tomar drogas alucinógenas e andar por aí apenas com uma mochila – sem virar um hippie tardio, o que não

O Caminho do Louco - Capítulo XXI

posso deixar de louvar. Milhares de idiotas podem fazer isso e continuar escravos e um belo dia assumir um cargo na empresa de advocacia do pai ou algo assim. É o contrário: você fez isso tudo porque é o Louco. E é o Louco porque o Arcano do Louco despertou em você. Os arcanos não despertam em wannabes, poseurs, assassinos em potencial, mimados autoritários. Logo, não corremos este risco. Se corrêssemos, isso já teria acontecido após todo esse tempo.

— Você fala em tempo e já ouvi outros Arcanos se referindo a formações anteriores do Tarot. Há quanto tempo o grupo existe?

Mann olhou para mim, sorrindo. Como um ator antes de sua fala predileta, preparou-se e disse:

— Você demorou mais tempo para perguntar isso do que previ. O italiano que criou o baralho de tarô, em 1447, para ser exato, 23 de setembro de 1447, chamava-se Giuseppe Scola. Ele era o Mago da formação do Tarot de sua época.

— Ele... — olhei para Mann, boquiaberto. — Não era um anônimo, então você sabe quem ele era, com detalhes. E ele era o Mago? Está me dizendo que o Tarot, o grupo, foi criado na mesma época em que o baralho, no século 15?

— Não. Estou dizendo que o baralho de tarô *foi baseado* no Tarot, o grupo. Giuseppe Scola foi o 423º Mago. Faça as contas geracionais.

A sala começou a rodar de leve. Eu não tinha ideia ainda de onde estava me metendo, pelo visto. Mas... era absurdo.

Mann ficou em silêncio por longos segundos. Bebi mais um pouco de chá e perguntei com cuidado:

— O Mago me disse que faltam a Torre, o Enforcado e o Julgamento no baralho atual. Não terá sido... temerário escolher um novo Louco e fazê-lo iniciar seu Caminho antes da descoberta dos arcanos que faltam?

— Sim, foi. Mas o Tarot é temerário. E tivemos que encontrar um Louco, entende? Foi sensacional que você tivesse aparecido. Estávamos sem o Louco há quase seis anos.

— Seis anos? E o baralho pode ficar incompleto durante tanto tempo?

— Pode ficar incompleto o tempo que for preciso. Não vamos sair colocando qualquer idiota como um Arcano Maior.

— Tem que ser os idiotas certos? — tentei brincar.

— Isso. Durante 23 anos, no século 9, o Tarot foi formado por apenas um arcano maior. O Eremita. O grupo quase acabou naquela época e teria acabado se não fosse pela ajuda dos Menores.

— Por que esse tempo todo só com o Eremita?

— Ninguém apareceu. Não foi percebido o despertar de arcano algum, em ninguém. E o Eremita e um dos Menores tinham o dom da visão necessário para identificar os recém-despertos.

— Por que não apareceu ninguém?

— Quem sabe? — Mann deu de ombros.

— Você disse que tiveram de encontrar um novo Louco. Eu, no caso. Por que essa urgência? Já entendi que o baralho não pode ficar incompleto, mas acabou de me dizer de uma situação em que foi mantido por um só cara por 23 anos!

— Bem... como François ou Pat devem ter lhe dito de antemão, estamos prestes a iniciar algo complicado. Em situações assim, precisamos do baralho completo, entende? E a conclusão do Caminho do Louco, após a visita ao Mundo, sempre é essencial nessas situações. Assim, optamos por fazer com que iniciasse o Caminho mesmo antes de ter encontrado os outros dois arcanos que faltam.

— E se não os encontrarem?

— Já encontramos a Torre. Acabamos de encontrá-la.

— E os outros dois?

— Também vamos encontrá-los. Temos que.

— Já estão procurando?

— Não. Se quiser encontrar, não procure.

— Isso é loucura.

— Sim! Pois, então! — disse Mann, levantando sua xícara de Earl Gray fumegante. — Que tal isso para o Louco?

Passei a tarde caminhando pelos enormes jardins da mansão. Estava cansado e com sono, mas era preciso digerir aquilo tudo. Eagle Manor tinha 350 acres de florestas, fora todo o extenso espaço destinado às casas dos empregados, garagem, estufa, jardins, quadras de críquete, polo e tênis, e todo o resto. Muito inglesa e, assim, muito familiar para todos que, como eu, devoraram romances policiais e séries da BBC. Imaginei Hercule Poirot ali, encurralando suspeitos com sua conversa.

Suspeitos... tudo, na verdade, ainda era muito suspeito para mim. O Tarot. Um grupo de arcanos, pelo jeito milenar? O problema é que é o tipo de coisa que me assusta, atrai e fascina. Sempre foi. Nasci o Louco? Ou minhas escolhas fizeram nascer o Louco em mim?

Ainda faltam 17 arcanos maiores para visitar pelo Caminho. Quem sabe o que pode acontecer? Droga, isso fica cada vez mais tentador.

Seguia nesses devaneios quando me dei conta do silêncio. Além de mim, em um raio de vários e vários quilômetros, só havia Patrick Mann. Que, nesse momento lia em sua vasta – e veja bem, a palavra "vasta" se sente humilde naquele lugar – biblioteca. Claro, havia pássaros, o vento sobre as sebes e arbustos. As abelhas nos canteiros de flores. E, de vez em quando, por alguns segundos, o que parecia ser o ruído das ondas a quilômetros de distância. Mas isso talvez se devesse ao *mal de mer*: mais de três dias seguidos no oceano. Torci para que Didier voltasse em segurança.

Sonolento, dei o solitário e melancólico passeio por encerrado. Voltei para a mansão e, após comer alguma coisa, dormi bem cedo.

Dia 2

Terça, 8 de setembro

Após um necessário e revigorante banho de banheira, bem quente, passei quase toda a manhã em meu quarto. Era enorme e retangular, com duas imponentes janelas que davam para a frente da casa. Olhei do alto e vi o céu azul acinzentado e as árvores bem ao longe.

Ouvi o gongo e presumi que era a dica para que eu me arrumasse e descesse para o almoço. No caso, "me arrumasse" se resumia a pegar a única outra muda de roupa ainda limpa e quase igual que estava dentro da mochila. Espero que o Imperador não faça questão de vincos.

— Por favor, senhor Moire. Dê-me o prazer desta companhia. Espero que tenha repousado bem da longa viagem de barco. — disse Mann, enquanto eu descia as largas escadas de pedra que davam para o hall. Entramos juntos na sala de jantar. Uma enorme mesa de carvalho que deveria estar ali, desde que os primeiros Mann ainda acasalavam incestuosamente, ficava bem no centro do cômodo. Sobre ela um almoço mais frugal do que eu teria imaginado, mas muito bem-feito. Diversas saladas e pratos quentes e qualidades de vinho. Licor de chocolate. Brandy. Bacon. Devorei as saladas, grato por me ver livre do jejum de comida em lata da Ceres. E então me lembrei do motivo por que estávamos ali, naquela situação.

— É seguro estarmos aqui sozinhos?

— Sim. Ninguém sabe desta mansão e nem de minha relação com ela. Ou com o Tarot. Para o mundo, sou apenas um bilionário recluso.

— E de fama complicada — deixei escapar, logo me arrependendo de minha grosseria. Mas Mann não se abalou. Ficou pensativo, quase nostálgico.

— Sim. É uma verdade.

Após alguns segundos de silêncio, enquanto cortava um pedaço de carne, Mann disse:

— Sabe de uma coisa, senhor Moire?

— André.

— Certo. Obrigado. Bem, mas como dizia... Eu... Não é fácil falar disso. Mas sou o Imperador porque, de forma patética, acreditei ser um imperador antes. Destruí famílias por dinheiro. Não. Destruí países. Como grande investidor, a economia de regiões inteiras era apenas uma peça de tabuleiro para que eu lucrasse. Fiquei bilionário, claro. Mas é o tipo de coisa que não acontece impunemente. O preço que se paga é maior do que esses bilhões. O preço é você mesmo.

Parou e mastigou por longos segundos, antes de dar um gole no vinho. Eu comia e o observava.

— Não vou me dar ao luxo fútil de falar de mim mesmo. Se conhece minha fama passada, já me conhece. O homem de família rica que aumentou sua fortuna cada vez mais até virar um bilionário. Os jornais acertavam em cheio, ainda que eu nunca os tenha lido de verdade. Fugia deles. E dos espelhos. Foi quando, pouco depois dos 40, o câncer apareceu.

— ... Sinto muito em ouvir isso.

— Sim. Eu sei que sim. Bem, como dizia, foram quase cinco anos de desespero. O dinheiro tentou, mas não conseguiu me comprar nada além dos melhores médicos, hospitais, pesquisas e equipamentos do mundo. Não foi o suficiente. Depois de cinco anos, sem cabelos, sem amigos, sem parentes, sem esperanças, me deram dois meses de vida. Foi quando aconteceu.

— O que aconteceu?

— Não sei explicar. Nem descrever. A mudança. Já aconteceu com você,

O Caminho do Louco - Capítulo XXI

ou não estaria aqui. Você sabe do que falo. E, em uma viagem de "férias" – na verdade, de despedida –, fui à Escócia de meus ancestrais. Passei noites e noites sozinho, sentindo dores terríveis, dentro de cabanas e quartos de hospedarias. Estava decidido a partir ali, anônimo, só, esquecido. Mas o contrário aconteceu. Certo dia, nem mais belo nem mais estranho que os demais dias, acordei sem dores. Passei mais algumas semanas por lá e, quando voltei, os tais médicos caríssimos me disseram que eu estava curado.

Suspirou e deu um longo gole no vinho, saboreando seus aromas.

— Amo aquelas florestas.

— Então ficou curado? De vez?

— Sim. E não só do câncer. Curei-me de mim mesmo. Isso foi há quase quinze anos. Mas, como lhe disse, chega de falar de mim mesmo. Acredito que tenha mais perguntas.

— Sim, claro. Senhor Mann...

— Minha vez agora. Patrick, por favor.

— ...Patrick... o Tarot então quer "elevar o nível de consciência da humanidade". E, não sei se é porque sou o Louco, acredito nisso e que sejam capazes de fazê-lo. Mas detesto seguir ordens.

— Todos os Arcanos detestam. Não há líderes no Tarot. Há decisões, mas não ordens.

— E, é claro que, querendo isso e existindo há *tanto* tempo, o grupo deve ter inimigos. Em Villa Marguerite, fomos atacados por homens que vestiam ternos pretos.

— Sim, Natacha já me telefonou e contou tudo. Somos bons amigos. André, temo dizer que não é a primeira vez que tais criaturas aparecem. E mais: não foi a última. Lembra que lhe disse ontem que a Torre tinha sido encontrada? Pois bem, ele foi atacado ontem à noite por essas mesmas criaturas, na cidadezinha de Saint-Emilion, na França. Se não fosse a pronta ação da Temperança – e, mais uma vez, de Pat – o pobre velho teria morrido e sem nem saber por quê. Para nosso azar e espanto, outro grupo dessas mesmas criaturas atacou outro dos nossos também na noite de ontem, exatamente ao mesmo tempo. Por muito pouco o Sol não escapou.

— O Sol? Já o conheci, na casa de François. Ele está bem?

— Sim. Agora está tudo bem.

— Mas o Tarot está sendo seguido? Pensei que os Arcanos fossem secretos.

— E são. O Tarot não está sendo seguido. Os documentos que encontramos no Vaticano estão sendo seguidos. François me disse que você ouviu o teor dos manuscritos em Paris, certo? — perguntou Mann.

— Sim. Terrível, mas incompleto.

— Pelo que François me explicou, as próprias palavras atraem essas criaturas. Não é seguro nem mesmo carregar cópias dos manuscritos. O Sol foi seguido porque estava com partes da tradução do manuscrito que encontramos no Vaticano salvas como PDF em seu celular.

— Não foi temerário da parte dele fazer isso? — perguntei.

— Bom, não se sabia ainda da capacidade das criaturas de rastrear aquelas palavras. Capacidade que podem ter recebido de setores da Igreja, acredita Maksim, o Eremita.

— A Igreja enviou aquelas coisas?

— É quase certo. Ela e outras, err, instituições.

— Mas por que foram atrás da nova Torre?

— Aí é que está o fantástico da coisa toda. A nova Torre teve acesso, por meios bem distintos do que os nossos, à outra metade dos manuscritos. Ele tem a parte que completa o nosso.

— Isso sim é sincronicidade — afirmei. — Mas não foi por causa deste manuscrito que os babacas de terno me encontraram na Riviera.

— Não. Como já lhe foi dito, acho, o Louco é o único Arcano rastreável. Tem a ver com número 0. O vazio que ocupa espaço ao despertar. Uma anomalia que as criaturas podem farejar, sob certas circunstâncias. Por sorte, isso acaba depois que o Louco encontra os quatro primeiros Arcanos, os especulares, e desenvolve os primeiros traços de seu poder. Ou seja, depois que você partir desta casa e seguir seu Caminho visitando os outros Arcanos, não poderão mais segui-lo. Ficará incólume, como nós — explicou Mann.

— Ou seja, depois da minha visita a esta casa. Mas não estou sentindo nada de diferente. Será que o fato de eu não ter passado três dias na casa de Lalique afetou isso?

— Duvido, caro André. Você é um dos Loucos mais poderosos que já tivemos. Posso ver isso. Espere até sair daqui. Estou certo de que perceberá algo.

— Criaturas que rastreiam palavras impressas, que farejam números. Inacreditável.

O Caminho do Louco - Capítulo XXI

— Palavras e números são muito poderosos. No princípio era o Verbo — disse Mann.

Fiquei alguns segundos em silêncio, absorvendo tudo aquilo em meio a alguns goles de vinho. As tais criaturas me assustavam.

— O que são essas coisas?

— Para a nossa sorte, temos vários Menores espalhados por cada canto do mundo. Em sua vida passada no Brasil, talvez alguns dos seus amigos fossem Menores, ainda que não soubessem. Antes mesmo do ataque a Villa Marguerite, vários Menores infiltrados entre alguns desses grupos já haviam descoberto sobre aquelas coisas.

— E, afinal, o que são?

— Escravos. Descobri que são chamados de Escravos.

— De quem?

— Os Escravos são "soldados" do lado de lá. Onde aqui existe livre arbítrio, desejo por liberdade, arte e conhecimento, lá os Escravos são movidos por subserviência, conformidade, cafonice e ignorância. Imagine: você passa longos anos de sua vida vendo TV, trabalhando em algo sem muito sentido, carimbando documentos, demonstrando respeito por arquivos, idolatrando cédulas, consumindo porcarias e hambúrgueres, alimentando o mundo com mais e mais filhos como se o planeta fosse uma linha de montagem de *foie gras*, até que – bum. Um dia acontece. Quando a pessoa está sozinha, fora de vista, vira um dos Escravos. Eles saem por aí, com uma força e resistência descomunais alimentadas por seu desejo de servir e se conformar. De fazer parte.

— Se transformam?

— São transformados. Não sabemos detalhes. Mas a transformação é terrível. São quase o contrário dos Menores. Alguns Menores nem sabem que são arcanos; são porque são. Para se tornar um Escravo, é necessário que a pessoa queira. Acho que a pessoa depois retorna à sua vida anterior, se sobrevive. Mas antes tem que cumprir sua função, seguir suas ordens, os desejos de seus mestres. Como ela, claro, sempre fez, só que nessa situação a obediência se torna mais literal. Os Escravos, quando transformados da maneira mais extrema, lidam com lixo, esperma, plástico, vírus, lambuzam-se em suas próprias fezes e saem por aí.

— Sob a forma de sujeitos idiotas de terno preto?

— E mal cortados, sim.

— Mas isso é terrível. Um destino horroroso — rebati. — Como vencê-los?

— São agentes da conformidade; faça o imprevisível, eles detestam. São forças da uniformização; na linguagem dos jovens, faça o *cool*. São repelentes a mudanças; quando o *cool* já tiver virado a norma, faça o *uncool*. Adapte-se. Mude. São rígidos; seja fluido. Líquido. Mercurial. São limitados; seja vasto.

— E a quem essas coisas obedecem?

— Aos suspeitos de sempre.

— E o Tarot tem condições de impedir que tais grupos cheguem ao poder? Mann, o que podemos fazer?

Foi aí que Mann me encarou com uma expressão engraçada.

— Impedir? O que quer dizer? Moire, esses grupos já estão no poder. Sempre estiveram. Estão lá há séculos. Você os conhece, estão em todos os jornais. Em minha vida como o Patrick Mann que fui no passado, tive a chance de conviver com vários deles. São presidentes, reis, militares, ditadores, cientistas, cardeais, até mesmo alguns artistas. O que acha que as grandes gravadoras querem? A Máfia? Os governos mais obscurantistas? As corporações? Eu estive lá, eu fui parte do "1%" e vi: eles não querem mais nada. Já têm o que queriam. Só precisam evitar que mude. E têm conseguido evitar que mude há séculos e séculos.

Tudo girava ao meu redor. As paredes de madeira quase branca zombavam de minhas certezas ingênuas; a simetria dos blocos parecia ser ilusória, ridícula, sem importância. Pequena.

Como eu e todos os outros. Meus amigos. Pessoas que admirava. O próprio Tarot. Os livros de História. Patrick Mann, ali na minha frente. Você.

Pequenos, diminutos. Vítimas na cadeia alimentar que ascendia do inferno.

Meus olhos brilharam com a percepção da tragédia inerente a tudo que nos cerca. Como podemos viver em um mundo assim? Mann baixou a cabeça e balbuciou alguma coisa para me reconfortar.

— OK. Onde eu assino?

O tom de brincadeira mascarava uma preocupação que crescia em minha mente, acompanhada por uma sonolência que parecia não passar. Naquela noite, também dormi cedo, aproveitando o completo silêncio de Eagle Manor, cortado apenas pelo ruído do vento nas janelas e copas das árvores e pelo ocasional manifestar do relógio de pêndulo do salão principal, no térreo.

Dia 3
Quarta, 9 de setembro

Mais uma vez acordei tarde, ainda mais do que na véspera. Tive a impressão de que Mann cuidara para que minha estadia fosse restauradora: a ausência de empregados, o silêncio da mansão, a falta de obrigação de acordar cedo. Parecia que estava me preparando para alguma coisa que sabia que viria.

Corri as pesadas cortinas verde-musgo e os fracos raios do sol de Dorset me animaram um pouco. A fome fez com que eu me arrumasse depressa e descesse. Para minha surpresa, ao lado de Mann, que estava sentado à mesa do café da manhã, estava um visitante. Um homem de cerca de 1,75m, 30 anos de idade, cabelos pretos e jeito tranquilo, tímido. Os dois ficaram de pé quando entrei. Mann tinha uma expressão séria quando apresentou o estranho.

— André Moire, este é Jack Benotti. Mais tarde você irá visitá-lo também. Jack é o Carro.

Depois das devidas saudações e apertos de mão, Mann começou:

— Recebi uma ligação do Mundo esta manhã, há coisa de meia hora. Parece que vários Escravos perceberam que você está nos arredores e estão ocupando as estradas rurais vizinhas. De forma que não seria seguro se você apenas andasse até a estação de trem, como seria o normal. Por isso, Jack foi enviado até aqui. Você irá de carro com ele até Londres. Infelizmente é preciso pressa. Não é possível que você pernoite aqui. Uma pena. O caminho do Louco é uma ocasião especial e deve ser desfrutada como suas intenções originais preveem. Mas estes são tempos mais complicados. Temos que nos moldar a eles e torcer pelo melhor. Você parte em meia hora. Seu próximo encontro é com o Hierofante, James Burke. Você vai gostar dele, acho. Mas há outro problema.

— Sim?

— Ninguém sabe onde ele está. Desapareceu temporariamente, por precaução, fugindo da Scotland Yard.

— E como vou encontrá-lo?

— Não vai. Você vai para Londres, e ele vai encontrá-lo. Ou ao menos assim esperamos. Arrume suas coisas e desça o mais breve possível. Falta um quarto para as onze. Se nos apressarmos, você conseguirá chegar a Londres antes das três da tarde de hoje.

— Pff — fez Jack Benotti.

— Ah, sim — disse Mann. — Esqueço que você terá como motorista o Carro. Deve chegar um pouco antes.

— Um pouco — brincou Jack.

Vinte minutos depois, desci com minha mochila. Usava o colar que Natacha havia me dado, à guisa de boa sorte. Nos bolsos do casaco, levava os presentes do Mago e da Sacerdotisa.

Mann apertou com força a minha mão e pude ver um brilho em seu olhar.

— Eu já vi muita coisa... errada. Obrigado por nos ajudar. Por tornar o baralho quase completo mais uma vez. Devo lhe dar um presente de despedida, mas ele não será físico. Já lhe dei um de nossos cartões multifuncionais, por meio do Mago, em seu primeiro encontro. Desta vez, lhe dou minha proteção e minha amizade. Esta última, poucos tiveram em minha vida, para minha grande tristeza. É meu presente mais caro. E, claro, conte com a ajuda de todos os meus recursos, que são os recursos de todos no Tarot. Maiores e Menores. Nas imortais palavras de mim mesmo, God fucking speed. — E sorriu.

Poucos segundos depois, eu e Jack saímos de Eagle Manor para o vento frio de Dorset. À nossa frente, estava parado o nosso veículo: um carro branco que tinha a traseira mais estreita que a parte frontal. Logo atrás dele, havia um segundo carro estacionado, um automóvel preto com alguém sentado no banco do motorista. Vendo minha provável cara de dúvida, Jack disse:

— Meu grande camarada, o Oito de Paus. Uma das poucas pessoas em que confio cem por cento. Ele vai atrás da gente, como escolta.

Entramos no carro branco e, assim que começamos a rodar, notei que o comportamento de Jack rodou junto.

O Caminho do Louco - Capítulo XXI

> "Invenção não consiste em criar algo a partir do nada, mas a partir do caos"
> — Mary Shelley (1797 – 1851)

CAPÍTULO XXIID

O CARRO:

Você pisa no acelerador e a areia do solo vira chuva de estrelas. Você olha pro novato do seu lado apertando com a mão o nylon do cinto de segurança e sorri.

— Aperta mesmo, Louco, que a coisa vai ficar ainda mais maluca que você. Esse amigo pálido aqui é um Hennessey Venom GT, só uns 20 deles foram feitos porque todo mundo logo viu o nonsense de ter uma parada dessas na garagem só pra levar pirralhos pra escola e coisa e tal. Faz até 450 km/h e, Louco, acredita em mim: a gente vai passar bem disso. Atrás da gente tá, como já te disseram, o Oito de Paus, figura excelente pra derrubar umas vodkas e servir de escolta contra um bando de cretinos. Ele tá na maravilha que é o Lamborghini Diablo, o mesmo que salvou nosso couro em Roma. Se com figuras como Eremita, Sol, Força e Temperança — Temperança, cara — o Diablo voou que nem o tempo, imagina com o Louco dentro do carro. Sente o Venom!

Você sai dos limites da propriedade e os portões de Eagle Manor passam zunindo como mariposas de metal pelos dois lados do carro. Logo estão em uma encruzilhada. Você aperta um botão do painel.

— Bifurcação, coisa do Mago. Mas diz aí, Pat, o que a gente faz agora? Esquerda, direita, ou vou pelo meio, criando o meio que não existe, mas é sempre o melhor caminho?

— Quais os nomes no GPS, Jack? Os nomes! — gritou com urgência a voz familiar da Sacerdotisa.

— Pela direita é a M3, pela esquerda é a A303.

— Esquerda, o nome é melhor. Vou desligar aqui pra ajudar vocês e fazer com que o caminho fique limpo. Nenhum inocente no caminho. Farei com que ninguém precise da A303.

O painel faz um clic e você acelera para o caminho da esquerda. Atrás de você, o Lamborghini Diablo segue em seu vácuo. O carro negro e o carro branco em linha quase reta, mantidos assim pela aerodinâmica da impossibilidade. O impossível não faz atrito.

Assim que os dois carros pegam a A303, você olha no retrovisor e gargalha.

— Olha pra trás, Louco, eles tão ali. Um bando de Escravos e, olha só, tão de carro também. Mas Escravo não dirige. Oito?

A voz do Oito de Paus surge, metálica, pelo comunicador do painel.

— Eles estão em jipes do exército, Jack.

— Carro.

— Carro. Jipes do exército, ouviu? Tem soldados dirigindo ou alguma merda do tipo.

— Que ótimo, cego guiando cego.

Você chega 23 centímetros para a esquerda e o retrovisor, agora livre da imagem do Diablo, mostra vários vultos verdes mais atrás.

— Oito jipes. Então tá, prosseguindo.

Você passa a terceira e o Venom apita um silvo metálico. 190 km/h e do seu lado, o Louco está encolhido na cadeira. Rindo.

Árvores e pedras são borrões, pouco mais altos que as linhas cinzas do asfalto que somem por baixo do carro.

— Eles estão chegando perto. Que porras de jipes são esses? — disse a voz irritada do Oito de Paus, saindo do painel. Logo depois dela, uma outra voz:

— São jipes alterados pela "força" da obediência, Jack.

— Carro. E que porra você tá falando, Mago?

— Pat tá cuidando de outras coisas, por isso estou focando nos jipes. São veículos alterados pelos militares. Cuidado.

— O que a Pat tá fazendo? — você grita.

Nas highlands da Escócia, uma mulher loira está de pé no meio da floresta, olhando para o céu.

— Epona, cavalgue comigo. Tyr, que os cavalos verdes inimigos quebrem a pata.

Logo atrás do Oito de Paus, uma explosão. Um pneu estourado e um dos jipes vai para o ar, levando com ele três Escravos e um soldado, que se estatelam no asfalto da rodovia.

— Sete agora — grita o Oito de Paus pelo alto-falante do painel. — Um bom número.

— Verdade, Oito. Mas um deles tá colado em você, espanta isso — você avisa.

O Diablo desacelera e assume o canto esquerdo da estrada. O jipe demora em diminuir a marcha e vai parar do lado direito do Oito de Paus, que gira o volante com força para a direita e acerta em cheio o jipe com a lataria reforçada do Lamborghini. O carro militar sai da estrada e capota, jogando Escravos para todos os lados sobre a relva.

— Seis agora, Jack. Vou deixar alguns passarem.

Oito fica mais lento, até onde mais de 200 km/h podem ser lentos, e, em alguns segundos, os seis carros estão mais próximos. Os dois mais à frente emparelham com ele, que desacelera mais um pouco. Agora os dois carros estão exatamente entre o Oito e você. É a sua deixa.

Você gira o volante, puxa o freio de mão e dá um cavalo de pau que só pode ter saído das menageries de Epona e Ártemis. Tudo acontece agora: 1) O Venom para de repente, intacto, de lado para os carros que se aproximam. 2)

Você põe os dois braços para fora da janela, segurando alguma coisa. 3) Você aperta os dois indicadores. 4) As duas Uzis, uma branca e uma preta, cospem pedaços de chumbo. 5) Pedaços de chumbo atravessam lataria de jipe, cabeça de soldado, braço, tronco e membros de Escravos. 6) Dois jipes colidem e se afastam com o choque, caindo para cantos opostos da estrada.

— Quatro agora, caro Louco. A velocidade e a operação de subtração das Uzis. Poucas coisas têm um sinal de menos tão convincente.

— Mas... o Tarot não mata — balbucia Moire.

— *Et Tu, Le Mat?* Fica calmo, cara. Na situação atual, se essas coisas não morrerem, nós morremos.

— Ele está certo, amigo — vem a voz do Oito de Paus, no carro mais atrás. — Jack está certo.

— Carro. Oito, você consegue deixar mais um deles passar? Mesmo esquema?

— Acho que sim. Jogada das cinco cartas, com o Diablo como a carta do meio?

— Ótimo.

O Oito de Paus volta a desacelerar e deixa mais dois jipes emparelharem com ele, um de cada lado. Mas os soldados ao volante começam a disparar contra o Diablo.

— Viu, Jack? Eles tão apelando. Sorte que a gente blindou essa coisa — vem a voz do Oito em meio à estática do impacto das balas pelo comunicador.

O jipe da esquerda ultrapassa o Diablo e toma a dianteira. O espaço aberto é ocupado por um terceiro jipe, que vem de trás e se posiciona ao lado do carro do Oito. O quarto jipe continua mais atrás. Oito grita:

— Agora, Jack! Estamos na posição da Jogada das cinco cartas.

Você freia e o Venom chora lascas de metal até parar. Zero quilômetro por hora, condição que você menos gosta. Mas vai ter que servir.

O jipe que vem logo atrás de você demora a entender que você realmente parou. Quando está quase batendo na sua traseira, ele desvia no último instante, capota e sai rodando, cada vez mais amassado.

Você pisa com força no acelerador e o recorde mundial da passagem de 0 a 200 km/h é quebrado com a ajuda de Hermes e de uma escocesa que, a essa altura, rodopia e bebe vinho verde.

— Três agora, Louco. E a gente nem rodou por dez minutos. Ainda falta muito pra Londres. Até lá a gente já deixou esses toscos pra trás e vai estar rodando na boa, jogando conversa fora e fazendo fofoca dos outros arcanos.

— Jack, eles continuam emparelhados. Tática do cavalo de pau de novo?

— Esse é o Oito de Paus, Louco. Te falei, duvido que outros Oitos de Paus sejam tão Oito de Paus quanto esse. Opa, opa, o que é aquilo ali na frente?

No horizonte de asfalto, dois vultos verdes, vindo ao seu encontro. Mais dois jipes, militares ousando experimentar o sentido contrário. Logo em seguida, a voz do Oito:

— Jack, eles tão apertando de cada lado. Fecharam os ângulos e não tô vendo jeito de sair. Tão me forçando a desacelerar.

Os dois novos jipes crescem em seu para-brisa dianteiro. Você joga o Venom para a esquerda e o primeiro jipe é obrigado a desviar de você, batendo de frente em uma árvore.

Mas o segundo jipe passa.

Tudo (des)acontece em três segundos:

1) O segundo jipe que vem pela sua frente passa por você, um borrão que raspa na porta direita do Venom e faz o Louco dar um salto para o seu lado.

2) Os dois jipes que espremem o Diablo fazem o Oito de Paus tomar uma linha reta, cadafalso em movimento.

3) O jipe frontal acerta em cheio o Diablo. Você olha pelo retrovisor e vê os quatro carros virarem uma bola de fogo, lataria espatifada, cacos de vidro e gritos.

— Oito! — Sua voz que não parece a sua voz é a última coisa que você escuta antes de desacelerar, desligar o Venom e sair para o asfalto morto de velocidade.

O Louco:

Depois de tantos minutos de linhas borradas, roncos de motores, explosões e tiros, o silêncio parecia um convidado indesejável, o ator errado na peça errada. Jack, o Carro, havia parado nosso automóvel de fuga bem no meio da estrada e descido. Abro a porta e desço também. Ele está parado, imóvel, com os braços pousados sobre o topo da cabeça, observando uma fogueira que subia por vários metros, emitindo uma fumaça negra que fedia a gasolina.

Foi quando escutei o que esperava não escutar. Roncos de motores. Por entre as línguas de fogo e a fumaça, vi que mais jipes se aproximavam.

— Jack, temos que sair daqui! Jack!

Ele baixou os braços, olhou para trás e me encarou com um olhar vazio.

— Sim… Sair daqui. Venha, vamos.

Andou sem se apressar até o Venom e entrou. Assim que tomei meu lugar no banco do carona, vi pelo retrovisor do meu lado que pelo menos cinco jipes estavam chegando. Notei brilhos e reflexos estranhos no espelho, que continuaram presentes quando olhei para o céu. O que era aquilo?

— OK, vamos cair fora daqui. — Jack retomou a torrente de palavras que parecia possuí-lo quando dirigia. Mas, desta vez, a epifania estava ausente. Falava mais para si mesmo do que para mim, em voz baixa e monocórdica, em frases curtas intercaladas por meros ruídos. Estava em choque pela morte do amigo.

— Deveríamos pedir ajuda. Podemos chamar Pat?

— Pat não deve estar dentro de casa agora, nem em condições de atender — disse Jack. — Podemos tentar François. François, você está aí? — Completou, apertando um botão no painel.

Após vários segundos, ouvi a voz familiar de François vindo do comunicador do automóvel.

— François, sou eu, Moire. Está me ouvindo?

— Sim, André. O que aconteceu? Eu… sei que alguma coisa aconteceu.

Olhei para Jack ao meu lado, triste por ter de dizer aquelas palavras.

— O Oito de Paus foi morto. Jack… está me levando para longe daqui, mas precisamos de ajuda. Os Escravos parecem não ter fim.

— Vocês estão na A303, não? Eu já me antecipei a vocês e pedi ajuda. Estão a caminho — disse François.

— Quem está a caminho? — Cortou Jack.

— Os Menores mais próximos daí. As Morrigan Crows.

Jack bufou de leve e respondeu em voz baixa:

— Se é o jeito.

François desligou, desejando boa sorte e reiterando que ele e Pat continuavam ajudando. Sua voz estava tensa.

Os jipes às nossas costas chegavam mais perto. Olhei pelo retrovisor e agora percebi claramente que os brilhos e pontos luminosos estavam na minha visão, não nos espelhos.

— O que são as Morrigan Crows?

— Fique de olho nas nuvens — disse Jack.

Encarei Jack e seus dentes brilhavam como o sol. A parte branca de seus olhos parecia fogo.

— Eu… está tudo brilhando. Pontos brilhantes no céu, no metal, nos retrovisores, no seu rosto.

— Já era tempo — disse Jack. — É o despertar dos seus dons como Louco. Ou seu poder, se quiser chamar desse jeito ridículo.

— O poder do Louco. Sim. Então é verdade. Lembro que me disseram que ele apareceria após a visita ao Imperador. Não achei que fosse tão… intenso. Eu vou ficar vendo tudo brilhando?

— Por alguns minutos, sim. Você sentiu muito sono na casa do Mann ou nos últimos dias? Era o seu corpo mudando.

Senti tudo girar e recostei a cabeça no banco. Tive a impressão de fechar os olhos por alguns segundos e imergir naquele limiar entre o sono e o mundo desperto. Levei o corpo para a frente de repente e disse:

— Sou o homem do meio, aquele que vem após a calma dos nossos antepassados e a alteração definitiva do que sempre fomos para aquilo que sempre seremos. O homem entre-homens, o proto-singular.

Jack olhava para mim com o canto do olho.

— Er… OK.

— Eu dormi?

— Não sei. Você estava aí parado, emitindo alguns sons. Como se balbuciasse alguma coisa.

— Por quanto tempo?

— Alguns minutos.

— As coisas estão diferentes. Meio… claras. Tudo está mais claro. O que eu faço? — Perguntei, retoricamente, sentindo tudo girar e recostando a cabeça no banco.

— Levando em conta que é o poder do Louco? Honestamente? Faça o que quiser — respondeu Jack.

Um dos jipes estava agora bem atrás de nós e o soldado ao volante começou a disparar contra o Venom. A blindagem segurou bem as balas, mas o barulho era perturbador. Sem pensar, comecei a revirar o porta-luvas. Encontrei uma garrafa quase vazia de Southern Comfort. Abri a janela, vendo tudo brilhar, e joguei a garrafa para fora. Segundos depois, ouvi um estrondo. O jipe mais próximo havia batido de frente em uma grande rocha à beira da estrada.

— Essa foi muito boa! Onde você aprendeu a mirar bem assim? — Perguntou Jack.

— Do que você está falando?

— Da garrafa que você jogou bem na cabeça do soldadinho.

— Eu fiz isso?

— Acabou de fazer isso. Você remexeu no porta-luvas, achou a garrafa e mandou ver pela janela. Esse é o dom do Louco: fazer as coisas imprevisíveis saírem a seu favor. Mudar as probabilidades da porra toda. Fazer o errado dar certo. Parabéns, Louco, você agora é o Louco. Moire, conheça Le Mat. Bem-vindo ao Tarot — e estendeu a mão direita, soltando o volante e olhando para o lado.

— A estrada — gritei.

— A estrada vai continuar ali quer eu olhe para ela, quer não. Se eu não olhar, posso criar novas direções, novos sentidos. É o que eu faço.

Os três jipes remanescentes chegaram mais perto e emparelharam com o Venom. Desistiram de testar a blindagem do veículo e já nem atiravam mais. Tentavam se aproximar para nos tirar da estrada. E então, em dez segundos, vi duas coisas que me tiraram do brilhante torpor em que me encontrava.

Pelo retrovisor, vi que vários outros jipes se juntavam aos três que haviam sobrado. Eram agora mais de dez, pelo menos.

— Não querem mesmo que você escape, Louco. Parabéns — disse Jack.

Foi quando olhei para a frente e vi aquilo. O que Jack havia mencionado.

A nuvem.

Uma nuvem cinzenta cobria toda a extensão da estrada à nossa frente, de uma ponta a outra. Subia por dezenas de metros e estava a uns quinhentos metros de distância.

— Estaremos dentro dela em... — disse Jack. — Bom. Estamos dentro.

Sem enxergar, Jack acendeu os faróis e passou a usar a faixa central da rodovia como referência. E então ouvi ronco de motores, mais graves do que o dos jipes.

— Elas chegaram. Sempre vêm com a nuvem. Morrigan Crows.

Em meio ao ronco de motores, pude escutar sons mais agudos. Guinchos.

Corvos. Diversos corvos começaram a voar por sobre o nosso carro, em rasantes impressionantes. Pelo retrovisor, vi um deles rasgar o rosto de um soldado, fazendo um jipe que ia logo atrás de nós perder o rumo. E então vultos a cavalo surgiram na frente do Venom e, quando passaram pelas laterais, vi que eram motoqueiras. Várias delas. Todas mulheres, até onde pude ver.

Foi então que começou a música, tomando os céus como trovões. Duas das motoqueiras, que vinham pelos flancos da formação, tinham caixas acústicas enormes nas laterais de duas motos. Dos alto-falantes, ribombando, vinha a Cavalgada das Valquírias, de Wagner.

Brandindo correntes, escudos feitos de calotas e lanças feitas de canos de descarga, elas usavam cabelos compridos, moicanos ou dreadlocks – às vezes tudo isso junto. O desfile de valquírias do asfalto tomou a nuvem que nos cercava, em uma visão que não esquecerei, especialmente quando começaram a atacar os jipes e seus ocupantes. Neste momento exato, em sincronia com o início do ataque, o som mudou: Wagner deu lugar a Ministry, sinfônica deu lugar a baterias eletrônicas e paredes de guitarras. Depois que as motoqueiras passaram pelo nosso carro, a este barulho todo juntou-se a terrível gritaria de Escravos e soldados.

Os corvos:

Mais uma vez essas donas de moto nos chamam e mais uma vez é para uma confusão dos infernos. Elas acham que estamos aqui porque elas fazem toda aquela dança, pulam, se descabelam, achando que com isso estão chamando a gente. Mas a verdade é que acompanhamos essas donas porque elas são muito divertidas. E, bom, já bastava a comida. Mas não precisa contar isso pra elas, ei, é muito engraçado quando elas fazem essa coisa de "invocar os corvos".

É que nem aquele velho lá no céu, bem me lembra meu primo voando aqui do meu lado, que não me deixa mentir. O camarada usa um tapa-olho e jura que dois dos corvos dele representam Pensamento e Memória. O filho do sujeito afirma que controla os trovões. Mas, ei, quem somos nós pra contrariar um velho? Cada um com a sua maluquice. Os humanos, por exemplo, acham, oh, muito espantoso que nós, corvos, saibamos usar ferramentas. Bom, o que estão achando, que somos retardados? Não somos como alguns humanos que não conseguem conversar e andar em linha reta ao mesmo tempo. Au, por falar nisso, olha o jipe voando pra fora da estrada, derrapando feio. Tchau, soldadinhos. É, melhor prestar atenção nessa confusão porque pode sobrar pra gente e, afinal, nossas humanas esperam que a gente faça alguma coisa. Descendo, galera.

A humana de cabelo loiro comprido usa um cano de descarga como se fosse uma lança, valquíria tala larga maluca que acerta com a ponta do negócio bem no meio dos córneos de um dos soldadinhos. O sujeito cai do jipe, mas fica agarrado ao volante pelo braço direito – e olha que ângulo esquisito desse braço –, o que faz o carro virar, capotar e achatar o outro sujeito de terno que estava do lado dele.

Aliás, ei, sujeitos de terno, não sei do que vocês são feitos, mas alguns de vocês fedem mais do que bosta de dragão. Nossas humanas querem que a gente use as garras nas caras de vocês, mas, eca, não vamos fazer isso. Podemos usar essa tática nos soldadinhos, mas não nessas coisas. Não achamos nossas garras no lixo, muito obrigado.

O que não impede que a gente execute alguns daqueles momentos que deixam os humanos tão boquiabertos ("oh, corvos, ferramentas"). Peguei um galho bem grosso no meio do gramado e, com a ajuda do meu sobrinho, esse mala, levamos o treco voando até bem na frente de um dos jipes. O pedaço de pau bateu na testa de um dos trecos de terno, que caiu para fora do veículo e rolou bem feio pelo asfalto. Tchau, filhote de cruz-credo, boa sorte com esses ossos quebrados.

Uma das humanas, aquela de cabelo que parece uma crina de galo preta e faz coisas engraçadíssimas (lembra quando ela jogou uma garrafa de cerveja e acertou bem na cara daquele gordão nauseabundo a mais de vinte metros de distância, o tal sujeito que tava tentando atacar aquela criança atrás do bar?), bom, enfim, essa humana do cabelo de galo estava usando uma calota de roda de carro como escudo. Um cara que tava dentro do carro amigo, no banco do carona, o tal que as humanas disseram que é o Maluco, o Bobo, uma coisa assim, fez sinal para que a mulher galo arremessasse esse escudo. Ela fez isso e a coisa — primo, como é mesmo o nome daquele jogo que aqueles dois velhinhos na praça em Paris ficavam jogando, o das pedras pretas como a gente? Dominó? — bom, o escudo de calota causou o tal efeito dominó: ela jogou a coisa, que ficou presa no eixo da roda da frente de um dos jipes. O jipe subiu que nem bosta jogada por uma catapulta, caiu alguns metros mais atrás e acertou três, olha só bem a moral dessa menina, três jipes que vinham atrás. A porra toda foi pros ares e, ei, essas são as nossas humanas! Que orgulho dessas donas.

A dona de cabelo verde e a outra de trança preta continuam andando pra lá e pra cá com as caixas de som. Não entendemos nada de música humana, é algo muito selvagem pro nosso gosto, mas que barulheira dos diabos. Os soldadinhos de verde ficam com medo do barulho, dá pra ver na cara de bunda deles. Os trecos de terno, não tem como saber, sei lá se essas porcarias escutam, mas duvido que eles gostem de alguma coisa.

Pelo que a gente ouviu lá no clube, antes de sair, o tal Louco tá desenvolvendo um poder da coincidência, da sincromaluquice, não lembro agora o nome da parada, mas é uma coisa que parece muito importante. Parece que, quando o cara precisa, as coisas dão certo dando errado. Hum. Humanos. Isso lá é poder? Nós, corvos, fazemos isso há séculos, bem debaixo das suas barbas.

Mas olha lá, agora o tal Louco botou a cabeça pra fora do carro e mostrou o dedo do meio pra uma das porcarias de terno no jipe do lado do carro dele. Gostei desse cara, eh, crau, mas, ei, o soldadinho tá apontando uma arma pra ele – tranquilo, o Louco jogou umas revistas pela janela e elas acertaram o para-brisa do jipe, cobrindo o vidro todo de fotos de carros e motos e – bom, mais um jipe batendo numa árvore.

Era um carvalho? Os corvos e os carvalhos são amigos há milhares e milhares de anos. Ei, primo, lembra aquela vez em que um carvalho na fazenda daquele sujeito cretino serviu pra… Tá, tá bom, vamos continuar o ataque.

Ei, o que é isso agora? Ah, não, aquela humana está me possuindo de novo. Uma das Morrigan, a de cabelo curto todo branco, tem o que os humanos chamam de visão. Tudo muito bonito, mas na prática é uma humana que entra na minha cabeça por alguns minutos, controla as minhas ações e enxerga através dos meus olhos. Eu nunca lembro o que acontece e não gosto muito quando ela faz isso, mas não posso impedir. Sou cavalo dessa humana, fazer o quê? Vai lá, tia, enxerga o que eu estou vendo…

Acordo meio zonzo, ainda voando, com dois primos do meu lado, me olhando preocupados. Tudo bem, cambada, estou bem, Ok, nada para ficar olhando aqui. Cinco minutos, vocês me dizem? Ela ficou me controlando por

O Caminho do Louco - Capítulo XXII

cinco minutos? E, bem, vejo que tem dois jipes a menos lá embaixo. Como dizem os cavalheiros, *glad to be of service.*

Faltam só três jipes agora. O camarada que chamam de Carro acaba de fazer uma maluquice: ele deu um cavalo de pau, deixou o carro meio de lado e o veículo continuou seguindo em frente assim mesmo, meio na diagonal. Nunca vi essa coisa em toda a minha vida de corvo. Aí o cara, gargalhando, botou metade do corpo pra fora e começou a atirar com duas armas, uma branca e uma preta. O tal Louco tava afundado no banco dele, com medo. Até eu ficaria, e olha que, ei, eu sei voar. Mas o convite das cápsulas de chumbo fez com que alguns miolos saíssem pra dançar. Resultado: três soldadinhos, dois jipes e quatro melecas de terno a menos, todos estatelados, espatifados e, ei, admito, tá bom, você me pegou, eu estou me divertindo com isso, culpado, meritíssimo.

Um só jipe agora, é, meus caros idiotinhas, vocês sendo assim tão solda- dinhos e porcarias não tem mesmo como encararem um sujeito que *entra* num carro, um outro que erra acertando e, modéstia à parte, nossas humanas. Nós treinamos todas elas muito bem, essas Morrigan Crows. E nós mesmos, seus ma- nés temerários. Nós, os corvos, Pensamento e Memória de Odin, mensageiros de Hsi-Wang-Mu, forma de Bodb nos campos de batalha, amigos do deus maia do relâmpago, os que falam para Mitra sacrificar o touro, os que colheram mangas para Anansi, os que estão nas mãos de Santo Osvaldo, os que defenderam São Vicente dos carnívoros, os espíritos de Lug e, sendo de Lug, somos de Apolo. Quando batemos as asas, criamos o vento, o trovão e o relâmpago. Roubamos o sol do mestre dos céus e damos de presente para os Haïda. Somos o mundo di- vino para os Tlingit. No paraíso, temos asas multicoloridas. Muita moral, morou? Se fuder aí, povinho do "sim, senhor".

Agora a nossa humana que é a chefe das Morrigan está vindo bem de frente para o jipe final. A humana levantou a lança de cano de descarga e seguiu direto pro jipe. O Louco botou a cabeça pra fora da janela, quando ela passou do lado do carro dele, e jogou um colar para os ares. Com meus sensacionais olhos de corvo, os mesmos olhos que um dia haverão de comer a terra, pude ver aqui do alto que era um amuleto com a estrela de oito pontas, a mesma que a mulher com cabelo de galo tem tatuada na nuca. O amuleto estava preso em um colar de cristal murano (calma, cara, não vá lá roubar esses cristais; mas eu adoro murano, quero levar para o meu ninho; olha como a parada brilha; calma, isso aí é trabalho brabo). "O caos é presente da Sacerdotisa, o brilho é presente da Imperatriz; o acaso é o meu presente", gritou o Louco — mas, ei, eu não acreditaria em narra- tiva de corvos se fosse você.

O colar com o amuleto ficou preso no cabo da lança, perto da mão da nossa humana. Vai, Morrigan, vai. Ela brandiu a lança adornada pelo colar-amu- leto-sincronicidade e acelerou ainda mais. A ponta acertou em cheio no motor do jipe que restava e, não, a moto não foi enviada para trás, como era de se esperar. Não, a nossa humana não se machucou e nem caiu da moto, como era de se esperar. Mas, ei, sim, o jipe partiu-se em dois, jogando soldadinho pra um lado e coisa feia de terno pro outro.

Camelot do asfalto, muito bem diria meu primo distante poeta, o mesmo que ensinou aquele clássico que leva nosso nome para aquele escritor bêbado maluco de Boston. Tudo acabado agora, jipes e os manés todos caídos ao longo de toda a rodovia. Ei, amigos, vocês espalharam porcaria pela estrada, que feio.

Nossas humanas que controlam as motos caixas de som pararam no meio da estrada e desligaram a música. É, camaradas, a diversão por hoje acabou. E, vou te dizer, chega de confusão. Nunca mais, nunca mais.

Rá. Quem queremos enganar? É só chamar que, ei, a gente aparece de novo.

O Louco:

Jack continuou a dar sinais de que estava reagindo à tragédia de minutos atrás. Sorriu e disse:

— Não é que elas são ótimas? Você viu aquilo? Hora de catapultar a gente daqui. Caro Hennessey, cospe esse veneno.

Pisou fundo no acelerador e vi o marcador chegar a 500 Km/h.

— Justo agora que a gente tá dentro de uma nuvem? — gritei.

Mal acabei de falar e vi o céu de novo. Havíamos saído da nuvem e deixado os jipes para trás. Foi então que o ronco grave das Harleys se impôs mais uma vez. Vários corvos passaram sobre o nosso carro, agora vindos de trás. As Morrigan estavam voltando, fazendo uma segunda passagem pelos Escravos.

Para minha surpresa, Jack começou a desacelerar e parou o carro. Abriu a porta e desceu e saí atrás dele.

— Quero ver isso — disse o Carro.

Ficamos ali de pé por vários segundos, enquanto a nuvem se aproximava, ameaçando nos alcançar de novo. Quando estávamos no limiar entre nuvem e céu, entre visível e invisível, elas chegaram. Várias motos passaram por nós, deram a volta e pararam à nossa volta. Contei pelo menos doze motos. Três das motoqueiras desceram e se aproximaram. Uma delas, que parecia ser a líder, tirou o capacete e deixou cair longos cabelos loiros, sorrindo. Ao seu lado vinham uma mulher mais alta, de moicano preto, e uma um pouco gordinha, de chanel verde. Todas usavam casacos e jaquetas sobre camisetas de malha com o mesmo símbolo: dois corvos simétricos com uma lua cheia ao centro. A de cabelos loiros estendeu a mão para mim e para Jack, dizendo:

— É um prazer ajudar. Meu nome é Iseabail Morrison. Sou a líder do MOMC, Morrigan Crows Motorcycle Club. É uma honra conhecer o novo Louco. E o Carro, é claro — disse para Jack, com uma mesura de brincadeira.

— Muito obrigado. Vocês nos salvaram. Estávamos desesperados — agradeci. — Vocês são… Menores?

— Sim — disse Iseabail. Sou o Ás de Espadas. Kirstin Gordon aqui é o Dois de Copas. — indicou a de cabelos verdes. — E Epona Valkyrie Fletcher é a Pajem de Paus. E, sim, esse é o nome de batismo dela.

— Meus pais, os hippies celtas — brincou a outra.

— Todas as Morrigan são Menores — explicou Iseabail. — Mas algumas das outras não sabem que são Menores, por isso pedi que ficassem afastadas, em suas motos.

— Belo truque esse da nuvem e dos corvos — disse Jack.

— Belo truque esse de dirigir assim sem enxergar — devolveu a líder do MOMC.

— Como assim, truque? — disse Jack, sorrindo.

Epona, a do moicano, levou uma das mãos até o ouvido direito, ficou em silêncio por longos segundos e disse:

— OK. Entendido. — E então, voltando-se para nós. — É François. Ele quer que você ligue o comunicador do seu carro.

Jack voltou para o automóvel e, pela janela, ligou o comunicador, deixando em um volume que permitia que todos nós escutássemos. A voz grave de François saiu misturada à estática, combinando com a nuvem, os corvos que sobrevoavam a área e as figuras presentes.

— André? Você não precisa mais se preocupar. O poder do Louco foi ativado, o que significa que o ciclo de visitas aos quatro primeiros Arcanos do Caminho se completou. Com isso, você não pode mais ser rastreado. Está livre dos Escravos, o que tornará o resto do Caminho bem mais fácil para você.

— De alguma forma eu duvido disso — disse Jack.

— Bom, eu também, mas preciso tentar animá-lo — respondeu François. — Jack, eu sugiro que você volte com o carro para a mansão de Mann. Ele vai ajudá-lo a cuidar das despedidas e ritos finais do seu amigo que tombou.

Jack olhou para o chão de asfalto. A voz continuou:

— Pegue outra estrada para voltar, para não ter de passar pelo mesmo caminho. Prossiga mais um pouco e volte pela M3. André, como está se sentindo?

— O mesmo. Ainda mais agora que os brilhos e a tontura passaram?

— Ótimo. Mas não se engane: você é o mesmo, mas não é o mesmo. Perceberá isso quando precisar. Quero que siga sozinho até Londres, para continuar o Caminho. Encontrará o Hierofante, o que dará início à segunda fase de sua jornada. Boa sorte, amigo Louco.

— E eu devo ir andando, é isso? — Interrompi.

— Claro que não! Sugiro que siga na garupa de uma das Morrigan — disse François.

— Epona, você o leva até Londres — disse Iseabail para a motoqueira de cabelo moicano. — O caminho estará livre agora.

Jack apertou minha mão e disse:

— Boa sorte em seu renascer, caro Louco. E até breve.

Entrou no Venom e partiu, acelerando. Foi seguido pelas Morrigan Crows. Eu e Epona ficamos de pé no asfalto, observando a nuvem partir e sumir, levando com ela as motoqueiras e seus corvos. Quando o silêncio e o céu voltaram a preencher a estrada rural do sul da Inglaterra, Epona subiu em sua moto e disse:

— Suba, Louco. Vamos encontrar este Hierofante. Temos ainda umas duas horas de viagem pela frente até Londres. Não vá enlouquecer até lá.

Partimos na Harley. Ao longo da A303, tive a impressão de deixar para trás uma vida inteira. Mais do que no início do Caminho, agora eu era o Louco. Era assim que eu me sentia. As árvores e postes passavam como borrões pelas laterais, desligando-me do mundo externo. À minha frente, uma nuvem se afastava pela estrada. Eu estava sozinho com uma Epona moderna, por uma estrada desconhecida, em busca de um Hierofante perdido.

O que mais um Louco pode querer?

Levantei a cabeça, vi as primeiras gotas de chuva caírem do céu inglês e sorri.

O Caminho do Louco - Capítulo XXII

> "Tudo em que se pode crer é imagem da verdade" – William Blake (1757 – 1827)

Quinta, 10 de setembro

—Pegamos o trem em Saint-Emilion na manhã de domingo, aos primeiros raios de sol — começou Touji Endo. — Fizemos várias baldeações ao longo do dia para garantir que ninguém nos perseguia. Uma ideia que credito ao senhor Perrin, profundo conhecedor da malha ferroviária da Aquitânia. Chegamos a Paris bem tarde da noite, arrasados de cansaço. Dormimos em um hotel, onde descansamos e nos escondemos pelos três dias seguintes, com a ajuda de Leonce e François. Só pegamos o avião para Madrid na noite de ontem.

— E que bom que estão aqui — a voz de Maria de las Luces ressoou pela sala, enquanto Javier servia-lhe um licor de cacau.

À sua frente, Touji bebia um copo de água mineral, enquanto o Bispo Daedalus Perrin bebericava goles de chá verde, deliciado por estar na presença da pianista, cantora e atriz Maria de las Luces. Ela parecia ser a "Estrela" de um grupo do qual, pelo visto, agora também fazia parte. Na mesa de centro, um aparelho de viva-voz emitira pelas últimas três horas a voz de Adrian Rigatos, o Mundo, que respondera a incontáveis perguntas de Daedalus.

EPÍ LOGO

— Estamos aqui graças a Mann — disse Touji. — Fomos seguidos de perto ao longo de todo o nosso esforço pelas incontáveis baldeações de trens. Assim que chegamos ao hotel em Paris, o Ás de Espadas e mais cinco homens de Mann estavam à nossa espera, com uma caixa metálica especial para acondicionar os documentos. Foi preparada de antemão por Pat, François e um grupo de Menores, para que fornecesse uma espécie de isolamento mágicko ao mundo externo. Uma vez no interior da caixa, os documentos em poder de Daedalus cessaram de ser rastreados pelos Escravos. As duas metades do manuscrito estão juntas de novo, após séculos separadas. Estão seguras agora em uma sala de isolamento mágicko na ilha de Hov.

— E logo vamos estudá-las — disse a voz de Adrian Rigatos por um aparelho de viva-voz sobre a mesa de centro.

— Impressionante que meras palavras possam ser perseguidas — disse o Bispo Daedalus Perrin, balançando a cabeça.

— Ora, senhor Perrin, o senhor mesmo pregava a palavra de Deus. Sabe o poder da palavra — disse Maria.

— Tenho mais uma pergunta. Vocês disseram que sabiam que os tais Escravos estavam me seguindo, certo?

— Sim, *vimos* isso. Foi pouco depois de enxergarmos o despertar do arcano da Torre no senhor — veio a voz de Adrian pelo viva-voz. — Eu vi, e Pat também.

— Mas sabiam que eu portava a outra metade dos manuscritos que, err, adquiriram no Vaticano?

— Não, não sabíamos. Foi uma surpresa. Soubemos apenas depois de Touji tê-lo resgatado das catacumbas. Ele nos ligou falando sobre os manuscritos em seu poder e de imediato achamos que poderia ser algo semelhante aos que havíamos encontrado. Mas nem por um segundo desconfiamos que seus manuscritos eram a outra parte exata dos nossos, que os dois se completavam.

— Parece que o Tarot também escreve certo por linhas tortas — brincou Daedalus.

O Bispo era dono de estranho senso de humor. Absorveu a nova situação com um misto de dor, espanto, resignação, excitação e, Touji não pôde deixar de perceber, alívio. Após longas semanas de desconstrução, a Torre se alçava aos céus mais uma vez, com novo propósito. Era pouco familiarizado com o Tarot, mas compreendia o conceito da Torre de Babel. Não era tolo a ponto de fingir não entender por que aquele arcano se lançara sobre ele. Crenças e estabilidade ruíam por todos os lados em sua vida, enquanto o acaso e a obra de Deus – sim, ainda acreditava n'Ele, embora talvez não mais na Igreja – geravam ações opostas, de reconstrução.

O mordomo, Javier, que parecia um homem religioso, dedicava-lhe evidente atenção e respeito. Cercava Daedalus de chás, biscoitos e pãezinhos. Havia mesmo prometido que "Milagros, minha esposa, fará sua, com o perdão do emprego desta palavra, meu senhor, miraculosa paella esta noite". Por enquanto absorvia o chá verde, as palavras de Adrian Rigatos e o sol do fim da manhã, que tornava a sala de Maria de las Luces clara e calma.

O Mundo começava a se despedir de Daedalus no viva-voz, com promessas de muito em breve encontrar um local adequado para a nova moradia do bispo. Rigatos disse que pessoas de seu grupo, o Tarot, chamadas Menores, já haviam passado na torre de Bayonne e pego todos os seus pertences pessoais, roupas e objetos, guardando tudo em um depósito na Espanha, à espera da mudança definitiva para uma futura nova casa. Ao longo da semana, voltaria a falar com Rigatos e outros nomes que ele havia anotado para tratar de tudo. Ah, sim, aquele bilionário recluso, Patrick Mann, estava envolvido nisso e também o ajudaria. Os novos detalhes de sua vida dançavam à frente dos olhos do bispo, em uma teia de maravilhas e espanto. Em dado momento, Rigatos falou:

— Bispo, acredito que ainda não teve tempo, com toda essa confusão e a viagem de trem, de ver os jornais dos últimos dias. Maria, por favor.

Ela fez um gesto simpático e o incomparável Javier surgiu das paredes com uma edição do *Le Monde* em uma bandeja. Daedalus viu que era um caderno de notícias locais, não o principal. Esquadrinhou as notícias com o olhar e, em um canto, o pequeno artigo: "Bispo de Bayonne se aposenta". Logo embaixo, uma foto em preto e branco dele, quinze anos mais novo. Em um box ao lado notou sua biografia: extensa, detalhada e elogiosa.

Maria, observando-o com atenção, falou:

— É a edição do dia seguinte à sua fuga em Pau.

— Mas isso é... — começou Daedalus, logo interrompido por Rigatos:

— Pouco cristão?

— Disparatado! — concluiu o Bispo.

— É assim que nossos inimigos trabalham — disse Rigatos. — Propagando mentiras, publicando desinformação. Com este artigo fabricado, eles se antecipam e justificam o sumiço de uma pessoa com a sua proeminência, caro Bispo, sem que isso desperte suspeitas ou suscite investigações.

— Não teria como Mann, por exemplo, contra-atacar? Usar o seu braço de comunicações para publicar uma história mais, digamos, realista?

O Caminho do Louco - Epílogo

Rigatos responde:

— A última coisa que precisamos agora é criar uma nova teoria da conspiração. Afinal, as teorias conspiratórias servem muito bem ao controle.

— E você têm, aí mesmo nesta frase, uma teoria da conspiração — cortou a Estrela.

— É melhor que a gente guarde o segredo de sua queda na manga — explica o Mundo. — Vamos usá-lo mais para a frente, assim como vários outros que temos guardados.

— Eu... sou grato por terem salvado a minha vida — disse Daedalus, com a voz um pouco rouca. — Não fosse a sua aparição, temo em pensar no que poderia ter acontecido. Essa história toda de Torre é fantástica e irreal, mas, bem, durante a minha vida inteira, lidei muito bem com histórias fantásticas.

— E irreais? — cortou Rigatos.

Daedalus fitou a parede oposta da sala por longos segundos. Quando respondeu, foi com uma voz que parecia vir de bem longe.

— Essa... Isso que me contaram da Torre, do despertar de um arcano, explica várias das coisas que aconteceram, tanto comigo quanto dentro de mim, em minha mente. Sou grato a vocês, mas será uma adaptação difícil.

— Com a Torre, sempre é — disse Rigatos.

— E o que farão em relação aos manuscritos? Quero dizer, sei que eles estão em segurança agora. Mas o que farão em relação ao... seu conteúdo?

— Bem, a essa altura, sei que vários de nós já lemos a primeira parte, a que conseguimos no Banco do Vaticano. Apenas o senhor leu a segunda parte, a que seu amigo encontrou em um monastério.

— Uma amiga dele encontrou, mas, sim, eu a li. Uma pena. Mas li — disse Daedalus. — Não li a primeira parte — acrescentou, em voz baixa.

— Muito em breve nos reuniremos para ler as duas partes — emendou Rigatos. — Pat, François e Mann estão tentando divisar formas arcanas e científicas de impedir o rastreamento das palavras pelas criaturas do inimigo. Assim que isso acontecer, leremos tudo e decidiremos o que fazer. E *se* devemos fazer algo. Já estamos bastante ocupados com uma ação antiga e que está chegando ao seu clímax: a confecção de um mapa planetário das linhas Ley. São linhas de energia, depois falaremos delas. Mas, voltando aos manuscritos: você explicou que a segunda parte continha um enigma?

— Sim — disse Daedalus, após alguns segundos. — Um enigma. Uma espécie de enigma medieval, acredito.

— Dos meus favoritos — disse o Mundo.

Após a despedida de Rigatos, Maria de las Luces desligou o aparelho de viva-voz e sentou-se ao piano. Aos primeiros acordes, Daedalus reconheceu, com alegria, uma obra que muito admirava: a Sonata para Piano, Op. 1, de Alban Berg. Uma das "obras de estreia" mais bem-acabadas e maduras que um compositor já fizera. E em um recital particular de Maria de las Luces. Poderia gostar de sua nova vida, afinal de contas.

Enquanto Maria de las Luces tocava, uma luz muito discreta parecia sair de seu corpo e envolvê-la, como uma auréola de formas indefinidas. Podia ser só impressão, já que Javier havia aberto bem as cortinas de todas as janelas da sala e o sol matutino madrilenho agora banhava a todos. Quando os últimos acordes soaram, Javier foi o primeiro a bater palmas, em um canto do cômodo. Foi seguido por um entusiasmado Daedalus, que chegou a emitir uma tentativa de "bravo", e então por Touji, que parecia regressar de milhas de distância. Foi neste momento que a campainha do apartamento tocou e Javier deixou o aposento.

Voltou minutos depois, anunciando:

— Os *monsieurs* Leonce Chenard e François Zantray.

E abriu passagem para que os dois homens entrassem.

— Demoraram a chegar, já estava achando que só à tarde apareceriam nesta casa. Mas e quanto ao sol lindo que faz esta manhã? É obra sua, meu caro Sol?

Leonce sorriu e disse, sem jeito:

— Não tenho tal poder, Maria. Aqui sempre esteve brilhante, mesmo à noite. Esta é a terceira ou quarta vez que venho aqui e sempre foi assim.

François, que nunca havia estado no apartamento da Estrela, olhou em volta e concordou com a cabeça, murmurando:

— Uma luz interessante, sim — e olhou para Maria de las Luces com uma expressão estranha no rosto.

Em poucos minutos, todos estavam falando sobre seus respectivos ataques e os terríveis homens de terno escuro. Lamentaram as mortes do Cavaleiro de Espadas e do Oito de Paus.

— Mac era um amigo antigo — disse o Mago. — Jack está arrasado com a morte do Oito. E Ogden, claro, ainda lamenta a morte de Romina. Perdemos muito nas últimas semanas.

— Sim... Falei com Pat ao telefone ontem à noite, antes do nosso voo para cá — disse o Sol. — Ela se culpa por ter tido a visão que, palavras dela, levou à morte de Romina. E também por ter se dividido entre o ataque a mim, em Paris,

O Caminho do Louco - Epílogo

e o ataque ao senhor, bispo Daedalus, em Saint-Emilion.

— Bobagem de Pat. Ela fez o possível — cortou François — Assim como na fuga do Louco pelo sul da Inglaterra. Não havia opções. E o baralho está fraco; estávamos sem a Torre, o Enforcado e o Julgamento. Hoje já temos a Torre — e fez um gesto com a mão na direção de Daedalus, demonstrando alegria em tê-lo por ali — Vocês verão como tudo vai se ajeitar agora.

— Você é um trickster, François — interrompeu a Estrela, com seu tom divertido e melancólico de sempre. — Otimismo de sua parte é um pouco assustador.

— Hmpf — fez François. — Mas o Louco está em sua jornada. Visitou o velho Imperador e concluiu a primeira parte do Caminho, despertando o poder do Louco. Com isso, ele agora está incólume. Ontem, após sofrer aquele ataque, ele partiu para Londres. Agora está por aí, sabe-se lá onde, em algum canto de Londres ou de sua periferia, em busca cega pelo Hierofante.

— Uma pena o Hierofante ter fugido assim; como a polícia chegou até ele? — disse o Sol.

— Rigatos disse que foi uma mistura de sorte, intuição e conjunção de vários fatos — explicou Maria.

— Esse policial... — fez de novo o Mago, de maneira enigmática.

Em uma escura e fria sala em algum ponto de Roma, um homem de batina vermelha andava de um ponto a outro sobre o tapete. Ao seu lado, uma segunda figura alta, magra e curvada segurava uma salva de prata com um aparelho telefônico.

— Sim, eu entendo, caro Schüm. O baralho não se metia com a Igreja há muitos séculos. Mas isso é inadmissível. Vocês falharam em todas as tentativas de recuperar os manuscritos. Seus Escravos são inúteis — fez a voz aguda do Cardeal.

— Desculpe, Car... err, Vossa Eminência, mas os manuscritos estavam em um monastério. Há séculos. Sem que vocês soubessem disso. E mais: a segunda metade dos manuscritos foi roubada diante das sacras barbas de vocês. E de maneira espetacular — emitiu uma voz pastosa do outro lado do aparelho, ligado em viva-voz.

— Isso não justifica a ineficácia de seus Escravos, Schüm. E não se trata "apenas" dos manuscritos: também falharam em eliminar o novo... Tolo.

— O General deveria ter mandado mais soldados. Ele mandou apenas motoristas para os malditos jipes. Jipes cujos destroços tivemos que limpar às pressas, lembre-se — reclamou a voz pastosa de Schüm.

— O que você queria? Que o General transformasse o interior da Inglaterra numa zona de guerra? Temos que manter as aparências, Schüm — disse o Cardeal. — Perdemos os manuscritos, várias vezes. Perdemos a chance de desfalcar o baralho, várias vezes. Até mesmo perdemos um dos nossos para o baralho. Nosso próximo movimento precisa ser efetivo. Entende, Schüm? — Berrou a voz aguda do Cardeal.

— O software está quase pronto, Vossa Eminência.

O sorriso constante do Cardeal ficou mais longo e mais estreito. Seus olhos não acompanharam o movimento e permaneceram focalizando sem expressão um ponto morto no vazio.

— Dies Irae — sussurrou o homem de vermelho.

As gotas de leite caíam como nitroglicerina. Em quantidade pequena, contabilizada, o líquido branco mal arranhou o disco de negrume do forte chá preto que girava na xícara de porcelana. Ciaran olhou em aprovação, acondicionou ali três torrões de açúcar, mexeu e bebeu. Suspirou. O sol do fim da tarde trespassava a persiana e arremessava lanças laranjas sobre a sala no prédio da New Scotland Yard. Deu mais um gole no chá, recostou-se na poltrona de couro e pôs-se a admirar o teto. Fazia-lhe perguntas, transformava suas ranhuras em caminhos, anotava seus sussurros de rebocos, decodificava e memorizava suas confidências em camadas arqueológicas.

Fazia uma semana que James Burke tinha sumido. Colocara Teletubby e outros homens menos preocupantes perto de todos os endereços conhecidos e nenhum sinal do jovem. Evaporara. As únicas pistas eram o estranho mapa encontrado no apartamento de Burke e as filmagens e recortes de jornais em um canto de seu arquivo pessoal.

E de que adiantavam? Juntos, formavam um mosaico ainda mais perturbador e incongruente. Deixou sair a respiração em um ruído longo. Ajeitou-se na poltrona, terminou seu chá e levantou-se. Vestia o sobretudo, quando a Srta. Orange bateu na porta e entrou na sala.

— Senhor, estes informes acabaram de chegar. E via fax, veja só. Aos seus cuidados e, bem, com um aviso logo no topo da página para que fosse entregue diretamente ao senhor.

Ciaran pegou o maço de papéis, voltou a se sentar e dispensou a Srta. Orange, dizendo que poderia ir para casa. Começou a ler e viu que se tratava de uma mensagem de um agente da Suretê francesa, amigo em comum de Ciaran e de Mario, seu velho camarada da polícia italiana. O fax era breve e falava de um acidente sobre o qual Ciaran havia lido por alto no jornal da manhã: um atleta de parkour que havia escorregado e caído para a morte em Paris. Mas, ao que parece, havia mais.

Um policial parisiense que chegou ao local segundos depois viu que havia um segundo corpo. Não mencionado nos jornais. Um homem muito branco, de terno preto, muito parecido com o que havia criado aquela confusão e carnificina no metrô de Paris, pouco mais de meia hora antes. Espere aí. Isso foi na noite daquele massacre? Ciaran pegou um arquivo pessoal sobre a mesa e começou a ler um recorte de jornal de poucos dias atrás.

Vinte e três mortos. Uma barbárie. Testemunhas afirmavam ter visto *um homem de terno preto* arrancar a coluna cervical de um jovem com as próprias mãos. Saíram do metrô, ao que parece em perseguição a alguém. E foi um destes homens, então, que caiu do telhado de um prédio a poucos quarteirões de uma das saídas do metrô e morreu. Por que isso não estava nos jornais?

Olhou de relance para o relógio e pegou o telefone. Ligou para seu velho conhecido na Suretê. Ele já havia ido embora. Mas chamou pelo encarregado do caso no metrô. Não estava. Mas estava o encarregado do caso da queda do atleta de parkour. Não, negativo. Ele não tinha visto um segundo corpo. Sim, algumas testemunhas disseram isso, mas ele o credita à histeria e ao choque de testemunhar a queda. Não, não haveria tempo hábil para que um segundo corpo sumisse. Obrigado, merci, adieu, telefone de volta ao gancho.

Ciaran apelou para a Internet. Em um dos sites que sempre checava em casos assim, estava uma nota que quase lhe passou despercebida: "Massacre no subsolo".

Os corpos de quatro membros da Igreja Católica haviam sido encontrados na manhã de domingo em um ponto de uma certa Igreja Monolítica, na cidadezinha francesa de Saint-Emilion. Não se sabia quem ou o que havia realizado aquela carnificina, mas o minúsculo jornal local chamava atenção para testemunhas que diziam ter visto um trio de estranhos homens de terno escuro. Uma segunda testemunha os descrevera como "três homens esquisitos de ternos bem escuros; morri de medo. Saí do caminho e deixei que passassem. Iam na direção da Igreja Monolítica, mas àquela hora ela já deveria estar fechada".

Ciaran fechou o browser, irritado. A impossível perseguição de carros em Roma. O assalto ao Banco do Vaticano. E agora dois massacres. No metrô de Paris. No subsolo de uma igreja medieval. Nos dois casos – e no da queda do rapaz do parkour –, alguém parecia ter tentado manter os tais homens de terno fora de vista, fora dos hospitais, fora das manchetes, fora dos necrotérios.

Contrariando a lógica, sabia em seu íntimo que aqueles casos todos, de alguma forma, estavam relacionados com o grupo que apelidava de "Tarot". Como o jovem Burke. Onde está você, James Burke?

Teve um palpite. Abriu de novo o mapa que pegara no apartamento de Burke e procurou. Teve um arrepio: sim, um dos lugares marcados, claramente, era a Igreja Monolítica em Saint-Emilion.

Recostou-se na poltrona mais uma vez, deixou cair os braços sobre a barriga e a cabeça pender para trás. Olhou para o teto, que, desta vez, apenas ria dele. Um rodamoinho de pontos confusos, de pistas em movimento, embaraçadas. Naipes fora do lugar.

EMBARALHA